DIE BESESSENHEIT DER DÄMONEN

DÄMONENFÜRSTEN

MILA YOUNG

HARPER A. BROOKS

DANKE

Danke, dass Du einen Mila Young und Haber A. Brooks Roman gekauft hast. Melde Dich bitte für ihre **Mailing Liste** www. milayoungbooks.com/german

Deine Emailadresse wird keinen Dritten zugänglich gemacht und Du kannst Dich jederzeit abmelden.

INHALT

DÄMONENFÜRSTEN

DIE BESESSENHEIT DER DÄMONEN

Meine Schwierigkeiten haben gerade erst angefangen.

Diese Dämonen sind aber auch zu anziehend. Sie sind Teufel in Menschengestalt, aber ich kann mich nicht von ihnen fernhalten.

Sie sammeln uralte Reliquien und verraten mir nicht, warum. Alle von uns haben ihre Geheimnisse, aber meins könnte uns am Ende das Leben kosten. Das Monster in mir will mich in die Tiefe ziehen und ich kann nichts dagegen tun, dass ich immer tiefer in die Dunkelheit stürze und dem tödlichen Zauber der Dämonen verfalle.

Um meine Freiheit zu erlangen, muss ich mich auf ihre Spielchen einlassen.

Ich bin bereit dazu, alles zu tun, was nötig ist, aber das könnte mich am Ende zerstören.

KAPITEL EINS

ARIA

"Die Hölle ist leer. Alle Teufel sind hier." William Shakespeare.

Mein Pflegevater meinte einmal zu mir, dass jeder mit der Fähigkeit geboren wird, freundlich zu sein. Das ist Quatsch.

Murray ist dafür bekannt, immer einen philosophischen Spruch auf den Lippen zu haben, normalerweise einen, der seinen eigenen Handlungen widerspricht. Das ist irgendwie sein Ding, und aus irgendeinem Grund kommt mir dieser Spruch jetzt in den Sinn, während ich an einem Seil fünf Meter über dem Boden im beliebtesten Antiquitätenladen der Stadt baumle. Es ist ein uraltes Gebäude, das älteste in ganz Glenside und wahrscheinlich spukt es hier.

Aber zurück zu den weisen Worten meines Ziehvaters und dem Grund, warum ich ohne den geringsten Zweifel weiß, dass er damit falsch liegt. Die Antwort ist einfach -

Sir Surchion. Der alte Kerl, dem dieser Laden gehört, ist die schrecklichste Person, die ich je getroffen habe. Wenn der Mann dir in die Augen schaut, blickt er in deine Seele. So klischeehaft es auch klingt, es ist wahr. In seiner Gegenwart spüre ich das Unbehagen in meinen Knochen, also hege ich gerade keinerlei Schuldgefühle, als ich in seinen Laden einbreche. Er würde jeden übergehen, um seine Sammlung staubiger Antiquitäten zu erweitern. Außerdem hat das Arschloch gerade meine beste Freundin gefeuert, nachdem er sie angemacht hat und sie ihm in die Eier getreten hat. Habe ich erwähnt, dass er dreimal so alt ist wie sie?

Unter mir ist es still im Lagerhaus, und Dunkelheit erfüllt den großen Raum. Nur eine Tür führt in das Hauptlager, und es riecht nach Schimmel, Staub und Mottenkugeln. Vier Reihen von Metallregalen sind bis unter das Dach mit Artefakten aller Art gefüllt. Vasen, Uhren, Dinge aus alten Zeiten und Dutzende von Holz-kisten, in denen Gott-weiß-was gelagert ist. Am liebsten mag er magische Dinge, aber eigentlich will Sir Surchion alles haben, was einen Wert hat.

Gestern hat mir Joseline von Sir Surchions neuester Errungenschaft erzählt. Er hat versucht, es geheim zu halten, aber seine Besessenheit hat ihn verraten. Er nannte es die *Kugel des Chaos* und sie enthielt angeblich das Wasser des Höllenflusses Styx. Wie bei jeder guten Geschichte wurde natürlich übertrieben, aber das ist mir egal. Sie ist anscheinend einen sechsstelligen Betrag wert, und das interessiert mich mehr als alles andere.

Es wird eine ganze Menge Geld einbringen, wenn ich es auf dem magischen Untergrundmarkt verkaufe. Selbst in der schmuddeligen Kleinstadt Glenside leben genug Übernatürliche unter den Menschen, dass extra Vorkehrungen getroffen werden, um uns alle geheim zu halten. Eine davon ist ein geheimer und magisch geschützter Markt unter der Stadt.

Ich seile mich in Zeitlupe ab und scanne das Lagerhaus unter mir. Wenn ich ein dreckiger alter Mann mit Messi-Tendenzen wäre, wo würde ich ein wertvolles Relikt lagern? Ich versuche, mich an alles zu erinnern, was Joseline mir während unserer Gespräche erzählt hat. Sie hatte erwähnt, dass es irgendwo hier hinten versteckt war, aber nicht viel mehr. Und da ich das ohne ihr Wissen tat, konnte ich sie nicht einfach nach mehr Details fragen, ohne verdächtig zu klingen. Es sieht also so aus, als wäre ich von hier an auf mich allein gestellt.

Ich schließe die Augen, beruhige meine Gedanken und versuche, mir die Kugel anhand von Joselines Beschreibung vorzustellen. Eine runde Glaskugel von der Größe meiner Faust mit einer silbernen Flüssigkeit im Inneren. Wie eine Kristallkugel, die die Wahrsager aus den Filmen benutzen.

Zuerst passiert nichts, aber dann beginnt ein Kribbeln an der Basis meiner Wirbelsäule, das mir sagt, dass das Objekt definitiv im Raum ist. Das Gefühl läuft mein linkes Bein hinunter und endet in meinem kleinen Zeh. Ich reiße die Augen auf und schaue hinunter zu meinem Fuß, der nun in die hintere rechte Ecke des Raumes zeigt.

Perfekt.

Verurteile mich jetzt nicht... Ich weiß vielleicht nicht genau, was ich bin, aber ich denke gerne, dass ich etwas Besonderes bin. Auf meine eigene, seltsame Art. Ich bin beileibe keine Wonder Woman, und ich kann keine Feuerbälle herbeizaubern oder die Zukunft voraussagen, aber ich habe noch nie jemanden getroffen, der Magie so leicht erkennen kann wie ich. Zaubersprüche, Flüche,

Hexerei - alles, was mit Magie in Berührung kommt, kann ich aufspüren. Objekte sind meine Spezialität, und je dunkler die Magie, desto besser. Das böse Zeug mag mich einfach, schätze ich.

Und gerade jetzt fühlt sich diese *Kugel des Chaos* für mich ziemlich dunkel an. Das vertraute Gefühl schießt weiter durch meinen Körper, meine Vans zeigen wie der Pfeil eines Kompasses in die Richtung, in die ich gehen muss.

So weit, so gut. Ich muss mich nur noch herunterlassen, mir das Ding schnappen und es verkaufen, bevor ich morgen Abend 18 werde und mein Pflegevater die Vormundschaft über mich verliert. Wird Murray mich tatsächlich rauswerfen? Das ist eine gute Frage. Er droht ständig damit, aber alle meine anderen Pflegegeschwister sind an ihrem 18. Geburtstag sofort abgehauen, und jetzt bin ich die Einzige, die übrig ist. Sie dachten sich, dass es besser ist, der Welt auf die eigene Faust zu trotzen, als mit leeren Schränken, Kakerlaken und keiner Heizung im Winter zu leben. Und da die Wintermonate schnell näher rückten, klang es auch für mich immer besser, ein Risiko einzugehen.

Ich ziehe an meinem Gurt und lasse mich hinab, um die Sache hinter mich zu bringen, aber ein paar Meter vom Boden entfernt ertönt ein schwaches schlurfendes Geräusch von vorne. Ich erstarre und folge dem Geräusch mit meinem Blick, als die Tür, die in das Hauptgeschäft führt, aufgeht.

Mein Atem schnürt mir die Kehle zu. Sir Surchoin sollte nicht hier sein. Er verweilt nie nach Ladenschluss. Ich beobachte diesen Ort seit Tagen, um seine Routine herauszufinden, und wie Joseline sagte, geht er pünktlich um 18 Uhr und kommt um sieben Uhr morgens zurück.

Schlösser und Sicherheitsvorkehrungen machen es schwer, den vorderen und hinteren Eingang zu betreten, aber das Oberlichtfenster ist immer offen, damit seine Lieblingskrähe rein- und rauskommen kann.

Eine dunkle Gestalt schiebt sich durch die Tür, auf allen vieren gehend. Schwarz wie die Nacht, mit einem langen Schwanz, sehe ich das Tier in die Lagerhalle traben. Ich blinzle, um besser sehen zu können, und versuche, die Gestalt im Licht des leuchtendgrünen Ausgangsschildes zu erkennen. Ein Hund. Ich hatte keine Ahnung, dass Sir Surchion Wachhunde hält. Nun, das erklärt, warum er kein Sicherheitssystem hat. Joseline erwähnte nie irgendwelche anderen Haustiere außer dem verdammten Vogel.

Die Tür schiebt sich weiter auf, und ein zweites Tier tritt ein.

Oh, Mist!

Ich warte, baumle und gebe keinen Laut von mir, warte den richtigen Moment ab. Wenn ich ganz still bin, besteht die Chance, dass sie verschwinden. Dann werde ich runterspringen und die Tür mit etwas blockieren , damit ich genug Zeit habe, mir die Kugel zu schnappen und von hier zu verschwinden.

Fünfzehn Minuten später scheuern die Riemen des Gurtes zwischen meinen Oberschenkeln und graben sich in meine Beine, während meine Finger steif sind, weil ich das Seil so lange gegriffen habe. Die Köter schreiten durch den vorderen Teil der Lagerhalle, bevor sie es sich auf dem Boden bequem machen. Genau in der Mitte des Ganges, wo ich laut meinem eingebauten Magiedetektor hinmuss.

Bastarde.

Ich habe es satt, herumzuhängen, balle meine Hände

zu Fäusten und konzentriere mich auf meinen nächsten Schachzug.

Komm raus, Sayah.

Es dauert nur Sekunden, bis die vertrauten eisigen Nadelstiche über meine Haut gleiten, als würde ich von einem Geist gestreichelt. Mein Schatten streckt sich von mir weg, dehnt sich aus und verändert von selbst seine Form. Aus der Perspektive eines Außenstehenden ist das sicher erschreckend, aber ich habe mich daran gewöhnt. Sayah ist ein Teil von mir und mein kleines dunkles Geheimnis. Ich habe ihr sogar einen süßen Namen gegeben, der „Schatten" bedeutet.

Eine einfache Verbindung ist alles, was nötig ist, um uns miteinander zu verbinden. Ein Strang der Dunkelheit geht von meinen Füßen aus, der ihre geistähnliche Essenz mit mir verbindet, wenn sie meinen Körper verlässt und sich in der realen Welt manifestiert. Sie ist ihre eigene Entität – mit eigenen Launen und allem - aber sie hört zu, wenn ich sie brauche.

Sie gleitet über den Boden und eines der Regale hinauf und ahmt meine Form nach... so gut wie es geht. Die Strähnen ihres Haares schweben jedoch um sie herum, als ob sie im Wasser gleiten würden, und ihre Gliedmaßen sind ein bisschen länger als meine.

Sayah hüpft quer durch den Raum. Blitzschnell umrundet sie die Kante des Regals und tanzt direkt vor den Hunden. Sie springen auf und versuchen, nach ihr zu schnappen, aber sie ist zu schnell. Als sie auf die Tür zurast, heulen die Hunde auf und jagen ihr in den Hauptraum hinterher.

Brave Hunde.

Hektisch ziehe ich an den Seilen und lasse mich herab. Meine Füße berühren den Boden, und ich löse den

Gurt. Ich lasse die Ausrüstung fallen, sprinte zur Tür und schlage sie zu. Ich greife nach unten und lasse das Schloss zuschnappen. Die schattenhafte Schnur zwischen mir und Sayah bewegt sich (im Raum) unter der Tür hin und her, während sie die Köter lockt. Dröhnendes Bellen und fieses Knurren kommen von der anderen Seite, also verschwende ich keine weitere Sekunde.

Da ich jetzt genau weiß, wohin ich gehen muss, laufe ich bis zum Ende der letzten Regalreihe. Jetzt, wo ich auf dem Boden bin, kribbelt meine Haut von den starken Impulsen der Magie, die mich umgeben. Dieser Ort ist voll von Dingen, die mit dem Zeug berührt wurden, aber das stärkste und dunkelste, das über allen schwingt, ist das, was ich will. Die Kugel des Chaos.

Ich schaue über meine Schulter, um sicherzugehen, dass ich allein bin. Bin ich. Die Hunde haben mich aber ziemlich paranoid gemacht. Mehrere Holzkisten stehen an der Wand, aber sie sehen ungeöffnet aus, also bezweifle ich, dass das, weswegen ich hier bin, da drin ist.

Ich schwenke zu den Regalen, ziehe die kleine Taschenlampe aus meiner Tasche und schalte sie ein. Schnell scanne ich die Artefakte, schaue vorbei am griechischen Teeservice und den Salz- und Pfefferstreuern in Tierform, die ziemlich niedlich sind.

Nein, Aria. Lass das süße Ferkel-Set hier. Auch wenn es bezaubernd aussieht. Dem schnellen Kribbeln folgend, hocke ich mich tief hin, und durch die Dunkelheit gibt etwas ein schwaches, pulsierendes Glühen von der Rückseite des Regals ab. Ich richte den Lichtstrahl dorthin und entdecke eine runde Kugel. Sie liegt in einem Miniatur-Holzkorb, der mit rotem Samt ausgekleidet ist.

Bingo.

Ich greife nach der Kugel, die Oberfläche ist rund und

glatt und fühlt sich kalt an. Im Inneren sieht die silberne Flüssigkeit wie Quecksilber aus, und die Art, wie sie rauscht und fließt, ist faszinierend.

Das Objekt summt in meinem Griff, fast vibrierend. Dieses kleine Ding wird eine Menge Geld einbringen. Ob es Wasser aus der Hölle ist oder nicht. Es ist etwas Besonderes. Das merke ich schon daran, wie es sich in meiner Hand anfühlt.

„Keine Ahnung, was du bist, aber du wirst mir verdammt viel Geld einbringen", flüstere ich dem Ding zu, als ob es mich verstehen könnte.

Winzige Wellen im Inneren beginnen zu verebben und prallen gegen das Glas, was mich an den unruhigen Ozean kurz vor einem Sturm erinnert.

Ich stehe auf und stopfe die Kugel in die Tasche an meiner Hüfte, dann drehe ich mich um und laufe in Richtung des Seils zwei Gänge weiter.

Ein zischendes Geräusch dringt in meine Ohren und schwirrt durch meinen Kopf, als hätte sich ein Schwarm wütender Zikaden dort eingenistet. Sekunden später fliegt die Tür zum Laden auf und prallt gegen die Wand. Mein Herz springt mir in die Brust, und ich komme zum Stehen.

Zwei Wachhunde starren mich aus der Türöffnung an.

Das Kribbeln in meinem Bauch verwandelt sich in einen Schauer.

Scheiße!

Aus der Nähe sehen sie wie wilde Tiere aus. Schwarze Ohren, die auf ihre Köpfe geklebt sind, scharfe Reißzähne, die aus zurückgeschälten Lippen hervorschauen, während sie bösartig knurren.

Sayah kehrt zurück und schließt sich mir wieder an. Unsere Verbindung erlaubt es mir, auch ihre Emotionen zu fühlen, sofern ein Schatten solche Dinge fühlen kann. Und im Moment fühlt es sich so an, als wäre sie enttäuscht, dass sie mich im Stich gelassen hat.

Meine Angst schnellt in die Höhe, die Gefahr wird realer. Wenn ich hier nicht rauskomme, werde ich in wenigen Augenblicken zu Hundefutter.

Ich mache auf meinem Absatz kehrt und rase in die entgegengesetzte Richtung, den Korridor zwischen den Wandregalen entlang.

Pfoten stampfen auf den Steinboden hinter mir, Krallen klacken, als die Hunde auf mich zukommen. Panik krallt sich in meiner Kehle fest. Ich will auf keinen Fall an diesem Ort von Hunden zu Tode gebissen werden.

Mit den Füßen auf den Boden stoßend, renne ich um mein Leben.

Ich rase um die Regale herum und düse am nächsten Parallelgang vorbei. Ich schwinge mich in die zweite Gasse, wo mein Seil etwa fünfzehn Meter entfernt baumelt.

Ich sprinte darauf zu und werfe einen Blick zurück. Die wilden Hunde biegen ab, Zähne gefletscht und ein Knurren schallt durch das Lagerhaus. Das Seil ist nah, fühlt sich aber meilenweit entfernt an. Die Hunde sind in Sekundenschnelle auf mich zugestürmt, ihr heißer Atem klebt mir praktisch an den Beinen. Ich drehe mich im letzten Moment, und sie schnappen nach mir, nur Zentimeter von meiner Wade entfernt, der Wind flattert gegen meine Jeans.

Heilige Scheiße

Mit rasendem Herzen renne ich eine Reihe von Kisten in der Nähe der Regale hoch und katapultiere mich auf das baumelnde Seil zu. Ich schnappe es mir in der Luft, schwinge heftig und halte mich fest. Ich ziehe meine Knie hoch, sodass sie meine Ellenbogen erreichen, und wickle das Seil um meine Knöchel. Mit einer schnellen Bewegung schiebe ich mich damit hoch. Meine Muskeln schreien auf, aber die unmittelbare Gefahr lässt mich nach mehr Höhe streben.

Ein scharfer, unerträglicher Schmerz reißt direkt in meine Wade. Er kommt so schnell und hart, dass ich aufschreie.

Der Hund ruckt mit dem Kopf, die Zähne kratzen an meiner Hose und zerreißen die Haut. Der Schmerz ist so intensiv, dass ich fast loslasse, aber stattdessen strample ich, um wild hin und her zu schwingen.

„Verpiss dich!" Ich schlage meinen anderen Fuß in sein Gesicht, um ihn zu vertreiben.

Er heult auf und jault, als er auf dem Boden aufschlägt.

Wie ein verrücktes Eichhörnchen klettere ich das Seil hinauf und bewege mich mit purem Adrenalin. Höher und höher klettere ich über die Hunde, die nach mir springen und an der Schnur zerren.

Mein Puls donnert in meinen Ohren, und ich hasse es, wie verdammt verängstigt ich mich fühle.

Der Schweiß rinnt mir über das Gesicht, und auf halber Höhe und außer Reichweite halte ich inne und schnappe nach Luft.

Unten knurren die verdammten Dinger und machen Lärm, genug, um die Nachbarschaft zu wecken. Ein plötzliches Ziehen am Seil lässt meinen Griff abrutschen. Diese Hunde sind unerbittlich! Ich rutsche ab und ein Schrei entweicht meinen Lippen. Verzweifelt greife ich nach dem Seil und versuche, mich festzuhalten, meine Handflächen brennen, die Knöchel sind weiß.

Scheiße!

Knurren hallt durch den Raum, während sich der quälende Schmerz vom Biss tiefer in mein Bein gräbt. Ich schwöre, wenn ich Tollwut bekomme, komme ich zurück und räche mich.

Ich setze meine Flucht fort, ziehe mich an meinen wunden Armen hoch, meine Füße winden sich um das Seil als Hebel und schieben mich hoch. Ich hasse es, zuzugeben, dass dies nicht mein erster Einbruchsversuch ist, und bei meinen derzeit absolut miserablen Finanzen wird es wahrscheinlich auch nicht der letzte sein. Ich versuche, es nicht zur Gewohnheit werden zu lassen, zumal immer etwas schief zu gehen scheint - wie zum Beispiel die Zahnabdrücke in meinem Bein.

Die Hunde springen weiter und bellen mich heftig an, aber ich bin jetzt zu weit oben, als dass sie mich erreichen könnten. Das lässt mich aber nicht langsamer werden. Bei all dem Krawall warte ich nur noch auf die Polizeisirenen.

Die Fensterscheibe in der Decke steht halb offen, so wie ich sie hinterlassen habe, und gerade als ich nach dem Rand greife, bahnt sich etwas seinen Weg hinein und flattert an mir vorbei.

Ich erschaudere und zucke zusammen, mein Herz springt mir fast aus dem Brustkorb.

"Was zur Hölle!?" Ich schaue wieder nach unten und sehe, wie Sir Surchions dumme Krähe oben auf einem Regal landet. Sie legt den Kopf schief und studiert mich mit glänzenden schwarzen Augen.

Verdammter Vogel. Verdammte Hunde. Das ist ein verdammter Zoo hier drin.

Unbeholfen greife ich nach dem Rand des offenen Fensters und ziehe mich hinaus. Mit baumelnden Beinen sitze ich da, ringe um jeden Atemzug und versuche, meinen rasenden Puls zu beruhigen.

Diese Nacht war scheiße, aber wenigstens habe ich die Kugel. Ich hebe das Seil und den Gurt hoch, weg von den Hunden. Sie schnappen noch ein paar Mal danach, bevor sie aufgeben und zurück in den Laden rennen, als wüssten sie, dass sie diesen Kampf verloren haben. Oder haben sie vielleicht ein anderes Geräusch gehört?

Im Moment will ich nur noch weg von diesem Laden, bevor noch mehr verrückte Dinge passieren.

Ich schiebe das Seil und den Gurt so schnell wie möglich in meinen Rucksack und laufe über das Flachdach zu dem überhängenden Baum, um eilig herunterzukommen. Als meine Füße den Boden berühren, durchdringt ein weiteres zischendes Geräusch aus der Kugel meine Gedanken. Ich bleibe wie angewurzelt stehen. Das letzte Mal tat sie das, kurz bevor die Hunde in das Lagerhaus eindrangen. Als ob sie mich gewarnt hätte.

Und jetzt... jetzt will ich nicht herausfinden, welche Gefahr auf mich wartet.

Als ich halb humpelnd, halb rennend durch die Dunkelheit nach Hause komme, kribbelt meine Haut, als würde ich beobachtet werden.

KAPITEL ZWEI

ARIA

Die Klänge von klirrendem Geschirr und zuschlagenden Schranktüren wecken mich auf. Ich seufze verärgert und rolle herum, um nach meinem Handy auf dem Nachttisch zu greifen. Nach einem kurzen Tippen auf den zersplitterten Bildschirm starre ich auf die Uhrzeit. Nicht mal sechs Uhr morgens.

"Nicht schon wieder", grummle ich und reibe mir die Augen. Ich bin erst vor drei Stunden ins Bett gekommen, und nach dem Fiasko im Antiquitätenladen klebt die Erschöpfung noch an mir. Murray muss seinen Alkoholkonsum und das Glücksspiel wirklich in den Griff bekommen. Diese frühmorgendlichen Weckrufe werden langsam lächerlich.

Als ich mich daran erinnere, welcher Tag heute ist, keimt Hoffnung in meiner Brust auf, sodass ich mich aufrichte und aus dem Bett klettere. In dem Moment, in dem ich aufstehe, schießt der Schmerz meine Wade hinauf, ich zucke zusammen und lehne mich gegen die Matratze. Ich habe die Bisswunde gestern Abend verbunden, aber sie schmerzt immer noch wie verrückt. Ich habe

Glück, dass ich mit minimalen Verletzungen davongekommen bin, nachdem die beiden Hunde mich angegriffen haben, auch wenn ich mich jetzt nicht so fühle. Es hätte viel schlimmer enden können.

Ich lasse meinen Blick zu der Ecke des Zimmers schweifen, in der mein Rucksack liegt, die Kugel sicher darin verstaut. Ein einziger staubiger, alter Gegenstand wird die Dinge für mich verändern. Diese Verletzungen werden es wert sein, weil die Ausbeute riesig ist.

Ich bin es leid, kein Geld für Schulsachen und leere Küchenschränke zu haben. Das Tauschen oder Schnorren um Essen wird der Vergangenheit angehören, genauso wie Murrays Süchte. Nach heute Abend muss ich mich um nichts mehr kümmern. Wenn ich die Kugel auf Storms Markt verkauft habe und die Uhr 11:30 schlägt meine genaue Geburtszeit werden sich die Dinge für mich ändern. Das weiß ich einfach.

Ich werfe einen Blick auf das zerwühlte Einzelbett auf der anderen Seite des Zimmers, in dem Joseline früher geschlafen hat. Sie ist eine der Glücklichen. Wie unsere anderen Pflegegeschwister war sie an ihrem achtzehnten Geburtstag aus diesem Höllenloch entkommen und wohnte nun bei Freunden auf der Couch, bis wir uns wiedersehen können.

Bald. Sehr bald.

Die Kugel des Chaos ist unsere goldene Eintrittskarte für einen Neuanfang. Vielleicht sogar eine Wohnung, wenn ich den richtigen Käufer finde und genug Geld aus ihm herausquetschen kann. Und das bedeutet, in den geheimen Teil von Glenside zu reisen, einen magischen Untergrund, den die Übernatürlichen *Storm* nennen, wo sich die meisten Leute für alles Mystische, Mächtige und Seltene hinwagen. Spezialisierte Kristalle, Wahrsagerei oder Möglichkeiten, lästige Geister zu vertreiben - Storm bietet alles.

Während das Meiste an Storm in Ordnung ist, würde man die Märkte nicht gerade als nobel oder glamourös bezeichnen; sie sind der Ort, an dem die Niedrigsten der Niedrigen kriechen und handeln, eine Tauschbörse für diejenigen, die nach Anonymität suchen. Ein schneller Kauf oder Verkauf ohne den Papierkrieg, wenn du weißt, was ich meine. Folge einfach den Regenschirmen und dem Geräusch des Regens, und du erreichst den Markt - daher der Name, es ist wie ein Sturm.

Das Vibrieren meines Handys auf dem Nachttisch holt mich aus meinen Gedanken. Als ich hinüberschaue, sehe ich eine Chat-Blase auf dem Bildschirm erscheinen. Es ist eine Nachricht von Joseline.

„Heute ist der Tag! Alles Gute zum Geburtstag!" steht da.

Wenn sie wüsste, was ich letzte Nacht getan habe, würde sie mich umbringen.

Deshalb werde ich das Geheimnis mit ins Grab nehmen. Ebenso wie meinen Schatten. *Richtig, Sayah?*

Sie verschiebt sich träge in mir, selbst noch im Halbschlaf. Ich rolle mit den Augen.

Die Erinnerung an den Beinahe-Kampf mit den Hunden lässt mein Herz wieder rasen. Und dieses zischende Geräusch...

Ich zittere. Nur ein weiterer Grund, zu Storm zu gehen und das Ding zu verkaufen.

Mehr Krachen aus dem Flur und eiliges Flüstern. Ein verzweifelter Schrei.

Unbehagen schlängelt sich meine Wirbelsäule hinauf. Das hört sich nicht nach einem von Murrays typischen betrunkenen Aktionen an. Irgendetwas Anderes geht hier vor.

Ich stoße mich vom Bett ab und ziehe mir schnell eine Skinny Jeans und einen schwarzen Pullover an, dann schlüpfe ich in schlichte Turnschuhe. Ob du es glaubst oder nicht, Joselines Bedürfnis, mich wegen meiner Kleiderwahl aufzuziehen, ist etwas, auf das ich mich schon wieder freue. *Zu dunkel*, sagt sie immer, da so ziemlich alles, was ich besitze, schwarz ist. Mit meinen dunklen Haaren und Augen hilft es mir, nicht aufzufallen, was sehr praktisch ist, wenn man eine zweifelhafte Vorgeschichte und eine ziemlich verrückte Gabe hat. Das passt sehr gut zur mir.

Ich schnappe mir meinen Rucksack, bevor ich mich auf den Weg zu all dem Krawall mache, da ich nicht darauf vertraue, ihn auch nur für eine Sekunde aus den Augen zu lassen.

Wie erwartet, steht Murray in unserem kleinen Essbereich, aber zu meiner Überraschung ist er nicht allein. Ein Fremder in einem Kapuzenmantel drückt ihn gegen die Wand. Der Fremde türmt sich über ihm auf und knurrt bedrohlich. Der Küchentisch ist umgekippt, und in der Nähe des Kopfes meines Ziehvaters ist ein neues Loch in der Wand.

Die Angst pocht in meinem Bauch. Als der Kopf des Fremden in meine Richtung peitscht, sind das erste, was ich sehe, seine schockierend blassen Augen.

„Voooorsicht!", zischt eine kratzige Stimme in meinem Kopf und beschwört eine Gänsehaut herauf. Ich drehe mich um und schwöre, dass sich jemand hinter mir angenähert hat.

„Das-das ist sie", stammelt Murray und nickt in meine Richtung. Sein kurzes graues Haar ist zerzaust, und ein lila Bluterguss zeichnet die Haut unter seinem Auge. „Sie ist die, von der ich dir erzählt habe."

Mein Blick flackert zwischen Murray und dem Mann hin und her, und ich umklammere meinen Rucksack fester. Ist er wegen der Kugel hier? Hatte ich gestern Abend wieder einen Fehler gemacht und es gab Kameras?

Als er sich von Murray entfernt, richtet sich der Rücken des Mannes auf. Er zieht seine Kapuze herunter und enthüllt langes weißes Haar und durchscheinende Haut. Offensichtlich ist er kein Mensch, aber welche Spezies er genau ist, weiß ich nicht. Seine Nasenlöcher blähen sich, als er tief einatmet, als würde er meinen Geruch aufnehmen, und ich erinnere mich sofort an meine verwundete Wade von letzter Nacht.

Scheiße.

Wie aufs Stichwort weiten sich seine Pupillen vor Hunger. Mein Puls donnert.

„*Riiiiiiecht Bluuuuuut*", flüstert die Stimme wieder in meinen Ohren.

Was zur Hölle? Ich scheine die Einzige zu sein, die die Stimme hören kann. Keiner sonst reagiert darauf.

Der furchteinflößende Fremde stolziert zu mir herüber, er überragt mich, seine Schultern sind breit und jeder Zentimeter von ihm ist einschüchternd. Doch statt sich meiner Tasche zu bemächtigen, packt er mich grob am Arm. Ich versuche mich loszureißen, aber sein Griff ist eisenhart.

„Lass los!", schreie ich und starre zu ihm hoch. "Lass mich los!"

Er ignoriert mich und fängt an, mich zur Tür zu zerren, seine Kraft übertrifft meine um Längen. Ich drücke die Beine in den Boden, um ihn zu bremsen, aber es bringt nichts. Er ist ein Berg, und ich bin ein Kieselstein.

"Du hoffst besser, dass die Lords den Handel gutheißen, Hexenmeister, oder ich komme zurück und hole mir deine Seele", ruft der Mann über die Schulter zu Murray.

Inzwischen ist mein Herzschlag ein donnerndes Echo in meinen Ohren. Lords? Handel? "Was ist hier los?"

Verzweifelt schaue ich Murray hilfesuchend an.

Sein Blick ist voller Bedauern, aber die Angst hält ihn an seinem Platz fest.

„M-Murray?", stottere ich.

„*Verrrrraten*", scharrt die furchterregende, kiesige Stimme in meinem Kopf.

In Panik tue ich alles, um den Griff des Fremden zu lockern. Ich schlage auf seinen Arm und strample mit allem, was ich habe, aber das hat nur zur Folge, dass er mich mit einem Todesblick anstarrt.

„Es tut mir so leid, Aria", murmelt Murray hinter mir, seine Stimme ist erstickt. „Ich hatte keine andere Wahl."

Ich kann nicht glauben, was hier passiert.

Der Mann zerrt mich wieder zur Tür, und ich stolpere, während meine Welt vor mir aufblitzt.

„Komm schon! Komm schon!", sagt er verärgert. „Es wird weniger schmerzhaft sein, wenn du aufhörst, dich gegen mich zu wehren."

„Ich bin nicht die Richtige!", schreie ich. „Ich bin nichts Besonderes. Nur ein ganz normales Mädchen!" Das ist die Lüge auf all meinen Sozialarbeitsunterlagen, die ich jeden Tag erzähle. Ein Gewöhnlicher - ein Mensch, der in die magische Welt hineingeboren wurde, aber selbst keine Magie besitzt.

Der Fremde zögert kurz und schaut Murray zur Beruhigung an. Ich nutze die Gelegenheit und knalle ihm meinen Turnschuh gegens Bein. Er knurrt und zeigt mir warnend seine Reißzähne. „Sie macht mehr Ärger, als deine Schulden wert sind, alter Mann."

Mit diesen Worten verschwindet die Vermutung, dass es hier um Sir Surchion und die Kugel geht, und die Wahrheit darüber, was hier passiert, fühlt sich an wie ein Schlag ins Gesicht. Murray - der Mann, der sich um mich kümmern sollte, derjenige, der seit Jahren für mich verantwortlich ist - verschachert mich an seiner Stelle. Als Bezahlung für seine Schulden. Er hat Möbel und andere Besitztümer verkauft, um seine Schulden zu begleichen, hat uns hungern und frieren lassen, als er seinen Gehaltsscheck verspielte - aber das ist ein neuer Tiefpunkt, selbst für ihn.

Ich drehe mich zu ihm. „Wie konntest du mir das antun?" Wut, wie ich sie noch nie zuvor gespürt habe, schießt durch mich hindurch. Mein ganzer Körper zittert unter der Wucht des Geschehens. „Wie konntest du nur!"

Ich war nie mehr als ein Objekt für ihn. Ich war ihm nie wichtig, oder?

Sein Gesicht ist zwei Nuancen blasser, aber nicht einmal der Kummer, der in seinen Augen glitzert, kann mich dazu bringen, Mitleid mit ihm zu haben. „Aria, tu einfach, was er sagt. Es wird einfacher sein..."

Ich knurre ihn an wie ein eingesperrtes Tier, und er springt zurück. Sayah rührt sich von meiner Wut, raschelt in meiner Brust und will raus, aber ich kann sie nicht preisgeben. Nicht jetzt. Ich bin mir nicht einmal sicher, wie sie mir jetzt noch helfen kann. Das ist ein Mann, kein Hund; er würde sich nicht von einem mickrigen Schatten ablenken lassen.

„Bist du sicher, dass sie keine Gewöhnliche ist?", fragt der Mann vorsichtig, weil er sicher sein will.

Murray nickt. „Sie hat ein gewisses Temperament, aber sie könnte von Nutzen sein." Seine Stimme zittert. Ich kann nicht glauben, dass ich jemals Mitleid mit ihm hatte, als seine Frau ihn verließ. „Lass dich von ihr nicht täuschen."

„Hast du jemals gesehen, wie sie ihre Kraft einsetzt?", drängt der Fremde. „Was ist sie denn?"

"Ich weiß es nicht genau, aber sie ist mächtig. Vertrau mir."

Die Erwähnung meiner Macht verblüfft mich. Keiner weiß von Sayah. Sie ist ein Geheimnis, das ich mein ganzes Leben lang bewahrt habe. Vor allen.

Er muss lügen - er versucht alles, um aus seinen Schulden rauszukommen. Es ist unmöglich, dass er von meinem Schatten weiß.

„Sie ist ein sehr hübsches Mädchen. Ich bin mir sicher, dass sie etwas finden werden, was sie mit ihr machen können." Der weißhaarige Mann lacht.

Abscheu wälzt sich in meinem Magen bei seinen anzüglichen Worten. Sie werden mich wie Fleisch servieren. Mich zu einer Mahlzeit machen oder zu einem Sklaven oder ...

Wie konnte Murray mir das antun?

Ich hätte weglaufen sollen, als Joseline ging, so wie ich es eigentlich vorhatte. Warum hatte ich auf sie gehört und war geblieben?

Die langen Nägel des Mannes bohren sich in meinen Arm. "Hör auf, dich gegen mich zu wehren, Mädchen!"

Ein weiterer Blick auf Murray und Tränen steigen in seine Augen. Während ich weiterhin alles tue, was ich kann, um mich gegen meinen Entführer zu wehren, gegen ihn stoße und ihn trete, grunzt der Mann und greift nach mir. Ich reagiere zu langsam, als er zwei Finger an meinen Hals presst.

Die Stimme in meinem Kopf brüllt wieder. *"Voooooorsicht!"*

„Das reicht jetzt!" Es gibt ein scharfes Zwicken, und Hitze durchflutet mich. Plötzlich tritt die Dunkelheit ein, macht sich an den Rändern meiner Augen breit, und ich verliere das Gefühl für meinen Körper.

Ich schreie, aber es nützt nichts. Was auch immer er getan hat, lässt mich in die Bewusstlosigkeit abdriften. Das Letzte, was ich sehe, bevor mich der Schlaf einholt, sind die Augen, die nun fast vollständig von Schwarz verschluckt werden.

Seine Worte hallen in der Leere wider. „Genieße dein Nickerchen."

KAPITEL DREI

ARIA

Meine Gedanken driften von einem weit entfernten Ort zu mir zurück. Mir ist unangenehm warm am ganzen Körper, ich schwitze. Mein Magen kribbelt und meine Muskeln schmerzen. Ich stöhne.

Was zum Teufel ist passiert?

Mein benebelter Verstand kämpft damit, sich an meine letzten wachen Momente zu erinnern, aber als ich spüre, wie Sayah in mir vor Sorge zusammenzuckt, rücken die Erinnerungen in den Fokus. Murray, der mich gegen seine Schulden eingetauscht hat. Die Kugel. Und diese Stimme in meinem Kopf. Der Kapuzenmann, der mich rausgezerrt hat und mich dann irgendwie mit einem schnellen Fingerschnipsen betäubt hat...

Ich wurde gekidnappt.

Panik ergreift mich und ich setze mich auf. Wo bin ich denn jetzt? Schnell schaue ich mich um und was ich sehe verblüfft mich. Ich liege in einem Bett, umgeben von üppigen Kissen und einer Decke in Königsblau und Gold.

Mir gegenüber ist ein lodernder Kamin. Kein Wunder, dass ich schwitze.

Mein Blick schweift weiter durch den Raum. Da steht ein Bücherregal, ein uriger kleiner Stuhl und Tisch, und eine Kommode. Alles sieht teuer und alt aus, als hätte der Designer eine seltsame Vorliebe für Charles-Dickens-Romane oder so gehabt. Viktorianischer Stil.

Bizarr. Aber wenigstens ist es keine Gefängniszelle oder der schmutzige Keller von jemandem.

Es gibt ein schönes, hohes Buntglasfenster, das den größten Teil der Wand zu meiner Rechten einnimmt. Durch ein paar klare Scheiben kann ich den grauen Himmel draußen sehen, der ein aufziehendes Gewitter vorhersagt.

Wie lange war ich bewusstlos?

Ich werfe einen Blick auf die Tür und frage mich, ob sie verschlossen ist. Ich schwinge meine Beine vom Bett und lande auf dem Holzboden. Sofort wirbeln mein Kopf und mein Magen in verschiedene Richtungen, und ich habe Angst, dass ich wieder zu Boden fallen könnte. Oder noch schlimmer, kotzen.

Was auch immer dieser gruselige weißhaarige Kerl mit mir gemacht hat, es hat mich wirklich durcheinander gebracht. Und das alles mit einem einfachen Finger-schnipsen. Ich habe noch nie von einer übernatürlichen Spezies gehört, die zu so etwas im Stande ist.

Ein Rest von roher Wut über das, was mein Pflegevater mir angetan hat, schwappt auch durch mich hindurch. Wenn ich dieses Arschloch jemals wiedersehe, werde ich ihm genau sagen, was ich denke. Natürlich musste diese Scheiße genau an dem Tag passieren, an dem ich meine Freiheit erhalten sollte.

Während ich darauf warte, dass der Schwindelanfall

vorübergeht, stelle ich fest, dass ich nicht mehr meine normalen Jeans und meinen Pullover trage. Jemand hat mich in ein seidiges Nachthemd gesteckt, das nur wenig der Fantasie überlässt. Sogar meine Schuhe und mein BH sind weg. Mein verwundetes Bein hat außerdem einen frischen Verband.

Der Gedanke, dass ein Fremder mich angefasst hat - vor allem der Kapuzenmann - lässt mich erschaudern. Ich habe mich noch nie in meinem Leben so missbraucht gefühlt.

Ich muss von hier verschwinden. Ich suche den Raum noch einmal nach meinen Kleidern ab. Nichts.

„Sayah", flüstere ich, und mein Schatten sickert auf Kommando aus mir heraus. Ich kann ihre Unruhe durch unsere Verbindung spüren. Sie macht sich Sorgen um mich - um uns - so seltsam das auch klingen mag. „Ist es sicher, durch diese Tür zu gehen?"

Sie versteht mich, huscht über den Boden und schlüpft unter der Tür durch, um nachzusehen. Während sie das tut, schleiche ich zum Fenster und schaue hinaus. Wo auch immer ich bin, es ist von sanften Hügeln und einem dichten Wald umgeben, was in Vermont nicht allzu ungewöhnlich ist. Viel mehr kann ich allerdings nicht sehen, außer einem Teil einer langen Steinauffahrt, die hinter weiteren Bäumen verschwindet.

Ich erinnere mich, dass der Kapuzenmann etwas darüber sagte, dass die „Lords" mit dieser beschissenen Transaktion zufrieden seien, also bedeutet das, dass es mehr als eine Person gibt, auf die ich während meiner Flucht aufpassen muss. Aber es sind nirgends Autos geparkt, so weit ich auch sehen kann. Vielleicht habe ich Glück und man lässt mich in Ruhe?

Ja klar. Ich und Glück haben? Dass ich nicht lache.

Ich fahre mit der Hand über das bunte Glas und stelle fest, dass es kein normales Fenster ist, das man aufschieben oder aufkurbeln kann. Es ist lediglich ein dekoratives Stück, was bedeutet, dass ich eine Scheibe einschlagen und mich herausquetschen müsste. Von der Höhe des Raumes her würde ich sagen, dass ich etwa drei Stockwerke hoch bin, also kommt ein Sprung nicht in Frage. Wenn ich meinen Rucksack und mein Seil hätte, könnte ich vielleicht den größten Teil des Weges herunterklettern und den Rest springen.

Oh, Scheiße! Mein Rucksack! Die Kugel! Ich hatte sie doch vor der Entführung noch.

Mein Puls beschleunigt sich. Wo sind meine Sachen? Hat sie jemand mitgenommen?

Ich will mich gerade bewegen, um die Kommode zu durchsuchen, als Sayah zurück ins Zimmer huscht, ihre Bewegungen sind ruckartig, als wäre sie erschrocken.

„Was ist los?", frage ich eilig. Meine Beunruhigung wird schlimmer. Nicht viele Dinge können einen Schatten so aus der Ruhe bringen.

Ihr Kinn hebt sich, als würde sie auf die Tür schauen. Eine Warnung. Eine, die nicht früh genug kommt, denn die Tür öffnet sich und ein Mann tritt ein. Sayah taucht schnell wieder in mich ein und lässt mich von unserer erzwungenen Wiedervereinigung stolpern. Es ist wie ein Schlag auf die Brust.

Der Mann hält mitten im Schritt inne, und mir stockt der Atem. Ich bin sicher, er hat Sayah gesehen. Er muss sie gesehen haben, aber er sagt kein Wort. Er starrt mich nur mit Augen an, die einen hypnotisierenden Blauton haben, und mit einem finsteren Blick, der seine Brauen in Falten legt.

Zum ersten Mal sehe ich ihn an - sehe ihn wirklich an

- und mein Herz schlägt aus einem anderen Grund schneller. Er sieht außerordentlich gut aus. Nein, *er ist umwerfend*, mit dunklem Haar, das kurz geschnitten und aus dem Gesicht gegelt ist, einer markanten Nase, vollen Lippen und einer starken Kieferlinie, die leicht von Bartstoppeln umspielt wird. Er trägt ein mitternachtsblaues Hemd mit Kragen und eine dunkle Hose. Beides muss speziell für ihn angefertigt worden sein, und es trägt nur zu seiner insgesamt souveränen Präsenz bei.

Aber was mir am meisten auffällt sind seine Augen, von denen ich scheinbar nicht wegschauen kann. Neben ihrer intensiven Farbe kann ich mich des Gefühls nicht erwehren, dass er schon viel gesehen hat, viele Geheimnisse und Macht besitzt. Es ist einschüchternd. Selbst als er so dasteht und kein Wort sagt, ertappe ich mich dabei, wie ich mich langsam zum Fenster zurückziehe.

Mein Hintern stößt gegen die Fensterbank und ich weiß, dass ich nirgendwo anders hin kann. Er hat sich nicht bewegt, aber er hat mich in eine Sackgasse gedrängt.

Sein Stirnrunzeln weicht einem Blick, der mehr gelangweilt wirkt als alles andere. „Es ist ein langer Weg nach unten", sagt er. Seine Stimme ist so stählern und kultiviert wie sein Aussehen, mit einem tiefen Akzent, der sich um die Enden seiner Worte windet.

Ich zwinge mich, wegzuschauen, breche den Blickkontakt kurzzeitig ab.

Reiß dich zusammen, Aria. Hör auf zu glotzen.

Ich atme tief ein, in der Hoffnung, dass es reicht, um einen klaren Kopf zu bekommen. Dann zwinge ich meinen Tonfall zur Tapferkeit und stelle die einzige Frage, die mir in diesem Moment einfällt. „Wo sind meine Sachen? Meine Tasche?"

Er blinzelt, als wäre das das Letzte gewesen, was er von mir erwartet hätte.

Plötzlich fällt mir wieder ein, dass ich nur ein Nachthemd trage und kaum bekleidet bin und verschränke die Arme vor der Brust. „Meine *Kleidung*", füge ich hinzu. Obwohl die Vorstellung, dass dieser Fremde mich umgezogen hat, ein ganz anderes Bild in meinem Kopf entstehen lässt als bei dem weißhaarigen Mann, der mich hierher gebracht hat.

„Alles, was du mitgebracht hast, wurde weggeräumt." Er gestikuliert in Richtung der Kommode. „Da drin."

Ich schaue in die Richtung und höre sofort das vertraute Summen der Kugel in meinem Kopf. Leiser, jetzt wo sie irgendwo in den Schubladen vergraben ist, aber Erleichterung durchflutet mich bei dem Geräusch. Ich lobe mein Glück, dass sie niemand gefunden hat. Wenn ich hier rauskomme, dann kann ich sie immer noch auf dem Markt verkaufen und mein neues Leben mit Joseline beginnen. Wie wir es immer geplant hatten.

Plötzlich pirscht sich der gut aussehende Mann näher an mich heran, schließt den Abstand zwischen uns, und ich drücke mich mit dem Rücken gegen das Fenster. Das orangefarbene und rote Licht des Kamins tanzt über sein Gesicht, während er mich mit prüfendem Blick anstarrt, und mein Herzschlag galoppiert.

„Warum bist du hier?", fordert er mehr, als dass er fragt.

„I-Ich-", stottere ich, überrumpelt von seiner plötzlichen Nähe. Er ist jetzt so nah, dass ich sein maskulines Parfüm riechen kann.

Die Muskeln an seinen Schläfen zucken, als er seinen Kiefer zusammenpresst. „Und?"

In mir geht Sayah auf und ab, es gefällt ihr nicht, wie

dieser Mann versucht, eine Antwort aus mir herauszu-
pressen. Wut regt sich, und dieses Mal, als ich seinem
Blick begegne, schwanke ich nicht.

Warum bin ich hier? Was denkt er denn? Dass ich eine
Wahl hatte?

„Warum sagst du es mir nicht?"

Er kräuselt die Lippen, offensichtlich ist er es nicht
gewohnt, auf diese Weise angesprochen zu werden. „Mir
wurde gesagt, dass Ramos dich im Austausch für die
Schulden eines anderen hergebracht hat. Ein Hexenmeister."

Ramos musste der weißhaarige Typ sein, der mich
niedergeschlagen hatte.

„Wenn du meinst, dass ich entführt wurde, dann ja."

„Ramos ist schon eine ganze Weile bei uns. Er mag
zwar nur ein Dhampir sein, aber er hat besondere Fähigkeiten, die sich als nützlich erwiesen haben, wenn es
darum geht, das Geld einzutreiben."

Nur ein Dhampir? Halb Mensch, halb Vampir, werden
sie als Außenseiter betrachtet, die Folge dessen, was
passiert, wenn die Blutaustauschzeremonie schief geht.
Sie sind allerdings selten. Die meisten werden getötet,
weil sie schrecklich sind. Ich bin schockiert, überhaupt
einen getroffen zu haben.

Wie ihre Gegenstücke, die Vollvampire, sehnen sich
Dhampire nach Blut, aber im Gegensatz zu Vollvampiren
können sie in der Sonne laufen, ohne sich in einen
Haufen Asche zu verwandeln. Mein Hals ist immer noch
intakt und ich habe noch all mein Blut... warum hatte
Ramos mich nicht gebissen? Stattdessen hat er mich mit
seinen Fingern gekniffen und das hat irgendwie gereicht,
um mich auszuschalten. Eine Art Druckpunkt-Voodoo
oder ein Jedi-Gedankentrick?

Trotzdem bewegt sich mein geheimnisvoller Besucher nicht von mir weg; er studiert mich nur weiter mit einem durchdringenden Blick. Könnte er auch ein Dhampir sein? Ich bin mir nicht sicher... Alles an dem Mann vor mir ist anders. Kontrollierter. Stärker. Mehr von allem.

„Ramos sagte auch, dass du große Macht hast und uns nützlich sein könnten", sagt er. „Dass du etwas Besonderes bist."

„Er hat gelogen", sage ich und halte mein Kinn hoch.

Seine Augenbrauen schießen in die Höhe. „Oh?"

Jetzt habe ich sein Interesse geweckt, aber ich bin mir nicht sicher, ob das etwas Gutes ist.

„Ja", antworte ich. „Ich bin ein ganz normaler Mensch. Das habe ich deinem Dhampir-Freund auch gesagt." Wenn ich diese Fassade aufrechterhalten kann und ihn glauben lasse, dass ich nichts Besonderes bin, könnte er dem Verantwortlichen berichten, dass es keinen Grund gibt, mich hier zu behalten. Er könnte mich befreien und stattdessen Murray jagen.

„Eine Gewöhnliche." Er betont die Worte, als ob er es nicht glauben würde.

„Jep. Nichts Besonderes. Ganz schlicht."

Langsam hebt sich sein Mundwinkel, amüsiert. „Schlicht sagst du also?"

Gibt es hier ein Echo?

Mein Inneres windet sich unter seinem Blick. Es ist, als ob er mein Geheimnis kennt, aber darauf wartet, dass ich einen Fehler mache und es selbst verrate. Als würde er ein Spiel mit mir spielen, das ich niemals gewinnen kann. Ich hasse es.

Vielleicht fordere ich mein Glück heraus, aber ich muss es versuchen. „Ich fürchte ja." Als er nicht sofort antwortet, füge ich hinzu: „Da es sich um ein Missverständnis handelt, werde ich einfach gehen. Dann kann Ramos oder wer auch immer die Schulden bei Murray eintreiben. So wie es sich gehört."

„Dich gehen lassen? Aber der Hexenmeister hat deine Seele gegen seine als Bezahlung eingetauscht. Er *ist* dein gesetzlicher Vormund, richtig?"

Seele? Das ist eine seltsame Art, es auszudrücken, aber okay. „Nun, ja, rechtlich gesehen, aber..."

Er unterbricht mich. "Und du bist unter achtzehn?"

„Nur noch für ein paar Stunden, genau genommen."

Das Grinsen verlässt sein hübsches Gesicht für keine Sekunde. „Dann gehörst du uns."

Mir dreht sich der Magen um. Dieser Typ ist also einer der Lords, wegen denen ich hergebracht wurde. Aber er sieht so jung aus. Vielleicht Mitte zwanzig, höchstens. Wie kann er der Anführer eines unterirdischen, übernatürlichen Verbrecherrings sein?

„Aber-aber-ich gehöre nicht hierher."

„Was für ein Zufall", sagt er stumpf. „Ich auch nicht."

Ein kalter Schauer läuft mir über den Rücken. Als ich seinem Blick wieder begegne, stelle ich fest, dass sich seine Augen verändert haben. Das kühle Blau und Weiß ist komplett von der Schwärze verschluckt worden.

Ich keuche, der Schrecken lässt meine Adern gefrieren. Ich habe noch nie gesehen, dass ein Übernatürlicher *so etwas* tut. Nicht mal ein Vampir.

Ein paar Sekunden lang bin ich wie erstarrt. Meine Brust hebt sich, als ich nach Luft ringe, und ich kann nur starren.

„Weißt du, wir drei sind ziemliche Experten in Sachen *Sünde*", sagt er auf mein fassungsloses Schweigen hin. Jetzt grinst er und genießt meine Reaktion in vollen Zügen. „Wir sind ja schließlich Dämonen."

Dämonen.

„Fuck...", krächze ich. Ich stecke in größeren Schwierigkeiten, als ich dachte.

Das ist übel. Wirklich, wirklich übel.

Die Hand des Dämons schießt hervor und packt mein Kinn - hart - und zwingt mein Gesicht näher zu seinem. Mit seinen immer noch tiefschwarzen Augen kann ich nicht erkennen, was er anschaut, aber sein Mund ist meinem so nahe, dass ich mich frage, ob er mich küssen will. Mein Herz hämmert hinter meinen Rippen.

„Für eine junge Dame hast du ein ziemlich verruchtes Mundwerk", flüstert er.

Um zu helfen, drängt Sayah auf Befreiung, aber ich schiebe sie innerlich zurück an ihren Platz. Das ist es, was er will. Er versucht, mich zu verführen, mir Angst zu machen, damit ich mich offenbare. Ich kann nicht nachgeben.

Stattdessen schenke ich ihm ein zuckersüßes Lächeln. „Vielen Dank aber auch."

Er hält mich noch einen langen Moment so, seine Lippen schweben über meinen, sein starker Griff um mein Gesicht ist unerschütterlich. Dann, ganz unerwartet, weicht die Schwärze seiner Augen seinem natürlichen, eisigen Blau und er lässt mich los.

Scheinbar enttäuscht tritt er zurück, macht auf dem Absatz kehrt und geht weg, wobei er die Tür hinter sich zuschlägt.

Wieder allein, reibe ich mir den Schmerz aus dem Kiefer und versuche zu begreifen, was gerade passiert ist. Mein rasender Puls ist immer noch ein donnerndes Echo hinter meinen Ohren.

Dämonen... Meine Entführer sind Dämonen? Aus der Hölle? Ich habe von ihnen gehört, aber ich habe noch nie

einen gesehen. Ich weiß nur, dass sie nachts umher-
streifen und Seelen verzehren. Das gibt ihnen ihre Macht.
Und mit dieser Macht werden sie von allen gefürchtet.

Und jetzt bin ich ihr Gefangener.

Mist. Die Dinge wurden gerade viel komplizierter.

CAIN

Aria hat Kraft. Sie ist so stark, dass ihre Kraft unter meiner Haut summt, und ich kann sie unter meiner Zunge schmecken. Etwas Dunkles und Vertrautes, aber ich weiß nicht, was. Jedenfalls noch nicht, aber ich werde es herausfinden.

Was auch immer in ihr ist, es ruft nach mir, und das war definitiv nicht das, was ich erwartet hatte, als Ramos eine Frau, statt des versprochenen Hexenmeisters, in unser Haus brachte. Er behauptete, er hätte etwas in ihrem Blut gerochen, aber das musste ich selbst beurteilen. Was ich gefunden hatte, verwirrte und verärgerte mich nur. Und, wenn ich ehrlich war, *faszinierte es* mich.

Nachdem ich über ein Jahrhundert auf der Erde gelebt hatte, überraschte mich nicht mehr viel. Aber diese Frau... diese Aria... sie schaffte es.

Gewöhnlich? Sie war alles andere als gewöhnlich.

Sie war unverkennbar schön, mit tiefschwarzem Haar und passenden dunklen Augen, aber diese Dinge konnte man zunächst übersehen. Die Welt ist voll von reizenden Frauen, und ich habe im Laufe der Jahrzehnte mich gut an ihnen ausgetobt. Aber als sie es wagte, mich herauszu-fordern, trotz der offensichtlichen Gefahr, in der sie sich befand, wurde mir klar, dass ich Ramos' Entscheidung, sie mitzunehmen, falsch eingeschätzt hatte.

Als ich dem Wachmann an der Tür zunicke und weggehe, geht mir das Bild von ihr nicht aus dem Kopf. Die Art und Weise, wie sich der dünne Stoff ihres Nachthemdes an die Kurve ihrer Brüste schmiegte, sich an ihrer Taille zusammenzog und bis zu ihren Knöcheln fiel. Ich kann immer noch ihren Duft riechen und er sorgt dafür, dass ich sie haben will. Dann war da ihre schnelle, beißende Zunge. Die Erinnerung an den Blick des Schocks und der Lust in ihren Augen, als ich sie festhielt, schickte ein Zucken direkt zu meinem Schwanz.

Seit langem hat mich niemand mehr so reagieren lassen.

Das Klappern der sich öffnenden und schließenden Kommode in ihrem Zimmer hallt sogar hier draußen im Korridor wider. Welche Macht sie auch immer besitzt, kann für uns von Wert sein. Die potentielle Gefahr ist genauso aufregend wie der Rest von ihr.

Heute Abend sollten wir uns an der Seele eines Hexenmeisters laben. Die Macht wäre unglaublich gewesen. Ich weiß noch nicht, ob wir einen fairen Tausch mit Aria gemacht haben, aber die Zeit wird es zeigen.

Ich mache mich auf den Weg die Haupttreppe hinunter zum vorderen Wohnzimmer, wo ich Dorian erwarte. Den ganzen Weg über quälen mich Bilder von meinen Fingern, die sich um ihr seidiges, rabenschwarzes Haar schlingen und ihre Kehle freilegen, während ich in sie eindringe. Wenn sie bleibt, werden wir genau dort enden und es gibt zu viel zu tun. Sie hätte nicht zu einem schlechteren Zeitpunkt in unser Leben kommen können; ich kann mir keine Ablenkung leisten.

Die Flamme im Kamin knistert und spuckt in das Metallgitter, brüllt wie ein Drache. Ich finde Dorian dort, wo ich ihn erwarte, auf dem Ledersofa vor den Flammen lümmelnd. Zwei seiner neuesten Opfer sitzen neben ihm, völlig nackt und auf seine Befehle wartend. Als Inkubus oder Lustdämon ist es nicht ungewöhnlich, dass er mit einer Frau beschäftigt ist, die er angelockt hat, um sein unstillbares Verlangen vorübergehend zu stillen. Im Gegensatz zu ihm bin ich es leid, dass sich alles ständig wiederholt, und ihre Anwesenheit nervt mich nur.

„Verschwindet", belle ich sie an, meine Stimme hallt von den Steinwänden wider.

Wie von einem Bann gerissen, zucken ihre Köpfe nach oben, Panik steht ihnen ins Gesicht geschrieben. Sekunden genügen, um auf die Beine zu kommen und den Flur hinunterzurennen.

„Du verdirbst alles", murmelt Dorian mir mit einem jungenhaften Schmollmund zu. „Ich hätte dir eine über-lassen, wenn du nett gefragt hättest."

„Wir müssen reden." Ich stehe vor dem Kamin. Die Hitze umhüllt mich, und ich bade in ihrer Gegenwart. Ich vermisse unser Zuhause, die sengende Hitze der Unter-welt, wo ich herrschen sollte. Dort sollte ich jetzt sein, auf dem Thron sitzen, den mein elender Vater immer noch besetzt. Wir sollten jetzt die Kontrolle über die ganze Hölle haben, über jede verdammte Seele, nicht im Schatten der Lebenden lauern.

Unser Versagen sitzt mir tief in den Knochen. Auch noch nach all dieser Zeit.

Dorian lehnt sich zurück, die Arme seitlich neben sich an der Couchlehne ausgestreckt, während er ein Bein über das andere schlägt. „Es geht um unser neues Spiel-zeug, stimmt's? Ich habe dir gesagt, du sollst mich zuerst zu ihr gehen lassen, wenn du willst, dass sie gehorcht."

Ich balle meine Faust auf dem Kaminsims, habe genug von seinem Scheiß. „Wir brauchen dich nicht, damit du sie zu einer weiteren deiner Sexpuppen hypnotisierst."

„Wenn sie wirklich so mächtig ist, warum fressen wir sie nicht einfach auf und absorbieren diese Kraft?"

„Nein." Es kommt zu schnell heraus, und ich bereue es sofort.

Dorian beugt sich vor, die Augen weit aufgerissen, plötzlich interessiert. „Sie hat etwas mit dir gemacht", sagt er, lacht dann und schlägt sich auf ein Knie. „Wie ich es geahnt habe, sie hat dich umgehauen. Ich hätte nie gedacht, dass ich den Tag erleben würde. Der große Cain, Sohn von Luzifer. Dämon des Stolzes höchstpersönlich, und sie hat dich in ihren Bann gezogen. Eine Frau."

„Red' keinen Müll", schnauze ich. „Und sie ist keine gewöhnliche lebende Frau. Sie ist... anders."

„Anders? Wie meinst du das?"

„Da ist noch etwas Anderes an ihr, etwas, das ich nicht begreifen kann. Eine Dunkelheit in ihrer Aura... ich kann sie spüren."

Mit gerunzelten Brauen stützt Dorian die Ellbogen auf die Knie. „Also, was ist sie?"

„Das habe ich noch nie gesehen, und das ist es, was mich..."

„In ihren Bann zieht", beendet er meinen Satz.

„Seltsam", korrigiere ich ihn. Noch nie hat mich jemand verzaubert; ich werde es auch jetzt nicht zulassen.

„Ramos sagte, er spürte eine Kraft in ihr, aber ich nahm an, sie sei eine Zauberin. Oder ein Shifter. Das Übliche", sagt Dorian.

Ich balle und löse meine Faust, denke an ihr Gesicht in meiner Hand und was passiert wäre, wenn ich nachgegeben und sie geküsst hätte, wie ich es wollte. Vielleicht hätte ich dann entschlüsseln können, was sie war, indem ich sie geschmeckt hätte.

Keine Ablenkungen, schon vergessen?

„Vielleicht solltest du dem Hexenmeister einen Besuch abstatten und es herausfinden", zwinge ich mich zu sagen, um die Versuchung zu verdrängen.

Dorian ist auf den Beinen. Wie immer trägt er kein Hemd, und seine Lederhose ist eng genug, um nichts zu verbergen, vor allem nicht seinen Ständer. Blondes Haar hängt lose halb über seinen Augen, während er in meine Richtung starrt. „Oder wir unterziehen sie einfach einem Bindungsritual."

Eine Erinnerung an das letzte Bindungsritual, das Elias damals in der Hölle durchgeführt hat - das, das uns alle überhaupt erst in dieses Drecksloch namens Erde gebracht hat - kommt an die Oberfläche meines Geistes. „Du willst Aria für die Ewigkeit an uns binden? Du hast das Mädchen noch nicht einmal kennengelernt."

Er bellt lachend. „Und? Ich habe es satt, ständig deine hässliche Visage anzuschauen. Und Elias ist immer unten im Keller oder im Wald und grübelt, also warum zum Teufel nicht? Wir bekommen ein Gefühl dafür, was sie ist, und wenn es nicht klappt, dann haben wir ein Festmahl mit ihrer Seele. Wie hört sich das an?"

„Wir finden zuerst heraus, was sie ist. Ich will nicht, dass wir wieder so ein Scheißproblem haben wie letztes Mal."

Dorian verengt seine Augen. „Scheiße, Mann, du fängst immer noch davon an. Es war ein Fehler, den keiner von uns kommen gesehen hat. Komm verdammt nochmal drüber weg."

Ich spotte über seine Worte. „Ich fange an, mich zu fragen, ob es dir hier wirklich gefällt."

Seine Mundwinkel verziehen sich zu einem Grinsen, das ihn viel jünger aussehen lässt, als er tatsächlich ist. „Es hat seine Vorteile", sagt er und wirft den Kopf zurück, um sich die Haare aus den Augen zu streichen. „Kennst du den Unterschied zwischen uns? Ich bin ein Opportunist. Ich mache das Beste aus dem, was wir haben. Du hast einen Stock im Arsch, seit wir hier sind."

„Fick dich", knurre ich kalt. Er hat nicht so viel verloren wie ich - mein Geburtsrecht, meinen Titel, den Großteil meiner Macht. Er wird es nie verstehen. Nicht ganz. Verbannt zu sein, war für mich eine Qual, kein Urlaub.

"Nur wenn du nett fragst", neckt er mich, bevor er mir einen Kuss zuwirft und zur Tür schlendert.

„Wohin gehst du?" Irritation pulsiert in meinen Schläfen.

„Mir einen runterholen, weil du mein Spielzeug weggeschickt hast."

Ich knurre leise vor mich hin und stoße mich vom Kamin ab. Es sollte mich nicht überraschen, dass seine Lösung immer die schnellste und einfachste ist - für *ihn*. Was er nicht versteht, ist, dass jede neue Kraft, der wir begegnen, eine Antwort auf unser Problem sein könnte. Und im Gegensatz zu ihm kann ich meinen Schwanz in der Hose behalten, wenn es eine Chance geben könnte, uns nach Hause zu bringen.

KAPITEL VIER

ARIA

Meine Kleidung und mein Rucksack sind genau dort, wo der Dämon hingezeigt hat - in der untersten Schublade der Kommode. Ich krame in meiner Tasche und finde mein Seil und das schmutzige Sweatshirt, das ich um die Kugel gewickelt hatte und sie ist zum Glück heil. Gott sei Dank. Mein Handy ist leer - es lässt sich nicht mal einschalten, wenn ich den Knopf gedrückt halte, das wars dann wohl mit dem um Hilfe rufen. Das Ding pfeift sowieso schon aus dem letzten Loch. Aber zumindest mit der Kugel gibt es noch Hoffnung, dass ich die Sache hinter mir lassen kann. Mein erster Schritt ist einen Weg hier raus zu finden.

Schnell ziehe ich meinen BH, meine Jeans, meinen Pullover und meine Turnschuhe an und fühle mich in meinen eigenen Klamotten sofort besser. Ich werfe noch einen Blick auf den sich verdunkelnden grauen Himmel draußen. Mein Plan ist einfach. Sobald das Gewitter kommt, warte ich auf das Donnergrollen und schlage eine der Fensterscheiben ein; hoffentlich reicht das, um das Geräusch von zerbrechendem Glas zu übertönen. Dann werde ich mich so schnell wie möglich am Seil abseilen und im Schutz des Sturms um mein Leben rennen. Ganz ruhig. Jetzt muss ich nur noch hoffen, dass der Himmel mitspielt und es regnet.

Ein Klopfen an der Tür lässt mich innehalten. Mein Puls beschleunigt sich beim Gedanken, dass der sexy, blauäugige Dämon zurückkehrt, und das nicht nur aus Angst. Ich werfe meinen Rucksack zurück in die Schublade und schließe sie gerade, als die Tür knarrend aufgeht. Als eine junge Frau eintritt, entspanne ich mich.

In ihren haselnussbraunen Augen und jugendlichen Zügen liegt eine Unschuld, die mich glauben lässt, sie sei etwa dreizehn Jahre alt. Höchstens fünfzehn. Aber trotz ihres Alters trägt sie eine langärmelige, hochgeschlossene schwarze Kutte und eine weiße Schürze, wie eine Dienerin.

Wow. Die versuchen wirklich, das altmodische Thema durchzuziehen, hm? Ich fange an zu denken, dass ich in der Zeit zurück versetzt wurde.

Sie lächelt mich warm an, und ich erwische mich dabei, wie ich es aus Reflex erwidere. Nachdem ich in den letzten Stunden von so vielen Männern rumkommandiert wurde, ist es schön, hier ein anderes Mädchen zu sehen.

„Hallo, Fräulein“, begrüßt sie mich förmlich. „Mein Meister möchte Sie kennenlernen. Man sagte mir, ich solle Sie in seine Gemächer bringen.“

„Aber ich habe ihn doch schon kennengelernt“, beginne ich verwirrt. „Er war gerade hier.“

„Sie haben Meister Cain kennengelernt. Es ist Meister Dorian, der um Ihre Anwesenheit bittet“, antwortet sie.

Cain. Das ist der Name des blauäugigen Dämons.

Jetzt, wo ich darüber nachdenke, hatte er erwähnt, dass es hier drei von ihnen gibt. Mir dreht sich der Magen um bei dem Gedanken, *noch einen* zu treffen. Einen weiteren Dämon.

„Und was ist, wenn ich ablehne?", frage ich.

Nicht mit meiner Antwort rechnend, blinzelt die Dienerin schnell. Plötzlich nervös, stottert sie ihren nächsten Satz. „I-I-Ich habe den Befehl bekommen, Sie zu..."

Ich seufze. Sich zu weigern, mit ihr zu gehen, könnte eine Bestrafung für sie bedeuten, eine, für die ich der Grund sein würde. Das könnte ich ihr nicht antun, auch wenn sie eine Fremde ist. Es ist scheiße, ein Gewissen zu haben.

Wenn Dorian so ist wie Cain, muss ich aufpassen. Wer weiß, wozu diese Kreaturen tatsächlich fähig sind, welche sadistischen und höllischen Kräfte sie besitzen. Das heißt, um hier lebend rauszukommen, muss ich mitkommen und - was noch wichtiger ist - nicht sterben.

„Gut, lass uns gehen." Ich gehe zur Tür und lasse sie dicht hinter mir folgen. Wir kommen an einem großen, bulligen Mann vorbei, der in der Nähe wartet. Unbehagen kribbelt über meiner Haut, als seine Augen jede unserer Bewegungen im Flur verfolgen. Sie hatten eine Wache an meiner Tür? Gut zu wissen. Das muss ich mir für meine große Flucht später merken.

Der Diener führt mich um die Kurve und eine kurze Treppe hinunter in den zweiten Stock. Von der Tür am anderen Ende hallen Geräusche wider. Zuerst klingen sie wie nichts Bestimmtes, aber als wir näher kommen, erkenne ich sie als Stöhnen der Lust. Schweres Atmen, Keuchen und Rufe der Ekstase.

Ich zögere.

Was zum Teufel?

Auch die Dienerin wird langsamer, ihre Wangen röten sich. Trotzdem winkt sie, mir zu folgen. „Hier entlang."

„Da rein?" Meine Kehle ist eng, ich zeige auf die Tür, aus der die Sexgeräusche kommen. „Er ist da drin?"

Sie nickt.

Es klingt wie eine Orgie da drinnen. Oder als ob jemand bei maximaler Lautstärke Pornos schaut.

„Ich glaube, Ihr Meister ist... beschäftigt", sage ich.

Trotz ihrer Nervosität geht sie vor mir her und klopft. Es gibt einen letzten erschütternden Schrei der Befreiung, und nach ein paar unangenehmen Momenten der Stille öffnet sich die Tür. Ein Mann ohne Hemd tritt heraus, die schlanken Muskeln seiner Brust in voller Pracht zu sehen. Er trägt eine Lederhose, und trotz des Stöhnens ist eine wachsende Erektion durch das hautenge Material zu sehen. Er streicht sich die goldenen Haare aus den Augen, schaut mich von oben bis unten an und grinst breit.

Das muss Dorian sein.

Wie Cain ist er verrucht gutaussehend. Gefährlich gut, mit einem schelmischen Glanz in den Augen, der sagt, dass er immer etwas Böses im Schilde führt und dass er sehr stolzdarauf ist. Aber im Gegensatz zu Cain kann ich ihn leicht durchschauen, und es ist klar, dass er mich mit seinen Augen auszieht.

Ich verschränke die Arme, rutsche unruhig auf meinen Füßen hin und her und wende den Blick ab.

„Sieh an, sieh an. Sieh mal an, was wir hier haben", grübelt er. Seine Stimme ist seidenweich. Schlüpfrig. Sie gleitet über meine Haut und lässt eine Gänsehaut entstehen. „Cain hat nicht gesagt, dass du so ein Leckerbissen bist."

„Wäre das alles, Meister?", fragt die Bedienstete mit einer kurzen Verbeugung.

„Ja, Sadie. Dankeschön." Er entlässt sie mit einem Winken, und sie verschwendet keine Zeit und eilt von uns weg. Jetzt, wo sie weg ist, fühle ich mich plötzlich wie ein in die Enge getriebenes Tier. Mein Herzschlag beschleunigt sich. Ich stehe einem Raubtier gegenüber, und ich bin nicht sicher, ob es meine Seele oder *mich* verschlingen will. Vielleicht beides. Obwohl, wenn ich die Wahl hätte, würde ich Letzteres vorziehen.

„Komm, setz dich zu mir", sagt er, während er in sein Zimmer gestikuliert. Der Befehl gleitet über mich hinweg, die Worte schwirren in meinem Kopf, und ich spüre, wie sich meine Füße ohne mein Kommando auf ihn zubewegen. Ich versuche, meine Knie durchzudrücken und meine Fersen in den Teppich zu graben, aber ich habe die Kontrolle über meinen eigenen Körper verloren.

Sein schiefes Lächeln zuckt nicht im Geringsten und Angst ergreift mich. Er zwingt mich irgendwie in die Knie... mit seiner Stimme.

Als ich an ihm vorbeigehe, um sein Zimmer zu betreten, streift mein Körper seinen, und allein der kurze Kontakt lässt mich vor Hitze kribbeln. Drinnen angekommen, schließt er die Tür. Wie erwartet ist sein Zimmer größer als meins, aber es hat nicht das gleiche viktorianische Flair wie der Rest des Hauses. Die Wände sind in einem dunklen Blau gestrichen, die Möbel sind weiß und modern, und schwarze, weiße und graue Akzente verleihen dem Raum eine maskuline Ausstrahlung, die ihn irgendwie noch verführerischer wirken lässt.

Es riecht nach Sex, was nicht allzu überraschend ist, aber ich bin schockiert zu sehen, dass wir allein sind. Bei all den lustvollen Geräuschen, die vorher aus seinem Zimmer kamen, dachte ich, es wäre noch jemand hier drin.

Ich blicke auf, und sehe mein Spiegelbild, das auf mich zurückstarrt, und ich schrecke zurück. Es gibt Spiegel an der Decke, über den Sofas, über dem massiven Bett, über all den Teilen des Raumes, die skizzenhaft aussehende Gestelle, Riemenvorrichtungen, Lederdinger, Seile enthalten...

Ich schlucke grob. Das Gefühl, in einer Löwenhöhle gefangen zu sein, verzehnfacht sich, und meine Eingeweide jucken.

„Bitte, setze dich."

Die beiden Worte schlittern wieder über mich hinweg, meine Schläfen hämmern, während ich versuche, gegen seine seltsame Macht anzukämpfen. Aber es nützt nichts. Ich gehe hinüber zu der modernen Couch und setze mich in die Mitte. Wie ein gehorsamer Hundewelpe.

Seine Bewegungen sind so anmutig, fließend, als ob er sich seines Körpers und dessen, was er mit mir macht, sehr bewusst ist. Er nimmt auf der gegenüberliegenden Couch Platz und breitet seine Arme träge über der Lehne aus.

„Wie ist dein Name, kleines Mädchen?", fragt er.

Dieses Mal hat seine Stimme keine Kraft. Ich spüre nicht das gleiche Kribbeln auf meiner Haut oder den Druck in meinem Kopf. Als ich merke, dass meine Muskeln fest angespannt sind und ich in Erwartung den Atem anhalte, zwinge ich mich, mich zu entspannen.

„Aria", hauche ich.

Er leckt sich über die Lippen, als würde er meinen Namen auf seiner Zunge schmecken, und aus irgendeinem Grund dreht sich mir bei dieser Geste der Magen um. „Gehört dazu auch ein Nachname?"

„Ja." Aber ich will ihn diesem Fremden nicht verraten, zumal er ein *Dämon* war. Die Erwähnung meines Nachnamens würde nur Fragen über meine Eltern aufwerfen, die ich nicht wirklich beantworten kann, und ich will nicht in meine komplizierte Geschichte und meine holprige Fahrt durch Pflegefamiliensystem einsteigen.

„Und?" Er wartet, bis ich fortfahre.

„Ich glaube nicht, dass Sie das etwas angeht."

Eine seiner Brauen zieht sich verärgert zusammen. "Sag mir deinen Nachnamen", sagt er diesmal eindringlicher, und wie zuvor kribbelt der Befehl in meinen Gliedern auf und ab und prallt in meinem Kopf ab. Sofort spreizen sich meine Lippen, um ihm zu gehorchen, aber Sayah rührt sich in mir. Nicht sehr stark, aber es ist genug, um meine Aufmerksamkeit von der hypnotisierenden Kraft abzulenken. Es beruhigt die Macht seines Befehls in meinem Kopf.

Als ich meinen Mund schließe, weiten sich seine Augen. Die gleiche Neugierde und Faszination, die ich bei Cain gesehen habe, legt sich über sein Gesicht.

Er beugt sich jetzt vor und starrt mich aufmerksam an. „Was bist du?"

„Was?", frage ich. Meine Knie wackeln unter seinem gnadenlosen Blickkontakt.

„Wie seltsam... Du bist resistent gegen meine Reize", sagt er.

Seine Reize? Eher wie Machismo auf Steroiden. „Ehrlich gesagt bist du ganz schön aufdringlich, Kumpel."

Zu meiner völligen Überraschung lacht er. „Cain hatte recht. Du bist ein Wunder."

Wenigstens scheint dieser Dämon einen Sinn für Humor zu haben.

„Und du bist keine Jungfrau."

Seine Aussage macht mich stutzig. „Was zum Teufel? Wie kommst du darauf?"

Er hält eine Hand hoch, unbeeindruckt von meinem Ausbruch. „Hier gibt es keine Scham. Kein Verurteilung."

Sicher, ich hatte in der Vergangenheit Freunde. Nun, ich würde sie nicht einmal wirklich als Freunde bezeichnen, denn sie hielten nie lange - ein One-Night-Stand, vielleicht ein paar Dates, höchstens. Wie alles andere in meinem beschissenen Leben, konnte ich nie etwas Beständiges oder Dauerhaftes finden.

„Als Inkubus ist es meine Aufgabe, das zu wissen", fährt er fort.

„Inkubus?"

Er grinst. „Ein Sex-Dämon."

Mein Blick schweift wieder durch den Raum - das riesige Bett, die Spiegel, die Spielsachen ... und die Geräusche, die ich gehört hatte. Ja, ein Sex-Dämon, das hätte mir klar sein können.

„Ist Cain wie du?", frage ich neugierig.

„Ha, nein. Weit gefehlt. Obwohl er wahrscheinlich einen guten Quickie gebrauchen könnte. Aber nein. Er ist ein Ursündendämon."

Ich bin mir nicht sicher, was das genau bedeutet, aber es klingt gruselig und böse. „Ursünden-Dämon... Wie die sieben Todsünden?"

Er nickt. „Es ist eine große Familie, ja. Er ist der Älteste. Stolz."

Das macht Sinn. So leicht, wie seine Anwesenheit meine Knie geschwächt hatte, wäre Lust meine erste Vermutung gewesen.

„Aber was ich wirklich wissen will, ist, was du bist", sagt er. „Was versteckst du?"

Es ist die gleiche Art von Frage, die Cain mir schon einmal gestellt hatte. Warum sind sie so entschlossen, mehr über mich herauszufinden?

Ich zucke mit den Schultern und gebe mein Bestes, lässig zu wirken. „Ich bin nur ein normales Mädchen. Nichts Besonderes."

Er stürzt sich auf mich. Es geht so schnell, dass ich nicht einmal verarbeiten kann, was passiert ist, bis ich schon auf dem Rücken liege und er sich über mir erstreckt, seine Hände auf beiden Seiten meines Kopfes. Mein Herz hämmert gegen meine Rippen, während ich gezwungen bin, nichts anderes zu tun, als zu ihm aufzuschauen.

Sein Haar fällt ihm ins Gesicht und sein Blick verfinstert sich auf mir. „Oh, meine Liebe, ich glaube, da liegst du falsch."

Ich winde mich unter ihm, aber mit dem immensen Gewicht auf meinen Hüften und den Armen, die mich einschließen, kann ich mich nicht bewegen. Seine Nähe lässt meinen Kopf herumwirbeln. Seine steinharte Erektion drückt gegen meinen Bauch, und meine Atemzüge werden immer schneller und flacher. Er lächelt breit, ihm gefällt die Veränderung an mir.

„Du musst ein gutes Mädchen sein und mir sagen, was du bist", sagt er. Seine Kraft streichelt mich wie sanfte, liebkosende Finger, und ich zittere, als das Verlangen mich durchströmt. Jetzt, wo er mich berührt, ist es noch stärker. Das Bedürfnis, ihm nachzugeben, ist überwältigend.

Draußen grollt der Donner und der Regen beginnt gegen das Fenster zu schlagen. Sayah strampelt und taumelt in mir wie ein Orkan, der in einem Pappkarton eingeschlossen ist. Sie versucht, mir zu helfen, Dorians Annäherungsversuche abzuwehren, aber seine Anziehungskraft ist zu groß. Ich spüre, wie die Worte meine Speiseröhre hinaufklettern.

„Sag mir, was du bist." Seine Stimme dröhnt mit seiner Kraft und lässt mein Gehirn rasseln. Mein Puls schlägt gegen mein Trommelfell, und es gibt einen süßen, sich aufbauenden Druck zwischen meinen Schenkeln. Ich wölbe meinen Rücken, presse meine Beine zusammen und versuche, mich auf etwas anderes zu konzentrieren als auf seine Forderungen.

„Sag es mir und ich gebe dir, was du willst."

Ich kann unsere Reflexionen im Spiegel über mir sehen und der Anblick von ihm, wie er über mir schwebt, steigert nur die Empfindungen, die durch mich hindurch fließen. Eine angenehme Lust steigert sich, und ich kann nichts davon aufhalten. Ich bin ihm völlig ausgeliefert.

„I-ich weiß es nicht!", keuche ich. Mein Körper zittert heftig, während ich auf die Erlösung warte. „Ich weiß es nicht! Bitte!"

Als hätte er einen Eimer kaltes Wasser auf mich geschüttet, werde ich aus seinem Bann gerissen. Die Lust hat ihren Höhepunkt nicht erreicht. Stattdessen klettert er von mir runter, und ich fühle Schmerzen und bin bis ins Mark erschüttert. Er hatte mich fast zum Orgasmus gebracht, indem er nichts anderes tat, als zu sprechen. Ich konnte mir nicht vorstellen, wozu er noch fähig war.

Langsam stehe ich auf. Alle meine Kleider sind noch an meinem Körper, und eigentlich haben wir nichts getan, aber ich fühle mich nackter und verletzlicher als je zuvor. Das gefällt mir nicht.

Scheinbar in Gedanken versunken, bewegt sich Dorian durch den Raum, sagt aber kein einziges Wort. Es ist, als ob er mich komplett vergessen hat. Oder es kümmert ihn nicht mehr.

Da ich keine Sekunde länger hier sein will, gehe ich auf die Tür zu. Er steht mit dem Rücken zu mir, und selbst als ich am Türgriff drehe und die Tür aufziehe, dreht er sich nicht um. Ich schätze, er hat wohl bekommen, was er wollte.

Ich schlüpfe hinaus und eile den Flur hinunter in mein Zimmer, damit ich meine Tasche mit der Kugel und dem Seil holen kann. Gott sei Dank trage ich das Seil überall mit mir, denn man weiß nie, wann man es braucht. Wie zum Beispiel jetzt gerade. Soweit ich sehen kann, sind keine Wachen oder Dienstmädchen in der Nähe, und da der Sturm in vollem Gange ist, ist dies meine Chance, die Dämonen und diese Hölle zu verlassen.

Ich muss hier raus, bevor es zu spät ist.

KAPITEL FÜNF

ELIAS

Ich stürze durch den Wald, die Landschaft verschwimmt, mein Herz klopft hektisch. Der Sturm tobt über mir, der Regen prasselt in Strömen auf mich nieder und durchnässt mich bis auf die Knochen. Meine Pfoten stampfen auf den Boden, das Wasser spritzt überall hin, und erst als ich aus dem Wald hervorbreche, komme ich abrupt zum Stehen. Das Herrenhaus erhebt sich vor mir wie ein Wächter hoch oben auf dem Hügel und überblickt das Land. Hier draußen sind wir allein, niemand kann die Schreie hören. Deshalb haben wir uns dieses Zuhause ausgesucht - ganz zu schweigen davon, dass wir der Frage der Menschen, darüber, wie lange wir schon leben, aus dem Weg gehen.

Vier Tage weg von den anderen beiden, die sich ständig streiten, sind nicht genug Zeit, aber ich trotte zu unserem Haus, aus dem einfachen Grund, dass ich den Regen hasse. Er rinnt mir übers Gesicht und verfilzt mein Fell. Der Wald ist das, was der Hölle am nächsten kommt. Die Schatten zu Hause sind voller Bedrohung und blut-dürstiger Kreaturen in jeder Ecke. Und verdammt, ich sehne mich nach diesen Tagen. Ich vermisse sie mit jeder Faser meines Seins.

Cain besteht darauf, dass wir bald einen Weg nach Hause finden werden. Nur ist *bald* nicht gut genug, weil wir seit einem Jahrhundert auf diesem verdammten Erdenreich festsitzen und jedes Mal, wenn wir den Fernseher einschalten oder in die Stadt fahren, mit menschlichen Emotionen zu tun haben. Es tut mir in meinem ganzen Körper weh, und ich hasse es. Deshalb ist es wichtig, hier rauszukommen. Es gibt hier nichts für mich... für keinen von uns.

Ich gehöre nicht hierher, aber am Ende des Tages werde ich durchhalten, egal was auch immer uns entgegengeworfen wird, und mir die Hände an den Arschkriechern blutig machen, die uns hintergangen haben. Wut fließt durch meine Adern, selbst nach all dieser Zeit. Ich bin nicht der Typ, der leicht verzeiht, und ich vergesse nie.

Ich bin ein Höllenhund, der Seelen jagt, deren Eintritt in die Hölle längst überfällig ist. Nun, zumindest *habe* ich das getan, bevor wir aus der Unterwelt vertrieben wurden. Aber die Menschen sagen: "Gib deine Träume nie auf" und all so ein Quatsch. Ich werde genau das tun. Ich werde meinem Namen gerecht werden und die ganze verdammte Welt zerreißen, um mich an denen zu rächen, die uns Unrecht getan haben.

Ich beschließe, dass ich noch nicht bereit bin, nach Hause zurückzukehren, wirble herum und stürze mich zurück in den dichten Wald. Ich stoße mich am Boden ab und stürze mich in einen Sprint. Es fällt mir leicht, zu klettern, Ästen auszuweichen und über tote Baumstämme zu springen.

Ein Blitz leuchtet über mir auf. Sekunden später dröhnt ein explosiver Donner, der Boden und mein Kiefer vibrieren von dem Geräusch. Ich breche aus dem dichten Wald heraus und laufe um das Herrenhaus herum zum Hintereingang. Dieser Eingang ist meinem Zimmer am nächsten, und ich will schnell aus diesem verdammten Regen heraus.

Die Dunkelheit schleicht über das Land, und ein Schatten, der über das offene Gelände huscht, erregt meine Aufmerksamkeit. In Sekundenschnelle ist er außer Sichtweite und verschwindet in den Wäldern, die unser Haus umgeben.

Ich hebe den Kopf und rieche die Elektrizität in der Luft, die Frische des Regens. Aber darunter ist ein Kribbeln von Magie, zusammen mit etwas anderem.

Etwas Süßes.

Etwas zum Verschlingen.

Etwas für mich.

Eine Frau.

Eine von Dorians Eroberungen? Das bezweifle ich. Alle, die unter seinem Bann stehen, laufen nicht weg; sie betteln darum, an seiner Seite zu bleiben. Nein, das ist etwas anderes. Ich drehe mich vom Haus weg und schleiche in ihre Richtung. Der Sturm verdeckt jedes Geräusch, das ich mache, und die schweren Wolken und der Wald verbergen mich.

Pfoten tanzen über das Land, mein Herz zuckt vor Aufregung bei jeder Bewegung. Ich spüre die Regentropfen, die auf mich niederprasseln, nicht mehr. Die Jagd hat begonnen, und ich bin gefesselt. Wer auch immer sie ist, ihr Duft ruft meine animalische Seite hervor. Mein Magen zieht sich zusammen, je länger ich suche, ohne ein Zeichen von ihr zu erhalten.

Ich neige meinen Kopf zurück und schnuppere noch einmal.

Da bist du ja.

Ich reiße meinen Kopf nach rechts und renne in ihre Richtung.

ARIA

Mein Herz hämmert so laut in meiner Brust, dass es jeder im Umkreis von einer Meile hören kann - einschließlich des Monsters, das nach mir sucht.

Mein Körper vibriert vor Kraft, als Sayah vor mir schwebt und sich zu einem dunklen Fleck vor mir ausbreitet, während ich mich hinter hohem Gras und dichten Büschen ducke.

Bewege dich nicht. Nicht atmen. Scheiße.

Stechend gelbe Augen glitzern vor Hunger. Die Lippen gekräuselt und mit scharfen Zähnen stürmt ein riesiger Wolf wie ein Panzer in den Wald. Sein Kopf peitscht augenblicklich in meine Richtung, und mein Herz springt mir in die Kehle. Diese Augen glitzern durch meinen Schatten hindurch. Mit einem wilden Knurren reißt er durch das Gebüsch und schleicht sich näher, als ob er mich sehen würde.

Wo zum Teufel kam er überhaupt her? In der einen Sekunde klettere ich das Fenster herunter, um zu fliehen; im nächsten Moment ist mir ein riesiger Wolf auf den Fersen. Ich habe noch nie einen so furchterregenden Wolf gesehen, so groß, so schnell. Natürlich würde ich bei meinem Glück von einer Art tollwütigen Bestie verfolgt werden. Warum sollte ich denken, dass die Flucht so einfach sein würde?

Danke, Universum, dass du mir keine Pause gönnst.

„Gefahrrr", zischt die Stimme der Kugel in meinem Kopf. Ich muss den Namen wirklich von „Kugel des Chaos" in "Zu-spät-Kugel" oder „Kugel des Offensichtlichen" ändern.

Meine Finger graben sich in den feuchten Boden, ich krümme mich nach vorne und verfestige meine kauernde Position. Ich sauge einen rasselnden Atemzug ein, warte und bete zu dem, der zuhört, mir eine Chance zur Flucht zu geben. Irgendetwas, was mich hier heraus bringt.

Schwere Atemzüge erfüllen die Luft, aber es sind nicht meine.

Ich hebe den Kopf, und jenseits meines Schattens starren mir infernalische, flammende Augen entgegen. Ich zucke zusammen, als Säure meine Zunge hinten trifft, und ich falle praktisch auf die Seite wie eine dieser lächerlichen ohnmächtigen Ziegen.

Gut gemacht, Aria. Dreh dich um und zeige deinen Bauch dem großen bösen Wolf, der dich gleich zerfleischen wird.

Im selben Moment, in dem ich auf die Füße komme, zuckt mein Schatten zurück, während das Monster vor mir an Größe zuzunehmen scheint ... weil es nicht schon groß genug war. Aber ich irre mich ... er wächst nicht, er bringt sich dazu, auf zwei Beinen zu stehen. Ein Sekundenbruchteil, in dem das Fell schmilzt, die Knochen knacken, die Gliedmaßen länger werden und auf einmal steht vor mir ein nackter Mann. Ein wahnsinnig schöner Mann mit dem größten Schwanz der Welt...

Großer Gott, wie ist das möglich? Und warum sehe ich mir sein Gehänge an, wenn er Sekunden zuvor noch ein Wolf war und mit der Wut eines ausgehungerten Raubtiers auf mich zukam?

Er ist mindestens eins achtzig groß. Schmutzig braunes Haar fällt über seine Schultern, verwuschelt von

Zweigen und Blättern. Er ist rein aus Muskeln gemacht. Breite Schultern und Brust, seine Taille nach innen gewölbt und lenkt meine Aufmerksamkeit auf die sexy Linien in der V-Form seiner gemeißelten Bauchmuskeln. Ein leichtes Geflecht aus dunklen Haaren bedeckt seine Brust und läuft in der Mitte seines Bauches hinunter, bis zu dem schwarzen Haarschopf, der seinen Schwanz krönt. Verheilte Narben kreuzen seine Brust, während Tattoos seinen Hals und seine Arme bedecken. Würde ich nicht zittern und um alles in der Welt versuchen, einen Flucht-plan zu entwickeln, würde ich den Bildern vielleicht Aufmerksamkeit schenken. Aber ich erinnere mich daran, dass dieser Mann gar kein Mann ist, nicht wirklich.

Oh, und er plant höchstwahrscheinlich, mich zu töten.

„Deine Tricks funktionieren bei mir nicht", knurrt er, und das dicke Vibrato seiner Stimme jagt mir Schauer über den Rücken.

Mein Bauch zieht sich zusammen, und ich blinzle ihn völlig schockiert an. Nur, dass ich, wenn ich auf der Stelle stehen bleibe, eine leichte Beute bin, und das will ich nicht sein. Ich bin nicht so weit gekommen, um an meinem achtzehnten Geburtstag von einer wilden Bestie gefressen zu werden.

„Ich habe mich verlaufen", lüge ich mit Leichtigkeit, obwohl mein Inneres zittert. „Ich wäre dir dankbar, wenn du dich zurückziehen würdest, damit ich nach Hause gehen kann."

Seine blassgelben Augen nehmen einen dunkleren Schimmer an. „Du riechst nach Lügen und dunkler Magie. Nach... Heimat." Dicke, dunkle Augenbrauen ziehen sich zusammen und betonen die verheilte Narbe über einem Auge.

Dieser Typ ist praktisch mit verheilten Verletzungen

übersät. In wie vielen Kämpfen war er schon?

Gänsehaut läuft mir über die Arme, aber ich gebe nicht klein bei und lasse mich nicht freiwillig von diesen Monstern als Sklavin nehmen. "Hat dir deine Mutter nie gesagt, dass es unhöflich ist, an Mädchen zu riechen?"

Mein Kommentar überrumpelt ihn und er versteift sich, während er über meine Worte nachdenkt.

Ich nutze diesen Funken der Ablenkung, um in die entgegengesetzte Richtung zu peitschen. Mein Schatten schiebt sich aus mir heraus und verdeckt mich. Mein Rucksack prallt bei jedem schnellen Schritt gegen meinen Hintern, während mein verwundetes Bein schreit, als ich um Bäume herumflitze und um mein Leben renne.

Sekunden später ergreift er meinen Arm und reißt mich mit der Kraft eines Berges zurück zu sich. Ein Schrei entweicht meinen Lippen, und ich drehe mich aus dem Schwung heraus und knalle gegen seine Brust. Die Hitze, die in Wellen von ihm ausgeht, durchzuckt mich, als wäre vor mir ein Ofen angeheizt worden.

Genauso schnell schiebe ich meine Hände gegen seine Brust, aber nicht bevor ich seinen Schwanz zucken sehe, als würde es ihn antörnen, mit mir grob zu sein. Sadistischer Bastard.

„Verschwende deine Zeit nicht mit Fluchtversuchen.“ Sein Griff ist unbarmherzig, er quetscht meinen Arm.

Ich knirsche mit den Zähnen.

Selbst unter der Baumkrone fallen dicke Regentropfen und durchnässen uns, Wasser rollt über mein Gesicht und in meine Augen. Zuerst bewegt er sich nicht und überragt mich nur, und sogar Sayah in mir schreckt zurück. Ich hebe mein Kinn und sehe ihn an - wenn er mich töten will, kann ich ihn nicht aufhalten, aber ich werde ganz sicher nicht kampflos untergehen.

Die Sehnen in seiner Kehle spannen sich an, als er sich zum Gehen zwingt und mich halb neben sich her in Richtung der Villa schleift.

Angst durchströmt mich, als ich auf das drohende dreistöckige Gebäude aus schwarzem Stein starre. Ich schaue verzweifelt zurück in den Wald. Ich hätte fliehen können, wäre da nicht dieser... dieser... Shifter gewesen. Okay, vielleicht nicht genau ein Shifter. Er ist definitiv stärker und monströser als jeder Shifter, den ich je gesehen habe, und sein Tier ist größer als jeder normale Werwolf.

Aber was ist er dann? Ein weiterer Dämon?

„Hör zu, du musst das nicht tun." Ich stolpere, um mit ihm Schritt zu halten, meine Füße bleiben an Baumwurzeln und Gebüsch hängen, aber nichts hält ihn auf. „Was willst du? Egal was es ist, bitte. Ich kann nicht mehr zurück." Ich hasse es zu betteln, aber eine andere Möglichkeit habe ich gerade nicht.

„Du hast nichts, was ich will."

Ich lehne meinen Kopf zurück, um in sein starkes Gesicht zu schauen, die leichte Krümmung in seiner Nase, weil sie zu oft gebrochen wurde, die Furche auf seiner Stirn.

Er blickt mich mit seinen fesselnden Wolfsaugen an. Hitze flammt in meinem Körper auf. Ich hasse es, wie ein einfacher Blick mich so stark beeinflusst. Er könnte mich ohne Weiteres in Stücke reißen, ohne Rücksicht, ohne dass jemand wüsste, was mit mir passiert. Es ist also falsch, dass gepaart mit Angst ein Flüstern der Freude über die Hitze zwischen meinen Beinen fegt. Irgendetwas stimmt ganz und gar nicht mit mir, wenn ich vor einem Monster stehe und spüre, wie Erregung in mir aufsteigt.

Seine Augen ähneln zwar dem Feuer, aber etwas

gleitet über sie, ein Ausdruck, den ich nicht zuordnen kann. Seine Nasenlöcher blähen sich, als er die Luft tief einatmet. Dann grinst er und studiert mich mit einer anderen Absicht.

Ach du Schande. Mehr ist nicht nötig. Mein ganzer Körper erwacht zum Leben, buhlt um Aufmerksamkeit, meine Brustwarzen verhärten sich. So ungern ich es zugebe, seine Aggressivität und Nacktheit törnen mich an. Aber ich renne lieber nackt durch die Stadt, als dass ich ihn das wissen lasse.

Sein Blick wandert an meinem Körper hinunter und wieder hinauf.

„Bilde dir bloß nichts ein", werfe ich ihm vor, dann stoße ich meine Faust in seinen Unterarm und grabe meine Fersen in den Dreck, aber nichts hält ihn davon ab, mich über den Hof zu zerren.

„Du machst einen Fehler! Wenn du das tust, landest du lebenslänglich im Gefängnis."

Er ignoriert mich, während er mich über den Rasen zur Hintertür des Hauses der Dämonen zerrt.

„Ich hoffe, du verbrennst", murmele ich leise vor mich hin.

Er tritt die Hintertür des Hauses auf, und ich habe plötzlich das Bild vor Augen, wie ich in einem Raum angekettet bin und nie wieder die Sonne sehen werde. Ich würde lieber sterben.

Mein Brustkorb zieht sich zusammen, und ich wehre mich gegen seinen Griff und drücke meine Knie durch. Ein Ruck an meinem Arm, und ich stolpere über die Schwelle und in die dunkle Umarmung meines Gefängnisses.

KAPITEL SECHS

DORIAN

Allein der Gedanke an Arias geschmeidigen Körper unter meinem auf der Couch lässt meinen Schwanz wieder steif werden. Verdammt noch mal. Ich musste mir schon einen runterholen, nachdem sie mein Zimmer verlassen hatte. Ihr dabei zuzusehen, wie sie fast zum Höhepunkt kommt, hat meine Fantasie beflügelt, aber ihre Fähigkeit, sich mir zu widersetzen, hat mich verblüfft, was mich nur noch mehr nach ihr verlangen ließ.

Niemand in diesem Reich - und ich meine wirklich *niemand* - war jemals in der Lage, meine Annäherungsversuche zu ignorieren. Besonders eine Frau. Ich bin einfach unwiderstehlich.

Verliere ich mein Fingerspitzengefühl?

Nein. Unmöglich.

Diese kleine mysteriöse Aria Ohne-Nachnamen hat mich aus dem Konzept gebracht.

Hmm... Ich gebe es nur ungern zu, aber Cain hatte Recht. Sie hat etwas an sich, das wir noch nie gesehen haben.

Ich gehe geradewegs in den hinteren Teil des Anwesens. Ich finde Cain genau dort, wo ich ihn erwarte: in seinem Privatbüro in einer Nische neben der Bibliothek. Er ist in dieser Hinsicht berechenbar, er verbringt die meiste Zeit damit, sich entweder um unsere Nachtclubs zu kümmern oder hier drinnen seine alten Dämonentexte zu studieren, um einen Weg zu finden, uns wieder durch das Höllentor zu bringen. Beides ist zur Besessenheit für ihn geworden.

Immer Arbeit, nie Vergnügen mit ihm. Es ist wirklich ein bisschen traurig.

Ich drehe die Griffe an den Fenstertüren und breche das Schloss mit Leichtigkeit auf. Er schaut von seiner Arbeit auf und knurrt mich an - eine weitere Sache, die ich von ihm erwartet habe.

„Es ist aus gutem Grund verschlossen", sagt er.

Ich ignoriere ihn und nähere mich dem Schreibtisch, bleibe dort stehen, bis er aufschaut. Schließlich tut er es.

„Was zum Teufel willst du?"

„Wir haben ein Problem", beginne ich.

„Das kann man so sagen. Du scheinst die Bedeutung von *Privatsphäre* nicht zu verstehen."

Ich haue auf seine offenen Bücher und beuge mich vor. Er bewegt sich nicht. „Unser *Gast* ist mächtiger, als wir ursprünglich dachten", sage ich.

„Wie kommst du darauf?"

„Sie hat mich abgewiesen." Es tat immer noch weh, das zuzugeben.

Das erregt seine Aufmerksamkeit. Mit hochgezogener Augenbraue setzt er sich in seinem Stuhl zurück. „Du hast versucht, sie zu überreden."

Ich nicke. "Zuerst gab es keinen Widerstand, aber dann befahl ich ihr, mir ihren Namen zu sagen..."

Cain beobachtete mich jetzt aufmerksam, voll engagiert. Vielleicht hatte er in Aria eine neue Obsession gefunden? Schien so. „Und?"

„Ich habe nur einen Vornamen von ihr. Aria. Sie weigerte sich, mir ihren Nachnamen zu sagen."

„Das würde uns helfen, ihre Abstammung zu verfolgen, da der Hexenmeister nicht blutsverwandt war."

„Das war auch mein Gedanke. Aber sie hat mich *abgewiesen*." Ich betonte das Wort noch einmal, um sicherzugehen, dass er verstand, was ich damit sagen wollte. „Und das ist noch nicht alles. Ich verlangte sogar, dass sie mir sagt, was sie ist, und bekam keine Antwort."

Er blinzelte, als ob ihm die Bedeutung des Ganzen erst richtig bewusst würde. „Was genau hat sie gesagt?"

„*'Ich weiß es nicht.'* Das waren ihre genauen Worte zu mir."

„Vielleicht weiß sie es nicht. Nicht wirklich", schlägt er vor, aber er ist tief in Gedanken versunken. Ich kann fast sehen, wie sich die Zahnräder in seinem Kopf drehen.

„Da bin ich mir nicht sicher", antworte ich. „Sie war vorher in der Lage, meine Aufforderung zu ignorieren. Wer weiß, ob sie es nicht wieder getan hat?"

Cain schweigt ein paar Augenblicke, seine Augen sind auf den vollgestopften Schreibtisch vor ihm gerichtet, aber er konzentriert sich nicht wirklich darauf. Ich schaue mir die Schriftrollen und Bücher zum ersten Mal an und sehe, dass es sich tatsächlich um die Überlieferungen von Himmel und Hölle und den Gebrauch von dunklen magischen Instrumenten handelt.

Er reißt aus seiner Trance und stößt sich plötzlich auf die Füße. Er schlendert zum Fenster und blickt hinaus auf den Sturm. „Die einzigen bekannten Seelen, die dich nicht manipulieren können, sind die aus der Hölle, korrekt?"

„Denkst du, sie ist... wie wir?", frage ich.

Er hält inne. „Ich bin mir noch nicht sicher. Die Dunkelheit, die ich in ihr gespürt habe, kam mir bekannt vor, aber ich kann sie immer noch nicht einordnen. Ich habe nach etwas gesucht, das sie identifizieren kann - ein Hinweis auf eine Antwort - aber ich habe nichts gefunden."

Es sah so aus, als hätte ich mit seiner neuesten Verliebtheit recht gehabt. Aber nachdem ich sie getroffen und gesehen hatte, wozu sie fähig war, konnte ich es auch verstehen.

Cain dreht sich wieder zu mir um, sein Körper ist starr. „Vielleicht hat mein Vater sie geschickt."

Scheiße.

Meine Muskeln spannen sich bei dem Gedanken an Luzifer an, der immer noch versucht, sich in unser Leben einzumischen. „Er hat uns schon aus der Hölle rausgeschmissen. Warum schickt er jemanden hier hoch? Nur um sich mit uns anzulegen?"

„Ich bin mir noch nicht sicher."

„Könnte es einer deiner Brüder sein?", frage ich. „Vielleicht versucht jemand, den Thron für sich selbst zu erobern?"

Sein Blick verhärtet sich auf mir, wie er es normalerweise tut, wenn ich seine Geschwister erwähne. Ich vertraue keinem von ihnen.

„Ich wette es war Gier", fahre ich trotzdem fort. „Das Arschloch hat immer zwielichtige Sachen gemacht. Ich bin mir ziemlich sicher, dass er mir Geld schuldet."

"Meine Brüder wollen lieber, dass ich herrsche als

Luzifer. Sie haben unsere Machtübernahme unterstützt. Das weißt du doch."

Ich zucke mit den Schultern. "Dann verstehe ich nicht, warum sie nicht hier bei uns sind, verbannt für die Ewigkeit."

„Genug", bellt er. Im Moment ist es fast *zu* einfach, ihn zu provozieren. „Wir müssen uns auf das eigentliche Problem konzentrieren. Diese... Aria. Wir sollten Ramos zurück zum Hexenmeister schicken und ihre Geburtsurkunde holen, mal sehen, ob sie uns Aufschluss darüber geben kann, wer sie ist. Bis dahin sorgen wir dafür, dass sie in der Nähe bleibt. Unter unserer Fuchtel."

Oder, genauer gesagt, unter mir, während ich sie besinnungslos ficke.

Mein Puls beschleunigt sich bei dem Gedanken, dass eine solche Verführerin unter uns lebt. „Wir behalten sie also?"

Cain wartet ein paar Takte, während er selbst darüber nachdenkt. Dann seufzt er als Antwort.

Oh, das wird ein *Spaß*.

„Wo ist sie jetzt?", fragt er und geht zurück zu seinem Schreibtisch. „In ihrem Zimmer?"

„Woher soll ich das wissen", antworte ich. „Nach unserer kleinen Begegnung ist sie abgehauen."

Cains Wut blitzt auf. „Du weißt nicht, wo sie ist?"

„Sie kann nicht weit gekommen sein", sage ich. „Wir haben Wachen an allen Außentüren."

Es gibt einen lauten Knall, als jemand durch den Hintereingang der Villa stürzt. Den donnernden Schritten nach zu urteilen, kann es niemand anderes als Elias sein. Der Höllenhund. Er verschwindet tagelang, um Gott weiß was zu tun, nur um dann zurückzukommen, nach Dreck und nassem Hund zu riechen, zu essen, zu schlafen und alles zu wiederholen. Er ist mehr ein wildes Tier als ein Mensch.

Als die Geräusche des verzweifelten Keuchens und Stöhnens einer Frau ebenfalls durch den Flur hallen, tauschen Cain und ich Blicke aus und eilen in die Bibliothek.

Nein... Das kann nicht sein.

Elias schiebt sich hinein, mit niemand Geringerem als Aria in seinem unbarmherzigen Griff. Verzweifelt und tropfnass schlägt sie gegen seinen Arm und seine Brust. „Lass mich los, du Hurensohn...“

Unbeeindruckt schiebt Elias sie vorwärts, und sie stolpert zwischen uns hindurch. Sie ist durchnässt bis auf die Knochen, Strähnen von dunklen Haaren kleben an den Seiten ihres schönen Gesichts.

„Das habe ich im Wald gefunden“, sagt er nonchalant, während er nackt und durchnässt vor uns steht. „Gehört das euch?“

Ich grinse und schaue Cain an. Ein Muskel in seinem angespannten Kiefer zuckt, und ich weiß, dass er das Gleiche denkt. Sieht aus, als hätten wir das Mädchen unterschätzt. *Schon wieder.*

ARIA

„Das kannst du nicht tun!“, schreie ich und stolpere in mein Zimmer. Ich drehe mich zu Cain um, der in der Tür steht, groß und bedrohlich. Mit seiner dunklen Kleidung könnte man ihn leicht mit dem Teufel höchstpersönlich verwechseln. „Du kannst mich nicht gegen meinen Willen hier festhalten. Ich habe Rechte!"

Die Seite seines Mundes verzieht sich zu einem leichten Grinsen. „Vielleicht hattest du die früher, aber jetzt bist du in unserer Welt, und deine Seele gehört mir, ich kann damit machen, was ich will."

Ich verenge meine Augen und balle die Fäuste zusammen. Sayah bewegt sich vor Unbehagen in meiner Brust. Sogar sie denkt, dass es nicht klug ist, einen Streit mit ihm anzufangen, aber so verängstigt wie ich bin, muss ich so tun, als würde ich ihm nicht nachgeben. "Wenn du mich nicht sofort loslässt, werde ich ... werde ich ..."

„Wirst du was?" Seine Stimme ist ein tiefes Grollen, während seine Wut nach vorne drängt. Schwärze verschluckt seine Iris.

Da ich weiß, dass ich einem Dämon - einem sehr furchteinflößenden, sehr mächtigen Dämon - nichts entgegenzusetzen habe, halte ich den Mund. Auf diese Weise werde ich diesen Kampf nicht gewinnen.

Cain macht einen schwerfälligen Schritt auf mich zu, wirkt plötzlich viel größer und einschüchternder. Mein Puls beschleunigt sich. „Fordere mich noch einmal heraus, Aria, dann wirst du sehen, was passiert", warnt er. „Ich habe kein Problem damit, dich zu verschlingen."

Ein unwillkürliches Keuchen entweicht meiner Kehle. Diese Worte ... Die Art, wie er sie sagt ... Es ist, als würde er über etwas anderes als meine Seele sprechen. Das Bild von seinem Gesicht, das zwischen meinen Beinen vergraben ist, während er sich an meinem Geschlecht labt und mich zu einem Orgasmus nach dem anderen bringt, kommt mir in den Sinn, und ich erschaudere.

Langsam richtet er sich auf und scheint zufrieden, dass er seine Botschaft vermittelt hat. Dann geht er zum

Bett hinüber, ergreift das Seil, das ich um den Pfosten gebunden hatte und mit dem ich aus dem Fenster geklettert war, und löst den Knoten mit einem Ruck. Er lässt es auf den Boden fallen.

„Denk daran, wenn du das nächste Mal flüchten willst", sagt er, und damit tritt er aus meinem Zimmer und schließt die Tür hinter sich. Das Schließen eines schweren Metallschlosses ertönt.

Ich stürze nach vorne, greife die Klinke und rüttele an der Tür, so fest ich kann. Sie rührt sich nicht.

Ich hämmere wütend gegen das Holz. "Lass mich raus! Ich bin nicht deine Sklavin. Nehmt meinen Ziehvater, er ist derjenige, der bei euch in der Schuld steht!", brülle ich. Als niemand antwortet, schreie ich aus purer Frustration.

Ich renne zurück zum Fenster, stecke den Kopf aus der zerbrochenen Scheibe und starre nach unten. Mein Seil liegt in einem Haufen auf der grasbewachsenen Anhöhe drei Stockwerke tiefer. Nutzlos. Einen Sprung aus dieser Höhe würde ich nicht überleben. Sieht aus, als säße ich in der Falle. Schon wieder.

Ich rutsche auf den Boden und ziehe die Knie an meine Brust. In mir tobt so viel Hass, Angst und Wut, dass mein ganzer Körper von dem Ganzen zittert. Ich verachte Murray dafür, was er mir angetan hat, mich zu verkaufen, als wäre mein Leben nichts wert, um seine eigene Haut zu retten. Ich hätte es besser wissen müssen, als zu denken, dass ich jemandem wichtig bin. Nicht im Geringsten.

Jetzt weigern sich diese drei sadistischen Dämonen, mich gehen zu lassen. Ein Teil von mir wünscht sich, sie würden mich einfach töten und es hinter sich bringen, aber es scheint, als würden sie stattdessen lieber mit mir spielen. Ich verstehe nur nicht, warum.

Das war der schlimmste Geburtstag in der Geschichte von Geburtstagen.

Ich denke an Joseline und all die Pläne, die wir für eine bessere Zukunft hatten. Sie scheinen jetzt wie dumme Träume.

Es dauert nicht lange, bis meine Wut nachlässt und mich stattdessen in Trauer versinken lässt. Das Gesicht in den Händen vergraben, lausche ich dem Knacken und Spucken des Kamins, während der Sturm vor meinem Fenster grollt. Der Regen trommelt gegen das bunte Glas. Sayah schlüpft heraus und streckt sich über den Boden, aber trotz ihrer vertrauten Anwesenheit weiß ich, dass ich wirklich allein bin.

Die Zeit vergeht und die Nacht legt sich über die Welt da draußen. Ich bin mir nicht sicher, wie lange ich so bleibe, zusammengekauert auf dem Boden. Als mein Hintern taub wird, stehe ich schwerfällig auf. Der Wind pfeift, rüttelt am Fenster, und trotz des Feuers kriecht eine Kälte über mich.

Zum ersten Mal rattert die Erschöpfung durch mich hindurch. Ich krieche ins Bett und rolle mich ein. Ich ziehe die Decke über mich, um mich zu wärmen, während mein Herz wild klopft, wissend, dass ich in dieser schrecklichen Situation stecke.

Mein Pflegevater war dazu bestimmt, immer für mich da zu sein. Mich zu beschützen. Aber das Arschloch hatte kaum was zu essen auf dem Tisch und verschwendete seine Zeit mit Glücksspiel.

Alles an diesem Tag war scheiße. Der heutige Tag sollte meine Freiheit bedeuten; es war der Tag, an dem ich geplant hatte, auszuziehen und ein neues Leben für mich zu beginnen. Nun, das wird jetzt nicht passieren, oder?

Ich schließe meine Augen und denke daran, wie es sein wird, endlich für immer zu entkommen. Die Kugel zu verkaufen und neu anzufangen. Das sind die Bilder, die ich in meinem Kopf heraufbeschwöre, und langsam bricht die Schwere des Schlafes über mir herein.

KAPITEL SIEBEN

ARIA

Mein Blick fällt auf eine weiße Decke mit kunstvollen Leisten und einem extravaganten, mit Kristallen besetzten Kronleuchter. Es dauert ein paar Sekunden, bis ich mich daran erinnere, wo ich bin. Die Erinnerungen überfluten mich und verursachen einen Schmerz in meiner Brust. Ich stecke hier fest. Ich zwinge mich, aufrecht zu sitzen, während die Morgensonne über die Baumkronen vor dem Fenster klettert. Wie lange habe ich geschlafen?

Ich schiebe meine Beine unter der Decke hervor und wende mich zum Rausklettern, als ich in der Mitte des Zimmers einen kleinen hotelähnlichen Wagen auf Rädern mit silbernen Deckeln über drei Tellern entdecke. Außerdem steht dort eine Tasse mit dampfendem Kaffee, dem Geruch nach zu urteilen.

Hat sich jemand hereingeschlichen, als ich geschlafen habe, um mir Essen zu bringen? Als ich an mir herunterschaue, stelle ich fest, dass ich immer noch meine Klamotten anhabe – zumindest hat mich diesmal niemand ausgezogen.

Ich stehe auf, nehme die Tasse mit dem schwarzen Kaffee und stolpere zur Tür. Ein kurzer Blick zeigt mir, dass sie noch verschlossen ist, also wende ich mich dem Fenster zu. Der Himmel ist immer noch wolkenverhangen, aber es hat aufgehört zu regnen. Alles, was ich sehe, sind Wälder; keine Straßen, keine anderen Häuser, keinerlei Anzeichen von Glenside in Sicht. Wir sind hier draußen komplett isoliert. Genau, wie die Dämonen es wollen.

Ich rieche am Kaffee und entscheide, dass er normal riecht und wahrscheinlich kein Gift enthält. Ich bezweifle, dass sie meinem Essen etwas beimischen würden, also nippe ich an dem nussigen Ambrosia, dessen Wärme meine Kehle hinunterspült. Es regt meinen Hunger an, und ehe ich mich versehe, decke ich die Teller auf. Eier und Speck. Pfannkuchen und Sahne. Haferflocken mit Zimt und Rosinen. Mir läuft das Wasser im Mund zusammen.

Ich kann mich nicht erinnern, wann ich das letzte Mal so viel Essen zur Verfügung hatte. Zu Hause wäre ich froh, wenn ich eine Scheibe Brot und die letzten Reste der Marmelade im leeren Glas zum Frühstück bekommen würde. Aufgeregt stelle ich den Kaffee ab und ziehe den ganzen Wagen näher ans Bett. Dort setze ich mich hin und stopf mich voll. Ich schäme mich nicht zu sagen, dass ich vorhabe, alles zu essen ... oder so viel ich kann, bevor ich aus allen Nähten platze.

Bis ich satt bin, habe ich es geschafft, die Hälfte des Essens von jedem Teller zu essen. Ich lecke mir den Ahornsirup von den Lippen und gehe ins Bad. Auf dem Waschbecken finde ich eine neue Zahnbürste, noch in einer Plastikverpackung, zusammen mit einer Reihe von Kosmetikartikeln. Mehr als ich je besessen habe. Auf dem

Tresen liegt ein kleines Bündel gefalteter Kleidung, darunter ein schwarzer Spitzen-BH und ein passender Tanga. Lieber Gott, sind diese Dämonen wirklich so arrogant, meine Größe abzuschätzen? Ich rolle mit den Augen, fange an, mich auszuziehen und gehe in die Dusche aus Marmorfliesen.

Als ich fertig bin und eine Jeans angezogen habe, die tief auf den Hüften hängt, und ein blaues T-Shirt, das eine Nummer zu klein ist, greife ich zur Bürste und kämme mein Haar. Zu meiner Überraschung - und leichten Irritation - passen Unterwäsche und BH perfekt. Ich ziehe das Oberteil herunter, das immer wieder an meinem Bauch hochrutscht, und drehe mich zurück ins Schlafzimmer.

Was nun?

Ich schreite von der Tür zum Fenster, Frustration steigt schnell in mir auf. Die Wände fühlen sich an, als würden sie sich um mich herum schließen. Ich bin ein eingesperrter Wolf in einem Zoo. Das kann nicht meine neue Zukunft sein. Eingesperrt. Eingesperrt in einem Raum, bis Dämonen entscheiden, was ich als nächstes tun soll.

Lieber würde ich sterben.

Im Bad krame ich zwischen den Haarbürsten und Lockenwicklern in den Schubladen.

Meine Finger kratzen über das kalte, dünne Metall mehrerer Haarnadeln. *Da seid ihr ja.* Ich ergreife zwei von ihnen und wende mich der Tür zu.

Jahrelang lebte ich in zahlreichen Pflegefamilien, war mir selbst überlassen und tat, was ich tun musste um zu Überleben. Und im Moment muss ich einfach nur hier herauskommen. Ich werde mich nicht zurücklehnen und darauf warten, dass meine Seele ausgelaugt wird... egal, wie sexy und verlockend die drei Dämonen in dieser Villa sind. Diese Dinge sind Illusionen. Ich habe genug über Dämonen gehört, um zu wissen, dass sie nichts als Schall und Rauch sind.

Sie sind Monster, die Legionen von Dämonen kontrollieren und die Befehle des Teufels ausführen. Warum finde ich sie überhaupt attraktiv und fühle mich zu ihnen hingezogen? Ich verstehe meine Reaktion auf sie nicht, also konzentriere ich mich auf das, was ich kontrollieren kann. Die Tür ist mir im Weg.

„Sayah, sind da draußen Wachen?"

Mein Schatten schimmert über den Boden und schlüpft unter der Tür hindurch. Ein Aufflackern von warmer Energie sticht in meinen Arm - Sayahs eigene Art, mir zu sagen, dass es sicher ist.

Perfekt.

Ich werfe mich auf die Knie und stoße die Haarnadeln in das Schloss, rüttle daran herum. Ich habe das oft genug getan, um zu wissen, dass es eine Frage der Beharrlichkeit ist. Ich konzentriere mich darauf, hier rauszukommen und mich nicht von Cains Drohung beeinflussen zu lassen. Ich meine, wenn sie mich tot sehen wollten, wäre ich schon längst tot, oder? Also bleibe ich bei meinem Plan.

Raus aus diesem Haus.

Joseline holen.

Aus der Stadt verschwinden und nie wieder zurückblicken.

Klick.

Ich lächle vor mich hin, ziehe die Nadeln heraus und stecke sie in die Tasche meiner Jeans. Ich stehe auf, öffne vorsichtig die Tür und strecke den Kopf heraus. Nichts.

Sayah sträubt sich innerlich bei der Andeutung, dass ich ihrer Inspektion nicht geglaubt habe, aber hey, das hätte sich schnell ändern können. Ich schaue über meine Schulter zurück und mein Blick landet auf der Garderobe mit meinem Rucksack. Ich hechte zurück, um ihn zu holen, dann gleite ich hinaus in den Flur.

Die Wände und Decken sind karminrot gestrichen. Passende Teppiche ziehen sich über die gesamte Länge des Bodens und verdunkeln den Korridor. Gemälde zieren die Wände, und erst als ich genau hinsehe, bemerke ich, dass jedes Kunstwerk den Meisterwerken ähnelt, die ich in Museen gesehen habe. Eines zeigt einen Mann, der auf einem Felsen zusammengebrochen ist, nackt, mit gesenktem Kopf und schwarzen Flügeln, die sich um ihn zu winden beginnen. Das nächste ist ein wildes Bild eines Mannes, der einem anderen in den Rücken kniet, während er seinen Kopf zurückreißt und in den Hals beißt. *Autsch.* Eins nach dem anderen erzählen dunkle Geschichten vom Kampf, von schwarzgeflügelten Kreaturen, die verletzt wurden. Alle sind nackt, und hinter ihnen herrscht Dunkelheit oder Feuer. Sind es Darstellungen der Hölle?

Mit jedem Schritt spitzen sich meine Ohren für irgendwelche Geräusche. Diesmal werde ich nicht erwischt werden. Ich gehe leise eine kleine Treppe hinunter in den zweiten Stock und durch die Halle in Richtung der großen Treppe, wobei ich darauf achte, so leichtfüßig wie möglich zu sein. Ich lehne mich mit dem Bauch an das polierte Geländer, während ich hinuntersteige. Im großen Foyer angekommen, blicke ich hinunter in einen Marmorflur, von dem ich weiß, dass er zur Bibliothek und weiteren unbekannten Räumen führt. Bis jetzt ist niemand in Sicht.

Schnell eile ich den Gang hinunter, vorbei an einer Reihe von entstellten Masken an den Wänden, die wahrscheinlich von verschiedenen Stämmen stammen. Ich rase an der Bibliothek vorbei, ohne auch nur einen Blick hineinzuwerfen, nur für den Fall, dass einer der Dämonen dort drin ist, und finde weitere Türen um mich herum. Alle geschlossen.

Schritte hallen im Korridor vor mir wider und kommen auf mich zu. Panisch schwenke ich nach rechts und greife nach der nächstgelegenen Tür. Ich reiße sie auf und finde eine weitere Treppe, die aber in der Dunkelheit versinkt.

Ich habe keine Zeit, es zu überdenken - die Person kommt näher - also eile ich hinein und schließe die Tür hinter mir. Ich eile die Treppe hinunter und stolpere fast über meine eigenen Füße. Je tiefer ich gehe, desto kälter wird die Temperatur. Ich gehe unter die Erde, in einen Keller oder ein Untergeschoss. Aber am Ende gibt es einen schwach beleuchteten Flur, und ich eile dorthin.

Auch hier säumen weitere Türen die Wände, und ich fühle mich an das Gruselkabinett eines Jahrmarkts oder so erinnert. Dieses Haus scheint unendlich groß zu sein.

Ich greife nach der nächstgelegenen Tür, und in dem Moment, in dem ich den Griff ergreife, fährt ein Summen meinen Arm hinauf. Ich zucke zurück und lege meinen Arm an meine Brust. Das Gefühl erscheint wieder an der Basis meiner Wirbelsäule, genau wie jedes Mal, wenn ich starke dunkle Magie spüre. Es läuft mein rechtes Bein hinunter und zu meinem kleinen Zeh, das kleine Ding zuckt und zeigt auf den Gang zu meiner Rechten.

Verrückte Zehen... Ein weiterer Grund, warum ich niemandem von meinen seltsamen Fähigkeiten erzähle. Das Letzte, was ich brauche, ist, als "Übernatürlicher Zehenflüsterer" bekannt zu werden und die Zielscheibe von Witzen zu sein. In den Filmen ist das mit den Kräften,

den Funken, den Feuerbomben und was weiß ich nicht
alles, die aus den Händen der Leute kommen, völlig
falsch. Im echten Leben ist es nicht annähernd so
glorreich.

Dem Gefühl folgend, schaue ich zur Tür, dann den
Gang hinunter, auf den mein Zeh zeigt. Die Entscheidung
ist einfach. Ich fliehe, und ich habe meine Kugel bei mir,
also brauche ich nichts anderes. Ich greife wieder nach
der Tür.

„*Reeennn!*", scharrt die knirschende Stimme der Kugel
in meinem Kopf.

Meine Haut kribbelt, gerade als das Donnern von
Schritten von oben kommt. Dann Geräusch der sich
öffnenden und schließenden Tür, und schließlich stolziert
ein Schatten die Treppe hinunter. Ich warte nicht auch
nur eine Sekunde, um zu sehen, wer es ist. Stattdessen
flitze ich den Gang hinunter. Mein Herz hämmert in
meiner Brust, und ich folge meinen Zehen, um nicht in
eine Sackgasse zu laufen, falls mir jemand folgt. Links
und rechts eile ich durch so viele Korridore, dass ich mitt-
lerweile den Verdacht habe, dass ein Labyrinth eine
bessere Beschreibung für diesen Ort wäre.

Ich halte einen Moment inne, schnappe nach Luft,
während mein kleiner Finger leicht zuckt, was bedeuten
könnte, dass ich mich Etwas annähere. Ich werfe einen
Blick über meine Schulter, doch das schwache Licht der
Wandlampen zeigt, dass mir niemand folgt. Überall
drängen sich Schatten, und Unbehagen kriecht mir über
den Nacken und den Kopf. Wie soll ich überhaupt den
Weg nach draußen finden?

Meiner Erfahrung nach hilft es mir, meinem Instinkt
zu folgen, also achte ich auf meinen zuckenden Zeh und
folge seiner Richtung. Sayah gleitet vor mir über den

Boden, streicht von links nach rechts wie eine Taschenlampe, wirft einen Blick in jeden Raum, an dem wir vorbeikommen, aber alle sind leer. Das heißt, keine Möbel, keine Dekoration, nichts.

Um die nächste Ecke höre ich ein leises Summen. Eine sanfte, zarte Melodie. Sie ist definitiv weiblich. Ich halte inne und untersuche die Gegend hinter mir. Nichts. Je weiter ich gehe, desto mehr füllt die Musik meine Ohren. Wie eine Welle schwappt sie heran und umspült mich. Sie hat ein sanftes Tempo, fast schon wehmütig. Ich folge ihr, als ob sie nach mir ruft. Sayah gleitet unter einer Tür am Ende des Flurs hindurch, und als ob eine unsichtbare Schnur um meine Brust gewickelt wäre, werde ich in diese Richtung gezogen. Als ich nach vorne stolpere, scheint sich die Tür wie von selbst für mich zu öffnen.

Der Raum ist leer, bis auf einen runden Tisch, der in der Mitte steht. Er enthält eine dunkle Holzkiste, verziert und schön, mit Runen geschnitzt. Der gesunde Menschenverstand sagt mir, dass ich es in Ruhe lassen soll, dass nichts Gutes dabei herauskommen kann, wenn man sich an etwas zu schaffen macht, das einem Dämon gehört.

Aber die Musik... Sie gleitet um mich herum, füllt meine Ohren, lockt mich an. Ich treibe auf die Box zu, lasse jeden Atemzug schwer aus, als würde etwas meine Brust einschnüren. Die Melodie wird unwiderstehlich traurig, eine leise brummende Stimme mischt sich unter die Noten. Sie säuselt in meiner Brust und weckt tiefe Gefühle der Sehnsucht.

Ich greife hinüber und hebe behutsam den Deckel an. Ein leichtes Kribbeln tanzt meine Finger hinauf, aber ich bin gefesselt von dem, was sich darin befindet.

Auf einem Bett aus schwarzer Seide liegt eine dünne,

goldene Kordel, um sich gewickelt wie ein Lasso. Sie hat keinen Griff, und bevor ich mich zurückhalten kann, nehme ich sie in die Hand. Die Musik summt jetzt lauter in meinem Kopf, die Schnur fühlt sich glatt und eisig an.

Jemand räuspert sich hinter mir so abrupt, so unerwartet, dass ich zusammenzucke und die Schnur zurück in die Box fallen lasse, der Deckel klappt zu.

Ich drehe mich um, das Herz in meiner Kehle, und sehe die Bestie aus dem Wald in der Tür stehen. Eine Schulter an den Türrahmen gelehnt, die Arme vor der Brust verschränkt, starrt er mich an.

„Was machst du hier?", befiehlt er, die Stimme tief und schneidend.

Ich höre seine Worte, aber die Melodie singt immer noch in meinen Ohren und zieht mich zurück zu der Kiste, zu der Reliquie.

„Kannst du es auch hören?", frage ich und starre an die Decke, während die Musik über mich gleitet wie die Liebkosung eines Liebhabers.

„Was ich sehe, ist ein Mädchen, das gegen die Regeln verstoßen hat. Und das bringt Strafen mit sich."

Ich richte meine Aufmerksamkeit wieder auf ihn - die Bestie, den Dämon, den Arsch, der mich in die Villa zurückgeschleppt hat, als er mich wieder in den Wald hätte gehen lassen können.

Die Melodie füllt wieder meine Ohren und zieht mich in ihren Bann. „Das Lied ist wunderschön. Ich glaube, es handelt von einer Tragödie."

Er schließt den Abstand zwischen uns in zwei langen Schritten und ergreift mein Handgelenk. Seine Berührung ist glühend heiß. Ein weiterer Stromstoß schießt meinen Arm hinauf und direkt in die Magengrube. Ein

Kribbeln erwacht in mir, das immer tiefer wird, je länger er mich berührt.

Er hält inne und senkt seinen verhärteten Blick auf mich. Er spürt das Summen, man sieht es an seinen zusammengekniffenen Augen.

„Was ist das?", frage ich.

Ein Knurren rollt durch seine Brust, und er reißt mich eilig aus dem Zimmer, dann schließt er die Tür mit einem Knall. Die Musik wird leiser, der Nebel in meinem Kopf lichtet sich etwas.

Sein Griff wird fester, und ich verrenke mich gegen ihn.

„Hey, du musst nicht so grob sein", sage ich. „Wie heißt du eigentlich? Besser noch, *was* bist du?"

Er dreht sich wieder um, etwas glitzert in seinen Augen, und in Windeseile hat er mich an die Wand gedrückt, seinen Körper an meinen gepresst. Er ist so groß, ragt über mich hinaus. Er stößt eine Hand an die Wand über meiner Schulter, die andere packt mein Kinn, während er meinen Kopf nach hinten drückt.

Instinktiv ziehen sich meine Oberschenkel zusammen. Das sollten sie nicht, aber offenbar habe ich die Kontrolle über meinen Körper verloren, wenn es um tödliche Dämonen geht.

"Wie hast du das Zimmer gefunden?", fragt er mich, ignoriert meine Fragen und bombardiert mich mit seinen eigenen. Sein Gesicht schwebt Zentimeter neben meinem.

Ich starre in diese bronzenen Augen, auf die dunklen, langen Wimpern, die sie krönen. „Ich weiß es nicht." Es ist die Wahrheit, obwohl er mir das nicht abzunehmen scheint, denn seine Lippen verziehen sich zu einem schiefen Stirnrunzeln.

„Hast du auch die Musik gehört?", frage ich, verwirrt

von dem, was in diesem Raum passiert ist. Die Kugel spricht mit mir, und diese seltsame goldene Saite scheint zu singen. So etwas habe ich noch nie erlebt. Es ist bizarr.

Noch immer antwortet er nicht auf meine Fragen, aber ich spüre die wachsende Erektion, die gegen meinen Bauch drückt.

Oh. Mein. Gott.

Ich verenge meinen Blick auf ihn, um ihn wissen zu lassen, dass ich weiß, was er tut. Natürlich weiß er es selbst. Sogar Sayah rührt sich in mir, um es zu bestätigen. Ich kann kaum atmen, geschweige denn logisch denken.

„Was... was bist du?", frage ich erneut, unfähig, das Zittern in meiner Stimme zu unterdrücken.

Er zögert, unsicher, ob er antworten will. Nach einem langen Moment antwortet er: „Ein Höllenhund."

Mein Mund wird trocken. Ein Höllenhund? Diese Dinger existieren tatsächlich?

„Hast du einen Namen?" Ich bin mir sicher, dass ich hier mein Glück herausfordere, aber er macht mich neugierig.

Wieder hält er inne und denkt nach, bevor er antwortet. „Elias."

Cain, Dorian, und Elias. Die drei Höllendämonen, die denken, ich gehöre ihnen.

Gut zu wissen.

„Wie ich sehe, hast du es geschafft, deine Kleidung zu finden." Es ist mein Versuch eines Witzes, ein Weg, um die Unbehaglichkeit zu brechen, aber er scheint nicht in einer humorvollen Stimmung zu sein.

"Die Schönheit lauert in allen Relikten, aber die Wildheit tut es auch", antwortet er. „Ist das die Büchse der Pandora, die du wirklich öffnen willst?"

Ich blinzle ihn an. Das sind ziemlich tiefgründige Worte. „Wovon redest du?"

Er knurrt. „Die Räume hier unten sind verboten. Halte dich davon fern."

Es gibt keinen Zweifel, dass das goldene Seil, das ich gefunden habe, Elias viel bedeutet. Irgendetwas an diesem Seil - oder *Relikt* - hat ihn verunsichert.

„Gehört es dir?", frage ich.

Er reagiert nicht, sondern hält mich fest, sein Gesicht nah an meinem. Er versetzt meinen Puls in einen Rausch. Jeder Zentimeter meines Körpers erwacht, unsere Körper sind wie aneinandergeklebt, meine Nippel kribbeln.

Ich atme scharf ein, Hitze durchflutet meine Brust.

Er lächelt, seine perlweißen Zähne heben sich perfekt von seiner gebräunten Haut ab. Sein Blick fällt auf meine Lippen und schickt ein erregtes Kribbeln in meine Magengrube.

Er schluckt laut, sein Blick verfinstert sich.
Stille.
Brennende Hitze gleitet meine Wirbelsäule hinunter. Ich sollte ihn nicht als etwas anderes ansehen als das Monster, das er ist. Ich sollte *nicht* auf seine breiten Schultern schauen, sollte *nicht* seine muskulöse Brust und seinen Bizeps bewundern, und ich sollte *definitiv nicht* an die dicke Härte denken, die zwischen uns größer wird.

„Wenn ich dich noch einmal hier unten erwische, wirst du bestraft."

Die Warnung lässt mich erschaudern und holt mich in die Realität zurück. Ich stoße meine Hände gegen seine Brust. „Dann geh verdammt noch mal von mir runter. Du erstickst mich mit all dem Testosteron, das dir zu Kopf steigt."

Er weicht etwas zurück, und das reicht mir, um unter ihm wegzurutschen.

Mein Herz rast, und ich marschiere schnell weg.

Drehe dich nicht um. Tu es nicht.

Denn ich weiß, dass wenn ich es tue, ich am Ende etwas Dummes mache. Warum lasse ich mich überhaupt so sehr von ihm beeinflussen?

Starke Finger umklammern meinen Arm, und ich drehe mich blitzschnell um. Keine Warnung, kein Geräusch. Ich stoße mit diesem riesigen Dämon zusammen, seine andere Hand umklammert meinen Nacken, fest, aber sanft.

Elias' Gesichtsausdruck verzieht sich zu einem finsteren Blick, und für einen Moment bleibt mein Herz stehen, unsicher, was er vorhat. Dann zieht er mich in einen heftigen Kuss, sein Mund prallt auf meinen. Schmetterlinge explodieren in meinem Bauch und schlagen wild mit den Flügeln.

Ich kann nicht atmen. Ich lasse zu, dass mich ein Dämon küsst. Aber mein Körper scheint von selbst zu reagieren, und ich greife nach seinem Hemd, ziehe ihn näher zu mir und erwidere seinen Kuss. Er nimmt meine Zunge in seinen Mund, während meine Knie unter mir zittern. Er ist riesig, überragt mich, während ich mich auf die Zehenspitzen stelle, um ihn leichter zu erreichen.

Ich schließe meine Augen und lasse mich auf dem Versprechen treiben, das in seinem Kuss liegt. Starke Hände graben sich in meinen Rücken, als sein Griff fester wird. Unsere Zungen verheddern sich. Dieser verruchte Kuss ist falsch, aber ich kann mich nicht zurückhalten.

„Du riechst und schmeckst so gut", murmelt er gegen meinen Mund, als er sich endlich zurückzieht.

Ich atme langsam aus und lasse mich wieder auf

meine Fersen sinken. Als ich wieder zur Besinnung komme, kriecht ein Hauch von Verlegenheit über meine Wangen, dass ich mich so leicht von seinem Charme habe verführen lassen.

"Wir müssen gehen." Plötzlich ergreift er meine Hand und stürmt mit mir an seiner Seite zurück durch die unzähligen Gänge. Es ist, als ob die Realität unseres Kusses auch ihn wieder geweckt hat. Ich habe keinen Zweifel daran, dass er mich zurück in mein Zimmer schleppt, mit der Absicht, mich wegzusperren.

Die Realität dessen, was gerade passiert ist, durchdringt auch mich. Wir sind verschieden, und ich bin nicht hier, um einen Freund zu finden. Er ist mein Entführer. Trotzdem... als er mich küsste, war es, als wäre er jemand, der ausgehungert ist, und ich war alles, was er brauchte. Es hat etwas extrem Anziehendes, wenn ein Mann mich auf diese Weise will, besonders einer, der so robust und gut aussehend ist wie Elias. Ich kann von Glück reden, wenn mich Typen überhaupt anschauen; ich habe noch nie die Aufmerksamkeit eines Adonis-gleichenden Mannes erregt. Und jetzt sind meine Lippen geschwollen und zerschrammt, meine Unterwäsche ist durchnässt.

Was ist los mit mir? Und was noch wichtiger ist, wie zum Teufel soll ich damit umgehen, ihn wieder zu sehen, wenn ich meine Libido nicht unter Kontrolle halten kann?

KAPITEL ACHT

CAIN

Das heutige Abendessen ist Dorians Idee, auch wenn wir kein Bedürfnis nach Essen haben - zumindest nicht das, was die Lebenden zubereiten und essen. Unsere Stärke und Macht kommt von den Seelen, die wir sammeln und am Ende ihrer Verträge verzehren. Daran hat es in letzter Zeit gemangelt, da ich in den letzten Monaten viel mehr damit beschäftigt war, die sieben Teile von Azraels Harfe zu finden, um das Tor zur Hölle zu öffnen. Der berühmte Engel Gabriel hat sein Horn für den Himmel, und der Dämon Azrael hat eine Harfe für die Unterwelt. Aber nachdem er entdeckt hatte, dass die Harfe existiert, zerstörte der Goldjunge Gottes sie und verstreute ihre Teile auf der Erde, wo er sie für sicher hielt. Nach jahrzehntelanger Forschung ist das der einzige Weg, um nach Hause zu kommen. Eine Art Hintertür.

Aber natürlich sind die Teile so gut wie unmöglich zu finden. Wir haben überall Scouts, haben ein Vermögen bezahlt, um sie aufzuspüren, aber nach all dem Aufwand haben wir es gerade mal geschafft, ein Teil zu finden. Eine der Saiten. Das ist alles.

Aria ist eine Ablenkung von dem, was getan werden muss - eine, von der Dorian denkt, dass ich sie brauche, aber es gibt Zeiten, in denen ich überzeugt bin, dass er die Harfe aufgegeben hat und lieber bleiben würde. Aber ich habe ihm nachgegeben und dieses Abendessen für die junge Frau arrangiert, damit wir besprechen können, wie dieses… „Wohn-Arrangement" ablaufen wird.

„Wir können sie nicht den ganzen Tag und die ganze Nacht in ihrem Zimmer einsperren", sagt Dorian von seinem Platz am Tisch aus. Er hat sich den Platz zu meiner Rechten ausgesucht, und zwei weitere Gedecke wurden für Elias zu meiner Linken - falls er jemals ankommt - und Aria am gegenüberliegenden Ende hingelegt. Einer der Diener sollte sie jeden Moment herunterbringen.

Ein Schock der Vorfreude durchzuckt meine Leistengegend bei dem Gedanken, sie wiederzusehen. Ich hasse die Art, wie mein Körper auf sie reagiert, selbst wenn sie nicht hier ist. Es ist aufwühlend.

Ich knirsche mit den Zähnen und sage mir, dass ich aufhören soll. Ich bin ein Prinz der Hölle, verdammt noch mal.

„Sie soll unsere Gefangene sein", sage ich ihm. „Oder hast du das vergessen?"

Dorians Augen rollen in Richtung der Decke wie bei einem vorpubertären Kind. „Eine Gefangene oder ein Haustier? Wir haben mit Elias bereits einen tollwütigen Hund. Es kann doch nicht schaden, sie mehr wie einen Gast zu behandeln, oder?"

„Ich lasse das Hunde-Argument durchgehen, aber nur weil ich gute Laune habe." Elias schlendert in zerrissenen Jeans und einem schlichten T-Shirt ins Esszimmer, eher mit einem Fokus auf Bequemlichkeit, als auf

Mode. Wenn er nicht nackt ist, ist das sein typisches Outfit. Er zieht seinen Stuhl hervor. „Was habe ich verpasst?"

Dorian atmet mehrmals ein. „Heilige Scheiße. Hast du *geduscht*?"

„Was? Ich habe auch vorher schon mal geduscht", antwortet er.

„Nicht mit Seife."

Elias schnaubt.

Da ich mich wieder der Aufgabe widmen möchte, wende ich mich wieder an Dorian. „Wenn du meinst, wir sollten höflich mit ihr umgehen, was schlägst du vor?"

„Das Essen ist ein Anfang. Die Lebenden müssen echtes Essen essen, weißt du", antwortet er mit einer Handbewegung.

„Und?", hake ich nach.

„Ich weiß es nicht. Sie bei Laune halten und dafür sorgen, dass sie nicht aus dem Fenster springen will? Das kann doch nicht so schwer sein, oder?"

„Das Leben hier hat dich weich gemacht, Dorian", fügt Elias hinzu. „Warum ist sie überhaupt hier?"

Dorian lehnt sich in seinem Stuhl zurück. „Das passiert, wenn man tagelang weg ist. Man vermisst alles."

„Genau darum geht's ja", sagt Elias durch zusammen-gebissene Zähne.

„Sie ist hier", beginne ich und lenke ihre Aufmerk-samkeit wieder auf das Wesentliche, „weil sie eine ganz besondere und seltene Gabe hat. Eine, die wir alle in irgendeiner Weise in Aktion gesehen haben, oder?"

Als Dorian nickt, sehe ich Elias an. Er ist starr in seinem Sitz geworden.

„Elias?", beginne ich vorsichtig.

„Ja, ich habe sie gesehen", sagt er plötzlich. „Ich

dachte, sie wäre nur eine Hexe, die einen Unschärfezauber benutzt oder so."

Ein Unschärfezauber? Meine Augen weiten sich. „Was hast du gesehen?"

Er hält inne, als ob er über seine Worte nachdenkt, bevor er sie ausspricht. „Ich fand sie versteckt, in einen Schatten gehüllt. Aber kein natürlicher Schatten. Einer, den sie beschworen oder manipuliert hatte. Sie benutzte ihn wieder, als sie versuchte zu fliehen, aber ich konnte sie trotzdem aufspüren."

Ein Schatten...

Ich dachte, ich hätte etwas Dunkles in ihrem Zimmer gesehen, als ich sie das erste Mal besuchte. Wie ein Geist oder ein Schatten. Es war so schnell, dass es leicht zu übersehen war. Vor allem, weil Aria mir gegenüber stand und mich auf andere Weise verführte.

„Hast du auch etwas Vertrautes in ihr gespürt?", frage ich ihn.

„Für mich roch sie wie zu Hause", sagt Elias. „Wie die Hölle."

„Vielleicht ist dein alter Riecher nicht mehr so scharf wie früher", schlägt Dorian vor, was ihm einen harschen Blick des Höllenhundes einbringt.

„Ich weiß, was ich gerochen habe", schnappt er. „Es ist unverkennbar."

Dorian will ihn gerade weiter fertigmachen, aber ich unterbreche ihn. „Ich habe auch eine vertraute Dunkelheit in ihr gespürt. Aber die Dunkelheit selbst zu kontrollieren... Ich habe noch nie von einer Kreatur gehört, die so etwas tun könnte."

„Ich glaube, ihr habt beide nur Heimweh", sagt Dorian abschätzig.

Ich schlage mit der Faust auf den Tisch, meine Verärgerung wächst rapide und meine Geduld reißt. „Und was ist mit ihrer Fähigkeit, deine Befehle zu verweigern? Meinst du, wir sollten das auch ignorieren?"

„Warte. Sie hat dir einen Korb gegeben?" Elias wirft seinen Kopf zurück, als er in inbrünstig lacht. „Ich mag dieses Mädchen jetzt schon."

Dorians Mund verzieht sich zu einer harten Linie.

Im Gegensatz zu den anderen beiden nehme ich das ernst, und je mehr ich darüber nachdenke, desto mehr mache ich mir Sorgen, dass unsere anfängliche Annahme, wir könnten Aria benutzen, um irgendwie zurück in die Hölle zu kommen, falsch war. Aber ist ihre Verwicklung mit Luzifer plausibler? Was seine Motive angeht, habe ich keine Ahnung. Nun, außer sicherzustellen, dass unsere Folter über die Verbannung hinausgeht. Und wenn das wahr ist, ist unsere klügste Option sie zu töten.

Aber es gibt immer noch Dinge, die für mich nicht ganz zusammenpassen. Warum sollte sie versuchen zu fliehen? Wäre es nicht ihr Ziel, als Lakai meines Vaters zu bleiben und uns irgendwie zu fangen? Und doch wehrt sie sich. Ich verstehe das alles nicht.

„Wir müssen hier sehr vorsichtig vorgehen", beginne ich. „Wir kennen noch nicht das wahre Ausmaß ihrer Macht. Wenn sie nicht aus einem üblen Grund geschickt wurde, dann können wir sie vielleicht zu unserem Vorteil nutzen."

„Da ist noch eine Sache." Als Elias mich diesmal ansieht, ist sein Ausdruck todernst. „Bevor ich hierher kam, fand ich sie, wie sie die Saite der Harfe hielt."

„Was?" Ich springe so schnell auf die Füße, dass mein Stuhl hinter mir umkippt.

Ich sehe Dorian an, der genauso schockiert ist wie ich. Vielleicht auch ein bisschen enttäuscht.

Das beweist es. Aria wurde wegen der Harfe zu uns geschickt. „Er weiß es", sage ich eilig. „Luzifer muss wissen, dass wir die Teile der Harfe suchen, um nach Hause zu kommen."

„Scheiße. Wir sind am Arsch", sagt Dorian, während er sich mit der Hand durch die Haare fährt.

Warum habe ich nicht früher daran gedacht? Mein Vater war uns die ganze Zeit einen Schritt voraus. Natürlich würde er jemanden schicken, um unsere Pläne zur Rückkehr in die Hölle zu vereiteln.

„So war es nicht", murmelt Elias so leise, dass ich es in meinem hektischen Denken fast überhöre.

"Was meinst du?"

„Ich beobachtete sie eine Zeit lang, ohne dass sie es wusste. Es schien... sie irgendwie zu rufen. Es hypnotisierte und ängstigte sie gleichzeitig", sagt er. „Ich glaube, sie wusste gar nicht, was es war. Oder warum es da war."

„Sie hat geschauspielert", antworte ich.

„Nein", erwidert er bestimmt. „Sie hatte keine Angst, erwischt zu werden. Sie hat nur gefragt, ob ich es auch hören kann."

"Was hören?", fragt Dorian, bevor ich die Chance dazu bekomme.

Elias' Augen treffen meine, glühen unheimlich golden. „Die Musik..."

Da ich nicht weiß, was ich davon halten soll, reagiere ich nicht. Für einen Atemzug sind wir alle still, aber in der Stille schießt ein schockierender Schmerz durch meinen zusammengebissenen Kiefer bis hin zu meiner Schläfe.

„Meister?"

Wir drehen uns alle um und sehen, dass eine unserer

Dienerinnen, ein junges Mädchen, mit Aria an ihrer Seite den Raum betreten hat. Sie trägt neue und viel freizügigere Kleidung als zuvor, und ich vermute, das war Dorians Werk. Besonders dadurch, wie tief ausgeschnitten und eng die Jeans sind. Aber trotzdem, der Anblick ihrer Brust in dem engen T-Shirt lässt mir praktisch das Wasser im Munde zusammenlaufen. Es ist schwer, das zu ignorieren.

Aria tut alles, um unsere Blicke zu vermeiden. Vor allem den von Elias, der sie aufmerksam beobachtet, sich an sie heranpirscht wie eine Beute.

„Danke, Sadie", sagt Dorian zu der Dienerin. Ich kann immer noch nicht glauben, dass er sich die Zeit genommen hat, die Namen der Bediensteten zu lernen. Sie sind hier, weil es Teil ihres Vertrages ist - ein Leben in Knechtschaft im Austausch dafür, ihre Seelen zu verschonen. Mehr nicht. „Hilf den anderen, das Essen rauszubringen, ja?"

Als das Mädchen in die Küche geht und verschwindet, gestikuliert Dorian mit einem Lächeln auf dem Gesicht in Richtung des für Aria gedachten Platzes.

„Setz dich." Er sagt den Befehl sanft, aber die Worte sind von seiner Macht durchdrungen. Ich kann es spüren; es hallt in seiner Stimme nach, während es durch die Luft und zu ihren Ohren wandert. Er stellt sie auf die Probe.

Zuerst bleibt sie stehen, die Füße auf dem Boden verwurzelt. Vielleicht nur, um zu beweisen, dass sie es kann und dass Dorians Gabe des Zwanges sie nicht umwirft. Neben mir spannt er sich an, immer noch unsicher, was es bedeutet. Sie macht auch mich stutzig. Aber dann, nach einem langen, angespannten Moment, geht sie die Länge des Tisches entlang und nimmt Platz.

Ich hebe meinen umgefallenen Stuhl auf und lasse mich wieder hinein sinken. Obwohl etliche Zentimeter zwischen uns sind, ruft die Dunkelheit in ihrer Seele nach mir. Es wird immer schwieriger, ihr zu widerstehen. Ich muss mich daran erinnern, dass es andere, hinterhältigere Gründe geben könnte, warum sie hier ist, und wenn es darauf hinausläuft, muss ich sie vielleicht töten.

In diesem Moment öffnet sich die Küchentür und vier Diener kommen mit abgedeckten Tellern herein. Sie stellen jeweils einen vor uns ab und nehmen die Deckel ab. Zum Vorschein kommen volle Teller mit gebratener Ente, gedünsteten Kartoffeln und gemischtem Gemüse. Elias vergeudet keine Zeit damit, sich das Essen in den Mund zu schaufeln und sieht dabei eher wie ein wildes, gefräßiges Tier aus als wie ein Mensch. Dorian stochert mit einer Gabel in seinem Teller herum, als ob er nicht wüsste, was er damit anfangen soll. Ich hingegen schaue es kaum an. Meine Aufmerksamkeit, meine Gedanken, mein Interesse liegen woanders. Bei der Person auf der anderen Seite des Tisches.

Ohne ihr Essen anzurühren, schaut sie zu mir hoch, aber als sie meinen Blick bemerkt, senkt sie ihn nicht, wie ich es erwartet hätte. Stattdessen verhärtet sich ihr Blick auf mir. Herausfordernd.

„Du solltest essen", sage ich und bringe etwas Gastfreundschaft in meinen Tonfall. Ich versuche, Dorians Vorschläge im Hinterkopf zu behalten, damit sie sich weniger wie ein Gefangener und mehr wie ein Gast fühlt, aber die Kühnheit in ihren dunklen Augen sorgt nicht gerade dafür, dass ich herzlich mit ihr umgehen möchte.

Ich räuspere mich und versuche es erneut. „Du hast heute eine ganze Menge durchgemacht. Ich bin sicher, dass du hungrig bist."

„Alles, was ihr drei mir angetan habt, meinst du",

spuckt sie giftig zurück, und ihre Stimme wird lauter. „Ihr habt mich aus meinem *Zuhause* geholt.„

Ich weiß nicht, warum sie darauf besteht, mir das anzutun, dieses gefährliche Spiel zu spielen, meine Grenzen zu testen. Es sollte mich wütend machen - und teilweise tut es das auch -, aber es fasziniert mich auch. Sie weiß, was ich bin, muss wissen, wozu ich fähig bin, und trotzdem lässt sie nicht locker. Sie ist sich der Gefahr um sie herum bewusst, und sie hat Angst - ich habe die Angst in ihren Augen gesehen -, aber beides reicht nicht aus, um sie vom Ungehorsam abzuhalten.

Ich habe noch nie jemanden wie sie getroffen.

„Iss", sage ich durch zusammengebissene Zähne. Ein tödliches Gebräu aus Verlangen und Wut wirbelt in mir herum, und es wird immer schwieriger, mich zu beherrschen.

„Du zuerst", entgegnet sie.

Dorian und Elias beobachten unseren Schlagabtausch aufmerksam, um zu sehen, wer von uns zuerst nachgeben wird. Sie wagen es nicht, uns zu unterbrechen.

„Iss", befehle ich wieder.

„Ich bin nicht hungrig."

„Diese ganze Mahlzeit wurde für dich zubereitet", füge ich hinzu.

„Nun, das ist eine verdammte Schande, oder?"

Meine Faust knallt auf den Tisch, lässt das Geschirr und Besteck klappern und kippt mein Weinglas um. Erschrocken weicht Aria zurück. Keiner bewegt sich.

Sie zu bestrafen ist ein verlockender Gedanke. Was würde ich nicht alles tun, um zu ihr hinüberzugehen, sie aus dem Stuhl zu reißen, ihre Beine weit auf dem Tisch zu spreizen und stattdessen ein Festmahl aus ihr zu machen. Ihr beibringen, dass man sich nicht mit mir anlegen sollte. Und erst wenn sie zittert, erschöpft ist und mich anfleht, aufzuhören, werde ich *in Erwägung ziehen,* sie von meiner Folter zu erlösen.

Ich rutsche in meinem Sitz, mein verhärteter Schwanz fühlt sich in dieser Hose plötzlich zu eng an. Als ich auf meinen Teller hinunterschaue, habe ich keinen Hunger mehr auf das zubereitete Essen. Es verblasst im Vergleich zu den Bildern in meinem Kopf. Ich sehne mich nach etwas anderem.

Als er mich ansieht, sinkt Dorians Stimme auf ein Flüstern herab. „Vielleicht solltest du ihr sagen, was von ihr erwartet wird, während sie hier ist?"

Ich sage nichts, während ich die Anspannung in meinen Muskeln zwinge, sich zu lösen. Das ist kein leichtes Unterfangen. Als ich mich endlich genug beruhigt habe, winke ich den Dienern, zurückzukommen und Arias Teller wegzunehmen. Die junge Dienerin, Sadie, tut es.

„Hey!", protestiert Aria.

„Du hast es abgelehnt, also kannst du heute Nacht hungern", sage ich kühl und ignoriere ihren hasserfüllten Blick. Bevor sie mich wieder angreifen kann, füge ich hinzu: „Und Dorian hat recht. Es ist an der Zeit, dass wir ein paar Grundregeln festlegen, da du für einige Zeit hier bleiben wirst. Zumindest so lange, bis wir wissen, was wir mit dir anstellen sollen."

Auf ihrer Unterlippe kauend, sinkt sie in ihrem Stuhl zurück.

Braves Mädchen.

„Wie wir bereits besprochen haben, wird es keine weiteren Fluchtversuche geben. Elias wird dich jagen können, bevor du die nächste Stadt erreichst. Naja, wenn die anderen wilden Bestien des Waldes dich nicht vorher erwischen. Nichts davon ist vergleichbar mit dem, was dich erwartet, wenn du zurückgebracht wirst."

Elias' Grinsen wird verrucht, und Arias Atmung beschleunigt sich merklich.

Ich fahre fort. „Du kommst, wenn du gerufen wirst und tust, was man dir sagt, ohne zu fragen."

„Ich würde lieber sterben."

Ich grinse. „Uns gehört deine Seele, meine liebe Aria", erkläre ich so ruhig wie möglich, „das heißt, uns gehört auch dein Tod. Du lebst und stirbst nach unseren Bedingungen."

Ihre Augen weiten sich. "Ihr seid Monster."

„Nah dran, aber nicht ganz", fügt Elias hinzu.

Schäumend vor Wut steht Aria auf und marschiert aus dem Zimmer. Von meinem Platz am Tisch aus kann ich sehen, wie sie die Treppe hinaufsteigt, höchstwahrscheinlich in Richtung ihres Zimmers. Elias springt auf und will ihr nachlaufen, aber ich halte meine Hand auf, um ihn aufzuhalten.

„Lass sie erst mal gehen", sage ich zu ihm. „Wenn sie klug ist, wird sie meine Warnung beherzigen."

Dorian schüttelt enttäuscht den Kopf und stochert weiter in seinem Essen herum. „Nun, ich würde sagen, das lief ziemlich gut."

Auch wenn er nicht aufschaut, weiß ich, dass der Seitenhieb an mich gerichtet ist.

„Sie muss wissen, dass man sich nicht mit uns anlegen darf", erkläre ich bestimmt. Wir wissen nicht, wo ihre Loyalität wirklich liegt. Oder hat er vergessen, dass eine Frau beim ersten Mal die Ursache für unseren Untergang und der Grund war, warum wir jetzt auf dieser Ebene festsitzen? „Wir können nicht zulassen, dass sich die Geschichte wiederholt."

Elias scheint das Gleiche zu denken, seine Miene verfinstert sich. Er hat sich seine Rolle bei unserer Verbannung nie verziehen, selbst nach all den Jahren nicht. Er ist mehr auf Serenas Lügen hereingefallen als wir beide. Das ist ein Fehler, den er nicht noch einmal machen wird, und ich auch nicht.

Dorian gibt sowohl das Essen als auch das Gespräch auf, schiebt seinen Teller in die Mitte des Tisches und steht auf. „Ich glaube, wir haben durch all das eine wertvolle Lektion gelernt", sagt er, während sein träger Blick unbeeindruckt über uns schweift. „Ihr seid beide absolut schrecklich im Umgang mit Frauen."

KAPITEL NEUN

ARIA

Die Zeit kriecht an diesem Ort nur so dahin. Es gibt keine Uhr in meinem Zimmer, keine Möglichkeit, die verrinnenden Stunden zu verfolgen, und der permanent graue Herbsthimmel macht es noch schwieriger. Vielleicht drei oder vier Tage sind vergangen, wenn ich schätzen müsste, und ehrlich gesagt, sind das drei oder vier Tage zu viel. Das Einzige, auf das ich mich verlassen kann, ist Sadie, die in mein Zimmer kommt und mir ein Tablett mit Essen hinstellt, ohne viel zu sagen.

Drei Mahlzeiten am Tag und ein paar Sekunden menschliche Interaktion. Das ist alles, was ich bekomme. Die restlichen Stunden verbringe ich damit, zu schlafen, mein Zimmer zu durchstöbern - das seltsamer leer ist - oder über meinen nächsten Fluchtplan nachzudenken. Ehrlich gesagt bin ich mir nicht sicher, ob ich Lieber die Stille oder einen der Dämonen hätte, der hier hereinplatzt und Forderungen stellt. Oder noch schlimmer, mich zu einem inszenierten Familienessen zu zwingen und so zu tun, als wäre das alles nicht extrem abgefuckt.

Allerdings lassen sie mich seit geraumer Zeit in Ruhe.

Vielleicht habe ich sie davon überzeugt, dass es nichts Besonderes an mir gibt und sie haben aufgegeben? Ein Mädchen darf doch träumen, oder?

Während ich auf Sadies vertrautes Klopfen an der Tür fürs Abendessen warte, sitze ich auf der Couch am Fußende des Bettes und starre geistesabwesend auf das lodernde Feuer. Ich kann nicht aufhören, an die drei Männer zu denken, die mich wie ein Haustier rufen, wann immer ihnen danach ist, und mich zwingen, auf Kommando zu tun, was sie wollen. Besonders Cain. Dieses arrogante, selbstgefällige Arschloch. Die Art, wie er mich ansieht... Es ist, als ob er mich entweder töten oder ficken will, und ich bin mir wirklich nicht sicher, was davon. Vielleicht beides.

Einige Zeit später klopft es an meiner Tür. Wie erwartet, ist es Sadie mit einem weiteren Wagen voller Essen, etwas Wein, Eistee und einem großen Stück Himbeer-Schoko-Käsekuchen. Ich werde heute Abend verwöhnt.

Mein Magen knurrt, und ich springe vor Aufregung fast auf die Füße. „Das sieht alles toll aus, Sadie. Dankeschön." Ich lehne mich nah heran und stelle fest, dass alles noch warm ist und köstlich riecht. Ich erwarte, dass sie direkt wieder geht, aber sie bleibt stehen und mustert mich.

„Kann ich... noch etwas für dich tun?", frage ich nervös.

„Da ist noch etwas, Fräulein." Sie greift in das Fach unter dem Essen und zieht eine große weiße Schachtel heraus, die mit einer roten Schleife zugeschnürt ist. Sie reicht sie mir.

Ich zögere, mein Magen dreht sich vor lauter Sorge um. „Was ist das?"

Sie antwortet nicht, sondern deutet nur an, dass ich

sie öffnen soll, bevor sie sich umdreht und zur Tür zurückgeht. Als sie weg ist, untersuche ich die Schachtel noch einmal. Jetzt Geschenke? Ich verstehe das nicht. Es sieht harmlos aus, aber das bedeutet nichts. Dämonen machen keine Geschenke.

Da muss mehr dahinterstecken.

Vorsichtig ziehe ich die Schleife ab und öffne die Schachtel. Unter dem feinen/eleganten roten Seidenpapier finde ich ein Bündel aus tief blutrotem Stoff.

Was zur Hölle?

Ich ziehe es mit sanften Händen heraus und starre es an. Es ist ein Kleid - ein dünnes, seidiges Teil, das sich in meinen Händen so fein und leicht wie Wasser anfühlt. Teuer. Wahrscheinlich kostet es mehr Geld, als ich mir auch nur vorstellen könnte, jemals in meinem Leben zu besitzen.

Das Nächste, was mir auffällt, als ich es hochhalte, ist der tiefe Ausschnitt und der ebenso hohe Schlitz an der Seite.

Ein Kloß setzt sich in meiner Kehle fest. Ich habe noch nie etwas so Freizügiges getragen. Mit der Art Material und den Ausschnitten überlässt es sehr wenig der Fantasie. Ich könnte genauso gut nackt herumlaufen. Aber ich schätze, das ist genau der Punkt.

Die Wut kribbelt in meiner Magengrube. Wofür halten sie mich? Eine Stripperin?

Nein, auf keinen Fall werde ich das tragen.

Ich packe das Kleid zurück in den Karton und werfe ihn auf das Bett. Ein Stück Papier fällt heraus und gleitet auf den Boden. Ich gehe hinüber, hebe es auf und starre auf die sanft geschwungene Handschrift. Als wüsste mein Körper bereits, von wem es ist, beginnt mein Herz schnell zu schlagen.

Du hast eine Stunde Zeit. -C

Mehr steht da nicht, aber ich höre, wie Cains Akzent jedes Wort umspielt, während ich es lese, und bekomme eine Gänsehaut.

Verdammt noch mal. Ich hasse ihn. Ich hasse es, wie er mich beeinflussen kann, ohne überhaupt im Raum zu sein.

Ich werfe einen Blick zurück auf das Kleid. Werde ich wirklich gehorchen und das Ding anziehen? Ich wende mich der Essensplatte zu und hebe den Deckel an, um ein gebratenes Hühnchensandwich zum Vorschein zu bringen, das ich eifrig zu essen beginne, während ich das Geschenk von Cain anstarre. Was für ein arrogantes Arschloch!

Das Geräusch der sich wieder öffnenden Tür lässt mich zurückschwingen, während ich das Sandwich aufesse. In der Erwartung, Cains schwarze Augen und sein teuflisches Grinsen zu sehen, entweicht mir ein erleichtertes Seufzen, als ich sehe, dass Sadie zurückgekehrt ist.

„Tut mir leid, wenn ich Sie erschreckt habe, Fräulein, sagt sie. „Ich hätte noch mal klopfen sollen."

Ich winke die Entschuldigung ab und befehle meinem schnellen Puls, sich zu verlangsamen. „Schon okay."

„Ich soll Ihnen helfen, sich fertig zu machen." Sie macht einen zögernden Schritt weiter ins Zimmer.

Ja, natürlich. Schickt jemanden, der sicherstellt, dass ich ihm gehorche. Er hat sich wahrscheinlich auch gedacht, dass ich mich gegen Sadie weniger wehren werde. Der hinterhältige Bastard.

Seufzend lasse ich die Schultern sinken.

„Hast du gesehen, was ich für ihn anziehen soll?", frage ich Sadie, während ich zum Bett hinübergehe, mir das Kleid schnappe und es vor mich halte. Ich beäuge das Kleid, es scheint mir zu passen, und die Tatsache, dass die Dämonen meine Körperform und -größe kennen, irritiert mich nur noch mehr.

„Irgendeine Idee, was das alles soll?", frage ich sie, als sie ins Bad geht. Einen Moment später kommt sie mit einer Bürste, Haarspray, einer Handvoll Haarnadeln und einer kleinen Kosmetiktasche heraus.

Oh nein... Sie wird mich doch nicht schminken, oder?

Ich trage kein Make-Up. Ich benutze noch nicht einmal Labello.

Sie schiebt mich zurück, bis meine Beine das Sofa berühren, und zwingt mich, mich hinzusetzen. Ich will protestieren, aber sie ist schon mit der Bürste und dem Haarspray dabei, meine Haare aus dem Gesicht zu zwirbeln und festzustecken. Es dauert nicht lange, bis es ihr gefällt, aber als sie die Kosmetiktasche öffnet und eine Tube Wimperntusche herauszieht, schicke ich ein stilles Gebet nach oben.

Sadie macht sich an die Arbeit. Die meiste Zeit habe ich die Augen geschlossen, weil ich Angst habe, zu sehen, was sie mit meinem Gesicht macht. Wie bei meinen Haaren dauert es nur wenige Minuten, aber es ist eine quälende Zeit. Schließlich hört das Stochern und Stechen auf, und Sadie tritt zurück, um ihr Werk zu bewundern. Anerkennend lächelnd reicht sie mir das Kleid und schlüpft zurück ins Bad, damit ich mich umziehen kann.

Ich ziehe meine Kleidung aus und das Kleid an. Der Stoff gleitet über mich, liegt eng um meine Taille und Hüften, bevor er locker zu Boden fällt.

Sadie tritt wieder in den Raum und ihr Lächeln wird breiter. „Es passt perfekt", sinniert sie, doch dann legt sich ein Stirnrunzeln in ihr Gesicht.

„Was?", frage ich.

Sie zeigt auf den tiefen Ausschnitt, wo mein BH durchscheint. Ich werde ihn ausziehen müssen.

Ich schnaufe. Es braucht ein wenig Fummelei mit dem Kleid, aber ich schaffe es, aus ihm herauszuschlüpfen.

Dann zeigt sie auf meine Hüften. „Das Höschen muss auch noch weg."

"Was? Das gibt's doch nicht!" Ich schaue nach unten. Sie hat natürlich recht. Durch den dünnen Stoff ist jede Linie und Falte meiner Unterwäsche sichtbar.

„Meister Cain besteht darauf."

Verärgert schlängle ich mich schnell aus meiner restlichen Unterwäsche. Trotz des Kleides, das überhaupt nichts wiegt, fühle ich mich völlig nackt vor ihr. Und das bin ich gewissermaßen auch. Meine Brustwarzen stechen durch den Stoff. Wenn ich mich falsch bewege, bewegt sich der Schlitz an meinem Bein zu sehr. Eine falsche Bewegung, und ich bin vollständig entblößt.

„Das kann ich nicht tun", murmle ich.

Sadie geht näher an den Standspiegel neben der Kommode heran und bittet mich, mich zu ihr zu gesellen. Als ich mich nicht schnell genug bewege, ergreift sie meinen Arm und zieht mich nach vorne.

„Du bist umwerfend", sagt sie. Ihr Lächeln ist warm, aber es trägt wenig dazu bei, mein Unbehagen zu lindern. Sie überredet mich, in den Spiegel zu schauen. „Guck dich an."

Ich blicke auf, und in dem Moment, in dem ich einen Blick auf mein Spiegelbild erhasche, keuche ich laut auf. Die Frau, die vor mir steht, sieht überhaupt nicht aus wie ich. Die Haare sind zu einem zarten Zopf hochgesteckt, ein paar Strähnen liegen frei und umrahmen ein Gesicht mit geschwungenen dunklen Wimpern, umrandeten

Smokey Eyes und leuchtend roten Lippen. Das Kleid ist sogar noch atemberaubender, als ich gedacht hätte, und zum ersten Mal in meinem Leben fühle ich mich... sexy. Gefährlich. Wunderschön. Das sind Gedanken, von denen ich nicht wusste, dass ich sie überhaupt in mir hatte. Es fällt mir schwer, das Lächeln zu unterdrücken, denn niemals in einer Million Jahren hätte ich mir vorstellen können, so gekleidet zu sein und so auszusehen.

In mir fühle ich Sayah herumschwimmen. Sie ist ängstlich, rauszukommen, und spiegelt meine Gefühle wider, jetzt, da ich weiß, dass der nächste Schritt ein erneutes Treffen mit Cain bedeutet. Aber dieses Mal fürchte ich mich nicht davor, ihn zu sehen. Ganz im Gegenteil. Ich *will* ihn sehen. Ich möchte seinen Gesichtsausdruck sehen, wenn er mich nach so langer Zeit so herausgeputzt sieht. Und vor allem will ich ihn zum Schwitzen bringen, wenn ich ihn necke.

Es klopft an der Tür. „Das Auto steht vor der Tür. Wir fahren in fünf Minuten los", sagt Cain von der anderen Seite der Tür, bevor seine Schritte im Flur verklingen.

„Sie sind bereit, Fräulein", bietet Sadie an, während sie zu meinem Bett geht, wo die Schachtel steht, und mit einem Paar roter Riemchen-Stilettos zurückkommt, die in ihrer Hand baumeln. Sie glitzern im Licht, als wäre der Lack mit Diamantenstaub bestreut. Ein gewisser Schrecken durchfährt mich bei ihrem Anblick.

Mein Mund bleibt offen stehen. Ich stolpere in flachen Schuhen. Sneaker, Sandalen, flache Stiefel - das bin ich. Mit diesen Absätzen werde ich mir das Genick brechen. Sadie stellt sie vor mich hin, und ich hebe den Stoff meines Kleides hoch, um in die Schuhe zu schlüpfen. Das

Dienstmädchen kniet vor mir und schließt die Riemen hinten an meinen Knöcheln.

Als sie wieder steht, fühle ich mich so viel größer als sie... *Wie in aller Welt soll ich auf diesen Stelzen laufen?*

Sadie wendet sich wieder der Schachtel auf meinem Bett zu und kommt Augenblicke später mit einer langen, goldenen Halskette zurück. Sie ist so dünn, dass sie zerbrechlich aussieht. Sie stellt sich hinter mich, und ich ducke mich und hebe mein Haar, damit sie mir die Kette um den Hals legen kann. Die Halskette ist lang, und ein einzelner goldener Flügel liegt jetzt genau zwischen meinen Brüsten. Ich hebe den funkelnden Anhänger an. Er ist wunderschön.

„Du solltest Master Cain besser nicht warten lassen." Sadie geht durch den Raum und öffnet die Tür.

Ein letzter Blick in den Spiegel. Das Mädchen, das mich anschaut, kann nicht ich sein. Sie ist viel zu sexy und selbstbewusst.

„Fräulein, beeilen Sie sich", flüstert Sadie verzweifelt.

Ich schaffe das. Dann drehe ich mich um und gehe mit langsamen, wackeligen Schritten aus dem Zimmer, bis ich meinen Rhythmus gefunden habe. Das heißt, ich bewege mich langsam wie eine Schnecke, halte mich dicht an den Wänden und klammere mich am Geländer fest, während ich die große Treppe hinabsteige. Die Absätze klacken auf dem Steinboden auf dem Weg zur Eingangstür des Herrenhauses, die offen steht.

Draußen in der Ausfahrt wartet eine schwarze Limousine, die Scheiben sind getönt. An der hinteren Tür steht Cain und hält sie offen. Sein Kopf ist nach vorne geneigt, konzentriert auf das Telefon in seiner Hand. Er trägt einen engen, schwarzen Anzug, der perfekt auf ihn zugeschnitten ist. Das Jackett trägt er offen, das Hemd darunter klafft an seinem Hals auf. Unter dem Anzug ist jeder Zentimeter von ihm muskulös.

Er wartet auf mich und sieht gefährlich sexy aus. Die Augen dieses wütenden, aber umwerfenden Mannes bringen mich zum Brennen, als sich sein Blick hebt, um meinen zu treffen. Er schweigt, und zugegeben, er mag von meiner Erscheinung überrascht sein, aber ich werde nicht leugnen, dass eine solche Reaktion ein enormer Schub für mein Selbstbewusstsein ist.

Seine Lippen verziehen sich zu einem echten Lächeln. Das verblüfft mich. Ich kann mich nicht erinnern, ihn lächeln gesehen zu haben, nicht ein einziges Mal, seit ich in dieser Villa angekommen bin.

„Du bist spät dran", sagt er.

Das ist der Cain, den ich kenne. Ich atme tief ein, um meine Nerven zu beruhigen und den Anschein von Normalität zu erwecken, und gehe vorsichtig die Treppe hinunter, dann schlendere ich auf ihn zu.

Meine Haut prickelt von seinem unverhohlenen Blick, der über meinen ganzen Körper wandert.

Ich gebe mein Bestes, um ihm nicht meinem tiefen Ausschnitt oder den ultrahohen Schlitz an meinem Ober-schenkel zu entblößen, den der Wind immer wieder zur Seite zu schieben versucht, um mich zu enthüllen, alles während ich versuche den unbeholfenen Gang mühelos erscheinen zu lassen. Ich schwinge leicht mit meinen Hüften; ich will, dass er starrt und sabbert. Er ist nicht der Einzige, der so verträumt und grüblerisch sein kann. Dieses Spiel können auch zwei spielen. Wer hätte gedacht, dass es sich so ermächtigend anfühlt, sich so anzuziehen?

Er tritt zur Seite, damit ich hinten einsteigen kann, als mein Knöchel plötzlich nachgibt. Ich spüre, wie ich taumle, mein Herz klopft wie wahnsinnig. Ich falle mit den Füßen kurz vor dem Auto. Ich sterbe innerlich, während meine Arme wild fuchteln.

Starke Hände packen mich mitten im Fall fest um meine Taille, und stellen mich wieder auf die Füße. Ich schnappe nach Luft, mein Puls pocht wild durch meine Adern. Eng an Cain gepresst, hält er mich an Ort und Stelle, während ich mein Gleichgewicht wiederfinde. Meine Wangen erröten vor Verlegenheit, ihm so nahe zu sein, vor der Härte seiner Hand in meinem Rücken. Alles an ihm macht mich verrückt - es gibt von Minute zu Minute eine andere Antwort auf die Frage, ob es mich wütend oder geil macht.

„Vorsichtig. Wir wollen nicht, dass du dir einen Knöchel brichst."

Ach, wirklich?

„Ich bevorzuge Turnschuhe", sage ich.

„Ah, ja, aber Turnschuhe würden deine Beine nicht betonen." Er hält inne und blickt weg, als hätte er sich dabei ertappt, etwas zu sagen, was er nicht sagen sollte, und ich liebe den Gedanken, ihn aus der Fassung zu bringen. Selbst wenn es nur für einen Moment ist.

„Das Kleid. Sie würden das Kleid nicht so gut betonen." Ich schaue zu ihm auf, diese wunderschönen Augen sind fesselnd. Ein Teil von mir erwartet, in ihnen Heiterkeit zu finden, vielleicht eine spöttische Antwort, aber er gibt keine. Er ist anders als alle anderen Männer, die ich je getroffen habe, aber um fair zu sein, er ist nicht wirklich ein Mann. Ich bin noch nie einem Dämon begegnet.

„Ja, natürlich. Das Kleid." Er räuspert sich, aber sein Griff um mich lockert sich nicht. Er hält mich weiterhin fest und überlegt, was er als Nächstes tun soll.

Mein Knöchel brennt immer noch von dem Missgeschick, aber alles, worauf ich mich konzentrieren kann, ist der fehlende Raum zwischen uns, das Schnellerwerden seines Atems. Alles, was er getan hat, ist, mich vor dem Fallen zu bewahren, und ich brenne innerlich. Das war mein Moment, um ihn ins Wanken zu bringen, nicht um in seinen Armen zu landen, weil ich mich nicht auf meinen Beinen halten kann.

Verdammt, ich muss mich zusammenreißen.

Es kostet mich all meine Willenskraft, nicht einzuknicken und weiter auf seine Lippen zu starren und mich zu fragen, ob er mich küssen wird. Ich wollte ihn dazu bringen, mich zu küssen, aber alles, was ich erreicht habe, ist, dass ich hingefallen bin. Ich schlucke schwer und entziehe mich seiner Umarmung, meine Wangen glühen.

„Danke", sage ich und drehe mich zum Rücksitz, mein Griff um die Tür ist eisern, um einen weiteren Sturz zu vermeiden. So damenhaft wie möglich steige ich ins Auto, eine Hand quer über den Stoff auf meiner Brust haltend.

Ohne ein Wort zu sagen, schließt er die Tür und schreitet zur anderen Seite der Limousine. Der Fahrer vorne startet den Motor, und jetzt habe ich wieder alle möglichen Ängste, wie ich in diesem Kleid auf diesen Schuhen balancieren soll. Das könnte der peinlichste Abend meines Lebens werden.

Cain steigt hinten ein und setzt sich mir gegenüber. Unsere Blicke treffen sich, als wir von der Villa wegfahren. Er sieht aus, als wolle er etwas sagen, oder zumindest als würde etwas seine Gedanken plagen, und meine eigene Zunge fühlt sich schwer an mit ungesagten Worten. Ich möchte ihn fragen, was es mit diesem unerwarteten Ausflug auf sich hat und warum wir für den roten Teppich gekleidet sind, aber ich presse meine

Lippen zusammen. Ich brenne immer noch vor Verlegenheit von meinem Sturz.

Ich tue mein Bestes, um seinem Blick auszuweichen. Mein Blick fällt auf seine Hände, die auf seinem Schoß liegen. Er streckt seine Finger aus und krümmt sie immer wieder ein, während er in grüblerischer Stille nachdenkt. Da fällt mir zum ersten Mal der Ring an seiner rechten Hand auf. Ein dickes Goldband mit einem Onyx-Edelstein. Zunächst scheint er schwarz zu sein, aber als das Licht der vorbeifahrenden Straßenlaternen das Auto kurzzeitig erhellt, leuchtet er rot. Blutrot. Und an den Seiten ist ein verschlungenes Muster eingraviert. Fast wie... ein Fächer aus Federn. Oder Flügeln?

„Du starrst", sagt er und bedeckt die Hand mit der anderen.

Schnell huschen meine Augen zum Fenster. Draußen stiehlt die Nacht die letzten Zeichen des Tages. Bäume sind alles, was ich sehe, und nicht einmal Autos fahren auf dieser einsamen Straße an uns vorbei. Ich habe keine Ahnung, wo genau wir überhaupt sind, aber jetzt wird mir klar, dass meine Flucht zu Fuß ein tückischer Versuch gewesen wäre.

„Wirst du mir sagen, wohin wir fahren?", frage ich.

Als Cain nicht antwortet, wende ich meine Aufmerksamkeit wieder ihm zu. Er sitzt starr wie eine Statue vor mir, seine Muskeln angespannt, diese spektakulären Augen auf meiner Brust.

Instinktiv schaue ich auf den tiefen V-Ausschnitt, der bis zur Hälfte meines Bauches hinunterreicht. Kein BH, überall Busen. Ich habe noch nie etwas getragen, das so viel Haut zeigt, auch nie ein schickes Kleid, aber das hier ist etwas anderes. Hier gibt es genug zu sehen, um eine Nutte in Verlegenheit zu bringen.

„Du siehst wunderschön aus, Aria." Es gibt einen Hauch von Wärme in seinem sonst so stählernen Ton, und ich frage mich, ob er das Kompliment wirklich ernst meint. „Du musst dich nicht schämen für das, was du hast."

Ich hebe meinen Kopf und sehe, wie sich seine Lippen zu einem herzzerreißenden Grinsen verziehen. Das teuflische Glitzern in seinen Augen lässt meinen Herzschlag in die Höhe schnellen und mir wird klar, dass er diese Dinge sagt, um mich zu provozieren. Nicht wegen irgendetwas anderem. Er liebt es, wenn ich mich vor Unbehagen winde.

Und aus irgendeinem Grund, obwohl ich das weiß, funktioniert sein Plan trotzdem.

„Ziehen sich alle so an, wo wir hinfahren?", frage ich ihn.

Er nickt einmal, dann klingelt sein Telefon. Er kramt in seiner Tasche, tippt auf den Bildschirm und hält es an sein Ohr. Er antwortet zunächst nicht, hört nur zu. „Perfekt. Dreißig Minuten."

Jetzt wird meine Neugierde noch größer. Ich schiebe meine Beine übereinander, als der Stoff bis zu meinem Oberschenkel rutscht. Hektisch ziehe ich ihn wieder an seinen Platz, denn ich habe nicht vor, Britney Spears nachzuahmen und dem Dämonen, der darauf besteht, dass ich keine Unterwäsche trage, einen Einblick zu gewähren.

Gott, bitte lass uns nicht auf eine Swingerparty gehen. Damit könnte ich gerade nicht umgehen. Und wo ich gerade beim Thema Gebete bin, bitte lass es auch keine Opfergabe sein.

Die peinliche Stille in der Limousine ist erdrückend. Es gibt keine Musik, und Cains Blick liegt schwer auf mir.

„Du siehst wirklich umwerfend aus." Er bricht das Schweigen.

Ich lehne mich in meinem Sitz zurück und begegne seinem Blick, seine Worte schweben in meinem Kopf. „Hast du das Kleid ausgesucht?"

Er nickt einmal kurz. „Als ich es sah, wusste ich sofort, dass es für dich bestimmt ist."

„Ich bin nicht zu deiner Unterhaltung hier, weißt du."

Seine Mundwinkel verziehen sich wieder und er schaut aus dem Fenster. Er könnte nicht durchsichtiger sein, selbst wenn er es versuchte.

„Ist das ein Date?", frage ich und fühle mich dumm für diese Frage. Aber wenn er mir nicht sagt, wohin wir fahren, kann ich ihn leicht mit tausend Fragen löchern, bis er einknickt.

„Willst du das?", fragt er.

„Ich bin sicher, du bist es gewohnt, dass sich viele Mädchen auf dich stürzen, aber das wird nicht passieren. Ich gehe nicht mit Monstern aus."

Er lacht, laut und ungestüm, und so ungern ich es auch zugebe, das Geräusch, das er macht, ist das Köstlichste, was ich je gehört habe. Es überzieht mich mit Gänsehaut und schickt mir ein Kribbeln in die Magengrube. Ich habe mir vorgestellt, dass es schrecklich sein würde, so viel Zeit mit Dämonen zu verbringen, aber meine bisherige Erfahrung war überraschend.

Verlockend.

Gefährlich.

Spannend.

Vielleicht bin ich mehr in Gefahr durch den Mangel an Kontrolle, den ich habe, als durch das, was diese Männer für mich vorhaben.

„Ich hätte nicht gedacht, dass das möglich ist", sage ich.

„Was?"

„Dass du lachen kannst."

„Oh, wirklich?"

„Du scheinst die ganze Zeit so... angespannt zu sein."

Daraufhin runzelt er die Stirn, tiefe Falten bilden sich zwischen seinen Augen. Die ganze Fröhlichkeit ist verschwunden, und ich starre wieder die steinerne Version von ihm an.

Mist. Das hätte ich wohl besser für mich behalten sollen.

Ich versuche, das Gespräch zu retten, indem ich es umlenke. „Äh, was genau macht ein Dämon eigentlich in seiner Freizeit?"

„Nach Jungfrauen suchen, Seelen verzehren, solche Dinge."

Ich starre ihn an.

Moment mal. War das... ein Scherz?

Ein weiteres sarkastisches Lächeln umspielt seine Lippen, und ich lache halbherzig. Heilige Scheiße. Der Dämon hat also doch einen Sinn für Humor.

Aber so schnell wie er aufgetaucht ist, ist er auch wieder verschwunden. Nur ein leichtes Aufflackern.

„Mein Pflegevater hat mir mal erzählt, dass Dämonen selten Zeit auf der Erde verbringen und nur zum Fressen oder zum Sex hierher kommen. Aber ihr habt hier sogar eine Villa."

„Das hat er erzählt?", fragt Cain, und ich nicke.

Er studiert mich einen langen Moment lang. Dann verfinstert sich sein Blick, während seine Zunge über seine Unterlippe gleitet. „Das mag vor Jahren der Fall gewesen sein, aber du wärst überrascht, wie viele böse

Dinge in deiner Stadt leben, von denen du nichts ahnst."

Ich bin mir nicht sicher, was ich von dieser Erkenntnis halte. „Seid ihr hier, um Menschen zu schaden?"

„Wir versuchen nur zu überleben, wie du. Wie wir alle."

Seine Antwort bleibt bei mir hängen, denn irgendetwas an dem Wort *überleben* ist nicht das, was ich jemals mit Cain in Verbindung bringen würde. Oder Dorian oder Elias.

„Meinst du, ich kann morgen mit einem Telefon meine Freundin anrufen? Sie wird sich große Sorgen um mich machen."

„Ja, natürlich. Aber das ändert nichts an deiner Situation."

„Ich weiß", murmle ich. „Du hast einen unterschriebenen Vertrag und all das, auch wenn es nicht meine Entscheidung war." Bitterkeit überzieht meinen Tonfall und setzt sich in meiner Brust fest, als meine Situation wieder über mich hereinbricht. Ich drehe mich zum Fenster, nicht mehr in der Stimmung, Smalltalk zu machen.

Eine halbe Stunde später sind wir im Hauptteil der Stadt. Es überkommt mich ein wohliges Gefühl, etwas Vertrautes zu sehen, und ein verzweifelter Drang zu fliehen krallt sich in mir fest und fleht mich an, das Fenster zu öffnen und um Hilfe zu schreien. Als ob das funktionieren würde, wenn mir ein Sündendämon gegenübersitzt.

Ich beobachte also das Leben, das ich einst kannte, wie es an mir vorbeifliegt, beobachte die Menschen, die über die Straße schlendern, in die Geschäfte hinein- und hinausgehen. Um ehrlich zu sein, habe ich den Überblick verloren, welcher Wochentag es ist, aber es fühlt sich seltsam an, so viele Menschen zu sehen, die sich normal verhalten, während mein Leben alles andere als das geworden ist.

Dann biegen wir in eine Seitenstraße mit gedimmten Straßenlaternen ein. Links, rechts, ich kann mir den Weg nicht merken. Glenside ist im Vergleich zu einer richtigen Stadt keine riesige Stadt, aber immer noch groß genug, etwa 150.000 Einwohner, und da sind die vermeintlich bösen Dinge, die hier leben und von denen niemand weiß, noch gar nicht mitgerechnet.

Wir parken in einer Seitengasse, nur ein flackerndes Licht draußen auf dem Gebäude gegenüber meinem Fenster beleuchtet die Fassade. Dort ist eine riesige, schwarze, metallbeschlagene Tür und ein kleines silbernes Schild mit dem Wort "Fegefeuer" und einem Paar schwarzer Engelsflügel um das „F" zu sehen. Ich lache schnaubend. Scheint der perfekte Name für einen Ort zu sein, an dem sich Dämonen gerne aufhalten.

Ein kalter Windstoß rauscht ins Auto und lässt meine Haut frösteln. Ich schaue zur anderen Tür hinüber, als Cain herausklettert. Sekunden später öffnet er meine Tür. Ich nehme seine Hand an, während ich mein Kleid über den Oberschenkeln zusammenhalte, und steige aus. Ein böser Wind weht durch mein Haar, während die Gasse mich einzuengen scheint. Hohe Gebäude, Dunkelheit ... Ich habe keine Ahnung, wo wir sind. Ich war noch nie hier.

Cain tritt vor mich, eine Hand an meiner Wange, dann gleiten seine Finger in meinen Nacken. "Du gehörst mir; vergiss das heute Nacht nicht."

Ich weiß, er meint es nur bezogen auf den Vertrag, aber ein köstliches Kribbeln durchfährt mich trotzdem. Dann führt er mich zur Tür, die sich bei unserer

Ankunft in einem dunklen Raum fast augenblicklich öffnet.

Cain führt mich an der Hand mit hinein.

Der Vorraum besteht aus schwarzen Wänden, Decken und Böden, mit einem Bären von einem Wachmann an der Tür, der seinen Kopf vor Cain verneigt. Man muss ein Stammgast oder ein ziemlich hohes Tier sein, um so eine Sonderbehandlung zu bekommen. Eine junge Brünette steht hinter einem kleinen Tresen mit einem weiteren kleinen Raum hinter ihr; es sieht aus wie die Garderobe.

Auf wackeligen Füßen bleibe ich dicht an Cains Seite, als sich auf der anderen Seite des Raumes eine Doppeltür für uns öffnet. Eine Explosion aus verführerischer Musik, Lachen und Stimmen dringt aus dem Inneren und stiehlt die Stille im Eingangsbereich.

Wir betreten den Club, in dem die Musik wie eine Brise über mich hinwegweht und sich nur schöne Menschen tummeln. Zuerst weiß ich nicht, wohin ich schauen soll - auf die wunderschönen Frauen in ebenso knappen Designerkleidern wie ich, auf die Tänzerinnen in kleinen Käfigen, die von der Decke hängen, oder auf die riesige Bar, die sich über die gesamte Länge einer Wand erstreckt. Eine verspiegelte Wand, um genau zu sein. Die Leute sitzen an der Bar, an zahlreichen Tischen und Ledersesseln überall im Raum. Dieser Raum ist riesig.

Ein Mann, der nur mit Lederhosen und Stiefeln bekleidet ist, schlendert direkt vor uns her. Als er vorbeigeht, spannen sich auf seinem Rücken prächtige elektrisch blaue Flügel auf. Zwei andere extrem gut aussehende Männer eilen an seine Seite und fallen vor ihm auf die Knie. Bei diesen Flügeln bleibt mir der Mund offen stehen.

„Fae lord", flüstert Cain in mein Ohr.

Das ist der Moment, in dem ich mich umschaue und mir bewusst werde, dass dies kein Club für Menschen ist. Jeder hier ist ein Übernatürlicher. Die meisten behalten ihre menschliche Form, aber ich sehe die leuchtenden Augen eines Mädchens in der Ecke, den Schwanz einer wunderschönen rothaarigen Frau in einem winzigen Rock. Shifter Feen, Zauberer - egal welchen übernatürlichen Typus man sich ausdenken kann, er ist hier, einschließlich einiger, die ich nicht einmal erkenne.

„Aria", sagt Cain. „Schau dich ruhig um. Ich muss mit jemand Wichtigem reden, dann bringe ich dir einen Drink."

Ich nicke, als er von meiner Seite weicht, und plötzlich fühle ich mich nackt und verletzlich. Das ist nicht die Art von Club, die ich normalerweise besuche. Die meisten Mädchen in meinem Alter in der Schule schleichen sich ständig mit gefälschten Ausweisen in Clubs. Ich habe mir nie die Mühe gemacht, da ich kein Geld hatte und sowieso nicht wirklich dazugehörte.

Zwei Mädchen in weißen Jumpsuits, die sich wie eine zweite Haut an ihre perfekten Körper schmiegen, schlendern an mir vorbei und tuscheln miteinander. Sie schauen beide in meine Richtung und lachen dann.

Hitze schlägt mir auf die Wangen. Ich schaue an mir herunter, sehe das Kleid und meinen wackeligen Stand auf diesen Absätzen. Ich fühle mich wie ein Betrüger in dieser Aufmachung. Das passt nicht zu mir. So bin ich nicht.

In mir wirbelt Sayah herum, ihre eigene Art zu sagen, dass ich ihr Lachen an mir abperlen lassen soll. Sie hat recht, das weiß ich. Ich brauche ihre Anerkennung nicht - oder die von irgendjemand anderem - aber die Jahre des

Mobbings und des Traumas machen es schwer, über alte Gedanken und Gewohnheiten hinwegzukommen.

Die können mich mal. Gehässige Schlampen. Außerdem habe ich im Moment wichtigere Dinge, um die ich mich kümmern muss. Wie zum Beispiel herauszufinden, wie zum Teufel ich hier rauskomme. Da ich auf mich allein gestellt bin, ist es an der Zeit, einen Plan zu schmieden.

KAPITEL ZEHN

ARIA

Mein Blick schweift wieder über die schummrig beleuchtete Haupthalle des Clubs. Obwohl es noch früh in der Nacht ist, ist es unheimlich voll, jeder Tisch und jede Nische sind besetzt und die Tanzfläche in der Ecke ist voll mit Gästen. Sie reiben sich aneinander und tanzen zum langsamen, verführerischen Song.

Sayah brummt in mir und will wie immer raus.

„Zu viele Leute", flüstere ich ihr zu. „Noch nicht."

Sie kauert sich zusammen, nicht erfreut über meine Entscheidung. Ich habe ein schlechtes Gewissen, weil ich sie so lange eingesperrt habe, aber da diese Dämonen mich bedrängen, sie und meine Gaben zu offenbaren, ist es sicherer, wenn sie in mir bleibt. Ich muss zuerst herausfinden, was sie von mir wollen. Wenn sie meine Fähigkeit entdecken, werde ich zum Dämonenfutter.

Aber Sayah nicht freizulassen, hat auch seine Auswirkungen auf mich. Ein Kribbeln liegt unter meiner Haut, meine Ängste machen sich breit. Ihre Dunkelheit lastet schwer auf mir, sickert in meine Knochen. Wenn ich sie nicht bald loslasse und mich von ihrem Einfluss befreie, könnte sie mich verändern. Dauerhaft.

Es ist schon mal fast passiert, als ich jünger war und gerade unsere Verbindung entdeckt hatte. Ein Schattenmonster in mir mit sieben Jahren? Das ist der Stoff, aus dem Albträume gestrickt sind. Ich hatte Angst vor ihrer Macht, also weigerte ich mich, sie zu benutzen. Ich hielt ganze zwei Wochen durch und stellte fest, dass es schlimmer war, sie in mir zu lassen, als sie herauszulassen. Ihre Anwesenheit begann, mich mit ihr in die Dunkelheit zu ziehen; ich versank in der rohen Energie, aus der sie bestand, und verlor völlig die Kontrolle über mich.

Ich habe keine Erinnerungen an die vierundzwanzig Stunden, die folgten. Keine. Null. Ich hatte Glück, dass ein Polizist mich ohnmächtig am Stadtrand gefunden und in meine Pflegefamilie zurückgebracht hatte. Wer weiß, ob ich sonst jemals wieder zu mir gekommen wäre, geschweige denn diese Nacht überlebt hätte.

Ich kann das nicht noch einmal riskieren. Ich darf mich nicht verlieren.

Also sind Sayah und ich jetzt Freunde. Wir haben sozusagen eine symbiotische Beziehung. Ich lasse sie ab und zu raus, um ein wenig Chaos zu stiften, und sie hilft mir, wenn ich sie brauche. Wie eine Art... Haustier. Ein böses Schatten-Geist Haustier.

Ich scanne den Club erneut und bemerke die großen, bulligen Kerle, die rund um den Laden stationiert sind. Besonders in der Nähe der Eingangstür. Die Besitzer haben hier überall Sicherheitsleute, das schränkt meine Fluchtwege ein.

Da ich weiß, dass es hier wahrscheinlich Leute gibt, die mich sofort an Cain verraten würden, muss ich das clever angehen. Ich muss von allen wachsamen Augen wegkommen, bevor ich mich aus dem Staub mache. Ich schaue zu den hohen Decken hinauf und entdecke überkuppelte Kameras, die die Gäste unten ausspionieren.

Großartig. Einfach großartig. Diese Flucht wurde gerade noch schwieriger.

Als ein männlicher Kellner ohne Hemd an mir vorbeigeht, tippe ich ihm auf die Schulter und setze meinen besten süßen und unschuldigen Ausdruck auf. „Entschuldigen Sie, aber könnten Sie mir zeigen, wo die Damentoilette ist?"

„Sicher." Er gestikuliert in Richtung eines schmalen Ganges auf der Rückseite des Clubs. „Gleich da hinten. Zweite Tür auf der linken Seite."

Ich nicke ihm dankend zu, als er weggeht, und laufe dann auf wackligen Füßen in die Richtung, in die er gezeigt hat. Im Gegensatz zum Rest des Lokals ist dieser Bereich ruhiger, weit genug von der Tanzfläche und den Lautsprechern entfernt, dass die Musik nicht an meinem Trommelfell rüttelt. Die Halle erstreckt sich vor mir, bis sie abrupt abbiegt, und rote Türen säumen beide Seiten.

Es gibt keine Fenster weit und breit. Keine Notausgangsschilder oder klare Wege nach draußen. Eine dieser Türen könnte zu einem Ausweg führen, aber sie alle zu durchsuchen, wäre zeitaufwändig. Ganz zu schweigen davon, dass es verdächtig wäre. Ich kann keine Aufmerksamkeit auf mich lenken.

Ich werde im Bad nach einem Fenster schauen. Wenn ich dort kein Glück habe und niemand sonst in der Nähe ist, dann werde ich dem Flur bis zum Ende folgen. Es muss einen anderen Weg hier raus geben. Übernatürliche müssen sich auch an die Brandschutzvorschriften halten, oder?

Während mein Verstand meinen Plan durchgeht, nehme ich die zweite Tür rechts von mir. Als ich sie öffne, merke ich sofort, dass ich einen Fehler gemacht habe, denn was ich sehe, ist weit entfernt von Toiletten und Waschbecken. Auf einem schwarzen Sofa sitzt ein Mann mit gespreizten Beinen und einer vollschlanken Frau auf seinem Schoß. Sie ist nur mit Netzstrümpfen bekleidet und hüpft auf und ab, während sie seinen Schwanz reitet. Der Mann hat beide Hände auf ihrem Arsch, spreizt ihre Backen weit, aber sein Gesicht ist in ihrer Brust vergraben, saugt und knetet ihre großen Brüste gierig.

Ich erstarre im Türrahmen, mein Puls schießt in die Höhe. Ich sollte gehen. Ich *muss* gehen, aber ich kann meine Beine nicht dazu bringen, sich zu bewegen. Es ist, als hätte mein Gehirn einen Kurzschluss; ich kann nicht wegschauen.

Ein Schauer der Begierde schießt durch meinen Bauch, und ich erröte am ganzen Körper vor Hitze. Keiner der beiden sieht mich. Sie sind zu sehr in ihr Spiel vertieft, um zu merken, dass sie ein Publikum haben. Ihr Grunzen und das Geräusch von Haut auf Haut wecken etwas in mir, und mein eigener Atem beschleunigt sich. Hätte ich Unterwäsche an, wäre sie jetzt feucht.

Dann dreht sich der blonde Kopf der Frau, und als ihre Augen meine treffen, bin ich wie gelähmt vor Verlegenheit. Ich bin beim Spannen erwischt worden. Mein Herzschlag dröhnt noch lauter, aber statt aufzuhören oder mich anzuschreien, grinst die Frau nur verrucht und macht weiter, reitet den Schwanz des Mannes rigoros und ohne Gnade. Sie ist unerträglich schön. Riesige blaue Augen, dunkles Augen-Make-up, blonde Locken, die ihr über die Stirn fallen. Ihre blasse Haut glänzt vom Schweiß. Das lustvolle Stöhnen des Mannes erschüttert den Raum und lässt mich fiebrig und unsicher werden.

Sayah rüttelt mich wach, eine Warnung zittert durch unsere Verbindung. Jemand kommt in unsere Richtung.

Ich stolpere rückwärts, Panik kriecht mir den Nacken hinauf. Ich hadere mit dem Griff der Tür, schaffe es aber, sie wieder zu schließen. In dem Moment, in dem die Tür zuschnappt, werden die Geräusche der Sexkapade des Paares abrupt unterbrochen. Ich drehe mich gerade noch rechtzeitig, um Cain zu sehen, der mit hochgezogener Augenbraue dasteht und mich anstarrt.

Mein Herz schlägt mir bis zum Hals, und ich habe Mühe, es wieder herunterzuschlucken. Wie lange steht er schon da und beobachtet mich? Wie viel hat er gesehen?

„Hast du gefunden, wonach du suchst?", fragt er und wirft einen kurzen Blick auf die rote Tür. Meine Wangen glühen. Er weiß, was ich gefunden habe. Da bin ich mir sicher.

„Äh, n-nein." Meine Stimme stockt, und ich schaffe es kaum, diesen kurzen Satz auszusprechen. Ich bewege mich nicht. Mein Inneres ist immer noch ein zitterndes Chaos von dem, was ich gerade erlebt habe, und ich kann mich nicht beherrschen.

Seine stechenden blauen Augen lassen mich nicht los und fixieren mich, während sie mich studieren.

Ich versuche, wieder zu sprechen. "Ich... ich habe nur versucht, die Toilette zu finden."

Er deutet auf die Türen auf der anderen Seite von uns, die deutlich mit *Herren* und *Damen* beschriftet sind, genau die, die ich bei meiner Suche übersehen hatte.

In dem Bemühen, ihm auszuweichen, wende ich mich der Toilette zu. „Oh, richtig... Ich werde einfach..."

Er bewegt sich schnell, um mich wieder zu blockieren.

„Komisch ... Denn es schien mir, als ob du die Show genießen würdest."

Scheiße.

Mein Magen schlägt Purzelbäume. Mir fehlen die Worte.

„Du hast die Red Rooms gefunden", sagt er, seine Stimme wird heiser. Er geht einen Schritt auf mich zu, und ich weiche zurück.

Mein Mund wird trocken, und ich lecke mir über die Unterlippe. Die einfache Geste ist ihm nicht entgangen, denn sein Blick verfinstert sich.

Ich mache noch einen schnellen Schritt zurück. „Die Leute können bezahlen, um..."

„Sich ihren dunkelsten Fantasien hinzugeben. Ja."

Das bedeutet, dass das Fegefeuer nicht nur eine Art Nachtclub ist. Es ist ein Sex-Club.

Mein Hintern knallt gegen die Wand, und ich keuche überrascht auf. Ich hatte gar nicht bemerkt, dass ich mich überhaupt noch bewege. Wie bei unserem allerersten Treffen hat er mich in die Ecke gedrängt, ohne viel zu tun.

Cain steht plötzlich vor mir, sein Körper ist nur wenige Zentimeter von meinem entfernt. Er klatscht mit den Händen gegen die Wand auf beiden Seiten meines Kopfes, und ich zucke bei dem plötzlichen lauten Geräusch zusammen.

Er hat mich eingekesselt.

Sein Atem riecht nach Whiskey, und ich frage mich, ob er auch so schmeckt. Stark, berauschend, und süchtig machend, wenn ich nicht vorsichtig bin.

„Was machst du da?", frage ich, als er sich zu mir lehnt.

Sein Blick huscht von meinen Augen zu meinem Mund, und ich halte den Atem an. Er wird mich küssen.

Ich sollte ihn wegstoßen, doch ich spüre, wie ich von dem Moment mitgerissen werde. Er drückt sich näher an mich, die Hitze, die von seinem Körper ausgeht, versengt mich, die Erektion in seiner Hose schmiegt sich an meinen Bauch. Er weiß genau, was er tut - ich weiß genau, was er tut - und doch spüre ich, wie ich in seinen Bann gerate.

Das Verlangen, ihn zu schmecken, mich endlich diesem hinreißenden Mann hinzugeben, der mich in den Wahnsinn treibt, zermürbt mich. Ein Kuss mit diesem Ursündendämon ... wäre das so schlimm?

Mein Verstand und mein Körper scheinen sich nicht ganz einig zu sein, aber die Art und Weise, wie meine Muschi jedes Mal pulsiert, wenn ich meine Schenkel zusammendrücke, verstärkt die Erregung, die in mir aufsteigt. Es ist eine animalische, rohe Anziehungskraft, die mich beansprucht.

Ich treffe die Entscheidung für ihn und schließe den Abstand, meine Augen fallen zu. Doch bevor sich unsere Lippen berühren, legt sich seine Hand um meine Kehle und stoppt mich, gerade noch bevor wir Kontakt haben. Blitzschnell öffnen sich meine Augen. Er übt genug Druck aus, um mich zu überraschen, aber nicht genug, um mir die Luftzufuhr abzuschneiden.

„Das war sehr kühn von dir", sagt Cain, sein Gesicht immer noch nur Zentimeter entfernt von meinem. Für eine todesmutige Sekunde frage ich mich, ob er mich hier mitten im Club mit so vielen Leuten in der Nähe umbringen wird. Aber das Kribbeln der Angst wird von einer noch größeren Woge des Verlangens übertönt. Ich kann nicht anders. Immer wenn ich in seiner Nähe bin, ist mein Körper nicht mehr mein eigener. „Ich denke, wir sollten es ausprobieren, hmm?"

„Ausprobieren?" Ich winde mich gegen seinen Griff.

Als er auf mich herabsieht, könnte ich schwören, dass seine kristallblauen Augen eine Nuance dunkler werden. „Lass uns herausfinden, wie mutig du sein kannst."

Fordert er mich heraus?

Bevor ich fragen kann, was er meint, fällt seine freie Hand auf meinen Oberschenkel. Allein bei dieser einzigen Berührung schwirrt Elektrizität durch meinen Körper. Mit einem schnellen Ruck entblößt er mehr Haut durch den hohen Schlitz des Kleides. Ich atme heftig ein.

Ich weiß nicht, was er vorhat, aber ich bin schon so angetörnt. Das Bild des fickenden Pärchens im Red Room blitzt in meinem Kopf auf, und ich weiß, dass ich mich nicht dagegen wehren würde, wenn Cain mich jetzt in einen solchen Raum bringen wollte. Was so falsch ist. So, so falsch.

Aber anstatt mich an einen privaten Ort zu zerren, gleiten seine Finger weiter mein Bein hinauf. Die Kälte seines Rings steht im Gegensatz zur Hitze seiner Berührung, als seine Hand unter das seidige Kleid schleicht, hin zu der Stelle, an der ich heiß für ihn brenne.

Oh, mein Gott.

Sayah vibriert unter meiner Haut. Sie traut ihm nicht, und ich kann es ihr nicht verübeln - ich auch nicht. Trotzdem halte ich ihn nicht auf. Das Bedürfnis, das durch meinen Körper brummt, ist zu groß, mein Verlangen unvorstellbar.

„Ich hoffe, du hast meine Anweisungen befolgt und trägst keine..." Anstatt den Satz zu beenden, streifen seine Fingerspitzen mein Geschlecht, und ich zucke zusammen. Er grinst verrucht. „Ah, perfekt."

Heißt das, er hat das von Anfang an geplant? Er hat auf seine Chance gewartet, mich in die Enge zu treiben?

Sein Finger taucht weiter in meine glitschige Hitze

ein, und als ich bei der Berührung erschaudere, knurrt es in seiner Kehle - ein echtes Knurren, wie von einem ungezähmten Tier. „Du bist schon feucht für mich."

Auch seine Stimme hat sich verändert, sein Akzent wird dicker, während der Tonfall tiefer wird. Er wird starr vor mir, als ob er darum kämpft, die Kontrolle über sich zu behalten; währenddessen kann ich nicht atmen, weil die Erregung in mir Amok läuft.

Das Flüstern der Leute lenkt meine Aufmerksamkeit auf die Badezimmertüren hinter ihm. Eine Gruppe spärlich bekleideter Frauen beobachtet uns, redet und zeigt auf uns, während sie vorbeigehen. Plötzlich wird mir bewusst, wie sichtbar wir in der Mitte des Flurs sind, und Verlegenheit überkommt mich. Ich wehre mich gegen seinen Griff und versuche, mich wegzubewegen, aber seine Hand legt sich fester um meinen Hals und sein Finger gleitet weiter über die Naht meines Schlitzes. Ich stottere und huste, während ich versuche, mehr Luft einzusaugen.

Ich drücke meine Hände gegen seine Brust, aber er ist eine Wand aus Stein.

Er hebt nur mit einem Daumen mein Kinn an, um seinem Blick wieder zu begegnen. „Das ist es, was du wolltest. Wonach ich mich gesehnt habe, seit ich dich in diesem Kleid gesehen habe."

Ich bin hin- und hergerissen zwischen Schmelzen und dem Bedürfnis, ihn wegzustoßen, der Kampf in mir ist wild. Doch je mehr er mein Feuer anheizt, desto tiefer falle ich, desto stärker wird die Verlockung, mich gehen zu lassen. Zu entdecken, wie es wäre, von einem Dämon genommen zu werden. Von diesem gefährlichen Arschloch, das mir nicht aus dem Kopf zu gehen scheint.

„Aber - aber jeder kann uns sehen." Ich würge die

Worte heraus. Weitere Gäste gehen vorbei und glotzen in unsere Richtung.

„Lass sie zusehen."

Cains aggressive Worte zünden in mir ein Streichholz an, und ich verbrenne von innen heraus. Die Möglichkeit, beobachtet zu werden, ist beängstigend und erheiternd zugleich. Besonders mit ihm. Seine Fingerkuppe findet meinen Kitzler und beginnt mich zu streicheln. Ich zittere bereits vor Verlangen und bin so nass, dass sein Finger mit Leichtigkeit über mich gleitet.

Mit seiner anderen Hand immer noch fest um meinen Hals, entweicht meinem Mund ohne meine Erlaubnis ein kleiner Quietschlaut. Ein köstliches Kribbeln breitet sich von seiner Berührung in meinem Bauch aus.

Ein Finger stößt in meine Enge und lässt mich überrascht aufschreien. Seine Hand drückt ein wenig fester um meinen Hals, um mich zu beruhigen. Mehr Leute gehen an uns vorbei in die Toiletten, alle nehmen sich die Zeit, uns anzuglotzen, und ich werde wieder von Unbehagen geplagt.

„Cain..." Sein Name kommt mehr wie eine Bitte als alles andere heraus. „Vielleicht sollten wir woanders hingehen ... ahh ...“

Ein weiterer Finger gleitet in mich hinein, dringt tief ein, und ich verliere den Rest meiner Worte an die Spirale aus Schmerz und Vergnügen, die mich umgibt. Es wird mir ziemlich klar, dass er im Moment die Kontrolle hat, und ich kann nichts tun, um ihn aufzuhalten. Selbst *wenn* ich es wollte.

Schneller als je zuvor spüre ich, wie sich der vertraute Druck meines Orgasmus aufzubauen beginnt. Mein ganzer Körper spannt sich an, als das Gefühl immer stärker wird. Cain muss es auch spüren, denn er beginnt, mit seinen Fingern zu pumpen, während sein Daumen gleichzeitig meinen empfindlichen Kitzler umkreist.

„Oh, Gott." Meine Stimme zittert.

Er schmunzelt darüber. „Ganz im Gegenteil."

Meine Augen beginnen zu flattern, aber er drückt wieder meinen Hals und sie fliegen auf.

„Sieh mich an", fordert er.

Ich tue es, und aus irgendeinem Grund ist es nicht mehr beängstigend, in seine Augen zu starren, während sie von der Schwärze verschluckt werden. Es ist unglaublich sexy und hypnotisierend.

Ich habe die Schaulustigen ganz vergessen. Okay, nicht vergessen. Aber es kümmert mich nicht mehr. Meine Hüften bewegen sich von selbst, reiben an seinem Bein und seiner stahlharten Erektion. Auch seine Atmung beschleunigt sich. Allein der Gedanke, dass er das genauso genießt wie ich, lässt mich der puren Lust entgegeneilen.

Dann hört alles auf. Seine Hand fällt von meinem Nacken weg und seine Finger ziehen sich von mir zurück, um stattdessen meinen Oberschenkel zu greifen.

„Was? Nein", wimmere ich, als die ganze Lust erloschen ist. Ich stürze schnell aus dem Rausch. „Hör nicht auf."

Ich hasse es, dass es klingt, als würde ich betteln, aber ich war *so* nah dran. *Soooo* nah. Jetzt aufzuhören ist eine Form der Folter.

„Beschwöre deinen Schatten heraus."

Sein Befehl ist so unerwartet, dass es mir die Sprache verschlägt. Habe ich ihn richtig gehört?

„Schirme uns ab, und ich gebe dir die Erlösung, nach der du dich sehnst." Er stellt sicher, dass er sich gegen mich drückt, so dass ich ihn *ganz* spüren kann, um seinen

Standpunkt klar zu machen. „Ich werde diese langen Beine um meine Taille wickeln und dich genau hier in der Mitte des Flurs ficken. Genau jetzt."

Ich schnaufe.

„Zeig mir die Dunkelheit, die in dir lauert, Aria", knurrt er.

Ich blinzle schnell, immer noch unfähig zu glauben, was er sagt. Mein Schatten ...?

Also hat er Sayah an unserem ersten gemeinsamen Tag doch gesehen. Oder zumindest hatte Elias gesehen, wie ich sie während meiner Flucht benutzte. Und das bedeutete, dass dies alles ein abgekartetes Spiel war, um mich dazu zu bringen, sie freizulassen und ihm zu beweisen, dass er Recht hat.

Ich kann es nicht glauben.

Oder vielleicht kann ich das doch. Er ist ja schließlich ein Dämon. Ich hätte es besser wissen müssen, als es so weit kommen zu lassen. Er hat mich nur benutzt.

Wut peitscht in mir auf. Auf mich selbst, weil ich so verdammt dumm war, und auf ihn, weil er versucht hat, mich auf diese Weise zu manipulieren.

„Du Mistkerl." Ich höre die Ohrfeige, bevor ich sie sehe. Er hält sich den Kiefer und meine Handfläche sticht, als ich meinen Fehler schließlich erkenne. Einen aus der Hölle stammenden Sündendämon ohrfeigen? Dümmer geht's nicht mehr. Aber zumindest hat es ihn dazu gebracht, etwas Abstand zwischen uns zu bringen.

Er starrt mich einen langen Moment lang an, sagt nichts, reibt sich nur den Kiefer und starrt mich mit diesen bösen, tiefschwarzen Augen an. Sayah schlurft in mir herum. Sie hat Angst, dass er sich rächen und uns töten wird. Und das könnte er auch.

Ein Faden der Angst webt sich durch mich, aber es ist nicht genug, um die Wut zu überwinden, die ich fühle.

Selbst als er mich schockiert und wütend anstarrt, wünsche ich mir, ich hätte ihn härter geschlagen.

Ich warte auf den Ausbruch, aber er kommt nicht. Stattdessen richtet er sich auf, und die dämonische Farbe verschwindet aus seinen Augen. Seine steinerne, wortkarge Fassade kehrt zurück, und ich bin mir nicht sicher, ob er wütend oder beeindruckt ist, vielleicht sogar enttäuscht, dass die Dinge nicht so geendet haben, wie er es sich gewünscht hat. All diese Emotionen scheinen über sein Gesicht zu wandern, während er dort steht, aber ich weiß, dass ich das später bereuen werde, so mild seine Reaktion auch sein mag.

„Es ist Zeit zu gehen", ist alles, was er sagt, während er mir mit einer Geste zu verstehen gibt, dass ich zurück in den Hauptteil des Clubs gehen soll. Da ich weiß, dass ich mein Glück für heute Abend bereits genug herausgefordert habe, gehe ich vor ihm her zum Eingang.

Ich konzentriere mich auf meine Füße, versuche, mit diesen Absätzen nicht umzukippen, und gebe mein Bestes, mich durch die Menge zu schlängeln. Ein Mann stellt sich vor mich, und als ich mich um ihn herumbewegen will, versperrt er mir den Weg. Ich blicke auf und sehe ein beängstigend vertrautes Gesicht. Weißes, flach geschnittenes Haar, dicke Koteletten, ein blasser Spitzbart, ein faltiges Gesicht... Es ist Sir Surchion, der Sammler aus dem Antiquitätenladen. Er trägt einen prolligen übergroßen Pelzmantel. Das unterstreicht nur seinen Hang zur übertriebenen Ästhetik, und er starrt mich durch eine Brille mit runden Rändern an.

Angst durchströmt mich, und ich erstarre auf der

Stelle. Seine riesige Krähe sitzt auf seiner Schulter und beäugt mich.

„Was für eine auffällige kleine Schönheit wir hier haben", sagt er. Sein Tonfall ist süß, aber es gibt kein Zeichen von Wärme auf seinem Gesicht. „Es tut mir leid, wenn ich Sie erschreckt habe, meine Liebe, aber es scheint, dass Mordecai denkt, dass er Sie kennt."

Ich brauche eine Sekunde, um zu begreifen, dass er den Vogel meint, der mich anglotzt, als wolle er mir die Augen aushacken.

Kann ein Vogel einen Menschen erkennen? So wie er mich anglotzt, würde ich sagen, ja.

„I-ich verstehe nicht, wie das möglich ist", stottere ich.

„Mein lieber Mordechai vergisst nie ein Gesicht. Besonders ein so hübsches wie Ihres", antwortet er. Ein Schauer durchfährt mich. Er verdächtigt mich wegen irgendetwas. Möglicherweise den Diebstahl der Kugel, wenn er es nicht schon sicher weiß, aber er kann mir nichts anderes anhängen.

Also setze ich ein steifes Lächeln auf und schaue die Krähe an. „Ich bin eher ein Katzenmensch."

Als ob er mich versteht, krächzt Mordecai laut und schlägt mit den Flügeln. Sir Surchion beruhigt in sanft. Dann blickt er auf mein Bein hinunter. Ich kann mir gut vorstellen, wonach er sucht - Bisswunden - und ich habe Glück, dass das Bein, das durch den hohen Schlitz des Kleides freigelegt wird, nicht das ist, an dem seine Hunde gekaut haben.

„Wenn Sie mich entschuldigen würden, ich muss gehen." Ich versuche wieder, um ihn herum zu manövrieren, aber er bewegt sich auch.

„Sir Surchion." Cain erscheint an meiner Seite und sein Arm schlängelt sich um meine Mitte. Jeder Muskel in meinem Körper versteift sich bei dieser Berührung. Er nickt dem alten Mann zur Begrüßung zu. „Ich dachte, wir hätten schon darüber gesprochen, Ihr Tier hierher zu bringen."

Sir Surchions wachsame Augen blicken zu Cain und wieder zu mir. Sein finsterer Blick vertieft sich. Cains Anwesenheit hat ihm den Spaß verdorben.

„Ja, das haben wir, aber sind wir nicht eigentlich alle nur Tiere? Ich meine, sehen Sie sich um." Er macht eine große, ausladende Geste mit seinem Arm in Richtung der Menge der Übernatürlichen mit Schwänzen und spitzen Ohren und Flügeln.

„Die Krähe hat hier keinen Zutritt." Cains Tonfall wird immer autoritärer. Ich frage mich, warum er sich überhaupt darum kümmert, dass der Vogel hier drin ist. Was kümmert es ihn?

Der trotzige alte Mann hebt sein Kinn. „Mordecai gehört zur Familie. Wo er hingeht, gehe ich auch hin."

„Dann müssen Sie beide gehen."

Sir Surchion versteift sich, verblüfft von Cains Befehl. Ich persönlich kann mir das Lächeln nicht verkneifen.

Cain winkt mit der Hand, und in Sekundenschnelle bahnen sich zwei muskulöse Türsteher einen Weg durch die Menge zu uns. „Begleitet diesen Gentleman aus dem Gebäude", sagt Cain zu ihnen. Ich fange an zu glauben, dass er hier arbeitet. Es sei denn, er ist ein Stammgast der Red Rooms oder so.

Als die Wachen Sir Surchion wegführen, wendet sich Cain mir zu. „Lass uns gehen", sagt er. Vor uns blickt Sir Surchion ein letztes Mal über seine Schulter. Seine Krähe tut dasselbe, und mir wird ganz flau im Magen vor Sorge. Sie wissen, dass ich es bin, der in ihren Laden eingebrochen ist; ich kann es fühlen. Wenn ich heute Abend nicht mit Cain hier gewesen wäre, hätte alles ganz anders ausgehen können.

Cain nimmt meinen Ellbogen und zieht mich in eine andere Richtung, durch den belebten Club in Richtung Bar. Als wir näher kommen, sehe ich die versteckte Tür zwischen der verspiegelten Wand. Ein weiterer Ausgang.

Ich reiße meinen Arm aus seinem Griff. „Weißt du, du brauchst mich nicht so rumzeihen. Ich bin in der Lage, selbst zu gehen."

Er sagt nichts, reißt nur die Tür auf. Als ich hindurchtrete, schätze ich die Stufe falsch ein und stolpere wie ein Idiot nach vorne auf den Bürgersteig. Diesmal greift Cain nicht nach mir. Ich fange mich, richte mich auf und wische mir die Haare aus dem Gesicht. „Siehst du?", keuche ich, während mein Puls darum kämpft, sich zu beruhigen. „Ich komme allein zurecht."

Er zieht amüsiert eine Augenbraue hoch, sagt aber nichts. Die Limousine ist schon da, ich hebe mein Kinn und steuere direkt auf sie zu. Der Wind heult, weht in mein Haar und zerrt an meinem Rock.

Diesmal hält mir Cain nicht die Tür auf, und ich muss selbst einsteigen.

Der Ledersitz ist kalt durch mein Kleid, aber das ist mir egal. Hauptsache, das Ding bringt mich hier raus. Ich kann nicht sagen, was schlimmer brennt... meine Wangen, weil ich in der Öffentlichkeit gefingert wurde, oder meine Muschi, weil der Arsch nie zu Ende gebracht hat, was er angefangen hat. Ich bin nicht dumm; ich weiß, dass er seine Kontrollspiele spielt. Trotzdem hat er diese Art, mich zu fesseln, wenn wir uns nahe sind, wo ich so tief in seinem Blick versinke, dass ich völlig verloren bin.

Nun, heute Abend hat aber eine Sache gezeigt. Ich muss den Verstand verloren haben.

Zu allem Überfluss stieß ich ausgerechnet auf Sir Surchion. Natürlich besucht dieser Mistkerl einen Sexclub. Widerlich.

Meine Knie zittern, je mehr ich über ihn nachdenke. Was wollte er überhaupt? Verlangen, dass ich die Kugel zurückbringe? Nur über meine Leiche. Das ist mein Ticket raus aus dem Ganzen, wenn ich die Dämonen endlich abgeschüttelt habe. Bis dahin notiere ich mir, dass ich ein besseres Versteck für die Kugel finden muss, nur für den Fall, dass die alles schief läuft und ich angegriffen werde.

Cain klettert auf den Rücksitz und setzt sich wieder mir gegenüber. Er hat sein Jackett ausgezogen und legt es nun neben sich auf den Sitz. Das dunkle Hemd, das er trägt, folgt perfekt den Konturen seines Bizeps, den runden, muskulösen Schultern, seiner Brust ... er ist atemberaubend. Breitbeinig sitzend, macht er keinen Versuch, seine Unzufriedenheit mit mir zu verbergen.

Ich schaue zu ihm auf, und das Feuer, das er eben im Club in mir ausgelöst hat, brennt immer noch in mir. „Du hast mich benutzt", sage ich.

„Und?", antwortet er mit tiefer Stimme.

„Und das ist falsch."

Sein verwunderter Gesichtsausdruck sagt alles.

„Ja, ich verstehe schon, du bist ein Dämon, aber ich mag es nicht, wenn man mich manipuliert."

„Und ich werde keine Geheimnisse akzeptieren."

Eine Sekunde lang starren wir uns nur an, und ich kann mir vorstellen, dass, wenn ich jemand anderes wäre, er mich jetzt vielleicht schon in Stücke gerissen hätte.

Ich mache aber keinen Rückzieher. „Welchen Unterschied macht es, ob ich eine Gewöhnliche bin oder nicht?

Macht es dir das leichter zu entscheiden, ob du mich tötest oder benutzen willst?"

Die Falten in seinen Augenwinkeln vertiefen sich, während er den Kopf leicht nach vorne neigt. „Leute wie du machen aus Nichts ein Drama. Das ist der Grund, warum die Menschheit den Bach heruntergeht."

Ich starre ihn an. „Leute wie ich? Es muss schrecklich sein, mit so einem Abschaum *wie mir* Zeit zu verbringen." Die Worte stechen, reißen alte Wunden der Wertlosigkeit und Ablehnung wieder auf. Auch wenn er sie nicht direkt ausgesprochen hat.

Seine breiten Schultern heben sich in einem subtilen Zucken. „Es gibt keinen Grund für eine solche Überreaktion. Ich habe dich in der Öffentlichkeit befriedigt. Du schienst es zu genießen."

„Du hattest einen *Hintergedanken*", schnauze ich. Sein blasierter Ausdruck macht mich nur noch wütender. „Außerdem schien ich nicht der Einzige zu sein, der es genossen hat. Du sahst aus, als wärst du auch gut bei der Sache."

Er blinzelt schnell, verblüfft über meine Antwort. Es ist das erste Mal, dass ich ihn so aufgeregt sehe. Es ist, als hätte ich ihn mit der Hand in der Keksdose erwischt, und er will nicht zugeben, dass er auf frischer Tat ertappt wurde.

Seine Verwirrung verwandelt sich schnell in die kontrollierte Wut und stoische Maske, die er so gut trägt. Ich kann mich des Gefühls nicht erwehren, dass er eine tickende Zeitbombe ist, die jeden Moment hochgehen kann, wenn ich nicht aufpasse.

Nach einem langen, angespannten Moment sagt er: „Ich bin davon ausgegangen, dass wir beide das bekommen können, was wir wollen."

Ich fühle mich benutzt und das widert mich an. Ich bin wütend auf mich selbst, weil ich ihm direkt in die Hände gespielt habe, aber ich bin auch wütend auf ihn, weil er mich überhaupt erst in diese Situation gebracht hat. Es war ein böser Trick, und wir beide wissen das.

Ich lehne mich in den Sitz zurück und verschränke die Arme vor der Brust. „Ist das alles nur ein verrücktes Spiel für dich? Ein Weg, um dich geil zu machen? Du bestimmst was ich anziehe, führst mich aus, präsentierst mich, als wäre ich eine Begleitung, die allein für ihr Aussehen geschätzt wird, bringst mich zum Nachdenken..." Ich unterbreche mich, als mir klar wird, dass ich alleine mit diesen Gefühle war. Das ist mein eigenes Problem.

„Worüber habe ich dich zum Nachdenken gebracht?", drängt er.

Ich schüttle den Kopf und seufze. „Wenn du mich umbringen willst, wäre es schön, wenn du dich beeilen könntest und es endlich tun würdest. Ich habe die Nase voll von dem Scheiß."

„Hältst du wirklich so wenig von dir selbst?", fragt er.

Scheiße! In dem Moment trifft mich die Realität. Er hat es wieder getan, nicht wahr? Er ist mir unter die Haut gegangen.

„Touché." Ich lasse mich tiefer in meinen Sitz sinken und schaue aus dem Fenster auf die hellen Lichter der Stadt und die Menschen, an denen wir auf den Gehwegen vorbeifahren. „Du hast mich ertappt. Zufrieden?"

„Nicht mal annähernd. Ich lebe schon lange genug. Ich habe Welten aufsteigen und fallen sehen. Sah zu, wie Sonnen ausbrannten, Rassen ausstarben. Mich amüsiert nicht mehr viel."

„Monster wie du werden immer in der Dunkelheit

existieren und sich an den Schwachen vergreifen, richtig?" Ich sage es, um bissig und gemein zu sein, aber er scheint unbeeindruckt.

Er studiert mich einfach. „Das eine kann nicht ohne das andere existieren. Es muss Dunkelheit geben, um das Licht auszugleichen."

Na toll. Wie Murray hat dieser Kerl unnützes Wissen parat. Dem kann ich irgendwie nicht entkommen.

Ich rolle mit den Augen. „Hast du das von Konfuzius geklaut?"

Er lehnt sich nach vorne und kommt mir so nahe, dass er praktisch auf meinem Schoß sitzt. „Du bist wütend. Das ist offensichtlich. Ich werde mir merken, dass der Entzug eines Orgasmus für dich aufwühlend ist."

Ich werfe ihm einen bösen Blick zu.

Als er sich von mir zurückzieht, ist dieses dreckige, herausfordernde Grinsen wieder auf seinem Gesicht, und Sorge beginnt sich in mir breit zu machen.

„Die Menschen haben ein Sprichwort. 'Gehe niemals wütend ins Bett.' Also lass uns das in Ordnung bringen, ja?", sagt er.

Ich bin mir nicht sicher, ob mir gefällt, wohin das führt.

„Bring es hier und jetzt zu Ende", sagt er. „Bring dich selbst zum Orgasmus."

Macht er Witze? So wie seine Augen vor Aufregung glänzen, bezweifle ich das. „Bist du wahnsinnig? Auf keinen Fall!" Mein Herz rast, während ein erregtes Kribbeln in meiner Magengegend ausbricht. Dasselbe, das ich damals im Korridor des Fegefeuers gespürt habe.

Scheiße, was ist los mit mir? Reiß dich zusammen, Mädel.

Zu meiner Überraschung wälzt sich Sayah in mir und findet Gefallen an der Idee.

Du bist auch nicht mehr ganz dicht, sage ich zu ihr.

Sie will, dass ich Cains Mutprobe annehme und sie gegen ihn verwende. Ihn so weit zu reizen, dass er die Kontrolle verliert und ich dann die Macht über ihn habe. Es ist eine lustige Vorstellung, ihn mit seinem eigenen Spiel zu schlagen, aber die Vorstellung, mich vor ihm zu berühren, macht mir Angst.

Er spielt wieder mit mir, drängt und schubst mich immer weiter, bis ich einknicke. Wäre es nicht schön, ihn da zu treffen, wo es weh tut? Direkt in seine blauen Eier?

„Und?" Er stupst mich mit seiner Frage an, die Herausforderung hängt zwischen uns. Natürlich bin ich zwiegespalten, aber je mehr ich auf sein eingebildetes Grinsen starre und mich daran erinnere, was er im Club mit mir gemacht hat, desto mehr will ich, dass er leidet. Dass er bezahlt. Dass er sich nach etwas sehnt, das er nicht haben kann.

Es ist so falsch. Mein Magen dreht sich bei der Vorstellung um, doch mein Verstand schreit danach, es zu tun. Im besten Fall befriedige ich die Leere, die er bei mir hinterlassen hat, und er gerät in einen Zustand der unerfüllten Lust. Im schlimmsten Fall befriedige ich mich selbst, aber meine Show hat keinen Einfluss auf ihn. Fühlt sich für mich immer noch wie ein Sieg an.

So etwas habe ich noch nie zuvor gemacht.

Beim Gedanken, mich vor ihm zu berühren, bekomme ich eine Gänsehaut. Es ist unmöglich, dass ich mich einfach so entblöße. Nein, ich werde das so damenhaft wie möglich machen.

„Ich brauche Musik", bitte ich mit zittriger Stimme, und das bleibt von Cain nicht unbemerkt. Er sieht mich lange an, als könne er nicht glauben, dass ich so leicht nachgegeben habe. Er hätte mir das nicht zugetraut, oder?

Er dreht sich auf seinem Sitz um und klopft mit den Fingerknöcheln auf die schwarze Glastrennwand hinter ihm, um beim Fahrer auf sich aufmerksam zu machen. Die Scheibe gleitet herunter und Cain fragt nach Musik.

Augenblicke später dröhnt ein beschwingter Song aus den Lautsprechern. Es hört kurz darauf auf, dann beginnt ein langsameres, verführerischeres Lied.

„Perfekt", ruft Cain über seine Schulter, und das Fenster zum Fahrer fährt wieder hoch.

Wir sind wieder allein.

Cain greift hinüber und klopft an die gegenüberliegende Tür. Ein Klicken ertönt, und ein kleines schwarzes Fach mit zwei Ablagen gleitet heraus. Auf der oberen Ablage stehen zwei Whiskeygläser und eine Schale mit Eis. Aus dem unteren Regal steht eine Flasche mit honigfarbenem Elixier. Er lässt ein paar Eiswürfel in die beiden Gläser fallen, gießt zwei Finger breit Whiskey in die Gläser und verstaut dann die Flasche.

Er reicht mir eins und nickt. „Für etwas Mut. Irgendetwas sagt mir, dass du das ihn brauchen wirst."

Ich will ihm das Getränk am liebsten ins Gesicht kippen, aber eigentlich müsste ich die ganze Flasche trinken. Ich nehme sein Angebot an. Ohne nachzudenken, presse ich das Glas an meine Lippen und kippe den Schnaps in zwei Schlucken herunter.

Die Hitze übermannt mich in Sekunden. „Oh, das ist ganz schön stark." Ich schüttle den Kopf, als das Feuer meine Kehle hinunterläuft und eine rauchige Süße hinterlässt. Ich hatte erwartet, dass es mehr brennt, obwohl ich vermute, dass Cain nur erstklassigen Whiskey trinkt.

Sein Lachen füllt die Kabine der Limousine. „Braves Mädchen." Er nimmt mein leeres Glas, dann lehnt er sich zurück, eine Hand auf den Oberschenkeln, mit der anderen schwenkt er sein Whiskeyglas. Das leise Klirren von Eis, das auf das Glas trifft, passt zum samtigen Gesang der Musik.

Ein vertrauter, berauschender Ausdruck huscht über sein Gesicht, einer voller Schalk und Gefahr, wie der, den er mir im Club zugeworfen hat.

Ich lecke mir über die Lippen, schmecke die schwachen Spuren des rauchigen Likörs und schließe die Augen, um mich zu erden, um mein rasendes Herz zu beruhigen, während der Drink mich schnell aufheizt.

Sayah ist nahe an der Oberfläche, neugierig, wie ich das durchziehen werde, also konzentriere ich mich auf das Lied und weigere mich, Zweifel in meinen Verstand zu lassen.

„Sag mir, was du gleich tun wirst", sagt er und verrät mir so, dass er auf Dirty Talk steht.

Ich öffne die Augen und spüre, wie sich eine knisternde Energie über mich ergießt. „Hab Geduld", stichle ich.

Die Art, wie er mich beobachtet, ist anders als alles, was ich erwartet hatte. Er ist vertieft, süchtig, als ob er den Rest der Welt vergessen hätte.

Er ist das Raubtier.

Und ich... die Beute, die er studiert. Er hört nicht auf, mich zu mustern. Meine Nippel reagieren sofort, kribbeln und drücken gegen den Stoff meines Kleides und erregen seine Aufmerksamkeit.

Das Verlangen überkommt mich in Wellen, ohne dass ich es überhaupt versuche, ohne mich selbst zu berühren. Das ist die Wirkung, die er auf mich hat. Ich dachte, Dorian, der sexhungrige Inkubus, wäre der Gefährlichste von allen. Aber Cain ist ein ganz anderes Level von Monster, nicht wahr?

Tief einatmend hebe ich meinen Blick und lasse mich von der Musik mitreißen, bevor mein Mut schwindet. Bilder von Cain, der mich an die Wand drückt, seine Finger auf meiner Hitze, durchzucken mich.

Langsam hebe ich meine Hände und fahre mit ihnen über meine Brüste. Das Streichen über meine Brustwarzen weckt die Erregung, die Cain damals im Club entfacht hatte. Eine einzige verruchte Berührung und ich gehe auf.

Ich lasse meine Hände über meinen Bauch gleiten, während ich meinen Blick auf Cains senke. Seine Augen bleiben auf meinen Händen haften, verfolgen jede ihrer Bewegungen. Er ist wie erstarrt, atmet für diese wenigen Sekunden nicht, als meine Finger den Punkt zwischen meinen Schenkeln erreichen.

Die Finger greifen sich den dunklen Stoff meines Kleides, ziehen es in Zeitlupe zurück, der Stoff sammelt sich in meiner Hand und enthüllt immer mehr von meinen Beinen.

Ich habe es nicht eilig.

Cains Nasenflügel blähen sich auf, als er plötzlich tief Luft holt. Seine Reaktion ist alles, was ich brauche, um weiterzumachen. Sie stärkt mein Selbstvertrauen und macht mich mutiger.

Schließlich streichen meine Finger über den kleinen Haarschopf, und ich gleite mit meiner Hand an meinem glitschigen Kern hinunter, wobei ich meine Beine nur geringfügig spreize. Genug, um mir Zugang zu verschaffen, aber um ihm nicht zu viel zu zeigen, wenn ich es verhindern kann.

Ich brauche ihn nicht zu fragen. Ich sehe die Ungeduld in seinem Blick. Etwas sagt mir, dass er sich wünschen wird, er hätte mich nicht herausgefordert.

Mein Mittelfinger gleitet zwischen meinen Schlitz, findet mein Feuer, meinen durchnässten Kern. Der süße Duft von Sex füllt das Auto. Nur eine kleine Berührung, und ein unwillkürliches Stöhnen reibt über meine Kehle.

Ich fühle mich schmutzig.

Erregt.

So verdammt geil, dass ich schreien möchte.

Vielleicht ist es egoistisch von mir, aber ich lasse mir Zeit, mein Finger gleitet über meine Klitoris, die Seidigkeit meiner Nässe macht es so einfach.

Je schneller meine Stöße werden, desto schneller verliere ich mich in der Erregung, die sich in mir aufbaut. Meine Muschi pulsiert und ich rutsche in meinem Sitz tiefer, mein Kopf neigt sich nach hinten, während ich mit der anderen Hand eine Brust betaste und meinen Nippel durch den Stoff hindurch kneife. Unsere Knie berühren sich, und die einfache Berührung lässt ihn sich anspannen, seine Fäuste ballen sich.

Die Intensität trifft mich schnell, und jetzt, wo ich auf diese Achterbahn des unaufhaltsamen Verlangens aufgesprungen bin, gibt es nur noch einen Ausweg. Und ich klettere den steilen Hügel hinauf.

Der Atem rast. Ich reibe mich weiter, stoße mehr Wimmern und Stöhnen aus. Mich selbst zu stoppen, kommt jetzt nicht mehr in Frage. Ein Ding der Unmöglichkeit. Meine Lust muss befriedigt werden, bevor sie mich in den Wahnsinn treibt.

Ich senke meinen Blick auf Cain. Er ist gefesselt, unsicher, wohin er schauen soll. Seine Zunge gleitet über seine Lippen, und ich kann an nichts anderes mehr denken. Sein Kopf zwischen meinen Schenkeln, diese teuflische Zunge, die mein Verlangen aufsaugt, an meinen geschwollenen Lippen zerrt, sein Mund, der alles von mir einfordert. Er würde seinen Finger in mich hineindrücken, dann noch einen, und wenn er einen dritten hineinzwingt, nimmt er meine Muschi in den Mund und saugt mich hart, während er mich ansieht. Und würde die gesamte Zeit meinen Blick festhalten.

Der Druck eskaliert in meinem Inneren und kommt so schnell, dass er mich überrascht.

Ich erschaudere vom Orgasmus; die reinste Form der Lust peitscht mich von dieser Welt weg. Die ganze Limousine wird weiß, als ich meine Augen schließe.

Ich schreie, zittere und presse meine Schenkel zusammen. Ich höre nicht auf, meinen Kitzler zu reiben, den unglaublichsten Höhepunkt in die Länge zu ziehen. Mein Körper versteift sich und ich bin meilenweit weg, schwebe auf Wellen der Ekstase. Meine Zehen krümmen sich, und ich wölbe meinen Rücken. Befriedigung strahlt aus jedem Zentimeter meines Körpers, und ich keuche laut auf, wie unglaublich es sich anfühlt, um sicherzustellen, dass Cain genau weiß, was er verpasst.

Schwer atmend liege ich ein paar Augenblicke da, die Augen geschlossen, mein Körper summt. Ich lasse mich im Glauben, dass ich irgendwo anders bin als auf dem Rücksitz einer Limousine, und ertrinke in der Glückseligkeit, die mich überspült.

Als ich meine Augen öffne, stähle ich mich beim Anblick von Cain, der mich beobachtet. Irgendetwas an ihm hat sich verändert. Seine Augen sind komplett schwarz, sein Brustkorb hebt und senkt sich schnell, und er hat sich in seinem Sitz nach vorne gebeugt.

In dem Moment bemerke ich, dass seine geballte Hand blutet. Dunkle Flecken färben seine Hose, auf dem

Boden liegen Eiswürfel, und überall sind Glasscherben verstreut.

Er hat sein Whiskeyglas zerbrochen. Auf seinem Gesicht ist kein Schmerz zu sehen, nur Lust und das Flackern seines eigenen inneren Kampfes... Mich gerade nicht zu berühren, ist eine Qual für ihn.

Ich grinse.

Ich ziehe meine Finger aus meiner feuchten Wärme und streiche das Kleid glatt, um mich wieder zu bedecken. Während des Orgasmus muss meine Brust aus dem Kleid gefallen sein, denn meine Brustwarze steht voll zur Schau und ist stark erigiert. Schüchtern ziehe ich es schnell wieder richtig an. Ich weiß nicht, warum ich rot werde, wo ich mich doch gerade vor einem Dämon leidenschaftlich zum Höhepunkt gebracht habe. Offenbar bin ich zu viel mehr Verführung fähig, als ich je für möglich gehalten hätte.

Das Hoch, von dem ich immer noch herunterschwebe, ist unglaublich. Ich liebe es, wie der Orgasmus immer noch in mir kribbelt.

Ich setze mich aufrecht hin, sammle mich und lächle ihn an. Er hat kein Wort gesagt, also breche ich das Schweigen. "Du hast Recht mit dem, was du vorhin gesagt hast. Ich werde jetzt schlafen wie ein Baby."

Dann werfe ich einen Blick nach unten auf die Erektion, die sich in seiner Hose spannt, und lächle über sein Unbehagen.

Aber für ihn... sieht es so aus, als stünde eine unruhige Nacht bevor.

KAPITEL ELF

CAIN

Ich stehe vor Arias Schlafzimmer im Herrenhaus, in Schatten gehüllt. Die Wache, die einen Meter entfernt steht, gibt keinen Laut von sich. Dennoch bleibe ich hier, nachdem ich sie zurückbegleitet habe.

Sie ist heute Abend teuflischer als ich und hat mit mir gespielt, als ich es am wenigsten erwartet habe. Sie hat meinen Bluff durchschaut und gewonnen. Das kann ich ihr nicht nehmen, aber es scheint, dass ich ihr auch nicht widerstehen kann. Sie ist so unglaublich.

Mein Verstand überflutet mich mit Bildern von ihr, wie sie sich in Erregung windet und diese enge kleine Muschi streichelt. Als ihre Brüste mit den rosigen Nippeln aus dem Kleid rutschten, pochte mein Schwanz in meiner Hose. Ich habe mich vergessen - etwas, das *nie* passiert. Nicht mir.

Es kostete mich jedes Quäntchen Selbstbeherrschung, sie nicht auf der Stelle zu beanspruchen. Diese sexy Beine auseinander zu zwingen und sie in die Hölle und zurück zu ficken. Gepaart mit ihrem süßen Duft nach Sex, weiß ich nicht, wie ich widerstehen konnte, aber verdammt - jetzt hat sie sich in meinem Kopf eingeprägt und füllt meine Sinne. Damals im Fegefeuer war sie ein Lamm, verletzlich und unter meiner Kontrolle. Das hat mir gefallen. Aber in der Limousine...

Verdammt! Da wurde sie jemand anderes, und jetzt sehne ich mich mit jeder Faser meines Seins nach dieser Seite von ihr.

Mein Schwanz zuckt vor Verzweiflung, um den Stau in mir zu entfesseln, den sie aufgewühlt hat. Das, zusammen mit den neuen Schnitten auf meiner Handfläche vom zerbrochenen Glas, konfrontiert mich mit zwei Ärgernissen. Diese Versuchung ist nicht das, womit ich mich beschäftigen will, und so verdammt hart zu werden, dass meine Eier blau werden, ist es auch nicht.

Ich bin in ihre Falle getappt. Jetzt sehe ich es.

Aber das ist in Ordnung. Sie kann diesen Sieg behalten. Aber nie wieder. Das nächste Mal werde ich sie ausziehen und schreien lassen, bevor sie weiß, was gut für sie ist.

Wenn sie für meinen Vater arbeitet, dann muss ich diese gefährliche Grenze zwischen uns mit Vorsicht genießen. Sie nicht wissen lassen, dass ich ihr und Luzifers Trick auf der Spur bin, während ich sie durchschaue. Wenn sie nicht zu seiner Loyalisten-Legion gehört, könnte es eine Chance geben, dass ihre einzigartigen Gaben uns helfen können. Vor allem, wenn das, was Elias sagt, wahr ist und die Harfensaite irgendwie auf sie reagiert hat.

Das alles muss etwas bedeuten. Aber was genau, das weiß ich nicht.

Ich drehe mich abrupt um und marschiere den Flur hinunter, wütend darüber, dass sie mich besiegt hat. Egal, wie sehr ich mir einrede, dass es mich nicht stört. So eine Scheiße.

ARIA

In einem Moment schlafe ich noch, im nächsten reiße ich meine Augen auf und die Morgensonne durchflutet mein Zimmer durch das Fenster. Ich liege für einen langen Moment da und versuche mich zu erinnern, wo ich bin. Mein halber Verstand ist noch halb im Schlaf, und als er endlich aufholt, erinnere ich mich an die letzte Nacht mit Cain.

Ich sollte erschaudern über das, was passiert ist, aber stattdessen lächle ich, und ein köstliches Kribbeln beginnt an der Basis meiner Wirbelsäule. Wer hätte gedacht, dass ich eine Exhibitionistin bin? Ich überrasche mich jeden Tag selbst. Obwohl es ein unglaubliches Gefühl war, ihn in seinem eigenen Spiel zu schlagen.

In dem Moment, als Cain mich in mein Zimmer brachte und mich einschloss, zog ich mich aus und fiel aufs Bett. Dann war ich in Lichtgeschwindigkeit eingepennt und ich habe so gut geschlafen, wie schon lange nicht mehr.

Ich verlagere mich auf den Rücken und rolle direkt gegen den neben mir liegenden Menschen. Er stöhnt wie ein Bär.

Das Herz klopft mir gegen Brustkorb und Rücken, ich werfe die Decke von mir und krabble schnell aus dem Bett. Ich drehe mich um und sehe Elias, der schnarchend auf dem Rücken liegt und das ganze Bett einnimmt. Er ist normal gekleidet, als wäre er irgendwie betrunken hier hereingestolpert und hätte sich einfach in das erste Bett gelegt, das er fand. Außer, dass mein Zimmer abgeschlossen ist. Oder zumindest sein sollte. Vielleicht hatte Cain vergessen, es abzuschließen? Ehrlich gesagt, weiß ich nicht mehr, was passiert ist, als ich auf dem Bett lag.

Ich schnappe mir ein Kissen und schlage es Elias auf den Kopf. „Warum bist du in meinem Bett?"

Er stöhnt, bewegt sich so langsam wie eine Schnecke, verzieht das Gesicht, bevor er ein Auge öffnet und mich ansieht. Schlaf klebt an seinen Augen, und sein dunkles Haar ist unordentlich.

„Du bist nackt", stöhnt er und fällt wieder in den Schlaf, schnarchend wie ein Tier.

„Was zum Teufel!" Ich haue ihm noch ein paar Mal ins Gesicht, dann stürme ich ins Bad und ziehe die einzigen Klamotten an, die ich dort habe. Eine abgetragene Skinny-Jeans und ein weißes T-Shirt, das von einer Schulter herabhängt, dazu meinen BH. Keine Unterhose. Ich werde es überleben. Ich bin es nicht gewohnt, neben einem Mann aufzuwachen, geschweige denn einen Dämon in meinem Bett zu finden.

Als ich aus dem Bad trete, finde ich Elias auf der Kante sitzend, nach vorne gelehnt, die Ellbogen auf den Oberschenkeln, den Kopf tief hängend, als hätte er getrunken.

„Harte Nacht?", rufe ich ihm zu, strotzend vor Sarkasmus.

Er dreht den Kopf und sieht mich an, Schatten tanzen unter seinen dunklen Augen. „Warst du nicht gerade noch nackt? Hättest so bleiben sollen. Steht dir besser."

Ich rolle mit den Augen. „Und wie bist du hier gelandet? Hattest du eine lange Nacht voller pelziger Ausschweifungen bei Vollmond und hast dich dann in den Zimmern verirrt?"

„Hast du was gegen Pelz?" Er zieht die Schultern hoch

und richtet den Rücken auf, streckt sich. Ich höre Knochen knacken.

„Überhaupt nicht. Das ist dein Ding, Kumpel. Ich will nur wissen, warum du in meinem Bett gelandet bist."

Ein Grinsen umspielt seine vollen Lippen, und er sieht mich so sexy an, dass meine Knie weich werden. Hinter seinem Blick schwimmt etwas Freches - nicht das, was ich von Mr. Höllenhund erwartet hätte.

„Keine Sorge, Babybäckchen, wenn ich dich ficken wollte, würde ich dich vorher aufwecken. Ich stehe nicht auf Somnophilie."

Ich sollte schockiert sein, aber ich gewöhne mich daran, dass sie ihre Zunge in meiner Gegenwart nicht im Zaum halten. Er stößt sich auf die Füße und fährt sich mit der Hand durch sein unordentliches Haar.

„Kommst du zum Frühstück oder willst du da stehen bleiben und versuchen, herauszufinden, was Somnophilie bedeutet?"

Ich versteife mich und marschiere hinter ihm her aus dem Zimmer, begeistert davon, für etwas so Normales wie das Frühstück rausgelassen zu werden.

„Du bist ein unhöflicher Bastard am Morgen, was? Und natürlich weiß ich, was es bedeutet." Ich habe keine Ahnung, aber aus dem Kontext heraus nehme ich an, dass es etwas damit zu tun hat, jemanden im Schlaf zu ficken ... oder ist das das Wort für gruselige Idioten, die Sex mit Toten haben? Ich erschaudere und mein Magen dreht sich um. Warum habe ich überhaupt solche Gedanken? Sicherlich hat er das nicht gemeint.

„Wirst du mir erzählen, was du letzte Nacht gemacht hast? Zu viel getrunken?", frage ich und hole ihn ein, während wir die große Treppe hinunterschlängeln. Der

Geruch von Speck erfasst mich, und mein Magen knurrt vor Heißhunger.

„Es braucht eine Menge, bis wir auch nur annähernd betrunken sind", sagt er.

„Das war kein klares 'Nein' auf meine Frage, also…"

„Schläfst du immer nackt?", unterbricht er mich, um das Thema eindeutig zu vermeiden.

Ich werfe ihm einen harten Blick zu. „Das geht dich nichts an."

"Ach wirklich?"

Seine langen Schritte machen es schwer, hinterherzukommen. „Du kannst nicht einfach mitten in der Nacht in mein Schlafzimmer platzen und beschließen, eine Übernachtungsparty zu feiern. So geht das nicht."

Elias antwortet nicht, sondern lacht vor sich hin.

Er marschiert nun vor mir her und direkt ins Esszimmer, während ich mich nach etwas umschaue, womit ich ihn abwerfen kann. Alles, was ich finde, ist eine Vase auf einem Holztisch. So gerne ich auch sehen würde, wie sie über seinem Kopf zerbricht, ich widerstehe.

Stattdessen stürme ich mit zusammengebissenen Zähnen hinter ihm her. Doch dann fesselt das ausgebreitete Essen auf dem langen Esstisch meine Aufmerksamkeit, und ich vergesse alles andere.

Den Ärger.

Dass er mich nackt angestarrt hat.

Was für einen Arsch er heute Morgen abgibt.

Mein Fokus ist jetzt der Bacon. Ein Teller voll davon ruft meinen Namen. Zusammen mit Pfannkuchen und Eiern, und das alles mit Ahornsirup übergossen.

Halt die Klappe und gib mir die Gabel. In Sekundenschnelle sitze ich Elias gegenüber und bediene mich am Essen. Eines der weiblichen Dienstmädchen, das mit dem mausgrauen Haar und den freundlichen Augen, füllt meinen Becher mit dem Elixier der Götter.

„Sahne zum Kaffee?", fragt sie.

„Bitte." Ich greife nach der Flasche mit Sirup und tränke mein Essen. Mir läuft das Wasser im Mund zusammen beim Anblick und dem zuckrigen Geruch in der Luft.

„Willst du etwas richtiges Essen neben dem Diabeteskram?", fragt Elias, aber ich habe keine Zeit für seine Provokation.

Ich bin so verdammt hungrig, dass ich reinhaue und jeden verdammten Bissen genieße. Salz und Süße vermischen sich auf meiner Zunge – einfach himmlisch. Die Freaks, die dieses Sirup nicht auf ihren Frühstückseiern mögen, sind genau das ... Freaks.

„Du klingst, als würdest du gleich einen Orgasmus vom Essen bekommen. Würde mich nicht überraschen, wenn man bedenkt, was du gestern Abend in der Limousine gemacht hast."

Ich erstarre, die Gabel ist auf halbem Weg zu meinem Mund. „W-was hast du gerade gesagt?" Innerlich schrumpfe ich vor Verlegenheit zu einer Hülle meiner selbst zusammen.

Er nimmt einen großen Bissen Speck, kaut ihn und starrt mich mit einem belustigten Ausdruck an. Als er endlich schluckt, greift er nach einem weiteren langen Streifen. „In diesen Mauern gibt es keine Geheimnisse. Cain hat mir in dem Moment, in dem er gestern Abend die Villa betreten hat, von deiner kleinen *Show* erzählt."

„Dieser Bastard", spotte ich. „Und zu deiner Information, er hat mich herausgefordert, es zu tun." Meine Wangen brennen plötzlich.

„Schön zu sehen, dass du kein Angsthase bist",
antwortet er und klingt beeindruckt.

Ich sehe ihn stirnrunzelnd an. „Wie auch immer, du
warst nicht dabei, also kannst du auch nichts dazu
sagen."

Ich wende mich wieder dem Essen zu, aber mein
Magen wird sauer. Ich kämpfe mich durch den Rest des
Frühstücks, ohne ihn anzusehen, aber ich spüre, dass er
mich die ganze Zeit beobachtet. Ist er deshalb in meinem
Zimmer gelandet? Erwartet er, dass ich ihn ficke oder so,
nur weil ich gestern Abend geil war? Dann steht ihm ein
böses Erwachen bevor. Sicher, wir haben uns einmal
geküsst und es war wahnsinnig gut, aber es war ein
Fehler.

Als ich beschließe, dass ich es nicht mehr aushalte,
hebe ich meinen Blick zu Elias. Er ist bei seinem vierten
Teller angelangt und isst noch weiter. „Ich hätte gerne ein
Telefon, um meine Freundin anzurufen. Vielleicht hast
du ein Ladegerät für mein Handy, das ich benutzen
kann?"

Er starrt mich an, während er mehr Essen in seinen
Mund schaufelt, dann schüttelt er den Kopf.

„Cain hat gesagt, ich kann meine Freundin anrufen."

Er denkt eine Weile darüber nach, wischt sich mit
einer Serviette den Mund ab, dann stößt er sich vom
Tisch ab. „Komm mit mir."

Ich springe fast von meinem Stuhl auf. Allein der
Gedanke, mit jemandem außerhalb dieser Mauern zu
sprechen, lässt die Erregung in mir aufsteigen. Ich folge
Elias aus dem Esszimmer, durch das Foyer und in einen
belebteren Raum an der Vorderseite des Hauses. Es ist
nicht wirklich ein Wohnzimmer - es gibt zu viele Antiquitäten und teuer aussehende Möbelstücke, als dass man es

als etwas Normales bezeichnen könnte - aber es hat Wände mit eingebauten Bücherregalen und Sofas.

Es ist mir eigentlich ziemlich egal, wie sie es nennen. Mein Blick findet sofort, was ich suche: ein Telefon, das auf einem Beistelltisch steht. Passend zum alten, viktorianischen Motiv, das sich durch diesen Ort zu ziehen scheint, ist es eines dieser schwarzen Stehtelefone mit Drehknopf und separatem Hörer.

Ich lache.

„Was ist so lustig?", fragt Elias und kommt nah an mich heran.

„Das ist ein Scherz, oder?", frage ich. Als er nicht antwortet, entweicht mir ein weiteres Glucksen. „Wie, um alles in der Welt, soll ich das benutzen?"

„Möchtest du lieber Rauchzeichen benutzen? Das würde länger dauern."

„Wo lebt ihr denn? In der Steinzeit? Hat denn keiner von euch schon mal was von einem Handy gehört?"

Er runzelt seine Stirn und rümpft die Nase. „Natürlich, das habe ich auch. Das heißt aber nicht, dass ich es dir überlasse."

Ich schnaufe und wende mich wieder dem antiken Telefon zu. Ich schätze, das wird reichen müssen.

Ich sitze auf der Couch, nehme den Hörer aus der Halterung und fummle an der Wählscheibe herum, um Joselines Nummer einzugeben. Gott, stell dir mal vor, mit diesem Telefon jemanden in einem Notfall anrufen zu müssen.

Elias beobachtet jede meiner Bewegungen mit extremer Neugierde.

„Entschuldigst du mich bitte?", frage ich ihn. „Etwas Privatsphäre, bitte."

Er schnaubt. „Ernsthaft?"

Ich starre ihn an, als ein Knistern im Lautsprecher neben meinem Ohr ertönt.

„Gut." Er geht aus dem Zimmer, aber mit seinem tierischen Gehör kann er zweifellos mithören, wenn er will.

„Hallo?" In dem Moment, in dem das Geklimper von Joselines süßer Stimme durch das Rauschen klingt, schlägt mein Herz schneller.

„Joseline? Ich bin's", fange ich an und halte mich näher an den kegelförmigen Hörer, aber sie unterbricht mich schnell.

„Aria? Oh, mein Gott! Wo bist du, Aria? Geht es dir gut? Ich habe dich so oft angerufen! Es geht jedes Mal direkt die Mailbox ran! Was ist denn los?" Ihre Fragen kommen im Schnelldurchlauf heraus. Nur als sie Luft kurz holt, kann ich eine Antwort einschieben.

„Ich weiß, ich weiß. Es ist gerade viel zu erklären, aber es geht mir gut. Mein Akku ist leer..."

„Wann kommst du zurück? Wir sind nicht mal dazu gekommen, deinen Geburtstag zu feiern. Ich habe ein Mietschild in der Innenstadt gesehen, neben der Bibliothek."

Schon wieder redet sie in einem Atemzug rasend schnell. Ich lächle über die Vertrautheit, selbst in meiner beschissenen Situation.

„Joseline, hör mir zu", sage ich über ihr endloses Geplapper hinweg. "Mir geht es gut, aber ich stecke fest. Murray - der Wichser - hat mich an Dämonen verkauft, um seine Spielschulden zu bezahlen. Ich bin seit meinem Geburtstag hier."

„Moment, Dämonen?", quiekt sie.

„Ja, und das ist keine Redewendung oder so. Echte, höllische Dämonen aus der Unterwelt."

Zum ersten Mal seit... nun ja, *überhaupt*, ist Joseline

still. Sprachlos zu sein, ist etwas, wozu sie sonst nicht fähig ist. Zumindest bis jetzt.

Ich werfe einen Blick zur Tür hinaus, wo Elias wahrscheinlich irgendwo außer Sichtweite lauscht, und senke meine Stimme. „Mach dir keine Sorgen um mich. Ich werde hier rauskommen."

Es gibt noch ein paar Sekunden steifes Schweigen, aber dann antwortet sie. „Murray ist so ein Arschloch."

Das ist die Untertreibung des Jahrhunderts.

„Kann ich dich wenigstens sehen? Haben sie dich in einen Käfig gesperrt oder so?"

„Kein Käfig. Ich langweile mich meistens nur zu Tode", sage ich. „Und es ist nicht sicher für dich, hierher zu kommen. Einer von ihnen ist ein verdammter Höllenhund, und ich glaube, er steht vielleicht auf Furries."

Ein leichtes Schlurfen ertönt außerhalb des Raumes.

„Und wo genau ist 'hier'?" Ihre Stimme zittert. „Das gefällt mir nicht, Aria. Ganz und gar nicht. Wie lange musst du eigentlich noch bleiben?"

Ein scharfes Klicken ertönt und unterbricht Joselines Stimme abrupt. Ich schaue auf und sehe Elias, der mit dem Finger auf dem Hebel steht. Er hat mitten in unserem Gespräch aufgelegt und ich habe nicht einmal gehört, wie er sich an mich herangeschlichen hat.

„Warum hast du das getan?" Ich greife hinüber, um ihre Nummer erneut zu wählen, aber er schnappt sich das Telefon und reißt die Leitung aus der Wand. Er nimmt mir auch den Hörer aus der Hand.

„Das war lang genug", ist alles, was er sagt.

Ich frage mich zwar, ob es an der Bemerkung über die Furries liegt, aber die Ernsthaftigkeit, die auf seinem Gesicht liegt, deutet auf etwas ganz anderes hin.

„Du darfst niemandem den Standort dieses Hauses

verraten", sagt er durch seiner zusammengebissenen Zähne.

„Joseline ist meine Freundin-„

„*Niemand.*" Er knurrt das Wort, die Augen glühen gelb. Ich springe zurück. Er ist in jeder Hinsicht größer und stärker als ich. Allein von der Größe her, ist er verdammt einschüchternd. Mit all den Narben, Tätowierungen und der Tatsache, dass er sich in ein blutrünstiges Tier verwandeln kann, weiß ich, dass ich bei diesem Dämon vorsichtig sein muss. Vielleicht ein bisschen mehr als bei den anderen beiden.

„Komm", sagt er. Seine Stimme klingt jetzt weniger menschlich, mehr wie ein animalisches Knurren. „Es ist Zeit für dich, in dein Zimmer zurückzukehren."

DORIAN

Natürlich lässt er mich warten. Dieser arrogante Mistkerl.

Ich schaue zum fünften Mal auf meine Uhr. Es ist fast dreißig Minuten nach der Zeit, die Maverick auf den Zettel geschrieben hat, und meine Verärgerung schlägt schnell in Wut um. In den frühen Morgenstunden hängt ein dichter Nebel über der Erde. Der Herbstnebel ist so dicht, dass er durch meine Jacke dringt und mich bis auf die Knochen frösteln lässt.

Er lässt mich absichtlich warten. Das weiß ich genau. In dem Moment, in dem ich mein Zimmer betrat und den deutlichen Schwefelgeruch roch, wusste ich, dass Mavericks Notiz bald ankommen würde. Welch Überraschung, eine Sekunde später gab es einen Flammenblitz auf meinem Beistelltisch, als das gefaltete Stück Pergament in dieser Ebene auftauchte.

Es zu ignorieren war eine Option - und eine verlockende obendrein - aber das letzte Mal, als Cains Arschloch-Bruder mir eine Nachricht durch den Schleier schickte, hatte er mir einen Weg zurück in die Hölle angeboten. Aber nur mir, und das allein hatte mich schon dazu gebracht, abzulehnen.

Warum nur ich? Ich habe keine Ahnung. Maverick mag der Dämon der Gier sein, oder der Habgier, wenn man es genau nimmt, aber er ist verdammt hinterhältig. Ich traue ihm nicht. Aber vielleicht kann ich aus dem, was er zu sagen hat, Informationen über die Hölle gewinnen.

Hier bin ich also. Ich stehe auf der falschen Seite des Schleiers vor dem versiegelten Tor der Hölle und warte darauf, dass Maverick auftaucht und meine Zeit noch mehr verschwendet.

Ich werde von der immensen Hitze und dem Schwefelgeruch der Heimat geblendet. Ein vertrautes rot-oranges Glühen erscheint im Gestein des Berghangs, das vorübergehend schmilzt, als Maverick sich nähert. Seine dämonische Gestalt zeichnet sich gegen das Licht ab, seine gebogenen Hörner und verlängerten Gliedmaßen schrumpfen auf menschenähnliche Proportionen, je näher er der Erde kommt, und bald steht er in einem polierten weißen Anzug vor mir. Er passt zu seinem platinblonden, fast silbernen, Haar. Seine Augen jedoch sind so dunkel wie seine Seele.

Das Tor schließt sich hinter ihm und schneidet die Wärme ab, und ich spüre wieder die beißende Kälte des Morgens. Maverick rückt sein Revers und die Ärmelmanschetten zurecht, ohne Eile und ohne sich daran zu stören, dass er mich so lange hat warten lassen.

„Du bist spät dran." Meine Verärgerung sticht genauso wie die Kälte. „Schon wieder."

Er zuckt mit den Schultern. „Ich war mir nicht sicher, ob du auftauchen würdest."

Das ist Blödsinn und er weiß es. Das sieht man an dem Lächeln, das seine Lippen spaltet. Er wusste, dass ich kommen würde; er hat schließlich alle Hebel in der Hand. Und er genießt es, mich auf ihn warten zu lassen.

„Worum geht es hier, Mav? Brauchst du mehr Geld?"

Sein Grinsen verwandelt sich schnell in einen finsteren Blick. Willst du die leibhaftige Gier verärgern? Dann rede über Geld und wie schlecht er darin ist, damit umzugehen. Das bringt ihn jedes Mal auf die Palme.

„Halt die Klappe", schnauzt er. „Ich bin im Auftrag meines Vaters gekommen."

Das verblüfft mich für einen Moment, und ich stehe schweigend da. Luzifer hat ihn geschickt? Das gleiche Arschloch, das wir versucht haben zu entthronen, der, der uns auf die Erde verbannt hat? Das wird ein Spaß.

„Was will er denn?", knurre ich.

Eine weitere eisige Brise rauscht durch die Bäume. Maverick hebt den Kopf und blickt in den dunklen Himmel, sein Blick ist voller Abscheu. Als wir das erste Mal auf der Erde abgesetzt wurden, haben wir alles an ihr gehasst. Es ist so anders als die Hölle, die ein so tief sitzendes Stigma gegenüber den Lebenden hält, dass seine Reaktion nicht überraschend ist.

Als sein Blick wieder auf mich fällt, sagt er: „Erinnerst du dich an den Vorschlag, den ich dir gemacht habe? Über die Rückkehr nach Hause?"

„Und meine Freunde zurückzulassen? Ja, ich erinnere mich an deinen beschissenen Deal."

„Nun, Luzifer hat es noch mehr versüßt. Der Hund darf auch gerne wiederkommen", antwortet er.

„Elias?" Sicher, ich mache die ganze Zeit Tierwitze über ihn, aber aus irgendeinem Grund macht es mich wütend, wenn ich Maverick das tun höre. „Und was ist mit Cain? Ich lasse ihn nicht zurück, und ich weiß, Elias würde mir zustimmen."

Das schelmische Glitzern funkelt wieder in seinen Augen. Das, das ich verdammt noch mal hasse. „Ah, siehst du, das ist das Schöne daran. Du musst dir um meinen Bruder überhaupt keine Sorgen machen."

Ich lege den Kopf schief und warte, dass er fortfährt.

„Er muss aus der Welt geschafft werden."

Beim nächsten Einatmen ersticke ich. Ich kann ihn nicht richtig verstanden haben. Er hätte nicht die Eier, mir so etwas vorzuschlagen ... oder? „W-Wie bitte?"

„Du hast mich schon verstanden", beharrt er. „Töte Cain und ihr beide könnt in die Hölle zurückkehren."

Ich bleibe einen langen Moment so stehen, meine Wut brodelt in mir, je länger ich warte und seine Worte ihre Krallen in mich graben lasse. Familie bedeutet den Dämonen nichts, aber ich kann nicht anders, als mich zu fragen, warum Luzifer will, dass wir das tun. Warum wir? Und warum nur Cain? Wir alle haben uns ihm widersetzt, indem wir den Aufstand und die Meuterei angezettelt haben.

Uns zu foltern ist der einzige Grund, den ich mir vorstellen kann. Wir sollen Cain verraten, so wie Luzifer glaubt, dass sein Sohn es mit ihm tun wollte. Tötet seinen Sohn. Es ist grausam. Es ist hinterhältig. Es ist ganz und gar die Handschrift Luzifers.

„Ihr beide habt euren verdammten Verstand verloren." Die Worte explodieren aus meinem Mund, während sich meine Wut weiter aufbaut und steigert. Ich würde Cain niemals hintergehen. Niemals. Selbst wenn ich alle sieben Ebenen der Hölle mit jeder jungfräulichen Seele als Kirsche oben drauf angeboten bekäme. Meine Freundschaft mit Cain reicht weiter zurück als die von Elias, aber ich weiß, dass auch er nicht zögern würde, das Angebot abzulehnen. Wir alle haben vor dem Übernahmeversuch einen Pakt geschlossen, dass wir zusammenhalten würden, egal was die Konsequenzen wären.

„Mein Bruder ist zu einem Ärgernis geworden. Selbst auf dieser Ebene mag Vater die Macht nicht, die ihr alle in die Hände bekommen habt, und ich kann es ihm nicht verdenken." Er beäugt meine Ralph Lauren-Kleidung und spottet. "Sieht überhaupt nicht nach einer Bestrafung aus."

Wir mussten jahrzehntelang jeden Cent zweimal umdrehen für das, was wir jetzt haben, aber das werde ich ihm nicht verraten.

„Ich verstehe nicht, warum Vater euch nicht einfach alle umbringt, aber Cain scheint sein Hauptaugenmerk zu sein. Bevor er sich also selbst um ihn kümmert, will er dir und dem Höllenhund diese Gelegenheit bieten. Um... die Massen zu erfreuen." Ein schiefes Grinsen breitet sich auf seinen dünnen Lippen aus.

Da ist er. Der wahre Grund für das hier. Luzifer will uns nicht töten, keinen von uns, weil er weiß, dass wir bei den anderen Dämonen beliebt sind. Unsere Pläne haben für Unruhe gesorgt, und er hat Angst vor einer Revolution. Er ist instabil. Einen Krieg mit dem Himmel zu beginnen, ist Selbstmord, aber das ist Luzifer egal. Sein Hunger nach Rache stammt aus der Zeit, als Gott ihn niederstreckte und ihm die Flügel abriss. Und unser

Versuch, ihn von der Vergeltung abzuhalten, hat uns vertrieben.

Da die Hölle uns unterstützt, kann er uns im Moment nichts anhaben. Aber wenn wir uns gegenseitig ausschalten, sieht es so aus, als ob unser Bündnis und unser Anliegen von Anfang an nicht solide waren.

Das ist sehr clever von ihm, aber nicht unvorhersehbar. Wird Luzifer irgendwann die Nase voll haben und selbst hinter uns her sein? Daran habe ich keinen Zweifel. Aber bis dahin habe ich es nicht so eilig, zurück in die Hölle zu kommen. Besonders, wenn dieser Weg mit dem Blut meines besten Freundes zusammenhängt.

„Du kannst Luzifer ruhig sagen, dass er sich ficken soll. Ich bin nicht interessiert", schnauze ich und wende mich ab. Ich will mich gerade auf den langen Weg durch den dichten Wald machen, zurück zur Lichtung, auf der ein Auto wartet, als Maverick mir noch einmal etwas zuruft.

„Er ist dein König! Der Herrscher über die Unterwelt und die Verdammten."

Ich beiße die Zähne zusammen, erinnere mich daran, was wir durchgemacht haben und an die Dinge, die Luzifer getan hat, die ihn zu einem verdammten Monster machen, sogar für Dämonen.

„Nicht mehr." Ich zögere nicht im Geringsten und werfe ihm keinen weiteren Blick zu. Ich stapfe einfach weiter durch das dichte Gestrüpp des Waldes und folge den abgeblendeten Scheinwerfern des Autos als Wegweiser.

Wenn das nächste Mal ein Höllenzettel in mein Zimmer kommt, wird er in den Kamin geworfen, direkt in die Flammen. Genau dorthin, wo er hingehört.

KAPITEL ZWÖLF
ARIA

Drei Tage völlige Langeweile.

Die Dämonen sind tagsüber selten zu Hause, und nachts, nach dem Abendessen, bin ich in meinem Zimmer eingeschlossen. Das ist doch kein Leben, oder? Zu diesem Zeitpunkt könnte ich mich zum reinen Vergnügen in die Hölle begeben. Die Dinge werden auch immer vorhersehbarer. Jeden Morgen wache ich mit Elias in meinem Bett auf. Er liegt auf der Seite, berührt mich nie, aber er weigert sich, mir zu sagen, warum er da ist. Ein Teil von mir beginnt zu vermuten, dass er es auch nicht weiß.

Eine weitere Routine, die mir aufgefallen ist, scheint zu sein, dass sich der Wächter vor meiner Tür, sobald es 23 Uhr ist, davonschleicht und nicht mehr zurückkommt. Er denkt, ich höre ihn nicht, aber ich sitze mit dem Rücken zur Tür und lausche. Jede Nacht, ohne Ausnahme.

Keiner der Dämonen will mir etwas verraten, aber ich fange an, die Puzzleteile zusammenzufügen. Ich schnappe hier und da ein kleines Flüstern auf. Ich habe sie mehrmals *Saiten* erwähnen hören, gleich nachdem sie über ein Relikt sprachen. Es muss das sein, das ich im unteren Teil des Anwesens gefunden habe. Es ist wichtig für sie, was mich dazu bringt, zum Schrank hinüberzugehen, in dem ich mein eigenes Relikt versteckt habe. Ich reiße die Tür auf und tauche in die hinterste Ecke unter die Decken, wo ich meinen Rucksack verstaue. Mit ihm in der Hand lasse ich mich auf mein Bett plumpsen und schalte die Lampe ein. Der kleine Kronleuchter in meinem Zimmer ist nicht hell genug, wenn es Nacht wird.

Ich krame in meiner Tasche herum und ziehe die Kugel heraus. Sie ist rund und so schön, das dunkle Quecksilber im Inneren schwingt hin und her. Das Objekt surrt unter meiner Berührung.

„*Nääääher*", zischt es über meine Gedanken, und ein Schauer läuft mir über den Rücken.

„Was meinst du?" Ich studiere das Objekt, fahre mit den Fingern über seine kalte, glatte Oberfläche.

„*Nääääher*", das Wort ertönt wieder. Ich erinnere mich an die Gespräche der Dämonen, dann schießt mir eine Idee durch den Kopf. Was würde passieren, wenn die Kugel und die goldene Schnur zusammengebracht würden?

Ich kann fast dramatische Filmmusik in meinem Kopf hören, ein sicheres Zeichen dafür, dass ich verrückt werde, weil ich zu lange allein war. Vielleicht ist es das Bedürfnis, etwas zu tun, vielleicht ist es auch die Neugier, die mich dazu bringt, die Kugel in die Vordertasche meines Kapuzenpullis zu stecken und meine Stiefel anzu-ziehen. Die Uhr an der Wand zeigt zehn nach elf an, die Wache ist also längst weg. In aller Eile knacke ich das Schloss der Tür und bin im Nu draußen.

Der Korridor, den ich beim ersten Mal gefunden habe,

ist nicht schwer zu vergessen... besonders nicht mit meinem zuckenden Zeh, der mir den Weg weist. Ich marschiere die große Treppe hinunter und folge dann dem Labyrinth der Gänge. In Wirklichkeit geht der Gang nur in eine Richtung mit kleineren Korridoren, die nach außen abgehen, aber sie sind alle Sackgassen. Das sehe ich jetzt. Ich persönlich verstehe nicht, wie es hier unten so viele Räume geben kann, verglichen mit der Größe des Hauses, aber ich bin unter der Erde, also ist alles möglich, schätze ich.

Die Anzahl der Türen, an denen ich vorbeigehe, fasziniert mich, doch mein Instinkt sagt mir, dass ich mich zurückhalten soll. Elias erwähnte die Büchse der Pandora, als er mich das letzte Mal hier unten erwischte... was, wenn all diese Räume dunkle Geheimnisse bergen, von denen ich nichts wissen will? Ermordete Gestalten von denen, denen sie die Seelen ausgesaugt haben? Nicht, dass es hier nach verrottenden Leichen oder so riecht, aber ich lasse es lieber erst mal gut sein.

Schnell eile ich weiter, schaue bei jedem Schritt über meine Schulter. Meine Haut kribbelt vor Gänsehaut und mein Magen dreht sich um, wenn ich daran denke, wie sauer Elias beim letzten Mal war. Aber es scheint niemand in der Villa zu sein, und ich werde mich beeilen. Niemand wird einen Verdacht schöpfen.

Leise Schritte tragen mich durch die schwach beleuchteten Gänge, die jetzt aus irgendeinem Grund nach frisch ausgehobener Erde riechen. Weiter vorne sind Säcke mit Erde an die Wand gelehnt, mindestens ein Dutzend davon. Ich schätze, das erklärt den Geruch. Was machen sie mit all diesen Säcken? Es gibt keine Markierungen auf ihnen, um herauszufinden, woher sie stammen.

Ich halte inne und schaue mich um, Angst sammelt sich in meiner Brust. Bin ich irgendwo falsch abgebogen? Ich kann mich nicht erinnern, dass es beim letzten Mal irgendwelche Säcke mit Erde gab.

Es herrscht Totenstille hier unten.

Ohne Zeit zu verlieren, gehe ich weiter, biege nach links und rechts ab, während der Gang mich trägt, und scanne jeden kleinen Korridor, an dem ich vorbeikomme. Sie sind alle gleich - dunkel und leer -, aber es dauert nicht lange, bis mich das schöne, lockende Lied, das ich beim letzten Mal gehört habe, wieder findet.

Die weiche, traurige Melodie schwebt wie ein Windhauch in der Luft, umspielt mich, ruft mich. Und die Kugel scheint zu antworten, sie vibriert in meiner Tasche.

„Näääääher", brummt es in meinem Schädel, und ich zucke bei der plötzlichen Stimme zusammen.

Ich werde es nicht leugnen, es ist beunruhigend, in der unterirdischen Höhle der Dämonen zu sein und zu versuchen, nicht gefunden zu werden, während eine unheimliche Stimme *"näher"* flüstert. So fangen Horrorfilme an, und wie diese idiotischen Mädchen gehe ich auf die Gefahr zu, anstatt von ihr wegzurennen.

Ich atme jetzt schneller, beiße die Zähne zusammen und gehe weiter. Ich bin fest entschlossen, herauszufinden, was mit den Dämonen, diesen Objekten und mir los ist.

An der nächsten Ecke summt die Kugel hektisch in meiner Tasche und das Lied der Saite wird lauter, und ich weiß, dass dies der richtige Ort ist. Ich schwinge mich hinunter zu derselben schwarzen Tür und greife nach der Klinke. Sie gibt nicht nach und ich fluche leise vor mich hin.

Verdammter Elias. Ich wette, er hat sie abgeschlossen.

Zum Glück kann ich inzwischen ganz gut mit einer Haarnadel umgehen, also hocke ich mich hin und ziehe eine aus meiner Tasche. Als die Tür entriegelt wird, drücke ich sie auf und gehe langsam hinein. Ein Teil von mir kann nicht anders, als zu denken, dass Elias hier eine Sprengfalle oder so etwas eingebaut hat, für den Fall, dass ich zurückkomme.

Die Tür schwingt mit einem Quietschen auf, das mich zusammenzucken lässt, während die Geräusche um mich herum widerhallen. Das Licht aus dem Flur hinter mir verdrängt die Dunkelheit im Raum und enthüllt geradso den einzelnen Tisch und die Kiste wie beim letzten Mal.

„Näherrrrrr. Näherrrrrr. Näherrrrrr."

„Immer mit der Ruhe", murmle ich und trete im Zeitlupentempo in den Raum. Kein Angriff, keine Falle. Noch ein paar Schritte, und ich stehe vor dem gravierten Kästchen. Ich klappe es auf, und vor mir liegt die dünne, goldene Kordel auf einem Bett aus schwarzer Seide, um sich selbst gewunden wie eine Schlange.

Ich hole die Kugel aus meiner Tasche, und im selben Moment hört sie auf zu vibrieren und die Musik in meinem Kopf verstummt.

Mein Magen kribbelt vor Vorfreude, aber mein Instinkt sagt mir, dass es richtig ist. Ich strecke meine Hand, die die Kugel hält, in Richtung des anderen Relikts.

Die magnetische Anziehungskraft zwischen den beiden Objekten ist sofort da. Sie reißt die Kugel mit unvorstellbarer Kraft aus meinem Griff.

Ich weiche zurück, unsicher, was mich erwartet. Meine Augen bleiben an den Objekten haften, die sich in einem seltsamen Tanz zu bewegen scheinen und umeinander herumwirbeln. Mein Atem schnürt mir die Kehle zu, während ich fasziniert zuschaue.

Ein scharfer metallischer und elektrischer Geruch liegt in der Luft. Er ist so stark, dass ich ihn auf meiner Zunge schmecke. Es ist das plötzliche Aufflackern von dunkler Magie um mich herum. Gleichzeitig wickelt sich die Schnur um die Kugel, das Ende verschmilzt mit ihr. Sie verschmelzen, und die Kugel hat jetzt einen dünnen, goldenen Schwanz.

Dann bricht sie auf der schwarzen Seide zusammen und bleibt dort liegen. Behutsam greife ich hinüber und stupse die Kugel mit dem Finger an. Ein Kribbeln von Energie rast bei der Berührung meine Hand hinauf, genau wie beim letzten Mal. Aber als ich meine Hand darum lege, ist jetzt eine Wärme an der Oberfläche zu spüren.

„Vorsichtig." Diesmal, als die Stimme in meinem Kopf auftaucht, klingt sie anders. Sie ist nicht mehr ohrenbetäubend, sondern melodisch, vermischt mit dem süßlich-traurigen Gesang der Schnur. Es ist jetzt so viel schöner. Meine Kugel ist anscheinend zu einer singenden Sirene geworden. Ich weiß nicht, was ich von dieser Verschmelzung halten soll oder was diese Objekte überhaupt sind.

Aber ich weiß, dass sie wichtig sind. Sie müssen es sein - warum sonst sollten die Dämonen ihre Reliquie hier unten aufbewahren und so sauer werden, als ich sie gefunden habe?

„Gefahr!"

Mein Herz schlägt Purzelbäume in meiner Brust. Hektisch schiebe ich die Kugel mit dem Schwanz in meine Tasche, dankbar, dass sie nicht größer als meine Faust ist, und schwinge herum. Ich erwarte jemanden in der Tür, aber da steht niemand.

Ich stoße einen Seufzer der Erleichterung aus, eile hinaus und schließe die Tür hinter mir. Hat die Kugel die

Gefahr falsch eingeschätzt? Ich riskiere es nicht und laufe los, eine Hand in die Tasche gepresst, damit die Reliquien nicht herumrollen.

Um jede Ecke rasend, schlägt mein Herz schneller, als hinter mir Schritte ertönen.

Scheiße! Jemand war die ganze Zeit mit mir da unten? Was zur Hölle? Die Angst schießt mir in die Glieder, und ich flitze schneller, als ich es für möglich gehalten hätte, und schaue ständig über meine Schulter.

Als ich aus dem letzten Gang ausbreche und auf die Treppe zustürme, die weiter links vor mir liegt, schaue ich zurück.

Ein dunkler, langer Schatten erstreckt sich um den Korridor, den ich Sekunden zuvor verlassen habe.

Meine Haut kribbelt.

Ich sprinte vorwärts und schwinge mich die Treppe hinauf, nehme immer zwei Stufen auf einmal. Ich spüre den Schmerz in meinen Oberschenkeln kaum, so schnell springe ich in die nächste Etage. Ohne mich umzudrehen, stürze ich den Flur hinunter und platze in mein Zimmer. Als sich die Tür hinter mir schließt, schiebe ich einen Stuhl unter die Klinke und trete zurück.

Mit klopfendem Herzen stürme ich auf den Schrank zu und schiebe die beiden magischen Reliquien schnell in meinen Rucksack und zurück in mein Versteck.

Ein donnerndes Klopfen ertönt an der Tür.

Ich zucke zusammen, decke hektisch alles mit den Decken zu und schließe den Kleiderschrank.

Die Türklinke klappert. „Mach die Tür auf, Aria!", brüllt Elias im Flur.

Verdammte Scheiße. Natürlich ist er es. Danke, Universum.

Mit meiner besten, sanften Stimme antworte ich: „Warum? Was ist los?"

„Mach sofort auf, oder ich trete sie ein", knurrt er.

Die Angst erwürgt mich, aber ich gebe nicht klein bei. „Gib mir eine Sekunde, um mir etwas anzuziehen, Herrgott." Ich bringe mein Haar in Unordnung, ziehe meine Turnschuhe aus und schiebe sie unter das Bett. Sayah ist knapp unter der Oberfläche und drängt darauf, herauszukommen, aber das würde nur Verdacht erregen.

Ich stapfe über die Dielen und ziehe den Stuhl zur Seite, dann öffne ich die Tür und zwinge mich zu einem vorgetäuschten Gähnen. „Was ist den los?" Ich reibe mir die Augen, um es realistischer erscheinen zu lassen. „Warum hämmerst du wie ein Verrückter an meine Tür?"

Elias ringt im Flur nach Luft. Er stößt eine Hand gegen die Tür, wodurch diese aufknallt und gegen die Innenseite der Wand schlägt.

„Ich habe dich davor gewarnt, was passiert, wenn du die Regeln brichst. Du wirst bestraft."Seine Nase rümpft sich, während sich seine Lippen zu einem finsteren Blick verziehen. Sein Haar ist wild und dunkel, seine Hände sind dreckig von der Erde. Er ist also derjenige, der die ganze Erde in den Keller der Villa gebracht hat.

Ich zucke zurück, meine Atemzüge sind wie Teer, kleben an meinen Eingeweiden und kommen nicht schnell genug heraus. „Ich weiß nicht, wovon du redest. Ich war die ganze Zeit hier…"

„Warum warst du wieder in der Nähe des Eingangs zu den Tunneln? Im Keller? Dein Geruch ist da unten überall."

Verdammt. Er hat mich erschnüffelt.

Trotzdem starre ich ihn mit erzwungener Verwirrung an und setze mein Schauspiel fort. „Ich bin gerade aufgewacht."

Da er mir das nicht abkauft, marschiert er direkt auf

mich zu. Seine massige Gestalt überragt meine eins fünfundsechzig, und instinktiv weiche ich zurück, bis meine Beine gegen das Bett knallen.

Er holt aus, packt mich an den Schultern und schwingt mich herum, so dass ich von ihm wegschaue. Er stellt sich hinter mich und drückt seine harte Brust an meinen Rücken. Sein Atem ist in meinem Ohr, und alles, was ich riechen kann, ist sein moschusartiger, würziger, erdiger Duft. Verdammt, er riecht göttlich.

„Ich glaube langsam, du willst bestraft werden", schimpft er, seine Wange so nah, dass ich die Stoppeln seines Kiefers an meinem Hals spüre.

Ich versteife mich. Er lässt mich schnell los und ich sauge die Luft ein, als seine großen Hände um meine Taille gleiten und den Knopf meiner Jeans öffnen, um dann am Reißverschluss zu ziehen.

Angst überkommt mich, denn die Art der Bestrafung, von der er spricht, ist für mich eindeutig nicht in Ordnung. Egal, wie lecker er riecht.

Ich stoße meinen Ellbogen in seine Rippen, aber er rührt sich nicht.

„Je mehr du dich wehrst, desto mehr wird es wehtun."

„Fass mich nicht an." Ich stampfe auf seinen Fuß, und er zuckt zusammen. Ein leichtes Nachlassen seines Griffs um meinen Arm und ich stürze mich von ihm weg, den Blick auf die offene Tür geheftet.

Sayah schwebt an der Kante, kurz davor, herauszuspringen, sobald ich ihr das Okay gebe. Es ist so lange her, dass ich sie rausgelassen habe, dass sich ihre dunkle Präsenz noch stärker anfühlt. Ich weiß, sie will mir helfen - uns helfen - aber ich befehle ihr, drin zu bleiben. Sie sträubt sich gegen meine Kontrolle. Wenn sie es wirklich versucht, könnte ich sie dieses Mal nicht zurückhalten, und das macht mir Angst.

Elias packt mich an meinem Oberteil und reißt mich nach hinten. Ich schreie auf, und meine Füße stolpern, bevor mein Rücken direkt auf seine felsenfeste Brust prallt.

"Handlungen haben Konsequenzen", sagt er.

Ich schreie auf und winde mich gegen ihn, während der Bastard anfängt zu lachen.

Seine Finger gleiten schnell in den oberen Teil meiner Jeans, und er zieht sie mir die Beine hinunter, sodass er meinen Hintern entblößt, bevor ich reagieren kann.

Mit klopfendem Herzen schwinge ich mich herum, mit der Faust voran, aber er hat mich von den Füßen geholt, der andere Arm fegt unter die Vorderseite meiner Beine.

In Sekundenschnelle sitzt er auf der Kante meines Bettes und ich liege auf seinem Schoß, mein Hintern ist nackt. Ich fühle mich so entblößt.

Eine große Hand tätschelt fast intim meine rechte Arschbacke. Dann hebt er seine Handfläche und bringt sie wieder hart nach unten, wobei sie die Mitte meines Hinterns trifft, fast gleichmäßig über beide Backen, das Geräusch ist laut und der Schmerz schrecklich.

Ich atme erschrocken ein und werde totenstill, mein ganzer Körper spannt sich an. *Er versohlt mir den Hintern?*

Ich zische vom Schmerz und versuche, mich von seinem Schoß zu rollen, aber er klemmt einen Arm über meinen unteren Rücken und hält mich fest an Ort und Stelle. Über seinen Schoß gebeugt und verletzlich.

"Was soll der Scheiß?" Als ich meinen Kopf herumdrehe, um ihn anzusehen, zucken seine Lippen und seine

Augen glänzen. Er amüsiert sich verdammt noch mal auf meine Kosten. „Lass mich los!", brülle ich.

„Denkst du, das ist ein Scherz?" Sein Blick wandert zu meinem Hintern und seine Hand kommt schnell und hart herunter. Da ist sie wieder, die Androhung von mehr, das kommen wird, sorgfältig verpackt in einer koketten Art und Weise.

Mein Schrei wird von einem warmen, schmelzenden Gefühl in der Magengrube begleitet, ein Summen, das über die glatte Oberfläche meiner Hitze wandert. Was ist nur los mit mir? Wenn er mich schlägt, sollte das nicht mit Erregung einhergehen, aber mit jedem lauten Schlag pulsiert meine Klitoris. Mein Atem stockt bei jedem Schlag. Ich winde mich, um wegzukommen, aber er hält mich fest im Griff.

Er weckt etwas in mir, ein tief sitzendes Verlangen, von dem ich nie wusste, dass es existiert.

„Bleib ruhig." In seiner Stimme liegt ein Hauch von Erregung.

Instinktiv heben sich meine Hüften, um seiner großen Handfläche zu begegnen, wartend, sehnsüchtig auf einen weiteren köstlichen Schlag, meine Muschi krampft sich mit unerträglichem Bedürfnis zusammen.

Ich höre, wie er einen schnellen Atemzug einsaugt. Er kennt die Reaktion, die er in mir ausgelöst hat. Es lässt sich nicht verbergen, dass ich nicht nur eine Exhibitionistin bin, sondern es auch liebe, versohlt zu werden. Wer in aller Welt bin ich? Ich weiß es selbst nicht mehr.

Mit jedem Schlag entweicht ein wimmerndes Stöhnen meinen Lippen, während Adrenalin durch meine Adern schießt. Aber ich weigere mich, ihm so einfach nachzugeben. Ich stoße gegen ihn, schlage gegen seine Beine, alles, um zu entkommen. Was nur dazu führt, dass er mich noch schneller schlägt.

Sein Schwanz verhärtet sich unter meinem Bauch. Soll das eine Strafe sein, oder die Erfüllung seines schmutzigen Fetischs?

Als er endlich aufhört, gleitet seine Hand zärtlich über meine Arschbacken, reibt über meine brennende, nackte Haut. Seine Finger fahren gekonnt an meiner Ritze entlang und tauchen gerade so weit zwischen meine Beine ein, dass ich nach Luft schnappe.

„Ich mag den Anblick von meinem Handabdruck auf deinem Hintern."

Ich bewege mich nicht - kann mich nicht bewegen - während mein Puls über meine Klitoris pocht. Ich bin feucht und meine Gefühle ergeben keinen Sinn für mich. Elias gibt mir ein ganz neues Gefühl ... Ich kann kaum atmen. Ich kann nicht glauben, dass er das gerade mit mir gemacht hat.

„Du wirst es dir zweimal überlegen, bevor du mir wieder nicht gehorchst, richtig?", fragt er. „Obwohl es mir ziemlich gut gefällt, wie du gerade aussiehst, also ermutige ich dich, die Regeln bei jeder Gelegenheit zu brechen, die du bekommst."

Ich weiß nicht einmal, wie ich darauf reagieren soll. Er hebt mich von ihm runter und stellt mich auf meine Füße. Ich versuche, meine Hose wieder hochzuziehen, mich zu bedecken und den Reißverschluss meiner Jeans zu schließen. Mein Arsch ist wund und tut weh, aber das ist mir egal, denn ich stehe wirklich kurz vor einem Orgasmus. Ich kämpfe zuerst damit, ihn anzusehen, mein Gesicht ist heiß vor Verlegenheit, dass er mich wie ein Kind behandelt hat, und es mich angemacht hat.

Elias steht auf, so groß und verdammt gut aussehend,

dass es mich alle Kraft kostet, ihn nicht zu mir herüberzuziehen, mich davon abzuhalten, meine Finger durch sein wildes Haar zu streichen und ihn zu küssen.

„Gute Nacht, Aria." Er schlendert an mir vorbei.

Mir klappt die Kinnlade herunter. „Wirklich?" Ich drehe mich um und sehe, wie er in den Flur tritt, dann schaut er über seine Schulter zu mir.

„Wäre es wirklich eine Strafe, wenn du keinen Schmerz empfinden würdest?" Das dreckige Grinsen kehrt zurück, bevor er mich auslacht, die Tür schließt und damit aus dem Blickfeld verschwindet.

Mit klopfendem Herzen stöhne ich laut auf, ungläubig, was er gerade getan hat. Ungläubig, was ich selbst getan habe. Was zur Hölle soll das mit diesen Dämonen, die mich unerbittlich necken und dann weggehen?

Schnell schiebe ich den Stuhl gegen die Tür, dann reiße ich mir die Jeans herunter. Wenn ich es mir jetzt nicht selbst besorge, könnte ich an einem Schlaganfall sterben, so schnell wie mein Herz rast.

Und ich hasse es, dass seine dumme Bestrafung doch funktioniert hat.

Ich öffne die Augen und sehe, wie die Morgensonne mein Zimmer durchtränkt, während mein Verstand immer noch von den Ereignissen der letzten Nacht verzehrt wird. Ich meine, ich sollte mich damit beschäftigen, was die Vereinigung der beiden Relikte bedeutet, aber ich kann nicht aufhören, daran zu denken, wie Elias mir den Hintern versohlt.

Irgendetwas stimmt nicht mit mir, dass ich seine Bestrafung genossen habe.

Ein lautes Schnarchen ertönt von jemandem im Bett neben mir.

Ich beiße die Zähne zusammen und drehe meinen Kopf, um Elias wieder schlafend vorzufinden. Was zum Teufel...?

In Sekundenschnelle bin ich auf den Beinen, immer noch in meinem Schlafanzug, und starre einen voll angezogenen Elias an. Vor meiner Tür liegt der Stuhl, den ich unter die Türklinke gesteckt hatte um ihn fernzuhalten, zertrümmert.

Der Bastard ist hier reingeplatzt und ich habe keinen Ton gehört? Wie tief habe ich geschlafen? Ich bin wohl direkt eingeschlafen, nachdem ich es mir besorgt habe.

Ich durchquere den Raum, trete über die Trümmer und reiße die Tür mit dem abgebrochenen Türknauf auf.

Ein Wächter steht da, aber was nützt er schon?

Er schaut mich mit einer hochgezogenen Augenbraue an. „Stimmt etwas nicht?"

Ich schaue zurück zu meinem Bett, dann wieder zu ihm. Er grinst.

„Holen Sie diesen Schwachkopf bitte hier raus?"

Er schüttelt den Kopf. Er ist mir schließlich keine Rechenschaft schuldig. Einer seiner Chefs liegt in meinem Bett.

Also drehe ich mich um und marschiere zurück in mein Zimmer. Ich lege meine Hände auf Elias' Arm und schüttle ihn kräftig durch.

„Steh auf!"

Er springt auf und richtet sich so schnell auf, dass ich zurückweiche und ein Hauch von Angst in meinem Bauch aufsteigt. In den wenigen Sekunden, nachdem er aufgewacht ist, schaut er sich verloren um und versucht sich zu erinnern, wo er ist.

Schwer atmend streicht er sich die Haare aus dem Gesicht, dann steht er auf, als sein Blick endlich auf mir landet. „Morgen", stöhnt er. Dann stolziert er aus meinem Zimmer.

Was um alles in der Welt? Irgendetwas stimmt ganz und gar nicht mit ihm. Er ist wie Dr. Jekyll und Mr. Hyde. Zwei Seiten einer dämonischen Münze.

Dann wende ich mich an den Wachmann und frage: „War dieses Zimmer früher Elias' Schlafzimmer?" Ich dachte, das würde erklären, warum er immer wieder in meinem Bett schläft.

Er schüttelt den Kopf. „Es war immer nur für Gäste."

So viel zu dieser Theorie. Ich schließe die Tür, die nicht mehr abgeschlossen werden kann, und gehe ins Bad, um zu duschen und mich fertig zu machen. Die ganze Zeit denke ich an die Relikte, die sich verbunden haben. Dann an Elias' seltsames Verhalten mit seinem Schlaf und die Säcke mit Erde in den Gängen unter dem Haus. Was genau machen diese Dämonen?

Ich frühstücke allein. Es scheint, dass ich jetzt allein im Speisesaal essen darf - natürlich unter dem wachsamen Auge eines Wächters. Keiner der Dämonen ist zu sehen. Danach schlendere ich in die vordere Stube und lasse mich auf die Couch vor dem Kamin fallen, während der Wächter von der Tür aus über mich wacht. Er schleppt mich nicht zurück in mein Zimmer, was ein großer Bonus ist, also genieße ich den Moment und nehme mir die Zeit, die Bücher in den Regalen zu studieren. Die meisten sehen aus wie alte Enzyklopädien. Andere sind eine eklektische Sammlung über Gartenarbeit, Stadtarchitektur, Kochen und Mode. Dann entdecke ich ein paar Klassiker und schnappe mir *Stürmische Höhen*. Ich habe keine Ahnung, warum die Dämonen das besitzen, aber es ist besser, als darüber zu lesen, wie man Ziegen züchtet. Diese Dämonen sind seltsam; so vieles an ihnen ergibt keinen Sinn.

Stunden vergehen, während ich mich auf der Couch zusammenrolle, im Warmen bin und lese, der Bücherstapel neben mir wächst. Schließlich stehe ich auf und strecke mich, meine Wirbelsäule knackt, weil ich zu lange in einer Position war.

Mein Wächter hat sich nicht bewegt und sieht aus, als sei er im Stehen eingeschlafen. Das vertraute Geräusch der sich schließenden Haustür hallt durch den Raum, und ich beeile mich, aus purer Langeweile nachzusehen, wer es ist. Ernsthaft, ich kann so nicht leben, während mein Leben dahinschwindet.

Cain kommt aus dem Foyer, sein Kopf hebt sich, seine Augen treffen meine, als ich aus dem Zimmer trete.

Mein Herz setzt bei seiner Anwesenheit einen Schlag aus, und meine Füße erstarren, kleben am Boden. Etwas an ihm berührt mich so sehr, dass es schwer ist, seinen Einfluss auf mich zu begreifen.

„Warum bist du nicht in deinem Zimmer?", fragt er, während er seine schwarzen Lederhandschuhe abstreift und dann seinen langen Mantel auszieht. Ein Dienstmädchen kommt aus dem Schatten und nimmt sie ihm ab. Darunter trägt er komplett schwarz, wie er es immer zu tun scheint. Ein tailliertes Hemd folgt den Kurven seiner kräftigen Arme und seiner starken Brust und verengt sich in der Taille. Seine maßgeschneiderte Hose sieht frisch gebügelt aus, die Gürtelschnalle stellt eine silberne Flamme dar, und seine Schuhe glänzen. Obwohl er gerade von draußen hereinkam, ist sein Haar makellos -

aus dem Gesicht gebürstet, an den Seiten kurz geschnitten, und diese Augen... Oh, diese fesselnden Augen ziehen mich zu ihm hin. Wenn ich mir den Teufel auf Erden vorstellen müsste, verführerisch und verrucht gefährlich, dann würde ich ihn mir so vorstellen. Genau so wie Cain.

Er tritt vor, und ich gebe mir selbst eine Ohrfeige dafür, dass ich diese Dämonen so leicht in meinen Kopf gelassen habe.

„Ich langweile mich zu Tode", sage ich und ignoriere seine Frage, warum ich nicht in meinem Zimmer bin. „Und ich brauche mehr, Cain. Ich bin nicht für ein Leben des Herumsitzens und Bücherlesens geschaffen. Ziemlich bald werde ich zu Staub zerfallen."

Er mustert mich von oben bis unten, dann schreitet er an mir vorbei und direkt in den Raum, in dem ich die meiste Zeit des Tages verbracht hatte. Ich bin ihm auf den Fersen, und wir landen beide vor dem riesigen Steinherd.

„Gibt es eine Möglichkeit, einen Dämonendeal zu annullieren?", frage ich und schaue zu ihm auf. „Etwas, das ich tun kann, um es rückgängig zu machen?" Da ich keine Schuhe trage, fühle ich mich so viel kleiner als Cain, und es erinnert mich an meinen Platz in der Beziehung und wie sehr ich im Vergleich zu ihm im Nachteil bin.

„Der einzige Ausweg ist, den Dämon, oder in deinem Fall, die *Dämonen* zu töten, die den Vertrag besitzen." Er blickt mich herausfordernd an.

„Könnte lustig werden." Ich lache nervös, aber ich weiß, dass es ein unmögliches Kunststück ist. Alle drei Dämonen töten? Nein, das kommt nicht in Frage.

Zu meiner Überraschung umspielt ein langsames, kalkuliertes Lächeln seine Lippen. „Ich würde gerne sehen, wie du es versuchst."

Ich schlucke am Kloß in meinem Hals vorbei. Selbst wenn er über den Tod spricht, findet er einen Weg, mir weiche Knie und eine grässliche Enge in der Brust zu bereiten. Ich flirte hier buchstäblich mit einem Teufel.

Ich fange an zu glauben, dass ich einen Todeswunsch oder so etwas habe.

„Okay, dann eine andere Möglichkeit. Wenn ich für den Rest meines Lebens hier bin, was soll ich dann tun? Ich dachte immer, wenn ein Dämon deine Seele besitzt, kommt er nur, um sie zu holen, wenn eine Person stirbt. Vielleicht kannst du mich freilassen, und ich sehe dich wieder, wenn ich auf dem Sterbebett liege. Abgemacht?"

Im Gegensatz zu mir, findet er meinen Vorschlag nicht im Geringsten lustig. „Es ist mehr als deine Seele, die uns gehört, Aria. Es sind Körper *und* Seele. Vergiss das nicht."

Köper und Seele.

Ein aufgeregter Schauer läuft mir über den Rücken.

"Ich mache hier eine Menge Andeutungen, aber du scheinst nicht zuzuhören", beharre ich. "Mir. Ist. Langweilig."

Sein Gesichtsausdruck ist nicht leicht zu lesen... vielleicht Mitleid oder Frustration. Könnte beides bei ihm sein. Er antwortet nicht sofort, und ich gebe ihm die Chance, über alles nachzudenken, während ich mich dem Feuer zuwende und meine Hände ausstrecke, um sie zu wärmen. Aus irgendeinem Grund ist es in dieser Villa ständig kalt, selbst wenn draußen die Sonne hell scheint.

„Du wirst für mich arbeiten", verkündet er schließlich.

Ich drehe mich zu ihm um, als er sich anmutig aufs Sofa setzt und seine Beine überschlägt, einen Knöchel auf sein Knie gestützt. Er scheint plötzlich verdammt stolz auf sich zu sein, und das beunruhigt mich nur.

„Für dich arbeiten? Wie?"

„Im Fegefeuer", sinniert er. „Als Kellnerin."

Mein Mund öffnet sich, dann schließt er sich wieder, während ich seine Worte verarbeite. „Warte, dir gehört das Fegefeuer?"

„War das nicht offensichtlich?"

Ich blinzle ihn an. Im Nachhinein betrachtet, ja, vielleicht war es offensichtlich, aber unser erster Besuch war kurz, und nachdem ich dann den Red Room gefunden hatte, nun ja... nahm die ganze Nacht eine andere Wendung, nicht wahr? Aber je mehr ich über sein Angebot nachdenke, desto mehr gefällt es mir. Es gibt mir viele Möglichkeiten zu entkommen.

„Ich habe keine Barkeeper-Lizenz, aber ich werde es schnell lernen." Die Worte rauschen mir über die Lippen.

„Das ist nicht nötig. Du wirst nur Getränke und was auch immer sonst zu den Tischen bringen."

Na gut. Die Möglichkeit, aus diesem Haus herauszukommen, ist zu verlockend. Aufregung brodelt in mir auf.

„Das ist also ein *Ja*?", fragt er, und ich nicke hektisch. „Gut. Ich werde es arrangieren und du wirst in den Job eingearbeitet."

Ich springe förmlich auf und ab, in meinem Kopf schwirren ein Dutzend Szenarien herum, wie ich die Sache zu meinen Gunsten wenden kann und wie ich schnell abhauen kann.

„Es wird Regeln geben", beginnt er und verscheucht meine Freude. „Wenn du einmal versuchst zu fliehen, wirst du in deinem Zimmer eingesperrt und nicht mehr im Club arbeiten. Wenn dich jemand verletzt oder unangemessen berührt, muss ich das sofort erfahren. Schließlich gehörst du zu uns."

Ich starre ihn nur an, immer noch nicht überzeugt von der ganzen besitzergreifenden Sache. Sie erinnern mich immer wieder daran, aber das heißt nicht, dass ich es akzeptieren muss.

„Okay, dann kann ich also heute Abend anfangen?", frage ich eifrig.

Er lacht, das undurchdringliche Gesicht bekommt endlich Risse. Ich verenge meinen Blick auf ihn, auch wenn mein Inneres beim Klang schmilzt und mich mit etwas gefährlich Süchtigem erfüllt. All diese Dämonen beeinflussen mich auf eine Weise, die ich nie erwartet hätte.

Ich beiße mir auf die Unterlippe und warte darauf, dass er seine kleine Show beendet.

„Du wirst anfangen, wenn ich sage, dass du bereit dazu bist."

KAPITEL DREIZEHN
DORIAN

Die Lebenden sind faszinierende Geschöpfe. Ihr Drang, sich anzupassen und zu überleben, ist bewundernswert und ein wenig beeindruckend. Egal, welches Pech ihnen widerfährt, sie passen sich an und machen weiter. Etwas, womit sogar wir Dämonen zu kämpfen hatten, als wir vor über hundert Jahren vertrieben wurden. Sicher, wir hatten unseren Spaß und nutzten die Naivität der Lebenden am Anfang aus, aber wirklich anpassen? Nein, wir kommen gerade so zurecht. Wir überleben.

Cain und Elias sind zu sehr mit dem Verrat und dem Verlust beschäftigt, um vorwärts zu kommen. Ich hingegen will das, was uns gegeben wurde, nehmen und daraus lernen. Mir zu eigen machen. Und dadurch stärker werden.

Nehmen wir zum Beispiel Aria. Als ich vor dem Drecksloch einer Wohnung stehe, in der sie jahrelang in tiefer Armut gelebt hat, frage ich mich, wie eine Person, die nichts hat und aus dem Nichts kam, das kämpferische Kraftpaket sein kann, das sie ist? Selbst im Angesicht zweier monströser Kreaturen - und eines verdammt sexy Inkubus-Dämons - kann sie nachts irgendwie ruhig schlafen. Es erstaunt mich.

Sie verblüfft mich.

Ich sehe zu Ramos auf, unserem dhampirischen Schuldeneintreiber und manchmal auch Söldner, je nach Zahlungsfähigkeit des Kunden. Er wartet auf mich an der Tür, die teilweise versteckt in einer Hintergasse zwischen einem Rund-um-die-Uhr-Chinarestaurant und einer vernagelten Ladenfront liegt. Ich ziehe den Kragen meines teuren Mantels fester um meinen Hals, während der Wind pfeift, und merke, wie deplatziert ich in diesem Teil der Stadt aussehen muss. Aber es wird nicht lange dauern. Ich muss nur Murray Whitman treffen, den alten Hexenmeister und Arias Ziehvater, und die Informationen bekommen, die ich brauche. Sollte höchstens 20 Minuten dauern. Ramos ist mehr für die Orientierung hier. Und weil er derjenige war, der Arias Seele im Tausch gegen Murrays akzeptiert hat. Wenn er einen Fehler gemacht hat, nun... dann muss er dafür bezahlen.

Ramos klopft an die verblasste Farbe der Tür, und zu unserem Erstaunen knarrt sie auf, als wäre sie nicht verriegelt worden. Nicht sehr schlau in dieser Gegend, aber ich werde nicht darüber urteilen.

Ramos scheint es mehr zu beunruhigen als mich, und er geht vor mir hinein und die unebene Treppe hinauf. Die Luft riecht stark nach Staub, Schimmel und Zigarettenrauch. Im Hintergrund liegt auch ein entfernter Geruch von Verfall, der noch stärker wird, je höher wir steigen.

Als wir in der obersten Etage ankommen, ist der Geruch von verrottendem Fleisch so stark, dass ich fast würgen muss. *Widerwärtig.* Noch seltsamer ist, dass die

Wohnungstür ebenso wie die Haustür offen steht, weit genug, dass jeder hereinspazieren kann, wann er will.

Man braucht kein Genie zu sein, um zu wissen, was hier passiert ist, und als wir hineingehen und eine Leiche sehen, die über einem Küchentisch zusammengesackt ist, bestätigt der Geruch von Verwesung den Tod.

Ramos steigt über eine Reihe von Papieren, die auf dem Teppich verstreut sind, und berührt den Hals des Mannes, um seinen Puls zu prüfen. Eigentlich ist es eine nutzlose Geste, da er als Dhampir sein Herz schlagen hören könnte, aber er tut es trotzdem. Dann nickt er mir zu, seine stumme Art, mir zu sagen, dass er tot ist.

Er macht einen kurzen Schritt zurück und tritt gegen den Stuhl. Der von der Leichenstarre steife Kopf des Mannes ruckt nur leicht, aber es reicht, um die violetten Blutergüsse um seinen Hals und die blutigen Löcher zu sehen, die einst seine Augen waren. Stranguliert und verstümmelt. Hoffentlich, um seinetwillen, in dieser Reihenfolge.

„Ist er das?", frage ich Ramos und frage mich, ob dieser Mann tatsächlich Arias Ziehvater ist. Murray.

Wieder nickt Ramos. Er war schon immer ein Mann der wenigen Worte. Die Konfrontation mit einem grausamen Mord wie diesem ist keine Ausnahme.

Ich seufze, verärgert. Das war's mit unseren Antworten.

Ich meine, ein Mann, der mehr Schulden angehäuft hat als Donald Trump und dann die Seele seiner kaum volljährigen Pflegetochter verkauft hat, hätte wahrscheinlich einen schlimmeren Tod als diesen verdient, aber trotzdem, wie sollten wir jetzt mehr über Arias leibliche Eltern und Herkunft herausfinden?

Ich schreite durch den Raum, das wahllose Durcheinander von Papieren knirscht unter meinen Schuhen. Ich halte inne und hebe eines auf. Als ich es schnell überfliege, erkenne ich, dass es ein alter Bericht mit dem Titel „Das Kind" ist, von einem Sozialarbeiter, der sich um Aria in einer früheren Pflegefamilie gekümmert hat. Worte wie „potenzieller Missbrauch", „deutliche Spuren" und „Vernachlässigung" springen mir ins Auge. Ich runzle die Stirn und nehme ein weiteres Papier in die Hand. Dieses ist eine Kopie eines Polizeiberichts, in dem ein Beamter Aria bewusstlos am Stadtrand gefunden hat, ohne sich daran zu erinnern, warum sie überhaupt dort war.

Wie seltsam.

In all diesen Papieren geht es um Aria. Über ihre Vergangenheit und Gegenwart.

„Wir brauchen eine Geburtsurkunde. Oder etwas, das uns etwas über ihre Eltern verrät. Einen Nachnamen. Einen Geburtsort. Irgendwas", sage ich zu Ramos.

Er wühlt sich durch die Trümmerhaufen, aber je mehr ich das Chaos zu unseren Füßen absuche, desto sicherer bin ich mir, dass es unwahrscheinlich ist, dass wir finden, was wir brauchen. Wer auch immer den Hexenmeister tötete, muss gefunden haben, wonach er suchte.

Das bedeutet, dass wir nicht die einzigen sind, die daran interessiert sind, mehr über die mysteriöse Aria Ohne-Nachnamen zu erfahren. Nicht mehr.

Was verbirgt sie?

Sieht so aus, als hätte unsere kleine Höllenkatze die Aufmerksamkeit von jemand anderem erregt - jemandem, der bereit ist, alles zu tun, um zu bekommen, was er will. Sogar zu töten.

Zurück zu Hause mache ich mich auf den Weg in die Bibliothek des Anwesens, wo Elias und Cain auf mich warten. Ich habe den beiden geschrieben, dass sie mich dort treffen sollen, aber ich habe die Details über den Tod des Hexenmeisters aus der Nachricht ausgelassen. Manche Dinge sagt man einfach besser persönlich, und unseren nächsten Schritt mit Aria wollte ich lieber von Angesicht zu Angesicht besprechen. Vor allem, weil Elias dafür bekannt ist, dass er selten sein Telefon dabei hat. Der Mann verbringt die meisten seiner Tage damit, nackt durch die Wälder zu rennen.

Sobald Cain die Nachricht gelesen hat, gab es keinen Zweifel, dass er Elias finden und mitbringen würde. Das war wichtig. Für uns alle.

Ich habe immer noch niemandem von Mavericks Notiz oder Lucifers lächerlichem Tötungswunsch erzählt, und ein Teil von mir fühlt sich schuldig, weil ich es ihnen vorenthalten habe, aber der andere Teil denkt, dass sie es nicht wissen müssen. Ich nehme den Deal nicht an, was würde es also bringen? Cain will sowieso nie etwas gegen seine Geschwister hören, nicht einmal von mir, und ich möchte mich lieber nicht mit seinem Zorn auseinandersetzen. Das ist es einfach nicht wert.

Jetzt konzentriere ich mich auf Aria und auf das, was ich in ihrer Wohnung gefunden - oder auch nicht gefunden - habe. Ohne den Hexenmeister zu befragen oder Arias Geburtspapiere zu haben, sind wir auf uns allein gestellt, was den nächsten Schritt angeht.

Ich finde Cain und Elias genau da, wo ich sie erwartet habe.

Cain sieht bereits besorgt aus. Er steht in der Mitte der Bibliothek, die Arme verschränkt und die Lippen zu einer festen Linie zusammengepresst. „Was ist los? Was hast du gefunden?"

Elias ist mehr gelangweilt als alles andere. Er sitzt in einem der Lesesessel, die Beine weit gespreizt, und zupft sich Zweige aus den Haaren. „Hoffentlich etwas Gutes."

"Der Hexenmeister ist tot", antworte ich unverblümt. „Ramos und ich fanden ihn erwürgt und mit ausgestochenen Augen."

Wie erwartet, sind weder Cain noch Elias vom Tod des Mannes berührt. Sie warten darauf, dass ich zu den wichtigeren Teilen übergehe.

„Die Wohnung war durchwühlt. Überall auf dem Boden lagen Papiere, die in irgendeiner Art und Weise mit Aria zu tun hatten. Aber die, die wir brauchten, waren weg."

„Was meinst du mit *weg*?", fragt Cain. „Keine Geburtsurkunde? Nichts mit einem Hinweis auf ihre Eltern oder einen Nachnamen?"

Ich schüttle den Kopf. „Rein gar nichts. Wir werden einen anderen Weg finden müssen. Vielleicht können wir eine frühere Pflegefamilie kontaktieren?" Ich greife in meine Jacke und ziehe alle Papiere heraus, die ich in der Wohnung gesammelt habe, nur für den Fall, dass etwas von Nutzen sein könnte. Ich reiche sie an Cain weiter und sage: „Da ist auch ein Polizeibericht bei. Vielleicht können wir im Revier von Glenside ein paar Gefallen einfordern und dort ein paar Fäden ziehen."

Cain blättert schnell durch den Stapel. „Das müssen wir vielleicht."

„Also warte. Jemand hat den Hexenmeister getötet, um Informationen über Aria zu bekommen?" Elias setzt sich auf, plötzlich interessiert.

„Ich würde annehmen, dass sie die Informationen

bekommen haben, *bevor* sie ihn getötet haben, aber ja. Sieht so aus."

Elias schnaubt verärgert.

Wie immer ist Cain tief in seinen Gedanken versunken. Ich kann fast den Rauch aus seinen Ohren kommen sehen, so angestrengt ist er.

Nach einem langen, angespannten Moment sagt er: „Jemand sucht nach ihr. Warum?"

Ich zucke mit den Schultern. „Aus den gleichen Gründen wie wir, nehme ich an."

Ein leises Grollen steigt in Elias' Kehle auf. „Jemand hat ein Auge auf sie geworfen."

Er war schon immer besitzergreifend.

„Hast du Hinweise darauf gefunden, wer es sein könnte?", fragt mich Cain.

„Außer einer kalten Leiche? Nicht wirklich", antworte ich. "Wer auch immer den Hexenmeister getötet hat, wusste, was er tat."

„Wa-was?" Eine zerbrechliche Frauenstimme ertönt hinter mir, und mein Herz bleibt stehen. Ich drehe mich um und sehe Aria im Torbogen stehen, die Augenbrauen zusammengekniffen mit einer Mischung aus Trauer, Wut und Unglauben. „Murray ... ist tot?"

Cain tritt vor, sagt aber nichts. Menschliche Emotionen sind ihm immer noch ein wenig fremd, und er ist unsicher, wie er vorgehen soll. Elias geht es ähnlich. Er starrt vor sich hin wie ein Narr, seine Augen flackern hilfesuchend zu mir.

Hoffnungslos. Sie sind beide völlig hoffnungslos.

„Aria", sage ich sanft. Es wird meine Aufgabe sein, sie mit den Neuigkeiten vertraut zu machen. Ich bin mir nicht sicher, wie lange sie schon zugehört hat, aber sie hat genug gehört. Man sieht es an der Angst in ihrem schönen, aber gequälten Gesicht. Tränen glitzern in ihren Augen, und ihre Brust hebt sich, als der Schmerz überhandnimmt. „Lass es mich erklären...“

Aber sie lässt mich nicht. Sie dreht sich um und eilt davon, ihre Schritte hallen durch den Flur, als sie geht. Nur einen Moment später ertönt das Knarren der Haustür, als sie sie öffnet, und dann knallt sie zu.

Sie hat die Villa verlassen.

Meine Brust krampft sich vor Mitleid für sie zusammen, was mich ein wenig überrascht. Aber ich kann nichts gegen die Schwere tun, die ich fühle, weil ich weiß, dass wir – nein, ich - derjenigen war, der sie letztendlich bestürzt gemacht hat. Ich dachte, sie würde den Mann hassen, der sie für seine Schulden verkauft hat, aber anscheinend hatten auch noch andere Gefühle für ihn Platz.

Elias drängt sich an mir vorbei, um sie zu verfolgen, aber ich strecke meinen Arm aus, um ihn aufzuhalten. „Nein, nicht“, sage ich zu ihm. Verfolgt und zurückgeschleift zu werden, ist wahrscheinlich das Letzte, was sie jetzt braucht. Und warum kümmert es mich? Naja, ich bin mir nicht sicher.

Elias blickt verwirrt auf mich herab und sagt: „Sie versucht wieder zu fliehen.“

Ich könnte mich irren, aber ich glaube nicht, dass sie es wirklich tut.

„Diesmal werde ich sie kriegen“, versichere ich ihm. Als ich Cain ansehe, nickt er mir dezent zu. Elias zieht sich zurück, und ich verliere keine Zeit, aus der Bibliothek zu rennen und ihr hinterherzujagen.

KAPITEL VIERZEHN

ARIA

Ich höre nicht auf zu laufen. Ich werde auch nicht aufhören.

Der Wald verschwimmen vor meinen Augen, und Tränen stechen in ihnen. Mein Pflegevater war nicht die beste Vaterfigur - er hatte selten Essen im Haus, bezahlte nie für meine Schulbücher oder Kleidung -, aber Murrays Haus ist mein Zuhause geworden. Ich bin dort sicher gewesen. Und im Gegensatz zu so vielen anderen Männern musste ich bei ihm nie befürchten, angefasst oder betatscht zu werden. Es gab nie irgendeine Art von Missbrauch.

Wenn ich zurückblicke, ist es einfacher zu sehen, was ich an ihm hatte. Das ist immer so, nicht wahr? Murray gab mir ein Dach über dem Kopf, mein eigenes Zimmer und Privatsphäre. Und das war mehr, als die anderen zu geben bereit waren.

Sicher, wir lebten in einem Drecksloch, aber es war unser Drecksloch. Sicher, der Idiot hatte ein Glücksspielproblem und verkaufte mich an Dämonen. Und versteh mich nicht falsch, ich hasse ihn verdammt nochmal dafür, aber ich habe ihm nie den Tod gewünscht.

Vielleicht ist es der Schock, der mich wie ein Baby weinen lässt. Vielleicht ist es das Gefühl, nichts tun zu können, während ich hier festsitze, aber ich erinnere mich auch an schöne Momente. Filmabende, als er vier Pflegekinder unter seinem Dach hatte, das Zusammengehörigkeitsgefühl, das fast unerkennbare Gefühl von Familie. Selbst eine kaputte Familie wie unsere war besser als nichts.

Ich halte inne und drücke mich mit dem Rücken an einen Baum, um Luft zu holen, während ich die Wahrheit verarbeite. Ich hatte sowieso nie viel, also schmerzt es selbst mehr, meinen Arschloch-Pflegevater zu verlieren. Ich schluchze in meine Hände; es fühlt sich irgendwie so an, als wäre jemand in mein Zuhause eingebrochen und hätte alles gestohlen, während ich nicht da war, und es gibt nichts, was die Dinge wieder in Ordnung bringen kann.

Meine Emotionen zerren mich in zwei Richtungen, schwanken heftig zwischen Wut über seinen Verrat und Trauer über den Verlust eines der einzigen stabilen Dinge in meinem Leben.

Ich kneife meine Augen zusammen und umarme mich. Er ist nicht mehr da. Ich dachte, ich hätte einen Ort, zu dem ich gehen könnte, wenn ich jemals den Dämonen entkommen würde, auch wenn es nur vorübergehend ist, aber das ist jetzt keine Option mehr.

Ein knackender Ast lässt mich meine Augen öffnen und mich herumdrehen. Dorian lehnt mit einer Schulter an einen Baum gelehnt, einige Meter entfernt, die Hände tief in den Taschen seiner Jeans, einen Fuß über den anderen geschlagen. Der Ausdruck auf seinem Gesicht ist nicht der von Frustration, sondern hat etwas Ruhiges an sich, das mich verblüfft.

Es überrascht mich nicht, dass er es ist, der mir gefolgt ist. Von den drei Dämonen scheint er am meisten mit seinen Gefühlen im Einklang zu sein.

„Bist du hier, um mich wieder ins Haus zu schleppen?", murmle ich.

Er zuckt mit den Schultern. „Das hat keine Eile."

Ich erwarte eine weitere Erklärung von ihm, aber er senkt nur den Kopf und gibt mir auf seine Art und Weise Raum. „Ich will nicht zurückgehen", sage ich.

„Du weißt, dass das keine Option ist." Er stößt sich von dem Baum ab und schreitet auf mich zu, und seine Schultern nehmen mich ein. Kräftige, starke Schultern. Seine Schritte stecken voller Selbstvertrauen. Für eine kurze Zeit vergesse ich, warum ich hier draußen bin und verliere mich in der Art, wie er sich bewegt. Ich kann jetzt sehen, dass seine Macht als Inkubus weit über das hinausgeht, was er tut, wenn er versucht, Menschen zu sich zu locken. Die Macht strömt aus seinem Wesen, auch wenn er es nicht versucht. Es sei denn, er versucht es gerade und ich bin blind dafür. Schließlich ist er der Inbegriff von Sex, von seinem glühenden Blick, der mich fesselt, bis hin zum großen Ding, das sich in seiner Hose ausbeult. Scheiße, ich wette, er muss seine Fähigkeit nicht einmal bewusst einsetzen. Die Frauen werden ihm trotzdem zu Füßen fallen.

„Warum habt ihr mir nicht gleich gesagt, dass mein Pflegevater getötet wurde?" Ich reiße mich wieder zusammen, sauer auf mich selbst, dass ich die Kontrolle über mich verloren habe.

„Wir haben es selbst gerade erst herausgefunden. Hier, komm mit mir. Ich will dir etwas zeigen." Er schlendert an mir vorbei und geht tiefer in den Wald hinein.

Ich werfe einen Blick zurück zum Haus inmitten der dichten Bäume und wende mich dann Dorian zu, der in den schattigen Wald gleitet. Ein Dämon lockt mich in den Wald... ist es eine kluge Entscheidung, ihm zu folgen?

Natürlich ist es das nicht, aber das sind keine gewöhnlichen Umstände, und zurück zum Haus zu gehen bedeutet, sich mit Cain und Elias auseinanderzusetzen. Also entscheide ich mich für das kleinere Übel und laufe Dorian hinterher, wobei ich meine Schritte beschleunige.

Es geht bergab, und jeder Schritt, den ich mache, ist vorsichtig, um nicht hinzufallen. Dorian geht mit großen Schritten voraus, als ob ihm nichts etwas anhaben könnte. Sobald das Land flacher wird, treten wir aus dem Wald heraus und stehen vor einem herrlich großen See. Er dehnt sich aus und krümmt sich um den Berg zu unserer Rechten. Blau- und Orangetöne schimmern über seine spiegelnde Oberfläche.

„Wow!" Mir klappt die Kinnlade herunter.

Bäume mit tief rostroten Blättern drängen sich dicht an den Rändern, und weiter links taucht ein kleines Reh auf und labt sich am See. Das vollkommen ruhige Wasser plätschert sanft vor sich hin.

Ein tiefes Gefühl der Gelassenheit überkommt mich, als ich auf die Schönheit hinausstarre, während Dorian hinter mir hergeht.

„Elias mag manchmal ein sturer Idiot sein, aber er weiß, wo es hier die besten Aussichten gibt. Er hat mir diesen Ort hier gezeigt, aber ich vermute, dass er die besten immer noch für sich behält", erklärt Dorian.

Ich drehe mich um und finde ihn auf einem umgekippten Baumstamm liegend, die Arme an den Seiten, die

Beine ausgestreckt, das Kinn hochgezogen, als wäre es seine Lieblingsbeschäftigung, ein Sonnenbad zu nehmen.

„Kommst du oft hierher?", frage ich ihn.

„Wahrscheinlich nicht so oft, wie ich sollte. Es ist schön, manchmal aus diesen vier Wänden herauszukommen. Vor allem, wenn die anderen beiden schmollen."

Ohja, wie Recht er damit hat. „Wovon braucht ein Dämon sonst eine Auszeit?"

„Du wärst schockiert über die Scheiße, die aus der Hölle angespült wird." Er tätschelt den Platz auf dem Baumstamm neben sich und bietet mir einen Platz an. Ich gehe hinüber und setze mich neben ihn.

„Gibt es in der Hölle überhaupt Sonne?", frage ich.

„Manchmal, obwohl es selten ist."

„Ich bin überrascht, dass die Sonne dich nicht verbrennt."

Er blickt mich von der Seite her an. „Verwechselst du mich mit einem Vampir?"

Ich sehe ihn stirnrunzelnd an. „So dumm bin ich nicht."

„Du weißt nicht viel über unsere Art", antwortet er für mich.

Ich nicke. „Es gibt natürlich Geschichten, aber außer euch dreien bin ich noch nie einem Dämon begegnet."

„Das ist gut so. Die meisten Leute wollen uns nicht treffen. Es sei denn, sie tun etwas, das sie nicht tun sollten, oder sie müssen einen Deal machen."

Ich blicke über das glitzernde Wasser, die Schultern schwer vor Kummer. „Ja, das ist aber nicht immer so, oder? Sieh mich an."

„Du... Du bist ein besonderer Fall." Er wählt seine Worte sorgfältig, aber er lächelt dabei. Wärme breitet sich in meiner Brust aus.

Dann neigt er sein Kinn nach oben, schließt die Augen und fügt hinzu: „Aber wenn ich drohe, zu verbrennen, werde ich es dich sicher wissen lassen."

„Weißt du, was seltsam ist?", frage ich, vor allem, weil die Stille meinen Kummer nur wieder aufleben lässt und ich nicht darin ertrinken will.

„Was denn?", fragt er.

„Dass ihr drei euch entschieden habt, hier draußen an diesem schönen Ort zu leben, anstatt in der Stadt, wo es chaotisch und voll sündiger Menschen ist."

„Aria, ich bin schockiert, dass du so in Schubladen denkst."

Ich drehe mich zu ihm um und setze mich mit gespreizten Beinen auf den Baumstamm. Ich beobachte ihn einen langen Moment lang und frage mich, warum er mir überhaupt hierher gefolgt ist. Wenn nicht, um mich zurückzubringen, warum dann? Um mir die Landschaft zu zeigen? Ich bin mir nicht sicher, ob ich das glauben soll.

„Machst du es schon wieder?", frage ich ihn.

Er schaut mich mit zusammengekniffenen Augen an. „Was denn?"

„Du versuchst, mich zu etwas zu drängen."

Er schiebt sich zurück, bis er wieder aufrecht sitzt, bevor er sich mir ganz zuwendet. „Liegst du gerade auf den Knien und lutschst meinen Schwanz?"

Ich erbleiche, völlig sprachlos über seine Worte und das Bild, das sie in meinem Kopf erzeugen. „Äh, nein."

Er kichert über mein offensichtliches Unbehagen. „Dann tue ich es wohl nicht."

Eine dichte Stille legt sich über uns, aber statt unangenehm oder angespannt zu sein, ist sie erfrischend. Wir bewundern weiterhin die Landschaft und den Klang des schönen Herbsttages. Es ist ein bisschen kalt für nur einen Pullover und eine Jeans, aber ich will noch nicht gehen. Es ist schön, diesen Moment mit Dorian zu teilen, so seltsam das auch sein mag.

Die Brise wirbelt ihm die Haare aus dem Gesicht. Er ist spektakulär, kein einziger Makel, seine Züge gottgleich. Ich drehe mich wieder um und starre auf das Sonnenlicht, das wie eine Schatztruhe über dem Wasser funkelt. Es ist friedlich hier draußen, und meine Gedanken wandern zurück zu meinem Pflegevater.

Er ist tot.

Von dieser Welt gegangen, von mir genommen.

Joseline sagte mir immer, ich solle ihm nicht zu nahe kommen, er sei kein guter Mensch. Einmal wünschte sie ihm sogar den Tod, aber sie wollte mir nicht sagen, warum. Ich glaubte ihr und hielt mich weitestgehend von ihm fern. Und jetzt hat die Traurigkeit, die auf meine Brust drückt, mehr mit einem Gefühl der Einsamkeit zu tun, dass ich weniger Menschen auf der Welt habe, an die ich mich wenden kann. Es klingt egoistisch, aber geht es bei der Trauer nicht um die Zurückgebliebenen und um das, was wir verloren haben, und nicht so sehr um die, die in den nächsten Lebensabschnitt gegangen sind, und um das, was sie verloren haben?

Eine Träne rollt über meine Wange.

Dorian greift hinüber und fängt die Träne auf, bevor sie über den Rand meines Kiefers tropft. „Wusstest du, dass manche Leute glauben, dass Tränen Macht haben?"

Ich wische mir die Augen und schaue zu ihm hinüber. „Wer denkt sowas?"

„Vor allem Hexen und Magier." Er zuckt mit den Schultern und wischt mit der Hand über seine Jeans.

„Wenn ich zurückdenke, hat Murray zu Hause fast nie Magie praktiziert. Er war ziemlich schlecht im Zaubern."

„Es braucht sehr viel, um etwas aus dem Nichts zu erschaffen. Wenn Hexen oder Hexenmeister ihre Gabe nicht oft einsetzen, wird es auch schwieriger, sie auszuführen." Er lächelt. „Es läuft nach dem Motto 'Wer rastet, der rostet'."

„Das ist wahr. Ich habe nie wirklich darüber nachgedacht, dass es so ist."

Wir schweigen wieder, und die verdammten Tränen wollen nicht aufhören. Es ist, als ob das Reden über ihn meine Gefühle aufwühlt.

Dorian setzt sich jetzt, wie ich, mit gespreizten Beinen auf den Baumstamm, sodass wir uns anschauen. Er zieht mich näher heran und ich lasse mich an seine Brust lehnen, mein Magen explodiert vor Schmetterlingen, als er mich umarmt. Mit meiner Wange an seine harte Brust gepresst, laufen die Tränen weiter. Mein Inneres schmerzt wegen des Verlustes, weil ich einsamer bin, als ich dachte, und gleichzeitig dreht sich mein Magen um, weil ein Inkubus-Dämon wie Dorian mich so nahe hält.

Meine Reaktion auf ihn war schon da, als ich ihm zum ersten Mal begegnete ... Um ehrlich zu sein, war es bei allen drei Dämonen gleich. Aber wenn ich in ihrer Nähe bin, friere ich ein und mein Körper spannt sich an, als wäre ich unfähig, klar zu denken.

Ich bin ganz durcheinander, aber ich habe auch so viele Fragen. „Wer hat ihn umgebracht?"

„Hmm?" Er reibt mit einer Hand in kleinen Kreisen über meinen Rücken, und ich werde nicht leugnen, dass seine Berührung eine beruhigende Wirkung hat.

„Murray. Wer hat ihn getötet?"

„Das wissen wir noch nicht."

Bedeutet das, dass sie versuchen werden, es herauszufinden?

„Ich möchte mein altes Zuhause besuchen." Ich lehne meinen Kopf zurück und unsere Blicke treffen sich. Die tiefgrünen Augen blicken intensiv in meine, als ob er versuchen würde, meine Gedanken zu lesen.

Mein Herz bleibt für einen Moment stehen, und ich kann nur hoffen, dass er mich küssen wird.

Ich weiß, dass ich aus einer Vielzahl von Gründen nicht an solche Dinge denken sollte, aber der Zwang, seine vollen Lippen zu schmecken, packt mich so heftig, dass ich an nichts anderes denken kann.

Es gibt nur eine Erklärung. Dorian benutzt seine verdammte Macht, um sich für mich unwiderstehlich zu machen.

DORIAN

Während Arias Blick sich in mich bohrt, zieht etwas hinter ihren Augen vorbei. Etwas Fremdes, Dunkles und Unerkennbares, aber so schnell wie es kommt, ist es auch wieder weg, und ich frage mich, ob ich es mir eingebildet habe.

Sie lehnt sich wieder an mich, drückt ihre perfekten kleinen Brüste gegen meine Brust, ihr Atem beschleunigt sich. Sie ist umwerfend und verdammt sexy, was alle möglichen Reaktionen in mir auslöst. Ich lasse mich allerdings nicht von meiner Erregung leiten. Normalerweise provoziere ich sie, aber ich bin hinter Aria hergekommen, um sie zu trösten und sie zurück in die Villa zu bringen, nicht um eine Erektion zu bekommen, die meine Eier so dick werden lässt, dass sie verdammt wehtun.

Aber ich werde ihre Gefühle nicht missbrauchen, nicht wenn sie so verletzlich ist.

Wir bleiben eine ganze Weile so, und ich streichle ihr Haar und ihren Rücken, was sie zu genießen scheint. Als sie näher zu mir rückt, zuckt mein Schwanz. Sie wirkt wie ein Zauber über mich, ist wunderschön und so verdammt sexy, dass ich nur daran denken kann, sie zu schmecken.

Sie beruhigt sich und bleibt an mich gelehnt, die Arme vor der Brust verschränkt. Wenn ich eines über menschliche Weibchen gelernt habe, dann, dass sie es lieben, gehalten und gestreichelt zu werden. Ich beherrsche diese Fähigkeit, und so sitzen wir schweigend an diesem unberührten Ort.

Je länger ich sie in meinen Armen halte, desto mehr beginnt mein Körper auf den ihren zu reagieren, mein Herz rast, mein Blut wandert gen Süden. Sie verschiebt sich und drückt ihre Brüste mehr gegen mich. Ich schaue auf sie herab.

„Was willst du, kleines Mädchen?", frage ich. Ich weiß, ich sollte diesem Bedürfnis, das in mir wächst, widerstehen, aber ich bin schwächer gegen ihre Reize, als ich dachte. Zum ersten Mal in meinem Leben muss ich meine Kraft nicht auf einen anderen übertragen, um zu bekommen, was ich will. Ich brauche keine Manipulationen irgendwelcher Art. Es ist alles... echt. Natürlich. Und mächtiger als alles, was ich selbst beschwören könnte.

Es dauert einige Momente, bis sie ihre Stimme wiederfindet und zu mir aufsieht. „Alles vergessen", murmelt sie und klimpert mit den Wimpern. "Entkommen."

Oh, sie ist gut. Ich öffne den Mund, um ihr zu sagen, dass der Vertrag bindend ist und es keine Option ist, uns zu verlassen, als ich merke, dass das nicht der Ausweg ist, nach dem sie sich sehnt. Ich erkenne den verzweifelten Blick in ihren Augen, dass sie alles tun würde, um den Schmerz in ihrem Herzen nicht zu fühlen. Den Verlust. Den Kummer. Und *ich* bin ihr Ausweg.

All die Dinge, die ich mit ihr machen will, die Lust in ihrem winzigen Körper wecken ... Oh, ich weiß genau, wie ich ihr zum Entkommen verhelfen kann. Meine Hände gleiten ihre Arme hinunter und fallen auf ihre Hüften. In Windeseile ziehe ich sie zu mir heran, hebe sie auf meinen Schoß, ihre Beine legen sich automatisch um meine Hüften.

Sie keucht überrascht, aber sie kann mir nichts vormachen. Ihre süße Muschi brennt vor Hitze, als sie sich gegen meinen dicken Schwanz presst.

Ich lehne mich näher zu ihr und flüstere ihr ins Ohr: „Sag mir, was du willst."

Sie zieht sich zurück, ihre Zähne pressen sich in das volle Fleisch ihrer Unterlippe.

Das schwarze Ding in meiner Brust pocht wie eine Trommel und wird immer schneller.

Ich denke an nichts anderes, als dass sie sich auszieht und auf meinem Schwanz reitet, an ihre hüpfenden Titten, während sie nach mehr schreit.

Fick mich, ich sehne mich danach, sie ganz auszufüllen, sie mit meinem Samen zu bespritzen.

„Hast du deine Stimme verloren?", ermutige ich sie.

Statt zu reagieren, schiebt sie sich auf mich zu, ihre Fäuste halten meinen Kragen.

Unsere Münder prallen aufeinander, und sie küsst mich gierig. Ihre Lippen schmecken wie der süßeste Nektar, das Aroma der Unschuld. Obwohl sie keine Jungfrau ist, ist sie unerfahren, und ich kann es kaum erwarten, derjenige zu sein, der ihr Lust jenseits ihrer wildesten Träume beschert.

Sie drückt ihre Zunge in meinen Mund, und ich nehme sie gierig auf, während ich ihren Hintern streichle.

Oh, kleines Mädchen… sie hat keine Ahnung, was sie sich damit eingebrockt hat. Jetzt einen Rückzieher zu machen, ist einfach nicht möglich. Nicht, wenn sie diejenige ist, die mich drängt und die Knöpfe an meinem Hemd aufreißt.

Und wenn sie entkommen will, fuck… ich werde ihr das und noch viel mehr geben.

KAPITEL FÜNFZEHN
DORIAN

„Ist es das, was du willst?" Ich knurre die Worte nur noch, meine Erregung überwältigt mich, als ich uns beide hoch und vom Baumstamm hebe. Das kleine Luder hat sich um mich geschlungen, ihr wunderschöner, durchtrainierter Körper hält sich fest, ihre sexy Beine umklammern meine Hüften.

Mein Schwanz ist so verdammt hart, eingebettet zwischen ihren Beinen, und sie reibt sich an mir. Ihre Augen glänzen verrucht, während sie mich ansieht. Ich erkenne sie kaum wieder, aber ich liebe es - diesen neuen, wilden Teil von ihr.

Schnell knöpft sie mit einer Hand mein Hemd auf, die andere legt sich um meinen Hals. Dann lässt sie ihre Handfläche über meine nackte Brust gleiten, ihre Berührung brennt.

Ich halte einen Moment inne, denn das ist nicht die Aria, die ich kenne. Sie wehrt sich sonst immer, sieht meistens verängstigt aus. Sie hat diesen schüchternen „Mädchen von nebenan"-Ausdruck im Gesicht, der mich wahnsinnig macht, weil ich derjenige sein will, der sie verdirbt. Aber jetzt hat sie sich in eine Göttin verwandelt, ganz nach meinem Geschmack. Was zu schön ist, um wahr zu sein.

Ihre Finger kneifen in meine Brustwarze, als sie sich näher an mich drückt und meinen Mund beansprucht. Ich erschaudere vor Verlangen. *Verdammt.* Es ist, als wüsste sie genau, was sie tut.

Ich gehe mit ihr zum nächsten Baum und klemme sie zwischen mich und den Stamm. Und wo wir gerade von harten, langen Dingen sprechen, ich reibe meinen Schwanz zwischen ihren Beinen, während sie winzige stöhnende Laute an meinem Mund macht.

Wenn es jemals einen Zeitpunkt gibt, an dem ich mich zurückziehen sollte, dann ist es jetzt... außer, dass dies etwas ist, wonach ich mich vom ersten Moment an, als ich Aria sah, gesehnt habe. Normalerweise bin ich derjenige, der Macht über andere hat, aber mein kleines Mädchen hat mich auf eine Art beeinflusst, wie es keine andere Frau tut.

Scheiß drauf.

Ich erwidere den Kuss, unsere Zungen ringen miteinander, meine Hand tastet ihren Hintern ab, die andere schiebt sich unter den Stoff ihres Oberteils, um glühend heißes Fleisch zu finden.

„Du gehörst jetzt ganz mir", knurre ich, als mich ein Gefühl der Besitzergreifung überkommt.

Arias Mund ist an meinem Hals, sie leckt über die Kurve meines Halses. „Bitte, Dorian."

Die Verletzlichkeit in ihrer Stimme macht mich wahnsinnig. Ich kriege nicht genug von ihren stöhnenden Lauten, von ihrem glühenden Körper, von ihrer Anhänglichkeit an mir. Ihr Sexduft verschlingt mich.

„Bist du dir sicher, dass du das willst?", frage ich. Die

Frage überrascht mich, und ich bin mir nicht sicher, warum ich sie stelle. Ich kann mich schon jetzt kaum zurückhalten.

Wir schauen uns in die Augen. Sobald ich mit ihr geschlafen habe, würde eine Verbindung zwischen uns entstehen, die sie vielleicht nicht mehr brechen kann. Das ist die stärkste Facette meiner Macht, weshalb so viele Frauen meinen Rufen nicht widerstehen können. Sie werden an mich gefesselt, können nicht widerstehen. Ich habe noch nie daran gedacht, die Frauen zu fragen, mit denen ich schlafe, aber bei Aria...

Da sie meinen Zwängen ausweichen kann, ist es möglich, dass sie nicht wie die anderen gefangen ist, aber ist das ein Risiko, das ich bereit bin einzugehen?

Je mehr ich in ihre glasigen Augen schaue, desto mehr weiß ich, dass es ihr Fluchttrieb ist, der sie dazu bringt, sich so zu verhalten.

Sie stöhnt und küsst mich härter, kippt ihr Becken zu mir und drückt ihre Hitze gegen meinen Schwanz.

„Ich kann dir versprechen, dass es sanft und lieb wird", sage ich, schmiege mein Gesicht an die Kurve ihres Halses und hinterlasse eine Spur von Küssen in Richtung ihres Mundes. Dann lecke ich über ihre Lippen.

„Ich habe nie gesagt, dass ich ein solches Versprechen will", antwortet sie atemlos.

Mein Schwanz ist steinhart und pocht in meiner Hose. Ihre Finger krabbeln über meinen Bauch, aber ich habe genug von diesem Spiel.

Ich lasse mich gehen und ziehe ihr Oberteil hoch und über ihren Kopf, um Haut an Haut zu sein. Ein rosafarbener Nippel sticht durch den Spitzen-BH, und ich ziehe die Träger des BHs von ihren Armen herunter und gebe ihre wunderschönen Brüste frei.

Sie kaut auf ihrer Unterlippe, ein zögerlicher Ausdruck legt sich über ihr Gesicht. Ich bahne mir meinen Weg ihren Hals hinunter, über ihr Schlüsselbein und zu ihren Brüsten, nehme eine davon in meinen Mund. So weich und köstlich. Scheiß drauf, ich brauche sie.

Ihre Hände sind in meinen Haaren, greifen fester, stupsen mich an, weiter zu gehen.

Gelobt sei der Teufel, jetzt spricht sie meine Sprache. Ich falle vor ihr auf die Knie.

„Ich brauche mehr", stöhnt sie.

„Oh, du brauchst mich?", stichle ich, und als ich zu ihr aufschaue, ist ihr verdunkelter Blick alles andere als humorvoll. Er ist dunkel, hungrig, wild und unglaublich sexy.

Ich greife nach ihrer Hose und knöpfe ihre Jeans auf, bevor ich ihren Reißverschluss herunterziehe.

„Ja..." Ihre Stimme zittert vor Verlangen.

Ich schaue ihr direkt in die Augen und warte auf ihre Reaktion, während sich meine Finger unter den Gummizug ihrer Unterwäsche winden. Ich gleite tiefer über den kleinen Haarhügel, wo sie klatschnass ist.

Sie keucht, als ich einen Finger zwischen ihre üppigen Lippen drücke.

„Wie war das gleich?" Ich bleibe hartnäckig.

Sie lehnt sich zurück gegen den Baum, ihr Brustkorb hebt und senkt sich schnell mit jedem Atemzug.

„Denkst du an meinen großen Schwanz in deiner engen, kleinen Muschi? Ist es das, was du wirklich willst?"

Ihre Wangen werden rot und jetzt sehe ich, wo die echte Aria ist. Sie versteckt sich hinter dieser Tapferkeit/Prahlerei. Ich habe mir selbst versprochen, dass ich ihre Verletzlichkeit nicht ausnutzen würde, bis ich sicher bin, dass sie in der richtigen Verfassung ist.

Sie stöhnt und schaut immer wieder weg von mir.

Ich schiebe mich tiefer über ihre Glätte und lasse einen Finger in sie gleiten.

Ihre Augen weiten sich, als sich ihre Muschiwände um meinen Finger zusammenziehen, und sie schließt die Augen, verloren in ihrer eigenen Welt. Das ist die Flucht, die sie will... so verführt zu werden, dass sie sich selbst vergisst, aber ist das die Art, wie ich sie beim ersten Mal haben will? Will ich, dass sie sich so an uns erinnert?

„Ich warte, Baby", fordere ich. Ich werde bei lebendigem Leibe verbrennen, wenn ich nicht die Chance bekomme, ihre Flammen mit meinem Körper zu löschen, aber in meinem Kopf fädeln sich jetzt Zweifel ein, ob das eine kluge Entscheidung ist. „Sprich mit mir."

„Ich...", flüstert sie und schluckt laut. Dann schüttelt sie den Kopf und ändert ihre Meinung. „Lass uns das Reden überspringen. Das lenkt doch nur ab." Sie greift nach mir, fasst mein Hemd, zieht mich zu sich, aber ihre Stimme zittert.

Ihre Worte lassen mich zögern. Wie ich befürchtet habe, ist sie nicht ganz bei der Sache. Sie ist abgelenkt, will einen Ausweg aus ihren Gefühlen und Gedanken. Und so sehr ich ihre Ablenkung sein möchte, kann ich nicht derjenige sein, der ihr das gibt, wenn sie das später bereuen und mich hassen wird.

Ich entscheide mich und ziehe mich von ihr zurück. Wie immer ist die Verlockung groß, sie durchzunehmen. Alles, was ich mir vorstellen kann, ist, mich tief in ihr zu vergraben, sie roh zu ficken, sie daran zu erinnern, mit wem sie zusammen ist. Aber in meinem Hinterkopf erinnert mich eine verdammte Stimme daran, dass es ein Fehler ist.

Die Stimme soll der Teufel auf meiner Schulter sein, nicht ein verdammter Engel, der mir sagt, dass ich das Richtige tun soll.

Als ich Aria ansehe, sehe ich nur die Tränen, den Kummer, das Bedürfnis, die Welt um jeden Preis zu vergessen.

Also tue ich das Verrückteste, was ich je getan habe, und flüstere: „Heute nicht, mein Schatz."

Meine Eier könnten jetzt genauso gut verschrumpelte Erdnüsse sein. Was zum Teufel ist los mit mir? Aber je länger ich in ihre glitzernden Augen starre, desto mehr weiß ich, dass dies die richtige Entscheidung ist.

„Ich werde dich nicht ausnutzen, Kleines." Ich schnappe mir ihren Pullover vom Boden, befreie ihn von getrockneten Blättern und reiche ihn ihr. Sie schnappt ihn sich und zieht ihn wieder an, wobei sie diese wunderschönen Titten versteckt. Dann macht sie den Reißverschluss ihrer Hose zu.

„Du bist ein echter Trottel, weißt du das?" Ihre Wangen sind knallrot.

Ich weiß, wie es aussehen muss. Als ob ich sie provozieren wollte, aus welchem Grund auch immer. Ich weiß auch, dass ich ein Arschloch bin, das sich normalerweise nimmt, was es will, also ist diese ganze „zurückziehen und auf mein Gewissen hören"-Sache neu. Ich hasse es verdammt nochmal. Aber da ist etwas an Aria, das meine Instinkte dazu bringt, dass ich sie beschützen muss, sogar vor mir selbst.

Meine Macht mag in der Lage sein, andere zu kontrollieren und zu manipulieren, aber jeder, mit dem ich schlafe, lässt sich freiwillig darauf ein. Dafür sorge ich. Ich verstärke nur ihre eigenen, zugrundeliegenden Begierden. Wenn ich mich nicht an meine eigenen Regeln halte, kann ich mich genauso gut diesen hirnlosen, elenden Höllenblutsaugern anschließen, die die Erde in den Schatten plündern. Parasiten.

Aria faucht und stürmt den Weg zurück in den Wald, den wir gekommen sind, offensichtlich wütend auf mich.

Ich knacke mit dem Hals und grinse. Was zum Teufel ist los mit mir? Seit wann lasse ich mir so einen Preis wegschnappen?

Ich will sie so sehr ficken; ich bin wütend auf mich selbst.

Eine Sekunde später ist sie aus dem Blickfeld verschwunden. Ich renne ihr hinterher, bevor sie in diesen gefährlichen Wäldern verschwinden kann.

KAPITEL SECHZEHN

ARIA

Der nächste Tag zieht sich hin. Nach der Begegnung im Wald mit Dorian und der Feststellung, dass Murray getötet wurde, genieße ich die Zeit allein in meinem Zimmer. Es tut immer noch heftig weh, dass Dorian mich abgewiesen hat... Gott, wenn ein Inkubus-Dämon mich zurückweist, welche Hoffnung habe ich dann noch? Mein Magen dreht sich jedes Mal um, wenn ich daran denke, also habe ich meine Nase in einem Buch vergraben, um zu vergessen.

Sayah ist frei und lungert schon seit Stunden in meinem Zimmer rum, gleitet über die Wände und die Decke und wird leicht verrückt vor Langeweile. *Sind wir das nicht alle?*

Sie gleitet immer wieder an der Lücke am Fuß der Tür entlang, die die Wachen repariert haben, nachdem Elias sie zertrümmert hat, und wartet darauf, dass ich ihr die Erlaubnis gebe, hinauszugehen und zu erkunden. Aber ich will nicht, dass die Dämonen auf uns aufmerksam werden. Außerdem ist da draußen ein Wächter. Ich höre ihn auf und ab gehen.

Ein abruptes Klopfen an der Tür lässt mich zusammenzucken, das Buch in meiner Hand gleitet mir aus dem Griff und fällt aufs Bett. Sayah stürzt wie ein schnelles Jojo in mich zurück, gerade als sich die Tür aufstößt.

Ich begegne Dorians grünen Augen, als er wie ein Sturm in mein Zimmer fegt mit wildem Blick und schnell atmend. Er ist in verblichene Levis und ein weißes T-Shirt gekleidet, das vorne teils in die Hose gesteckt ist und sich straff über seine Brust zieht. Schuhe hat er auch keine an, und sein tiefgoldenes Haar fällt ihm unordentlich ins Gesicht, als wäre er ein paar Mal zu oft mit den Händen dadurch gefahren.

Was macht er denn hier? Meine Wangen erröten augenblicklich, denn wenn ich ihn jetzt ansehe, kann ich nur daran denken, dass ich mich wie eine Verrückte auf ihn stürzte und er mich wegstoß.

„Was ist los?" Ich schiebe meine Beine über die Bettkante und bleibe sitzen, als Dorian die Tür hinter sich schließt.

„Ich wollte nach dir sehen", gibt er zu. Er kommt näher, bleibt aber mit etwas Abstand zwischen uns stehen. Er sieht unsicher aus, nicht selbstbewusst wie sonst, und es ist ein bisschen beunruhigend, ihn so zu sehen. „Nach gestern im Wald, ich-„

„Mir geht es gut." Ich schneide ihm das Wort ab, weil ich keine Lust habe auf sein Mitleidsgespräch nach dem Motto: „Es liegt an ihm, nicht an mir" oder was auch immer für einen anderen Schwachsinn Typen von sich geben.

Er studiert mich einen langen Moment lang, ohne auch nur zu blinzeln, und so neugierig ich auch bin, herauszufinden, was er denkt, bleibe ich still.

Plötzlich bietet er mir seine Hand an und wartet darauf, dass ich sie nehme.

Ich starre zu ihm hoch. „Was willst du wirklich, Dorian?"

"Dir zeigen, dass du dich irrst."

Ich ziehe meine Augenbrauen hoch und lache halbherzig. „Wow, das ist ein toller Weg, um zu versuchen, die Dinge wieder in Ordnung zu bringen. Funktioniert das sonst bei dir?"

„Ja, eigentlich schon", antwortet er aufrichtig.

"Na, schön für dich." Ich nehme mein Buch in die Hand und versuche, es zu lesen, obwohl ich die Worte nicht aufnehme, weil in meinem Gehirn die Funken sprühen, weil Dorian in meinem Zimmer ist. Er ist die schlimmste Art von Ablenkung.

Als er keine Anstalten macht zu gehen, seufze ich und lege mein Buch zurück auf das Bett, dann stehe ich auf. „Weiß du, ich verstehe es. Du fühlst dich schuldig oder so wegen gestern, aber das musst du nicht. Ich war wahnsinnig vor Kummer. Es wird nicht wieder vorkommen."

Seine Stirn runzelt sich. „Würdest du sagen, dass du jetzt immer noch wahnsinnig vor Kummer bist?"

Ärger brodelt in mir. Ich will wirklich nicht über gestern reden. Seine Ablehnung sitzt immer noch tief. Ich schwinge mich um ihn herum zur Tür und reiße sie auf. „Kannst du mich nicht einfach in Ruhe lassen?"

Er dreht sich und überwindet den Abstand in zwei Schritten. Seine Hand schießt hervor und er stößt die Tür zu. Dann ist er bei mir. Mit den Händen an meinen Armen zieht er mich zu sich, hält mich mit eisernem Griff fest.

„Du willst die Wahrheit wissen, kleines Mädchen." Er sagt es mir eher, als dass er fragt, und wartet nicht auf eine

Antwort von mir. „Ich habe viele Jahre damit verbracht, Frauen als Zeitvertreib in mein Bett zu verführen. Ich musste meine Tage irgendwie ausfüllen, und es ist ein Hobby, das mir ziemlich gut gefällt. Die meisten Frauen fallen vor mir auf die Knie, begierig darauf, meinen Schwanz zu lutschen, zu tun, was ich befehle. Und damit war ich völlig zufrieden, bis du aufgetaucht bist."

Ich rolle mit den Augen. „War ich nicht unterwürfig genug für dich? Ist es das?"

„Scheiße, Aria", knurrt er und sein Griff wird fester. „Weißt du, was ich nicht aus dem Kopf kriege? Dass ich dich gestern hätte ausnutzen sollen, als du an deinem Tiefpunkt warst, weil ich dich von Anfang an ficken wollte. Wenn es jemand anders gewesen wäre, hätte ich es getan, aber mit dir... das konnte ich dir nicht antun. Ich konnte es nicht."

Ich bekomme kaum noch Luft, als ich sein Geständnis höre. Er wollte gestern den nächsten Schritt mit mir gehen, tat es aber nicht, weil er wollte, dass die Entscheidung bei mir liegt. Er wollte nicht, dass ich in irgendeiner Weise beeinflusst werde.

Ein Inkubus, ein Sex-Dämon mit der Macht, jedem seinen Willen aufzuzwingen, wollte *mich* nicht ausnutzen? Als ob er ein Gewissen hätte?

Ein Dämon mit Moral... Ich bin mir nicht sicher, ob ich das glauben kann.

Er umklammert mich fester, sein Gesicht ist nur Zentimeter von meinem entfernt. „Ich wollte deine Gefühle damit nicht verletzen. Das war nicht meine Absicht."

Ich lehne mich zurück, um mehr Abstand zu schaffen, aber es ist fast unmöglich. „Okay, gut. Fühlst du dich jetzt besser?"

Dunkelheit huscht über sein Gesicht, und er lächelt verrucht. „Was soll ich nur mit dir machen?"

Ist das eine Art Trick? Ich verstehe nicht, warum er mir das überhaupt erzählt. Oder warum es ihn kümmert. „Mein Zimmer zu verlassen, wäre ein guter Anfang."

Sein Lachen überrascht mich, und er wirbelt mich blitzschnell herum, dann drückt er mich mit dem Gesicht voran gegen eine Wand. Seine Hand fährt mir durch die Haare und ballt sie hinter meinem Kopf zu Fäusten. Er kippt meinen Kopf nach hinten, während er mich mit seinen Beinen zwischen meinen Schenkeln festhält.

"Der Fehler liegt bei mir. Ich habe es zugelassen, dass ich zu rücksichtsvoll wurde, zu weich mit dir, nicht wahr?" Er presst seinen Körper an meinen, und die Erektion in seiner Hose schmiegt sich an meinen Hintern.

Mein Gehirn schreit mich an, mich gegen ihn zu wehren, während mein Körper unter ihm schwankt, als hätte er einen eigenen Willen. Eine schimmernde Verlockung huscht über meinen Verstand und erweckt meine Erregung mit extremer Heftigkeit. Alles, woran ich denken kann, ist, ihn anzuflehen, mich zu nehmen. Mich zu benutzen. Mich zu ficken. Oh Gott, die brennende Hitze, die durch mich aufsteigt, ist so intensiv, dass ich kaum noch klar denken kann.

„Hör auf, deine Macht an mir auszulassen", schnauze ich. „Oder hast du Angst, dass dich vielleicht nicht alle Frauen wollen?"

Sein Griff verengt sich und sein Atem ist an meinem Ohr. „Genau da liegst du falsch. Das Brennen zwischen deinen Beinen, der Schmerz, der dich in meiner Gegenwart schwach werden lässt, das bist allein du, Aria. Ich beeinflusse dich in keiner Weise, und ich habe es schon lange nicht mehr versucht."

Ich belle ein falsches Lachen, als er eine Hand um meine Taille gleiten lässt und Haut findet. Mein Körper kribbelt, und alles, worauf ich mich konzentrieren kann, ist dieser Berührungspunkt. Der Bastard weiß es und reizt mich. Als er höher an meinem Bauch entlang gleitet und mit dem Daumen federweich über meine Brüste streicht, keuche ich auf.

Ich sollte nicht zulassen, dass er mich so berührt. Ich weiß, ich sollte es nicht. Ein Konflikt kämpft in mir, und der verzweifelte Drang, ihm nachzugeben, brennt in mir. Sein Mund ist an meinem Hals, er leckt mich von meinem Nacken bis zu meinem Ohrläppchen. Er atmet meinen Duft ein.

Ich erschaudere vor einem unerträglichen Bedürfnis. Das kann auf keinen Fall nur ich sein. Kein Mann hat mich je so fühlen lassen, wie es diese Dämonen tun.

Er zieht seine Finger noch einmal unter meinen Brüsten entlang, berührt sie kaum, und ich zittere vor Verlangen.

„Macht dir das Spaß?"

Meine Kehle fühlt sich rau an, und ich schlucke, suche nach meiner Stimme. „Was willst du von mir?"

„Ich möchte sichergehen, dass es nie wieder einen Moment gibt, in dem du denkst, dass ich dich nicht will."

Seine Worte überraschen mich, aber sie lassen auch eine Gänsehaut entstehen.

„Zweifle nie an mir", flüstert er in mein Ohr, während seine Hand eine Brust umschließt und drückt, seine Finger kneifen in meine Brustwarze.

Ein Stöhnen entweicht meinen Lippen, und ich bin sprachlos, mein Herz hämmert.

„Ich *will* dir das größte Vergnügen bereiten, das du je erlebt hast." Seine Stimme sinkt zu einem heiseren Flüstern gegen mein Haar. „Ich *will* dich ficken, bis du nach Luft schnappst und zu schwach bist, um auf deinen eigenen Beinen zu stehen." Dann senkt er seine Hände auf meine Hüften.

Sein schmutziges Gerede erregt mich nur noch mehr, und in diesem Moment wird mir klar, dass er recht hat. Die Erregung, die sich in mir für diesen Dämon aufbaut, kommt ganz aus mir selbst und vom Kitzel des gefährlichen Unbekannten. Es hat überhaupt nichts mit seiner Macht zu tun.

Ich greife nach unten, nehme seine Hand und lege sie wieder auf meine Brust. Er drückt sie hart als Antwort.

„Ja, Baby", sagt er hinter mir, und die Energie im Raum ändert sich plötzlich. Die Anspannung ist verschwunden, ersetzt durch pure Lust. Ich sauge jeden Atemzug ein, weil ich weiß, was ich brauche.

„Dorian", murmle ich.

„Ich bin hier." Er zerrt an meinem Shirt und zieht es zusammen mit meinem BH in einem Zug nach oben und mir über meinen Kopf aus.

Ich versuche, mich umzudrehen, aber er legt seine Hand schnell auf meinen Rücken, um mich mit dem Gesicht zur Wand zu halten.

„Ich habe nie gesagt, dass du dich bewegen kannst."

Er reißt mir die Hose und die Unterwäsche herunter, aus der ich heraussteige. Das Geräusch seines Reißverschlusses ertönt als nächstes, und mein Puls galoppiert vor Vorfreude. Dann sind seine Hände auf meinem Körper, laufen von meinem Rücken meine Taille hinunter und über die Kurven meiner Hüften. Das Bedürfnis, über meine Schulter zu schauen und ihn zu beobachten, ist überwältigend, aber als ich mich wieder umdrehen will, knurrt er: „An die Wand", und ich reiße mein Gesicht wieder nach vorne.

Ich kann ihn zwar nicht sehen, aber ich weiß, dass er grinst. Ich kann es irgendwie fühlen.

„Du bist spektakulär." Seine samtige Stimme schickt Schauer der Erregung durch mich hindurch.

Er schlingt einen Arm um meine Taille, zieht mich nach hinten und gegen ihn, Haut an Haut, sein riesiger Schwanz ist zwischen uns eingesperrt.

Seine Hand fällt auf meinen Hintern und gleitet zwischen meine Beine. „Spreiz sie für mich." Seine Stimme wird dunkel und gefährlich.

Ist es dumm von mir, ihm nachzugeben, um mein eigenes Verlangen zu befriedigen? Der Versuch, meine durch den Sex ausgelösten Gedanken zu verdrängen, bringt mich in einen weiteren Konflikt. Es ist nutzlos, denn ich will ihn genauso sehr wie gestern. Er hat mein Feuer nicht einmal berührt, aber ich bin völlig durchnässt.

Seine Hand gleitet meinen Rücken hinauf und er zwingt mich, mich nach vorne zu beugen. Meine Nerven sind so angespannt, dass sich mein Körper anfühlt, als ob er zittert. Als ich über meine Schulter schaue, lässt sich Dorian hinter mir auf die Knie fallen.

„Ich kann es nicht erwarten, zu entdecken, wie süß du schmeckst. Davon habe ich schon geträumt." Er fährt mit einem Finger über meinen Hintern und drückt die Pobacken auseinander, öffnet mich vor ihm. Meine Muskeln spannen sich automatisch an. Ich bin ihm völlig ausgeliefert, aber er knurrt nur vor Bewunderung.

Ich hatte in der Vergangenheit noch nie großzügige Liebhaber, daher ist es aufregend und erschreckend, dass ein Mann mir so viel Aufmerksamkeit widmet.

„Ich werde diesen schönen kleinen Arsch schon bald für mich haben", sagt er. „Aber zuerst ..." Die warme Luft seines Atems auf meinem Geschlecht schickt ein Summen in meine Magengrube. In Sekundenschnelle ist sein Mund auf mir, und ich keuche. Ich stütze mich mit den Händen an der Wand ab, um mich festzuhalten, denn meine Knie werden weich von der Intensität, mit der er mich verschlingt.

Seine Zunge peitscht über meine Klitoris, und jeder Schlag schießt mehr Lust durch mich hindurch.

„Oh fuck!"

Sein zufriedenes Brummen vibriert durch mein Inneres.

Der Gedanke, wegzukommen, kommt mir plötzlich in den Sinn, weil mir klar wird, wie absurd das Ganze hier ist. Ich gehöre nicht zu einem Mann wie Dorian. Er empfindet einfach nur Mitleid für mich.

Als er einen Finger in mich schiebt, dann zwei, vergesse ich alles. Ich schreie auf, meine Hüften wippen hin und her, drängen ihn, schneller in mich zu pumpen.

Er küsst meine Arschbacken, dann beißt er mich, nicht gerade vorsichtig. Der Schmerz und die Lust machen mich wahnsinnig.

"Ich will dich hören, Aria. Schrei für mich", befiehlt er.

Ich verliere die Kontrolle über mich und ein lautes Stöhnen entweicht meinen Lippen, es hat sich angestaut wie ein Orkan, der durch meinen Körper tobt.

Genauso schnell wie er angefangen hat, hört er wieder auf und steht auf.

Nach Luft schnappend, schwebt mein Körper förmlich, und ich kann nicht einmal Worte bilden, als ich ihn hinter mir ansehe. Er hält seinen Schwanz in der Hand, seine Augen sind auf meinen Hintern gerichtet, aber wie schon zuvor zwingt er mich grob, das Gesicht von ihm abzuwenden. „Nein, nein nein. Noch nicht."

Er nutzt seinen Griff in meinem Nacken, um meine Wange gegen die kalte Wand zu drücken und hält mich dort fest.

„Bist du bereit?", fragt er, als würden wir gleich losfahren.

„Auf jeden Fall", antworte ich, und er bricht in ein köstliches Lachen aus.

Er packt meine Hüften und positioniert sich hinter mir, sein Schwanz findet leicht meine Hitze, und er dringt in mich ein.

Ich stütze mich ab, meine Hände flach an der Wand, meine Finger krümmen sich, je tiefer er in mich eindringt. Ich sauge schnelle Atemzüge ein, weil ... „Oh Gott!"

„Er hat nichts damit zu tun", knurrt er und stößt in mich hinein.

Diesmal schreie ich, mein Körper spannt sich an. Er füllt mich aus, dehnt mich, und seine Aggressivität ist überraschend. Es gibt keine Pause, er fickt mich einfach weiter, beansprucht mich. Die Hitze wird intensiver, verschlingt mich vollständig. Es hat etwas Berauschendes, unerträglich Fesselndes, wenn ein starker Mann mich mit solcher Leidenschaft und Erregung nimmt. Was wir haben, ist roh und ursprünglich. Mein Körper summt... Ich schwebe und stöhne so laut, dass ich völlig vergesse, wo ich ende und wo Dorian beginnt.

Jedes klatschende Geräusch, das er macht, wird von seinem teuflischen Stöhnen begleitet, und es tut mir gut, seine Lust zu hören. Sein Daumen streicht über meine Arschritze und umkreist mein Hinterteil. *Das* ist jetzt absolutes Neuland.

Sein Finger umkreist mein Loch, und ich versteife

mich unter ihm. Ich bin mir nicht sicher, ob ich dafür schon bereit bin. „Ahh."

„Entspann dich einfach, Baby." Er gleitet in mir hin und her, sowohl sein Schwanz als auch sein Daumen erregen mich weiter. „Wenn du willst und mir vertraust, werden wir irgendwann dazu kommen, aber jetzt konzentriere ich mich erstmal auf deine Muschi."

Wir schaukeln hin und her, meine Hände an der Wand, um mir nicht den Kopf zu stoßen, und irgendwie fickt mich dieser Sexgott schneller, härter.

Meine Knie werden unter mir schwach, aber er hält mich an Ort und Stelle.

„Schrei meinen Namen", befiehlt er, aber ohne seine ganze Zwangsmagie. Es sind nur er und ich.

„Verdammt, Dorian! Ich komme gleich", schreie ich, der Orgasmus schießt durch mich hindurch und raubt mir alles außer der Lust, die sich um mich herum aufbaut. Mein Kitzler pulsiert, während er weiter in mich eindringt, mich fickt und seine eigene Erlösung knurrt.

Ich zucke zusammen, ertrinke in dem unglaublichsten Gefühl. Dorian pulsiert in mir, heizt mein eigenes Verlangen an, seine Finger graben sich in mich. Wir schreien beide auf. Mein Orgasmus kommt immer weiter auf mich zu, bricht wie Wellen über mich herein, eine nach der anderen. Dorian bleibt in mir vergraben.

„Fuck!" Seine Laute durchfluten den Raum, während ich unter ihm erzittere. Er schlingt einen Arm um meine Taille und hilft mir, aufrecht zu bleiben, als meine Muskeln schwächer werden, während er immer noch in mir steckt.

Ich schnappe nach jedem Atemzug, meine Brustwarzen sind angespannt, und ich bin tropfnass zwischen den Beinen. Ich wusste nie, dass Sex wie dieser überhaupt möglich ist.

„Was zum Teufel hast du mit mir gemacht?" Meine Stimme ist nicht mehr als ein kratziges Keuchen.

„Von einem Inkubus gefickt zu werden, bringt viele Vorteile mit sich. Einer davon ist, dass ich schon wieder loslegen könnte."

Ich schwanke zwischen berauschender Befriedigung und der Angst, dass die Tiefe, nach der ich mich sehne, mich am Ende umbringen könnte.

Er trägt mich zum Bett. „Ich möchte, dass du mich reitest und mir zeigst, wie diese Titten wackeln."

Als er aus mir herauszieht, kann ich endlich einen guten Blick auf seine Größe werfen, und ich ersticke an meinem nächsten Atemzug. Er ist riesig, größer als jeder andere Kerl, mit dem ich je zusammen gewesen bin. Ich kann nicht glauben, dass er mich damit gefickt hat!

Er grinst breit und sagt: „Wir müssen die vergeudete Zeit wieder aufholen, und ich bin noch nicht fertig mit dir." Er packt meine Arme und zieht mich an sich, küsst mich mit einer Besitzergreifung, die mich bis ins Mark erschüttert. Ich war noch nie mit jemandem zusammen, der mich küsst, als würde er mich besitzen.

Dann redet er weiter: „Bevor ich es vergesse", sagt er. „Ich bin gekommen, um dir zu sagen, dass du heute deinen ersten Tag im Fegefeuer beginnst. Naja, wenn du gleich noch gehen kannst."

Mein Mund bleibt offen stehen, aber bevor ich ihn mit Fragen bombardieren kann, küsst er mich wieder. Härter.

Ich lasse mich in seinen Bann ziehen und küsse ihn zurück, brauche Dorian mehr, als ich es je für möglich gehalten hätte.

KAPITEL SIEBZEHN
ARIA

Die Fahrt zum Fegefeuer macht mich nervös. Die Straße ist uneben, und jede Bodenwelle erinnert mich an den köstlichen Schmerz zwischen meinen Beinen, an die drei Male, die Dorian mich gefickt hat. Danach bin ich auf dem Bett zusammengebrochen, mein Herzschlag und meine Lungen bemühten sich darum, sich zu normalisieren. Der Dämon war unersättlich. Selbst jetzt, als er mir gegenüber auf dem Rücksitz der Limousine sitzt, in seiner schwarzen Hose und der schäbigen Lederjacke und dem durchsichtigen Netztop darunter, sieht er mich an, als würde er mich in Gedanken immer noch ficken, und mein Puls galoppiert.

Elias hat sich auch hinten zu uns gesellt, sein großer Körper nimmt den größten Teil des Sitzes neben mir ein. Mit seinen goldenen Augen, die vor Wut glänzen, starrt er Dorian an, während Cain den Platz vorne gewählt hat. Das Fenster zwischen uns ist heruntergelassen.

Ja, das ganze tolle kleine Team ist unterwegs, um mich an meinem ersten Abend bei der Arbeit zu sehen. Es ist wie ein Familienausflug – wie schön!

Ich ziehe meine winzigen Shorts weiter herunter, die sich immer wieder an meinen Pobacken hochschieben, und das Crop-Top, von dem ich mir wünschte, es würde mehr Haut bedecken auch. Ein weiteres Outfit, auf das Cain bestanden hatte. Ich war ein wenig enttäuscht, dass es nicht noch ein Kleid war, aber seiner Meinung nach benötigen Arbeit und ein Besuch zum Vergnügen zwei unterschiedliche Kleidungsstücke.

Leider musste ich auch dieses Mal hohe Schuhe tragen. Es sind zwar keine zehn Zentimeter hohen Stilettos, aber ich bin auf ihnen genauso unkoordiniert.

„Gibt es etwas, das ich über die Arbeit im Club wissen sollte?", frage ich die Dämonen. „Vor wem ich mich in Acht nehmen muss, vor lästigen Kunden, so was in der Art?"

Neben Sir Surchion und seinem dummen Vogel...

Gott, ich hoffe, er ist heute Abend nicht da. Mein Magen ist schon jetzt ein einziges Nervenbündel.

"Halte dich einfach an die Regeln und passe dich an", antwortet Cain von vorne, ohne auch nur einen Blick auf uns zu werfen.

„Solange der Höllenhund hier nicht versucht, sein Revier zu markieren wie beim letzten Mal, sollte es eine ruhige Nacht werden", sinniert Dorian und wirft Elias einen Seitenblick zu.

„Fick dich. Ich hätte diesen Löwen-Shifter nicht zur Strecke bringen müssen, wenn du nicht zwei seiner Frauen hinten raus gelockt hättest. Das ist alles deine Schuld", sagt Elias. „Ich habe deinen Arsch gerettet."

Dorian spottet und wendet sich dem Fenster zu, er diskutiert nicht weiter.

Die Luft fühlt sich plötzlich dicker, schwerer an. Die Aggression zwischen den beiden ist spürbar.

„Das Problem ist, dass du deine Hose nicht anbehalten kannst, oder?", fährt Elias fort und gibt nicht klein bei.

„Und was ist dein Problem? Bekommst du ihn nicht hoch?", fragt Dorian. Seine Gelassenheit scheint Elias nur noch mehr zu verärgern. Er schnauft und schnaubt wie ein wildes Biest neben mir.

Ich fange Elias' Blick auf, der zu mir hinüberschweift und dann wieder zu Dorian. Und plötzlich krabbelt Hitze über meine Wangen, weil er wissen muss, was wir getan haben.

Scheiße, wie hätten sie es auch nicht mitkriegen sollen bei dem Gestöhne und Geschrei? Wie konnte ich da bis jetzt nicht drangedacht haben? Ich drücke mich weiter gegen die Tür und würde am liebsten im Boden versinken.

„Es reicht", ruft Cain von vorne.

Aber Dorian hört nicht zu und lehnt sich in seinem Sitz nach vorne. „Alles, was du verdammt noch mal tust, ist in den Wäldern jagen. Mit den wilden Tieren herumlaufen. Vielleicht lässt du dort deinem Schwanz mal freien Lauf."

Elias' Faust holt aus und prallt in Dorians Gesicht.

Ich schreie auf und stoße mich nach hinten, als Dorian auf Elias springt und sie anfangen, sich zu prügeln, mit Fäusten und Knurren.

Die Limousine kommt abrupt zum Stehen und lässt uns alle nach vorne schleudern. Ich halte mich am Türgriff fest, während die beiden zwischen den Sitzen auf den Boden knallen. Aber das hält sie nicht auf. Elias liegt auf Dorian und schlägt ihn wiederholt, während Dorian immer weiter lacht.

Sekunden später reißt die Tür auf, Cain packt mich

am Arm und zerrt mich aus der Limousine. Ich stolpere, bevor ich aufstehe, und stelle fest, dass wir uns mitten in Glenside befinden und in einer Seitenstraße stehen geblieben sind. Ich erkenne sie. Wir sind nicht weit vom geheimen Eingang zum magischen Untergrund, zu Storm, entfernt.

"Los geht's", knurrt Cain, während er pfeift und ein Taxi herbeiruft.

„Was ist mit ihnen?" Ich werfe einen Blick zurück auf die Limousine, die von einer Seite zur anderen schaukelt, ein lautes Poltern ertönt aus dem Inneren, aber ich kann nichts hinter den getönten Scheiben sehen.

Ein Taxi hält vor uns an. Ich bemerke den kleinen aufgemalten Regenschirm an der Seite, der darauf hinweist, dass dieser Fahrer von der übernatürlichen Sorte ist.

„Sie sind verdammte Idioten." Er ergreift meinen Ellbogen und schubst mich in den hinteren Teil des Wagens. Ich schlüpfe hinein und er klettert hinter mir her, dann fahren wir los.

Ich schaue aus dem Rückfenster, als Cain dem Fahrer Anweisungen gibt, wohin er fahren soll. „Kämpfen sie oft so?"

„Ständig. Ich bin kurz davor, sie beide zu erledigen." Cain lümmelt in seinem Sitz, die Arme an der Seite, den Kiefer fest zusammengebissen.

„Es ist wegen mir", flüstere ich, unfähig, mich zurück-zuhalten. „Oder?"

„Ja", sagt er verärgert.

Ich lehne mich im Sitz zurück und starre aus dem gegenüberliegenden Fenster, zu verängstigt, um die Frage zu stellen, die mir durch den Kopf geht, weil ich die Antwort nicht hören will. Wenn Elias sauer auf Dorian ist, weil er mit mir geschlafen hat, was denkt dann Cain darüber? Es besteht kein Zweifel, dass er es auch weiß.

Als wir vor dem Fegefeuer halten, steige ich aus, während Cain den Fahrer bezahlt. Während ich an der Tür auf ihn warte, notiere ich mir, wo genau in Glenside wir sind. Überraschenderweise sind wir immer noch auf der menschlichen Seite der Stadt, aber in der Nähe von Storms geheimem Eingang unter der Highway-Überführung. Genau an der Grenze zwischen den beiden Welten. Cains Wahl des Ortes muss aus irgendeinem Grund strategisch gewesen sein - das ist alles bei Cain - aber ich frage mich, warum hier und nicht innerhalb von Storms Grenzen. Ich muss daran denken, ihn wann anders zu fragen.

Als er mit dem Fahrer fertig ist, marschiert er auf mich zu, als wäre er auf einer Mission, seine Augen verfinstern sich. Er holt aus und packt meinen Kiefer, zwingt meinen Kopf zurück.

„Wir haben Regeln im Haus, und du gehörst zuerst zu mir", knurrt er, sein Griff wird fester.

Und da ist sie, seine Eifersucht, seine Besitzgier, genau wie bei den anderen beiden. Ich starre ihn an, irritiert, dass er denkt, er könne kontrollieren, mit wem ich schlafe, aber gleichzeitig dreht sich mein Magen bei der Vorstellung, dass er mich will, um. Auch wenn es auf seine eigene beschissene Art ist.

Ich sollte nicht mal mit dem Gedanken spielen, mit einem dieser Dämonen zusammen zu sein. Mich von allen dreien angezogen zu fühlen, ist der pure Wahnsinn. Irgendwas stimmt mit mir nicht.

Als sich die Tür zum Club öffnet, lässt er mich los, und ich zucke zurück und reibe mir den Kiefer. Arschloch. Das ist der Grund, warum ich von diesen Typen weg muss.

Er greift in seine Anzugtasche und zieht eine dünne Goldkette heraus. Als er sie mir um den Hals legt, erkenne ich, dass es die gleiche Kette ist, die er mir schon einmal geschenkt hat, in unserer ersten Nacht. Der einzelne goldene Flügel.

"Behalte die hier immer an", sagt er.

Ich will ihn fragen, warum - was das zu bedeuten hat -, aber bevor ich ein Wort sagen kann, legt er eine Hand auf meinen unteren Rücken und schiebt mich hinein, direkt in den Club.

„Nach dir", beharrt er, sein Tonfall immer noch eiskalt.

Der Club ist überfüllt, vielleicht sogar noch mehr als beim letzten Mal, als wir hier waren. Überall sind Leute, die Bar ist voll, und die Musik dröhnt heute Abend mit einem peppigen Song.

Mit seiner Hand immer noch auf mir, führt mich Cain zum Ende der Bar, wo es ruhiger und dunkler ist. Er winkt jemanden heran, und in Sekundenschnelle kommt eine wunderschöne junge Frau zu uns herüberstolziert. Mit ihrem winzigen schwarzen Nietenrock, den langen, kurvigen Beinen, der schmalen Taille und dem schwarzen Lederkorsett, das ihre üppigen Brüste hoch-drückt, ist sie der Inbegriff eines Pin-up-Models. Absolut umwerfend. Die Hauptdarstellerin in den meisten Männerfantasien.

Als ich ihrem Blick begegne, keuche ich auf und mein Herz pocht in meiner Brust. Ich kenne sie von meinem letzten Besuch im Club. Ich hatte sie zufällig beim Sex im Red Room erwischt. Blondes Haar mit weichen Locken, die ihr über die Schultern fallen, kristallblaue Augen, die mit schwerem Eyeliner umrandet sind, und ein selbstbe-wusster Blick, der sagt: „*Eifersüchtig?*" Und ja, ich bin ziemlich eifersüchtig. Ich wünschte, ich hätte auch nur ein Viertel ihres Selbstbewusstseins.

„Hey Sexy." Sie zwinkert mir zu und erkennt mich ebenfalls. Und jetzt will ich einfach nur, dass sich der Boden unter mir öffnet und mich verschluckt.

„Aria, ich möchte dir Charlotte vorstellen." Cain stellt uns steif vor. „Sie leitet die Etage und wird deine Trainerin sein. Folge ihren Anweisungen und alles wird gut gehen."

Charlotte lächelt wunderschön, und plötzlich überkommt mich ein Gefühl der Verunsicherung. „Sie ist bei mir in guten Händen, Boss." Sie salutiert quasi vor Cain mit einer Hand an der Stirn.

Cain stöhnt, wenig amüsiert, dann wendet er sich ab und marschiert auf die Treppe zum zweiten Stock zu, wo sich vermutlich sein Büro befindet.

„Okay, er hat mich vorgewarnt, dass du heute Abend anfängst", sagt sie, und ich blinzle zu ihr hoch, starre auf ihre langen Wimpern, auf den funkelnden Lidschatten und die rosigen Lippen.

Das nächste Mal muss ich sicher etwas mehr auf mein Aussehen achten. Ich bin nur ein paar Mal mit der Bürste durch mein Haar gefahren.

„Ich bin doch nicht so furchteinflößend, oder?", fragt sie und schenkt mir ein schiefes Lächeln, und ich mag sie jetzt schon.

Kopfschüttelnd sage ich: „Alles ist so... anders."

Sie lacht und schlingt ihre Arme um meine Schultern. „Regel Nummer 1. Jeder hier hat irgendwann mal Sex in einem der zwei Dutzend Zimmer. Also, es gibt keinen Grund, rot anzulaufen. Du hast mich gesehen, und ich habe einen Blick darauf erhascht, was dein Herrchen draußen im Flur mit dir gemacht hat."

„Wirklich?", quieke ich. *Oh Gott. Wie peinlich.* Ich räuspere mich, weil ich mich *so* unwohl fühle. „Er ist nicht mein Herr."

Ihr Lachen ist hypnotisch, und sie zieht mich tiefer in den Club. „Regel Nummer zwei. Sorge immer dafür, dass die Gäste einen Drink in der Hand haben. Das ist es, was die Rechnungen bezahlt und dieses Etablissement über Wasser hält. Alles, was du tun musst, ist, die Bestellungen zu Antonio hinter der Bar zu bringen."

„Und Regel Nummer 3?"

„Entspanne dich und lächle", sagt sie, während sie hinter der Theke nach etwas greift und mit einem kleinen Notizblock und Stift zurückkommt. „Schreibe alle Bestellungen und den vollen Namen des Kunden auf den Block. Jeder hier hat eine laufende Rechnung."

Ich nicke und starre hinaus in den großen Raum, in dem sich fast hundert Leute zusammengedrängt haben. In der hinteren Ecke sitzt eine zierliche Blondine auf dem Schoß eines Mannes und hält ein leeres Martini-Glas. „Ich übernehme das."

„Darf ich dir noch einen kleinen Rat geben?"

„Natürlich."

Sie zeigt auf meine Füße. „Ziehe dir bequeme Schuhe an."

„Bequem sind für mich Turnschuhe", sage ich. „Gibt es überhaupt so etwas wie bequeme High-Heels?"

Sie kichert und lehnt sich näher zu mir, um ihre nächsten Worte zu flüstern. „Hier ist mein Geheimnis. Ich bringe mein eigenes Paar flauschige Hausschuhe mit. Ich ziehe sie vor meiner Schicht an und verstaue sie unter der Bar für meine Pausen oder jede Flaute in der Nacht. Ein schneller Wechsel, wenn es nötig ist, schnell an- und ausziehen, und niemand merkt es."

Meine Zehen fühlten sich bereits jetzt verkrampft an,

und ich bin mir ziemlich sicher, dass sich auf der Rückseite meines Knöchels eine schlimme Blase gebildet hat. „Das ist eine wirklich gute Idee.“

„Du wirst mir dafür danken. Glaube mir. Aber denk dran: Drinks und Lächeln.“

Ich ziehe meine Schultern zurück, um ihr zu zeigen, dass ich bereit bin. „Okay. Klingt gar nicht mal so schwer.“

„Oh, und lass dich von niemandem anmachen. Klar, Kunden flirten, und das Trinkgeld ist immer besser, je mehr Haut man zeigt, aber wenn jemand dich schikaniert oder du dich irgendwie unwohl fühlst, sag mir Bescheid. Oder ruf den Sicherheitsdienst. Auch wenn du in einem Sexclub arbeitest, heißt Nein immer noch Nein.“

Die Angst ist wieder da. Ich hoffe wirklich, dass das hier kein allgemeines Problem ist. Ich werde von Cain, Dorian und Elias schon hart genug angefasst. Ich will das nicht auch noch auf der Arbeit.

Sie gibt mir einen Klaps auf den Hintern. „Ab mit dir.“

Ich zucke zusammen und eile davon. Als ich zu ihr zurückschaue, gibt sie mir einen ermutigenden Daumen nach oben.

Ich straffe die Schultern, greife den Notizblock und mache mich auf den Weg durch den Club zu einem Pärchen auf der Ledercouch mit leeren Händen. Regel Nummer zwei. Jeder braucht einen Drink.

„Was kann ich Ihnen bringen?“, frage ich die Blondine.

Sie verengt ihren Blick auf mich, finster dreinblickend, als wäre ich ihr aus Versehen auf den Schwanz getreten oder so. Der Mann, auf dem sie sitzt, trägt einen grünen Irokesen. Er wendet seine Aufmerksamkeit mir zu. „Sind Sie blind?“, schnauzt er mich an.

Mir dreht sich der Magen um, während das Pärchen gegenüber über mich lacht.

„Ich bin mir nicht sicher, was Sie meinen?"

„Du kommst und beleidigst mein Mädchen, dann benimmst du dich wie ein Flittchen. Wir kriegen vier Blaue Havannas auf's Haus, Schlampe."

Meine Nerven liegen blank, jeder Muskel spannt sich an. „Wie bitte?"

Charlotte rutscht in Sekundenschnelle neben mich. „Natürlich, die gehen aufs Haus." Sie hakt eine Hand unter meinem Ellbogen ein und zieht mich schnell weg. „Sie ist ein ungarischer Kobold. Die sind stumm."

„Wirklich?" Ich schaue zurück, wo der Kobold und der Irokesenmann gerade rummachen. Ich bin noch nie Kobolden begegnet ... und warum sind sie stumm?

„Ich empfehle dir, dich über ihre Art zu informieren. Die Übernatürlichen, die hierher kommen, haben eine Menge Geld und ein entsprechendes Ego. Betrachte sie als die Filmstars der übernatürlichen Welt. Nur die Reichen und Mächtigen kommen ins Fegefeuer."

„Dankeschön." Ich wette, ich kann etwas über sie in einem Buch aus der Bibliothek oder dem Salon des Anwesens finden.

„Antonio, das ist die Neue, Aria", ruft Charlotte und lehnt sich über den Tresen.

Ich schaue zum Barkeeper in einem schwarzen Hemd, Kragen hoch, Ärmel bis zu den Ellbogen hochgekrempelt. Er ist ein junger Mann mit leuchtend brauner Haut, kurzen schwarzen Haaren und einer schwarzen Augen-klappe. Ich frage nicht, was passiert ist, und ich vermute, dass er Piratenwitze nicht zu schätzen weiß, also lächle ich. „Hey, schön, dich kennenzulernen."

Er zieht eine Augenbraue demonstrativ hoch.

Charlottes Finger finden den Anhänger meiner Halskette zwischen meinen Brüsten, und sie hält ihn hoch, damit Antonio ihn sehen kann. „Sie gehört zu Cain."

Ich bin mir nicht sicher, was ich von dieser Einführung halte, aber er scheint zu verstehen, was sie bedeutet. Er nickt verständnisvoll. „Sie wissen, wie es läuft? Geben Sie mir den Zettel mit den Getränken und Namen."

„Jap, das bekomme ich hin!."

„Super. Dann verstehen wir uns ja prächtig." Er schwenkt zurück, um zwei Flaschen von der Rückwand zu holen und bereitet unsere Getränke vor.

Ich schaue mich gerade um, als Dorian und Elias in den Club marschieren und sofort in entgegengesetzte Richtungen gehen. Elias steuert geradewegs auf das hintere Ende der Bar zu, während Dorian sich zu den Sofas in der Nähe der Bühne bewegt, wo Tänzerinnen um Stangen schwingen. Ihre geschwollenen Lippen und schwarzen Augen sehen nicht allzu schlimm aus, und ich nehme an, dass Dämonen schnell heilen, aber verdammt, sie sind so schnell so heftig in der Limousine aufeinander losgegangen.

Augenblicke später stellt Antonio ein Tablett mit vier blauen Getränken in hohen Gläsern vor mich hin. Weißer Rauch quillt aus den Getränken und ergießt sich über das Tablett. Die Theatralik ist unglaublich.

„Nette Idee mit dem Trockeneis", sage ich.

Er lehnt sich näher heran und stützt einen angewinkelten Arm auf den Bartresen. „Süße, das ist kein Trockeneis. Es ist Trollhaar. Ich habe es über den Drinks verbrannt; es soll ein tolles Aphrodisiakum sein."

Bei der Vorstellung kommt mir die Galle hoch. Ich könnt mich gleich übergeben.

Ich hebe schnell das Tablett auf und bahne mir

vorsichtig einen Weg um die Tische und anderen Gäste herum zum Tisch im hinteren Teil des Raums. In mir baut sich ein Gefühl von auf und ein Teil von mir spielt sogar mit dem Gedanken, Cain um ein Gehalt zu bitten.

Vielleicht liegt es daran, dass ich so lange in der Villa eingesperrt war, oder daran, wie geschäftig die Nacht ist, aber die Stunden im Fegefeuer vergehen wie im Flug. Als ich das nächste Mal auf die Uhr hinter der Bar schaue, ist es kurz vor ein Uhr nachts.

Ich kann es kaum glauben, aber meine schmerzenden Füße schon. Sie sind mit Blasen übersät, und jeder Schritt treibt mir Tränen in die Augen. Ich werde definitiv Charlottes Rat befolgen und das nächste Mal ein Paar Hausschuhe mitnehmen.

Obwohl es schon ein Uhr nachts ist, ist der Club noch in vollem Gange. Die Musik dröhnt so laut, dass mir das Herz in der Brust brummt, und auf der Tanzfläche drängen sich so viele Menschen, dass ich mich zwischen die sich aneinander reibenden Körper quetschen muss, nur um zu meinen Tischen zu gelangen. In dieser lächerlichen Aufmachung fühle ich mich ohnehin schon unwohl.

Nachdem ich von meiner Runde zurückgekommen bin, freue ich mich darauf, einfach ein paar Sekunden stillzustehen, oder meine Füße hochzulegen, aber in dem Moment, in dem ich mein Tablett auf die Bar stelle, füllt Antonio es wieder mit einer neuen Reihe von Getränken auf. Da ich ihm keine weitere Bestellung aufgegeben habe, schaue ich verwirrt zu ihm hoch. „Für wen ist das?"

Er nickt einer neuen Gruppe von gefährlich aussehenden Männern zu, die den Club betreten und direkt auf den ersten Tisch zusteuern. Er ist von einem anderen Paar besetzt, aber in dem Moment, in dem sie sie kommen sehen, machen sie sich aus dem Staub. Tattoos, Lederjacken, jede Menge Muskeln und gelbe Augen - sie sehen aus wie die Art von Gruppe, mit der man sich nicht anlegen will. Außerdem bin ich mir nicht ganz sicher, was genau sie sind, und vermeide es lieber, sie zu verärgern.

„Die Full Mooners", sagt Antonio. „Schon mal von denen gehört?"

Ich stottere ein Lachen. „Full Mooners? Also, soviel wie nackter Hintern? Du verarschst mich. Wer sich diesen Namen ausgedacht hat, sollte erschossen werden."

„Wahrscheinlich wurden sie das auch." Charlotte erscheint neben mir, greift über den Tresen und nimmt einen der Seltersschläuche, um die Gläser ihres Tabletts nachzufüllen.

„Du hast wirklich noch nie von ihnen gehört?", fragt Antonio.

„Die arme Aria hier lebte hinterm Mond Wusstest du das nicht?", antwortet Charlotte mit einem Glucksen.

Ja, so ziemlich. Nun, abgesehen von den Nächten, in denen Murray mich oder Joseline anrief, um seinen betrunkenen Arsch in irgendeiner Spelunke in der Stadt abzuholen. Sogar in meiner Schule gab es nur normale Menschen, da alle übernatürlichen Akademien privat finanziert wurden und Schulgeld verlangten, was ich mir nicht leisten konnte.

„Sie sind eine Werwolf-Biker-Gang, eine unserer Stammgäste", fährt sie fort und wirkt dabei nicht annähernd so nervös wie Antonio. „Unhöfliche Wichser. Und schreckliche Trinkgeldgeber."

Nervös um sich blickend, bringt er sie zum Schweigen und senkt seine eigene Stimme. „Willst du irgendwo auf dem Grund eines Flusses mit Zementschuhen enden?"

Charlotte rollt mit den Augen. „Och, bitte. Viktor

würde sie alle abschlachten, wenn sie auch nur in meine Richtung schnuppern würden." Sie dreht sich wieder zu mir um und zwinkert. „Die Vorteile, einen Meistervampir als Freund zu haben. Ich kann es nur empfehlen."

Der Mann, mit dem ich sie im Red Room erwischt habe, ist ein Meistervampir? Ich bin mir nicht sicher, was ich sagen soll. Ich habe Geschichten über ihre Skrupellosigkeit gehört, und soweit ich mich erinnere, kontrolliert Viktor den größten Teil des Nordostens. Er ist unglaublich mächtig und bekannt für seine eifersüchtigen Neigungen. Also, warum arbeitet seine Freundin hier?

Sie nimmt mein Tablett und tauscht es mit ihrem aus. Ich halte jetzt die Selters. „Für Tisch vier", sagt sie und nickt quer durch den Raum. „Ich übernehme den Tisch mit den großen bösen Wölfen für dich."

Ich lächle. „Danke."

Sie winkt meine Dankbarkeit ab. „Wir sollten dich wahrscheinlich nicht gleich am ersten Tag als Frischfleisch anbieten. Wir geben dir zumindest etwas Zeit." Sie schlendert davon, schwingt die Hüften in ihrem Minirock, um den Zuschauern bei jedem Schritt einen Blick auf ihren runden Hintern zu gewähren.

Antonio lehnt sich über den Tresen und sieht ihr nach. „Sie ist etwas Besonderes", murmelt er mehr zu sich selbst als zu jemand anderem.

„Ich würde vorsichtig sein. Dieser Vampir-Freund könnte dich holen kommen, wenn er dich beim Starren erwischt", sage ich.

Zu meiner Überraschung bricht er in Gelächter aus. Es dauert einen Moment, bis er sich wieder beruhigt hat, und dann sagt er ganz lieb: „Oh, Schatz. Ich bin vom anderen Ufer."

Ich brauche eine Sekunde, um seine Anspielung zu

verstehen, und als sie mir schließlich einfällt, lache ich über meine eigene Dummheit.

„Obwohl es mir nichts ausmachen würde, wenn sich Viktor an mir vergehen würde. Der Mann ist köstlich." Er ahmt nach, wie er die Soße von seinen Fingern leckt, bevor er sich wieder mir zuwendet. „Aber ganz im Ernst, Aria, die Kundschaft hier gehört zu den mächtigsten und gefährlichsten Leuten an der Ostküste. Vielleicht sogar im ganzen Land. Du musst auf dich aufpassen, wenn du hier arbeitest. Das Fegefeuer ist nichts für schwache Nerven."

„Ich lebe mit drei Dämonen", sage ich. „Ich kann damit umgehen."

Er beäugt mich skeptisch. „Das werden wir sehen."

Ich versuche, seine ominösen Worte nicht an mich heranzulassen, aber sie krabbeln unter meiner Haut. Ich versuche, sie abzuschütteln, während ich mich auf pochenden Füßen mit dem Tablett voller unschuldiger Selters zu Tisch vier begebe. Ich schaffe es gradeso, verschütte nur minimal, und als ich die Getränke auf den Tisch stelle, reicht mir einer der Männer einen Zwanzig-Dollar-Schein. Mein bestes Trinkgeld heute Abend.

Ich stecke das Geld in meine Daisy-Dukes-Tasche, schlurfe wieder über die Tanzfläche und stoße mit jedem zusammen. Finger schlüpfen in meine Gürtelschlaufen und ziehen mich zurück, sodass meine Knie nachgeben. Derjenige, der mich festhält, zerrt mich fester, sodass sich die Hose an meinem Arsch hochzieht, und als ich aufschaue, starre ich in das von Pocken vernarbte Gesicht eine/r der Vollmond-Werwölfe. Ich erkenne ihn an seinen gelben Augen und dem Mondabzeichen auf seiner Jacke.

„Bist du nicht ein hübsches junges Ding", sagt er und sein ranziger Zigarettenrauch-Atem umweht mich. Ein Südstaaten-Akzent haftet schwer an seinen Worten.

Ich starre ihn an. "Lassen Sie mich los. Bitte." Ich achte darauf, die Höflichkeiten hinzuzufügen, nur um meinen Job zu behalten.

„Wie wäre es, wenn ich Ihnen etwas mehr zahle und Sie und ich ein wenig Zeit in einem der Red Rooms im hinteren Bereich verbringen?", sagt er und wackelt mit den Augenbrauen.

Was denkt er, was ich bin? Eine Prostituierte? "Nein, danke." Ich zucke mit den Hüften, und er lässt endlich meine Hose los. Ich will gerade weggehen, aber der Werwolf packt mich an der Taille und wirbelt mich herum. Mit einem lauten Knall schlage ich gegen seine Brust, das Tablett ist das einzige, was uns trennt.

Er grinst zu mir herunter. „Ich bin mir nicht sicher, ob du mich richtig verstanden hast. Du kommst mit mir mit."

Mein Puls rast vertraut. Ich kenne diesen Blick. Ich habe ihn schon so oft in den Augen meiner Missbrauchstäter gesehen. Und leider ist meine Vergangenheit voll davon - ekelhafte, schweinische Männer, die behaupteten, ein Freund zu sein, nur um hier und da einen unangemessenen Spruch zu machen oder zu warten, bis wir allein waren, um sich mir aufzudrängen.

Dieses Arschloch ist nicht anders.

Ich schiebe das Tablett gegen ihn, um uns weiter voneinander trennen, aber seine Nägel graben sich in mein nacktes Fleisch und tun weh.

„Du hast *mich* nicht richtig verstanden. Ich sagte loslassen", zische ich.

„Woah, diese Schlampe ist frech." Lachend winkt er seinen Full-Mooner-Freunden zu, die seine Show von ihrem Tisch aus verfolgen. Sie machen alle bei seinem Scherz mit. Dann atmet er tief ein, seine Nasenlöcher weiten sich, als er meinen Duft aufnimmt. „Ah, und sie ist läufig, Jungs!"

Sie johlen alle vor Lachen.

Ich stoße ihn mit aller Kraft und versuche, ihn mit dem Knie in die Eier zu treten, aber er weicht aus und lässt dabei meine Taille nicht los. Je mehr ich mich winde, desto mehr verzerrt wahnhafte Freude sein Gesicht.

„Ich glaube, die werde ich zähmen. Will jemand sie nach mir haben?", ruft er.

Die Bande hebt das Kinn und heult auf - im wahrsten Sinne des Wortes.

Immer verzweifelter werfe ich einen Blick über die Schulter auf die Bar. Antonio ist damit beschäftigt, Kunden zu bedienen, und Elias ist von seinem Platz in der Ecke verschwunden. Charlotte ist weg und spricht mit den Gästen an einem ihrer Tische, also suche ich nach Dorian. Er ist von seinem Platz auf den Sofas verschwunden.

Scheiße!

Die Finger des Wolfs schlängeln sich wieder in meine Gürtelschlaufen, und er zieht mich damit hart gegen sich. Der Stoff reißt, das schreckliche Geräusch ist laut, sogar unter dem schweren Bass der Clubmusik. "Wenn du dich weiter wehrst, beuge ich dich gleich hier rüber und ficke dich wie ein Tier."

Er beugt sich superschnell vor und leckt mir die Seite des Gesichts.

Ich ziehe mich so weit wie möglich von ihm weg, während meine Adern zu Eis werden und mein Magen vor Übelkeit kocht. „Fick dich." Ich benutze mein Tablett, um mich von ihm weg zu drücken, aber als das nicht funktioniert, schwinge ich es stattdessen nach ihm. „Lass mich verdammt noch mal in Ruhe."

Er bleibt unbeeindruckt.

Sayah vibriert warnend unter meiner Haut. Zuerst denke ich, sie meint den Werwolf, aber sie fordert mich auf, mich umzudrehen. Das tue ich gerade, als etwas an meinem Gesicht vorbeiwirbelt. Da ist ein Fleck aus Schwarz und Grau, und plötzlich werde ich rückwärts geschleudert. Ich kollidiere hart mit jemandem und lande auf meinem Hintern. Mir wurde der gesamte Wind aus den Segeln genommen.

Als ich aufschaue, steht Cain jetzt an der Stelle, an der ich gerade war. Nur sieht er nicht mehr so aus wie er selbst. Seine Haut ist grau, wie Marmor, seine Augen zwei ewige schwarze Abgründe. Ihre dämonische Tinte scheint sich durch seine Adern zu schlängeln und sein Gesicht wie Spinnweben zu durchziehen. Obwohl der Werwolf locker hundertzehn Kilo schwer sein muss, hält er ihn an der Kehle in der Luft hängend, als würde er gar nichts wiegen.

Ich erschaudere. Er sieht kaum noch wie der Cain aus, den ich kenne. Nicht mehr kultiviert, geschliffen und unter Kontrolle. Er ist furchterregend und ungeheuer mächtig. Es ist das erste Mal, dass ich den ursprünglichen Sündendämon sehe, der er ist.

Die Musik des Clubs bricht abrupt ab, und die Tänzer springen aus dem Weg. Panische Schreie hämmern gegen mein Trommelfell, aber einige andere mutige Seelen bilden einen Kreis um uns.

Der Werwolf krallt sich in Cains Arm, Krallen reißen in sein Fleisch, und teerartiges Blut sickert aus den Wunden. Aber er ist unbeeindruckt.

Die anderen Mooners schlurfen nach vorne, zögern, ihrem Freund zu Hilfe zu kommen. Cains Kopf peitscht in ihre Richtung, sein dämonischer Blick reicht aus, um seine Drohung deutlich zu machen, und die schwarzen Linien wandern weiter über sein Gesicht und seinen Hals, bis sie in seinem Hemdkragen verschwinden. Die Wölfe treten zurück.

Ich erstarre auf der Stelle.

Langsam fällt sein Blick auf mich. Sein Kopf neigt sich, als er mich eine Sekunde lang betrachtet, aber er sieht so anders aus, so furchterregend. In diesen wenigen Sekunden kann ich nicht sagen, ob er sich auf mich stürzen oder sich abwenden will.

„C-Cain?" Sein Name quiekt über meine Lippen.

Er sagt nichts. Er wendet sich nur wieder dem zappelnden Mann in seiner Umklammerung zu.

Mein ganzer Körper zittert. Ich weiß nicht viel über die Hölle, aber ich fange an zu glauben, dass er mehr als nur ein Dämon ist. Es muss mehr an ihm dran sein als das. Was ich sehe... es ist, als stünde der Teufel selbst vor mir.

Ich will wegschauen, aber ich kann nicht. Sayah erregt sich in mir und schaut mit neu entdeckter Bewunderung zu. Sie mag es, ihn so zu sehen, und ehrlich gesagt, ich auch.

Das Gesicht des Werwolfs ist knallrot, aber es wird schnell lila, und er würgt und schnappt nach einem Atemzug, den er nicht zu fassen bekommt. Dann gibt es ein hörbares Quetschgeräusch und etwas kränklich-warmes spritzt über mein Gesicht und meine Brust. Ich blinzle, unsicher, was überhaupt passiert ist, aber als der Körper des Werwolfs mit einem lauten Knall auf dem Boden aufschlägt, weiß ich, dass es etwas Schreckliches ist.

Ich schaue nach unten. Ich bin mit Blut bedeckt. Das Blut des Mooners. Es ist überall auf mir, in meinen

Haaren, auf meiner Bluse, auf meinem Bauch. Und noch mehr davon sammelt sich unter dem schlaffen Körper des Werwolfs. Seine Kehle ist herausgerissen worden.

Er ist tot.

Mit vibrierendem Körper hält Cain ein Stück Blut, Haut und Muskel in der Hand. Er betrachtet es, seine Lippen kräuseln sich vor Ekel, bevor er es neben der Leiche auf den Boden wirft. Sein Kinn hebt sich, und die Menge der Schaulustigen tritt unisono zurück.

„Raus. Alle raus." Er spricht jedes Wort mit zusammengebissenem Kiefer aus, aber das ist alles, was nötig ist. Alle strömen zu den Ausgängen.

Plötzlich sind Hände unter meinen Armen, und ich werde auf die Füße gezogen. Ich schaue auf und sehe Dorian zu meiner Linken und Elias zu meiner Rechten, die mich festhalten und mich weiter nach hinten führen, weg von Cain und dem Ansturm der Kunden, die zu den Türen eilen.

„Was ist hier los? Ist er okay?", frage ich sie.

„Nur ein kleiner Wutanfall", sagt Dorian, aber trotz seines scherzhaften Tons ist sein Ausdruck todernst. Es ist beunruhigend, ihn so zu sehen.

„Wir sollten sie von hier wegbringen", sagt Elias zu Dorian, der zustimmend nickt.

Ich schaue hinüber zur Bar, wo Charlotte, Antonio und einige der anderen Angestellten entsetzt zuschauen. Sorgenschauer laufen mir über den Rücken. „Aber, was ist mit der Arbeit?"

„Sieht so aus, als würden wir heute früher schließen", sagt Dorian. Er fängt an, mich in Richtung des geheimen Ausgangs an der Bar zu zerren. „Komm. Wir bringen dich nach Hause und machen dich sauber."

Ein weiterer Blick auf Cain, und er hat sich nicht

bewegt. Es ist schwer zu sagen, ob er überhaupt atmet. Die blutige Pfütze umgibt ihn jetzt, durchtränkt seine teuren Schuhe, aber er tut immer noch nichts anderes, als mit diesen eindringlichen, tiefschwarzen Augen ausdruckslos zu starren.

Nicht sicher, was ich überhaupt tun kann, um ihm zu helfen, lasse ich mich von Elias und Dorian aus dem Fegefeuer und in die wartende Limousine ziehen und lasse ihn zurück.

KAPITEL ACHTZEHN
CAIN

„Wo ist sie?", verlange ich zu wissen, als ich durch die Eingangstür der Villa stürme und Dorian dabei erwische, wie er die Treppe hinaufgeht.

Er dreht sich zu mir um und stützt sich mit einem angewinkelten Arm auf das Treppengeländer. „Ich hab nen Vorschlag - du lässt sie heute Abend in Ruhe. Sie hat heute schon genug durchgemacht."

Seine herablassenden Worte machen mich wütend, meine Hände ballen sich zu Fäusten, aber ich bin nicht auf einen Kampf aus, es sei denn, er drängt mich. „Sag mir einfach, wo sie ist, verdammt."

Er hält still, wohl wissend, dass es schwer ist, mich zu zügeln, wenn mich die Wut packt. Und der Vorfall mit dem Werwolf im Fegefeuer lässt meinen Dämon immer noch auf einem schmalen Grat der Kontrolle schweben. Allein der Gedanke an die Hände dieser Kreatur auf ihr bringt mein Blut zum Kochen. Er hat den schnellen Tod, den ich ihm gab, nicht verdient, aber meine Wut übernahm die Kontrolle und war gnadenlos.

Er hat Glück gehabt.

„Ich denke, du solltest ihr etwas Zeit geben, Mann", schimpft Dorian. „Sie versucht sich zu entspannen und nimmt ein Bad."

Ich schiebe mich an ihm vorbei, meine Schritte poltern die Treppe hinauf.

„Sei kein Arsch und erschrecke sie nicht noch mehr", ruft er mir hinterher.

Sie erschrecken? Ich werfe einen kurzen Blick über meine Schulter. „Hast du vergessen, wer wir sind?"

„Du weißt, dass ich das nicht meine."

Ich habe keine Zeit für diesen Quatsch. Ich drehe mich um und nehme zwei Schritte auf einmal.

Im nächsten Stockwerk schwenke ich nach links, als Elias den Korridor entlang in meine Richtung schlendert. Er sieht mich mit dem gleichen warnenden Blick an, den auch Dorian hatte. Als hätte ich keine verdammte Kontrolle über meine dunkle Seite.

Sein Mund verzieht sich und öffnet sich.

„Verschwende deinen Atem nicht." Ich marschiere an ihm vorbei und in Richtung Hauptbadezimmer. In Arias Zimmer gibt es keine Badewanne, und ich kann mir nicht vorstellen, dass Dorian sie in ein anderes Bad gebracht hat, da das hier das Schönste ist.

Der Gedanke daran, dass der Bastard sie zuerst beansprucht hat, sie zuerst gefickt hat, rüttelt wieder an meiner Selbstbeherrschung. Ich weiß nicht, warum ich so wütend bin - wir alle drei haben ihre Seele beansprucht - aber zu wissen, dass er sie vor mir bekommen hat, macht mich wütend. Ich weiß, dass meine Wut fehlgeleitet ist. Ich weiß, dass die Schuld bei mir liegt, weil ich ihren Körper nicht von Anfang an genommen habe, aber das heizt mein Feuer nur noch mehr an.

Vor der Badezimmertür bleibe ich stehen und atme

scharf ein, bevor ich mit den Fingerknöcheln an die Tür klopfe. Ohne auf ihre Reaktion zu warten, öffne ich sie und trete in den weiß marmorierten Raum.

„Besetzt", schnappt sie, während sie sich eilig aufrecht in die freistehende Porzellanwanne setzt und sich an den Rand drückt. Wasser spritzt heraus und über die Ränder. Die Hitze im Raum ist erdrückend, der Dampf beschlägt die Spiegelwand und lässt die Luft schwer und feucht werden.

Ich hatte es eilig hierher zu kommen, aber jetzt, wo ich vor ihr stehe und weiß, dass sie völlig nackt und nass ist… fällt all mein Mut von mir ab.

„Ich wollte mal nach dir sehen." Aus irgendeinem Grund klingt meine Stimme nicht wie meine eigene, als sie meine Ohren erreicht. Sie ist zu schwach und zerbrechlich, um zu mir zu gehören.

Ihre großen, tiefbraunen Augen sind das, worauf ich mich zuerst konzentriere, das dunkle Haar fällt flach um ihr rundes Gesicht, ihre Lippen sind nach unten geschwungen. Ihre Schultern sind nach vorne gebogen, als sie sich an den Rand der Wanne kauert, ihre erröteten Wangen verraten ihre Verlegenheit. In ihrem Haar und auf ihren Schultern sind immer noch Blutspuren zu sehen.

Das Mädchen fasziniert mich mit jedem Tag mehr. Sie geht mir nicht mehr aus dem Kopf, und heute Abend habe ich wegen ihr das Fegefeuer geschlossen.

Was hat sie an sich, das mich so sehr beeinflusst? Ich verstehe es nicht. In dem Moment, als Ramos sie in dieses Haus brachte, verlor ich mich selbst. Und es macht mich wütend, dass eine Frau mich so beeinflussen kann. Ich muss wissen, warum, damit ich es beenden kann.

Sie beobachtet jede meiner Bewegungen wie eine

Maus, die von einer wilden Katze in die Ecke getrieben wurde.

„Ich werde dir nicht wehtun", versichere ich ihr. Meine Füße bewegen sich von selbst und ich stehe vor der Wanne, mitten in einer Wasserpfütze. Mein Blick schweift über ihren Körper, der sorgfältig vom schaumigen Wasser und den Blasen verdeckt wird. Meine Finger kribbeln, als ich daran denke, mit ihnen über ihre weiche, blasse Haut zu streichen.

„Ich weiß, Cain", antwortet sie schließlich und lenkt meine Aufmerksamkeit auf die Besorgnis, die ihren Blick trübt. „Aber heute Abend im Fegefeuer..." Ihre Worte verflachen.

„Der heutige Abend war eine Lektion. Jetzt wird jeder wissen, dass du zu mir gehörst."

„Zu dir gehören", wiederholt sie. Ihre Hand findet die Halskette, und sie fingert an dem Flügelanhänger. „Was bedeutet das genau?"

Ich zögere. Ich weiß, was es bedeuten *soll*, aber das ist nicht das, was ich sage. „Dass deine Seele mir gehört und du deshalb von niemandem sonst berührt wirst." Ich merke zu spät, wie das klingt, und füge leise hinzu: „Du wirst beschützt."

Ihr Kopf neigt sich zur Seite, neugierig. Sie hat meinen Fehler bemerkt. „Aber ich dachte, Dorian und Elias gehört auch meine Seele. Euch allen drei."

„Ja. Das ist wahr." Ich räuspere mich, um meinen Fehltritt zu verbergen. „Aber ich wollte mich vergewissern, dass du nicht erschrocken bist über das, was du heute Abend gesehen hast."

Sie hält meinem Blick Stand. „Du hast den Werwolf getötet."

"Na und? Er hat dich angefasst."

Aria blickt auf den Boden, unsicher. „Ich sollte wahrscheinlich hassen, was du getan hast, aber das tue ich nicht. Das Arschloch hat es verdient.“

In ihren Worten schwingt Unentschlossenheit mit, und ich lächle über den Kampf, den sie mit sich selbst führt. Aber da ist noch etwas anderes, das sich in meiner Brust zusammenzieht, eine Welle der Wärme, die durch mich schießt, als ich höre, dass sie zustimmt. Es löst ein seltsames Gefühl des Stolzes aus, und Hitze schießt mir in den Nacken.

„Ich werde jeden vernichten, der dir wehtut.“

Ich strecke eine Hand aus und schiebe einen Finger unter ihr Kinn, um sie dazu zu bringen, mich anzuschauen. Die Halskette an ihr zu sehen, mag die Wut in mir besänftigt haben, aber es weckt meine Besessenheit über sie noch mehr. Nach der Shitshow im Fegefeuer wird jetzt jeder wissen, zu wem sie wirklich gehört, und wir werden keine weiteren Probleme wie heute Abend mit dem Werwolf bekommen.

Niemand würde es wagen, sie noch einmal anzurühren, wenn ihm sein Leben lieb ist.

„Irgendetwas stimmt nicht mit mir“, flüstert sie, als ob es laut auszusprechen ihre Worte real macht. „Es sollte mir nicht gefallen, dass du ihn getötet hast, um mich zu beschützen.“ Ihr Kinn zittert.

„Aber das tut es, oder?“

Sie antwortet nicht sofort, aber die Antwort steht in ihr wunderschönes Gesicht geschrieben. „Ich wurde ... schon einmal missbraucht. In einigen der vergangenen Pflegefamilien.“ Wut blitzt plötzlich in ihren Augen auf. „Das ist kein Geheimnis. Ich war damals jung und verletzlich. Und sie haben mich ausgenutzt. Dieser Werwolf erinnerte mich an diese Drecksäcke.“

„Manchmal ist es die richtige Entscheidung, Rache zu üben. Besonders nach dem, was diese Bastarde dir angetan haben." Allein das Wissen, dass sie schon einmal verletzt wurde, lässt mich verkrampfen, und ich knirsche wütend mit den Backenzähnen.

„Aber ich will nicht so sein", murmelt sie.

„Sag es mir." Ich hebe ihr Kinn höher, damit sie mir in die Augen sehen kann. „Würdest du nicht diejenigen bestrafen wollen, die dir Unrecht getan haben?"

Einen Moment lang glaube ich, sie würde nicht antworten, dann nickt sie mir leicht zu.

„Manche Arschlöcher werden sich nie mit bloßen Worten ändern. So etwas wie Fairness oder Gnade gibt es nicht", sage ich und erinnere mich an meinen Vater und wie seine egoistischen, machtgetriebenen Ambitionen zu unserem Übernahmeversuch und dann zur Verbannung führten. „Es gibt nur einen Weg, ihnen ihre Macht zu nehmen. Sie zu zerstören."

Mein Blick fällt auf ihren Mund, und ich ertappe mich dabei, wie ich mich näher zu ihr lehne. Der Drang, ihre Lippen zu schmecken, packt mich und ich zwinge mich, meine Gedanken zu klären. Ich ziehe mich zurück und atme schwer aus. Je mehr Zeit ich mit ihr verbringe, desto mehr fühle ich mich menschlich. Und das ist einfach nicht akzeptabel.

ARIA

Offensichtlich bin ich auf der Seite des Teufels, wenn es um Rache geht. Vielleicht liegt es daran, dass ich Sayah in den letzten Tagen nicht so viel rausgelassen habe, wie ich es hätte tun sollen, und ihre

Dunkelheit mich beeinflusst. Oder vielleicht ist es die anhaltende Wut und das Trauma aus meiner Vergangenheit, aber mein Inneres dreht sich mit Genugtuung bei der Erinnerung an Cain, der die Kehle des Werwolfs in seiner Hand hält. Trotzdem sagt mir mein Verstand, dass es falsch ist.

Ich begegne Cains eisblauen Augen, die so anders sind als die schwarzen Dämonenaugen, die ich zuvor gesehen hatte, aber irgendwie genauso hypnotisierend. „Mein Pflegevater hat immer gesagt, wenn man lange genug eine Maske trägt, beginnt man zu vergessen, wer man wirklich ist. Ich will nicht vergessen, wer ich bin. Ich will nicht denken, dass es okay ist, Menschen zu verletzen.“

Cain zieht seine dunkle Jacke aus und legt sie auf den Tresen an der Wand. Dann löst er seine Manschettenknöpfe und steckt sie in seine Tasche, und krempelt die Ärmel seines Hemdes hoch. Der Stoff wölbt sich um seine Muskeln, die obersten Knöpfe sind offen an seinem Hals.

Ich versteife mich augenblicklich. Er ist so gefährlich sexy, dass es mir plötzlich schwerfällt, zu atmen.

Er schnappt sich zwei gefaltete Handtücher und legt sie neben die Wanne, bevor er sich auf die Knie sinken lässt.

Nur die Porzellanwand der Badewanne liegt zwischen uns, ich bin nackt und er starrt mich an, als würde er mit mir ins Wasser steigen. Mein Herz setzt einen Schlag aus, als er mir so nahe ist. Er umschließt mein Gesicht mit einer Hand und lehnt sich näher an mich heran. Ich kann nur auf seine vollen Lippen schauen, während meine Gefühle ein Wirrwarr aus Verlangen und Angst sind.

„Deshalb hast du mich“, beteuert er. „Ich fürchte nichts Böses. Ich bin das Ungeheuer, das in der Dunkelheit lauert. Und ich bin der Bestrafer für alle, die dich hintergehen."

Ich schlucke, hasse es, zuzugeben, dass er irgendwie noch sexier klingt, wenn er so spricht. Anscheinend gibt es viele Dinge über mich, die ich in der Nähe dieser Dämonen zu entdecken beginne.

Cain lässt mich los und taucht seine Hand in die Wanne, dann gießt er Wasser aus seiner hohlen Hand über mein Haar.

Blutfäden rinnen von meinen Haaren an meinen Schultern hinunter, und da wird mir klar, dass ich noch Spritzer des Werwolfs an mir haben muss.

Ich genieße es seltsamerweise, dass Cain sich um mich kümmert, was das Gegenteil von dem ist, wie er sich normalerweise verhält. Er studiert mich, wahrscheinlich erwartet er, dass ich ihn wegstoße, aber ich starre nur zu ihm hoch.

Behutsam spritzt er mir das Blut aus den Haaren, bevor er nach der Shampooflasche greift. Ich sammle noch mehr Seifenblasen, die auf dem Wasser schwimmen, um meine Brüste zu bedecken, während er mein Haar einseift und seine Finger sanft über meine Kopfhaut streichen. Ich will nicht leugnen, ich könnte mich an diese Art der Behandlung gewöhnen.

Das letzte Mal, dass ich mich so entspannt gefühlt habe, war, als Dorian mich zum See mitnahm, was mich an etwas erinnert, dass er zu mir sagte, als wir uns das erste Mal trafen. „Dorian sagte mir, du bist ein Ursünden-dämon. Dass du der Hochmut bist. Ist das wahr?"

Seine Nasenflügel blähen sich auf, als ob ich ihn mit meiner Frage verärgert hätte. Oder vielleicht liegt es an der Erwähnung von Dorian. Ich bin mir nicht sicher. „Leg dich hin, damit ich dir die Haare waschen kann."

Ich will auf eine Antwort drängen, aber sein stoischer Gesichtsausdruck sagt mir, dass er seine Meinung nicht ändert, also verschränke ich meine Arme vor der Brust und gleite anmutig unter die sprudelnde Oberfläche.

Er greift nach unten und spritzt langsam Wasser über mein Haar, um das Shampoo auszuwaschen. Er sieht mich nicht mehr an.

Ich frage ihn: „Habe ich etwas Falsches gesagt?"

Er wischt mir die Seifenlauge von der Stirn. „Dorian hat recht. Ich bin der Stolz." Er hält inne. „Hat er dir auch von meinem Vater erzählt?"

Ich beobachte die Anspannung um seinen Mund, die Verfinsterung seiner Stimme. Sein Vater ist ein heikles Thema, und ich kann nicht erkennen, ob das eine Fangfrage ist. „Nein."

Er antwortet nicht sofort, da er wahrscheinlich überlegt, wie viel er mir erzählen soll.

„Luzifer", sagt er schließlich. Er lehnt sich auf seinen Fersen zurück, während er sich ein Handtuch schnappt und seine Hände abtrocknet. Er beobachtet mich, als warte er auf meine überraschte Reaktion. „Luzifer ist mein Vater."

Ich begreife es nicht sofort, aber dann bleibt mir der Atem weg. Ich setze mich abrupt auf. Das Wasser schwappt überall hin, bespritzt auch ihn, und er sieht mich mit zusammengekniffenen Augen an. „Warte mal. Luzifer ist dein Vater? *Luzifer*, Luzifer? *Satan?* Der Teufel? Der Engel, der vom Himmel gefallen ist?"

„Ja." Sein Ausdruck ist unveränderlich. Wie aus Stein gemeißelt.

„Du bist Luzifers Sohn." Es ist ein Konzept, das schwer zu begreifen ist.

Sein Blick verfinstert sich. „Der älteste von sieben und ein Prinz der Hölle, ja."

Ein Prinz... der Hölle...

Ich schlucke schwer. Plötzlich fühlt sich seine Anwesenheit anders an. Er ist viel tödlicher, als ich ursprünglich dachte.

„Oder zumindest war ich das", sagt er. Sein Blick wandert zu meiner Brust, und ich schaue hinunter, um zu sehen, dass meine Brüste aus dem Wasser ragen und ganz zur Schau gestellt sind. Schnell tauche ich wieder unter, drücke meine Brust zurück an den Wannenrand und sehe ihn an.

„Was soll das heißen?", frage ich und versuche, die Aufmerksamkeit von mir weg und wieder auf ihn zu lenken. „Wenn du sein Sohn bist, warum bist du dann hier?"

„Wir wurden verbannt", ist alles, was er dazu sagt.

„Warte, was?" *Wir?* Alle drei von ihnen? Mir schwirrt der Kopf von der Informationsflut, die er gerade losgelöst hat. „Aber warum? Was um alles in der Welt hast du getan? Dich mit einem Engel verbündet?"

Er antwortet nicht und steht auf, seine Oberlippe kräuselt sich zu einem stummen Grinsen. „Du bist vom Blut befreit. Ich werde veranlassen, dass die Mägde dir frische Kleidung bringen."

Er dreht sich abrupt auf den Fersen um und marschiert zur Tür. Als er sie öffnet, wirft er einen Blick über die Schulter zu mir und sagt: „Elias wird dich morgen zu Murrays Haus bringen, um dich zu verabschieden."

Dann geht er hinaus und schließt die Tür mit einem dumpfen Schlag hinter sich.

Ich rühre mich zunächst nicht, fassungslos über das,

was ich gerade erfahren habe. Selbst die Erlaubnis, nach Hause zu gehen, wird von Cains Enthüllung überschattet.

Sein Vater ist der Teufel selbst. Luzifer. Cain ist ein Fürst der Hölle, der älteste der Sündendämonen. Er wurde aus irgendeinem Grund mit Elias und Dorian verbannt, was immer sie also getan haben, muss schlimm gewesen sein. Wirklich, wirklich schlimm.

Und zu guter Letzt hat Cain große Vaterprobleme.

Ich lasse mich ins Wasser gleiten, die Blasen schwimmen um mein Kinn. In Wahrheit macht ihn das Wissen über seine verkorkste Familie und seine Probleme in meinen Augen menschlicher, als ihm bewusst ist. Zuerst kam er wie ein perfekter, unantastbarer Dämon rüber. Aber in Wirklichkeit ist er genauso kaputt wie der Rest von uns, oder?

Elend liebt schließlich Gesellschaft, das ist absolut wahr. Auch wenn es sadistisch ist.

KAPITEL NEUNZEHN

ELIAS

Wenn ich in der Stadt bin, juckt es mich immer. Ich bin das Brummen so vieler Körper nicht gewohnt, den dichten Lärm, den Stau, wie deplatziert ich mich fühle. Ausgeliefert. Verwundbar.

Ich hasse es, verdammt.

Aber ich bin wegen Aria hier. Ich bin mir nicht sicher, wie ich in diese Aufgabe hineingezogen wurde. Die sensiblen Sachen sind eher Dorians Ding, aber ich schätze, es gab Bedenken, dass sie sich aus dem Staub macht. Und, seien wir ehrlich, meine Jagdfähigkeiten übertreffen bei weitem die von Cain und Dorian zusammen.

Bis jetzt zeigt sie keine Anzeichen für eine Flucht. Seit zehn Minuten steht sie auf dem Bürgersteig, starrt auf die Wohnungstür und sagt nichts. Ich weiß, dass Ramos oben auf uns wartet, aber auch wenn ihr Verhalten seltsam ist, will ich sie nicht drängen. Nachdem sie vom Tod des Hexenmeisters erfahren hat und wer Cains wahrer Vater ist, zusammen mit unserer Verbannung aus der Hölle, scheint sie ein wenig aufgewühlt zu sein.

Allerdings habe ich in den letzten Tagen Veränderungen an ihr bemerkt. Morgens, wenn ich neben ihr aufwache, reagiert sie kaum noch auf mich. Ich bin mir nicht sicher, wie ich mich dabei fühle, dass sie mich jetzt so viel leichter akzeptiert.

Ich muss einen Weg finden, um die Träume zu stoppen. Vielleicht höre ich dann auf, mitten in der Nacht in ihr Zimmer zu schlafwandeln.

Ich kann es nicht kontrollieren. Ich verbarrikadiere mich in meinem Zimmer, fessle mich selbst - verdammt, sogar als Aria Möbel vor ihrer Tür hatte - irgendwie führt es mich immer zu ihr. Ich weiß nicht, warum ich es tue oder wie, aber meine Träume handeln immer von der gleichen Person. Serena.

Allein der Gedanke an ihren Namen trifft mich wie eine Flutwelle der Wut. Ein Knurren baut sich in meiner Kehle auf. Ihr Verrat übersteigt alles. Ich habe sie geliebt, erbittert und blindlings, und das war mein Fehler. Aber was sie tat, betraf uns alle. Es ist der Grund, warum wir überhaupt auf diese Ebene verbannt wurden.

Ich werde mir nie verzeihen, dass ich ihr vertraut habe und nicht auf Cain oder Dorians Warnungen gehört habe. Ich war ein Narr. Aber ich werde diesen Fehler nie wieder machen.

„Geht es dir gut?" Arias süße Stimme holt mich von diesem dunklen Ort zurück, und ich stelle fest, dass sie mich anschaut, wobei sich ihre Stirn in Sorgenfalten legt. „Du schnurrst wie eine Katze."

Ich schnaube. *Schnurren? Ich schnurre nicht.*

Das ist eine Beleidigung.

Es ist gut, dass Dorian nicht hier ist, um das zu hören.

Eine bissige Bemerkung liegt mir auf der Zunge, aber ich versuche, nett zu ihr zu sein, also krampft sich stattdessen mein Kiefer zusammen. „Bist du bereit, ins Haus zu gehen?“

Stirnrunzelnd wirft sie einen Blick zur Tür. „Kann ich allein gehen?“

„Die Antwort darauf kennst du doch.“

Sie seufzt schwer, und wieder einmal werde ich daran erinnert, wie klein und zierlich sie neben mir ist.

Sie stößt die Haustür auf, tritt ein und geht auf die Treppe vor ihr zu. Die Farbe blättert von den Wänden ab, und sofort überflutet mich ein Gestank von etwas Verwesendem. Alle Fenster sind versiegelt, die Luft ist abgestanden und faulig, was viel aussagt, wenn man bedenkt, wie widerlich Teile der Hölle riechen.

Ich folge dicht hinter ihr, während sie zwei Treppenstufen auf einmal macht, begierig darauf, Murrays Wohnung zu erreichen. Als wir endlich die oberste Etage erreichen, biegt sie rechts ab und stößt ihre Tür auf, die leicht aufschwingt.

Dorian erklärte, er habe die Küche professionell reinigen lassen, gleich nachdem das Forensik-Team des örtlichen Polizeireviers erklärt hatte, sie bräuchten den Tatort nicht mehr für die Untersuchung. Sie haben anscheinend alle Beweise gesammelt, die sie brauchten, was zu keinen Verhaftungen geführt hat. Also bedeutet das natürlich, dass sie nichts haben.

Scheiß auf den ganzen Untersuchungs-Bullshit. Das hatten wir schon in der Hölle. Schickt Dämonen wie mich aus, um den Schuldigen aufzuspüren und ihn in Stücke zu reißen. Das ist Gerechtigkeit.

Ich lehne meinen Kopf zurück und atme tief ein, in der Hoffnung, irgendeinen Hinweis auf den Geruch eines Eindringlings zu erhaschen, aber bei so viel Fäulnis und hartem Reiniger, der die Luft verbrennt, ist das reine

Zeitverschwendung. Ganz zu schweigen von den Dutzenden von Leuten, die mit den polizeilichen Ermittlungen hier durchmarschiert sind. All das zusammen macht das Aufspüren der verantwortlichen Person unmöglich. Im Nachhinein betrachtet, hätte ich in dem Moment hierher kommen sollen, als Murrays Leiche gefunden wurde, aber Voraussicht ist nicht meine Fähigkeit. Es ist die Jagd.

Aria starrt auf eine Stelle bei der Küche, wo ich ein faustgroßes Loch im Putz bemerke. Ich frage mich, woher das kommt, aber Aria verschwindet schnell durch einen Korridor und in ein Zimmer, gerade als Ramos aus einem anderen auf der anderen Seite des Flurs auftaucht. Dann wendet er seine Aufmerksamkeit in meine Richtung und schlendert herüber.

„Hast du etwas Neues gefunden?", frage ich und senke meine Stimme.

„Nichts. Wer immer vorher hier war, war gründlich."

Ich starre hinaus ins Wohnzimmer, zu den Glasschiebetüren, die auf einen Balkon mit Blick auf die belebte Straße führen. Ich versuche mir vorzustellen, wie Aria hier lebt, fernsieht und das tut, was normale Menschen tun. Außer, dass sie nicht ganz menschlich ist, nicht mit der Schattenfähigkeit, die sie hat.

Ramos starrt mich an. Richtig, er wartet auf etwas, was er tun kann.

"Lass uns noch eine Durchsuchung machen", sage ich. „Auch das kleinste Ding kann ein Hinweis sein, also bring alles, was du findest, zurück ins Herrenhaus."

Ramos nickt. „Natürlich." Er dreht sich um und geht ins Wohnzimmer, wo er die Schubladen an einem langen Tisch an der Wand aufzieht.

Nicht sicher, wie ich hier nützlich sein kann, gehe ich

auf den Raum zu, in dem Aria verschwunden ist, und trete in den offenen Türrahmen.

Sie kniet neben ihrem Bett und hat die Nachttischschublade geöffnet. Neben ihr steht ein schwarzer Seesack, halb gefüllt mit ihren Habseligkeiten.

Als sie mich wahrnimmt, schaut sie über ihre Schulter und wischt sich die Tränen aus den Augen. „Ich schätze, die Bank wird die Wohnung jetzt zwangsversteigern, also möchte ich so viele meiner Sachen wie möglich zurückholen"

„Womit kann ich helfen?"

Sie schüttelt den Kopf und wendet sich wieder dem zu, was sie in der Hand hält, ihr Kopf neigt sich nach vorne. Sie schnieft, und ich ziehe mich zurück, um ihr Raum und Zeit zum Trauern zu geben. Dies wird ihre einzige Chance sein, so etwas wie einen Abschied von Murray zu bekommen, da Hexenmeister geheime Beerdigungen für einander durchführen. Und Familien sind verboten.

ARIA

So sehr mich Murray auch angepisst hat, jetzt, wo ich wieder zu Hause bin, vermisse ich die dümmsten Dinge an ihm. Seine Variante von billigen Makkaroni mit Käse und Maiskörnern aus der Packung. Ich habe immer die Nase gerümpft, aber es war in Ordnung. Und das eine Mal, als er mich an meinem Geburtstag in den Zoo mitnahm. Sicher, er hatte ein geheimes Treffen mit jemandem in der Nähe der Löwenausstellung, aber ich hatte viel Spaß mit Joseline.

Dumme Dinge, die man an jemandem vermisst, aber

vielleicht war ich doch nicht so bereit, von zu Hause wegzugehen, wie ich gedacht hatte.

Ich starre auf das Foto von uns dreien im Zoo, auf die Affen im Hintergrund. Joseline posierte und machte ein Peace-Zeichen, während Murray mit den Augen rollte. Er verabscheute Fotos, und es ist das Einzige, was mir von ihm geblieben ist.

Mit zittrigem Atem stecke ich das Foto in meine Tasche, stehe auf und stelle fest, dass alles, was ich besitze, in einen Seesack passt. Irgendwie traurig, wenn man darüber nachdenkt.

Ich schleppe mich hinaus in den Flur, und aus dem Wohnzimmer erreichen mich die Stimmen von Elias und Ramos. Die einzigen Worte, die ich aufschnappe, sind „Aria" und „Geburtsurkunde".

Ich bin wie erstarrt und versuche zu entschlüsseln, warum in aller Welt sie die wollen würden? Meine Gedanken kreisen um die Dämonen, die mich ständig nach meinem Schatten fragen, was bedeuten könnte, dass sie etwas über meine Vergangenheit herausfinden wollen. Na dann, viel Glück dabei. Ich hatte noch nie Glück, Informationen von Murray oder dem Pflegesystem zu bekommen. Und ich habe diese Wohnung auf den Kopf gestellt. Zumindest dann, wenn ich in Murrays Zimmer konnte, er schloss es nämlich meistens ab.

Ich hebe meinen Blick auf die Tür gegenüber von meiner, die einen Spalt offen steht. Ein kurzer Blick, um sicherzugehen, dass Elias oder Ramos mich nicht sehen, und ich husche in Murrays Schlafzimmer. Die Kissen und die Matratze sind quer durch den Raum geworfen, Klei-dung aus dem Schrank ist überall verstreut, ebenso wie die Bücher aus seinem Bücherregal. Mein Herz krampft sich zusammen, denn ich weiß, dass er es hassen würde, seine Sachen so durcheinander zu sehen.

Ich greife nach unten und sammle ein Buch über Magie aus der Natur ein, dann noch eines und zwei weitere, dann stelle ich sie in das leere Bücherregal. Ich sammle einen weiteren Arm voll und staple sie nebeneinander, mit dem Gefühl, dass es das Mindeste ist, was ich tun kann, um einen Anschein von Normalität zu schaffen. Was lächerlich ist, ich weiß, aber so fühle ich mich besser.

Ich drehe mich um, als die Holzdiele unter meinen Füßen knarrt. Ich werfe einen Blick nach unten und schaue mir den überdurchschnittlich breiten Spalt zwischen den Holzdielen genauer an. Auf den Knien übermannt mich die Neugier, und ich stochere in dem schmalen Spalt herum, wohl wissend, dass Murray gerne Dinge versteckt. Einmal habe ich eine Kreditkarte in meiner Müslischachtel gefunden. Als ich ihn danach fragte, scherzte er nur, dass es das beiliegende Geschenk sei, aber er entriss sie mir schnell.

Ich fahre mit den Fingern den Riss entlang, die Holzdiele hebt sich leicht an, und ich ziehe schnell ein armlanges Stück vom Boden weg.

Da ist ein flaches Loch drin. Es sieht leer aus und es ist nicht staubig, was mir sagt, dass jemand vor nicht allzu langer Zeit hier drin war. Vielleicht hat Murray vermutet, dass ihn jemand tot sehen wollte, also hat er sich beeilt, das zu holen, was er hier versteckt hat? Der Mörder kann es nicht gewesen sein, denn warum sollte er bei dem Zustand des Raumes etwas in einem Geheimfach verstecken?

Ich beuge mich vor, um besser in die Ecken schauen zu können, als etwas Weißes meine Aufmerksamkeit erregt. Schnell stecke ich meine Hand hinein und greife nach einem Umschlag. Darin sind alle möglichen Papiere, ich klappe sie auf und scanne sie, um herauszufinden, was sie sind.

Bankzertifikate für verschiedene Wohnungsadressen im ganzen Land, von Detroit bis Chicago und sogar eine in New Orleans. Sind das Orte, die ihm gehören? Dieser Bastard war so geizig und hat mir nie einen Dollar gegeben, und doch gehörte ihm ... Ich gehe schnell durch die Papiere, um sie zu zählen, als eines meine Aufmerksamkeit erregt.

In der Kopfzeile stand nicht RBD Bank, sondern Saint Charity General Hospital in Centreville, Illinois.

Es ist ein Zahlungsbeleg über die Summe von 18.590 $.

Dann verschlägt es mir den Atem, als ich meinen Namen in der Zeile mit dem gezahlten Betrag sehe.

Aria Cross.

Ich kann mich nicht bewegen oder mir einen Reim darauf machen, was das bedeutet, aber die Zahlung war für mich. Ich scanne den Schein und nehme das Ausstellungsdatum ins Visier.

Vor genau achtzehn Jahren und zwei Wochen. Und neben meinem Namen steht die Uhrzeit: 23:30 Uhr.

Das ist die Zeit meiner Geburt, was ironischerweise das Einzige ist, was Murray mir gesagt hatte. Ich lehne mich zurück, mein Magen schmerzt, denn was ich sehe, ist das Krankenhaus, in dem ich geboren wurde. Ein Hinweis auf meine Vergangenheit.

Wofür genau war die Quittung? Krankenhauskosten, weil meine Mutter mich geboren hatte? Oder war ich krank gewesen? Vielleicht ist meine Mutter nach meiner Geburt gestorben. Aber warum sollte Murray diese Quittung aufbewahren? Welche Bedeutung hat sie?

Mein Magen dreht sich um und Galle kommt mir in

den Rachen hoch. Dumpfe Schritte nähern sich dem Raum. Verzweifelt schiebe ich die Holzplatte über das Loch im Boden und stopfe die Papiere in den Umschlag, bevor ich ihn vorne in meine Hose schiebe. Ich bedecke meinen Bauch mit meinem Oberteil, gerade als Elias den Raum betritt.

„Was machst du in diesem Zimmer?" Seine Stimme wird tiefer.

Ich zucke mit den Schultern und stehe auf. „Ich verabschiede mich." Mit gesenktem Kopf gehe ich an ihm vorbei in mein Zimmer, schnappe mir meinen Seesack und gehe zu Ramos ins Wohnzimmer. „Sind wir fertig?", rufe ich, weil es mich juckt, hier rauszukommen, *sofort*.

Elias ist mir auf den Fersen, und sein Blick mustert mich, als wolle er in meine Gedanken eindringen. Aber mein Kopf ist nicht in der Lage, das mit jemandem zu teilen, bevor ich nicht genau weiß, wer ich bin. Und wie um alles in der Welt Murray bei mir gelandet ist.

„Du kannst mit mir reden", versichert mir Elias, der wie ein Berg über mir steht. Der Typ versteht offensichtlich nichts von Sensibilität.

Ich gebe zu, dass der Drang, nachzugeben und mich mit all meinen Problemen an ihn zu wenden, in meinem Kopf herumschwirrt. Aber ich erinnere mich, dass er mit Ramos über meine Geburtsurkunde gesprochen hat, also erzählt er mir auch nicht alles, oder? Und ich werde auch nicht die Erste sein, die etwas verrät, denn ich habe die Agenda der Dämonen noch nicht durchschaut.

Ich entferne mich von dem Duo, das sich nicht zu bewegen scheint, und gehe geradewegs aus der Wohnung und die Treppe hinunter, weil ich frische Luft brauche. Plötzlich fühle ich mich klaustrophobisch und kann nicht atmen, da mich die Realität erdrückt.

Schritte rauschen hinter mir, aber ich bleibe erst stehen, als ich mich an der Wohnungstür vorbeischiebe und auf halber Höhe der Eingangstreppe innehalte. Autos rauschen vorbei, Menschen schlendern den Bürgersteig entlang, ein paar junge Mädchen auf der anderen Straßenseite kichern über etwas. Ich vermisse diese kleinen Dinge, die mich daran erinnern, dass ich hier aufgewachsen bin, dass ich ein Teil der Menschheit bin.

Außer, dass Murray die ganze Zeit ein Geheimnis vor mir hatte. Er wusste, wo ich geboren wurde und vielleicht sogar, wer meine Eltern waren, und jetzt ist er tot und ich kann ihn nichts fragen.

Die Tür hinter mir knarrt auf, gerade als jemand von der Straße her meinen Namen ruft.

„Aria!" Die vertraute weibliche Stimme ertönt wieder, und ich drehe mich in die Richtung, und sehe Joseline, die mit großen Augen schockiert auf mich zustürmt. Sie hat ihren Rucksack über die Schulter geworfen und trägt eine schwarze Hose und eine weiße Bluse aus dem Kaufhaus, in dem sie arbeitet. Ihr mausblondes Haar ist zu einem engen Pferdeschwanz zurückgebunden, und sie trägt ihren Lieblingslippenstift in Feuerrot.

Mein Herz schlägt mir bis zum Hals, als ich sie sehe, die Augen prickeln vor Tränen, und ich eile zu ihr hinunter, wir beide stoßen zusammen. Sie umarmt mich fest und lässt mich nicht mehr los. Ein Gefühl der Ruhe überkommt mich, und ich halte mich an ihr fest, als könne sie mich irgendwie aus dem Loch ziehen, in das ich gefallen bin.

„Bitte sag mir, dass du zurück bist", murmelt sie schnell in mein Ohr. „Diese Dämonen... Haben sie dich gehen lassen?"

„Ich habe dich so sehr vermisst", antworte ich und

weiche zurück, meine Hände gleiten in ihre. Ein verzweifeltes Verlangen kräuselt sich in meiner Brust, sie anzuflehen, mir bei der Flucht zu helfen. Aber ich kann nichts sagen, weil ich Elias in meinem Rücken spüre, und ich will meine beste Freundin nicht in meine Albtraumwelt hineinziehen.

„Ich habe gehört, was mit Murray passiert ist. Ein Teil von mir denkt, dass der Drecksack es verdient hat, weil er dich verkauft hat, weißt du? Aber die andere Hälfte...“

Ich nicke, weil ich ihren inneren Kampf verstehe. Ich habe ihn selbst erlebt. Ich starre meine Freundin an, präge mir die süßen Sommersprossen auf ihrer Nase ein, die perfekt geformten Augenbrauen, den leichten Knick in ihrer Unterlippe, wenn sie spricht. Ich möchte mir das alles einprägen, damit ich sie immer bei mir habe.

Sie blickt auf und über meine Schulter, als ein Schatten über uns fällt. Ihre Miene verfinstert sich, und ich spüre, wie ihr Körper zusammenzuckt. Sie ist sich sehr wohl bewusst, dass sie einen Dämon vor sich hat.

„Wir sollten gehen“, sagt Elias, seine Stimme ist kräftig, ohne einen Hauch von Verständnis. In diesem Moment wünschte ich, es wäre Dorian gewesen, der mich hierher gebracht hätte, denn dann wäre er weniger der „Terminator-Bodyguard“ und mehr der „Flirt-Freund“.

Joselines Augen flehen mich an, und ihr Griff wird fester. „Komm mit zu mir, nur kurz, um zu quatschen.“

„Das ist keine gute Idee“, antwortet Elias für mich, und ich versteife mich. Die Leute laufen auf dem Bürgersteig an uns vorbei, die meisten verweilen mit ihren Blicken auf den großen Kerl hinter mir. Er sieht aus wie ein Elefant im Porzellanladen, und als ich einen Blick über die Schulter zu ihm werfe, bemerke ich das Unbehagen in seinem Gesicht. Er hasst es hier, das ist offen-sichtlich.

„Wir fahren jetzt", fordert er, als Ramos die Tür der Limousine öffnen will, die ein paar Meter weiter geparkt ist.

„Aria", beginnt Joseline und zwingt mich dazu, sie anzuschauen. "Ich mache mir Sorgen um dich. Halten sie dich gefangen?"

„Nicht ganz, aber irgendwie schon."

Elias legt seine schwere Hand auf meine Schulter, und ich schüttle sie ab. „Gib mir eine verdammte Sekunde", schnauze ich.

Er knurrt leise, woraufhin Joseline zurückweicht.

„Mir geht es gut, ich verspreche es. Und ich werde versuchen, dich öfter anzurufen, okay?" Mein Versuch, sie zu beruhigen, scheitert; ihre Angst ist spürbar.

Elias nimmt meinen Arm und zieht mich zum Auto. Ich stolpere zurück, meine Hand rutscht aus Joselines. Sie bewegt sich nicht und sagt kein Wort, sondern scheint wie erstarrt auf der Stelle zu stehen. Schuldgefühle nagen an mir, dass ich ihr jemals von den Dämonen erzählt habe. Sie ist eine Hexe mit geringen Fähigkeiten, doch der Anblick eines Dämons macht sie sprachlos.

Ich kann ihr nichts vorwerfen, und ich fühle mich schrecklich, weil ich sie so zurücklasse. Elias stupst mich in Richtung der offenen Tür, aber ich bin wütend, dass er das tut.

Ich schiebe seine Hand weg und knurre: „Ich kann auch alleine einsteigen."

Ein letzter Blick zu meiner Freundin, bevor ich in die Limousine steige, und tief in mir weiß ich, dass es das letzte Mal sein könnte, dass ich sie sehe. Ich möchte schreien und protestieren, aber was würde mir das bringen? In die Limousine gezerrt und geworfen zu werden, und das Letzte, was ich will, ist, dass sie sich noch mehr Sorgen um mich macht.

Elias schließt die Tür, und ich rolle mich in mich zusammen und starre meiner Freundin nach, während wir wegfahren und das Leben, das ich einmal hatte, zurücklassen.

KAPITEL ZWANZIG
CAIN

Die Morgensonne bricht durch die Bäume, und ich sitze immer noch an meinem Schreibtisch und durchstöbere weitere Bücher und Dokumente der Bibliothek nach Hinweisen darauf, was Aria sein könnte. Diesmal sind es Fabelwesen aus längst vergangenen Zeiten, von denen die meisten entweder längst ausgestorben sind oder von denen nur in Geschichten erzählt wird, aber bisher hatte ich kein Glück, irgendetwas zu finden, das annähernd in der Lage ist, die Dunkelheit zu manipulieren oder ihr zu entsprechen. Ich fange an mich zu fragen, ob Elias und ich doch das Richtige gesehen haben. Vielleicht wurde die Dunkelheit, die ich spürte, von meinem natürlichen Verlangen nach ihr erzeugt? Ich weiß es nicht.

Habe ich sie falsch eingeschätzt, und sie ist wirklich so gewöhnlich, wie sie behauptet?

Aber das erklärt nicht, wie sie Dorians Zwängen widerstehen oder das Relikt selbst finden konnte. Zufall? Unwahrscheinlich. Und niemand auf der lebenden Ebene kann Dorian widerstehen.

Seufzend lehne ich mich in meinem Stuhl zurück und fahre mit einer Hand über mein Gesicht. Obwohl ich weiß, dass ich sie in Ruhe lassen muss, ruft ihre bloße Anwesenheit nach mir. Zieht mich an. Es ist wie das Lied einer Sirene, das nur ich durch jede Ritze und jede Bodendiele in diesem Haus hören kann.

Ich will sie. Ich weiß, dass ich das will. Ich will sie mehr als alles andere in meinem Leben, abgesehen vom Thron meines Vaters, aber selbst dieser Traum verblasst. Selbst mit all dem Geld und der Forschung finden wir kein weiteres Stück von Azraels Harfe. Es kommt mir langsam wie Zeitverschwendung vor.

Vielleicht hatte Dorian recht. Vielleicht sollten wir uns darauf konzentrieren, unser Leben hier neu aufzubauen, anstatt von der Vergangenheit besessen zu sein. Ich hätte nie gedacht, dass ich so etwas sagen würde, aber mit Aria so nah verschiebt sich mein Fokus. Meine Kontrolle entgleitet. Die Versuchung, sie auf andere Weise als durch einen Vertrag zu beanspruchen, ist eine treibende Kraft, und ich frage mich, warum ich weiterhin dagegen ankämpfe.

Ich weiß, dass sie zu dieser frühen Stunde wahrscheinlich in ihrem Zimmer schläft und ich sie nicht stören sollte, aber ich möchte sie noch einmal sehen. Elias hatte gesagt, der Besuch in ihrer alten Wohnung sei schwierig für sie gewesen, besonders als die junge Hexenfreundin auftauchte. Die Vorstellung, dass Aria verletzt ist, bringt das Monster in mir hervor.

In dem Moment, in dem ich aufstehe, klingelt mein Handy in meiner Tasche. Ich fische es heraus und halte es an mein Ohr. „Ja?"

„Mr. Cain."

Ich erkenne Alfonzos Stimme sofort, auch wenn das

letzte Mal, als wir miteinander sprachen, zwei Monate her ist. In Erwartung weiterer schlechter Nachrichten, spannen sich meine Muskeln an.

„Wir haben es gefunden", sagt er. „Das Herz."

Ich lasse fast das Telefon fallen. Alfonzos Team ist eines der vielen, die wir haben, die die Erde nach Teilen von Azraels Harfe durchkämmen, und nach endloser Suche haben sie tatsächlich ein weiteres der Teile gefunden, die wir brauchen.

Aufregung drängt an die Oberfläche und überstürzt meine Worte. „Wo? Haben Sie es schon? Sie müssen es sofort herschicken."

„Ähm-„ Das Telefon knistert und rauscht nun, die Verbindung ist schwach. Wo auch immer er ist, der Empfang ist nicht der beste, aber ich höre trotzdem das Zögern in seinem Tonfall. „Wir wissen, wo es ist, aber wir konnten es nicht erreichen."

Meine Aufregung beschleunigt meinen Herzschlag. Ich umklammere das Telefon fester. „Was soll das bedeuten?"

„.... verfolgte es bis zur ... Polarwüste ... Antarktis." Mehr Rauschen unterbricht seinen Satz, und ich knurre frustriert.

Antarktis? Scheiße.

Nach fast einem Jahrzehnt der Suche hatten wir die Saite in der Grube eines aktiven Vulkans gefunden. Wir wussten, dass Gabriel - die fliegende Ballerina - es uns nicht leicht machen würde, die Teile der Harfe zu finden, aber eine antarktische Tundra? Das scheint ein bisschen übertrieben.

"Es ist Meter unter dem Eis ... Vier Männer verloren ..." Alfonzo müht sich ab, mir durch die schlechte Verbindung Details mitzuteilen. „Wir müssen zurück... neu gruppieren...“

Scheiße. Wir sind jetzt so nah an einem weiteren Teil des Puzzles, dass ich auf keinen Fall zulasse, dass Schnee und Eis uns davon abhalten, zu bekommen, was wir brauchen.

„Und Sie sind sicher, dass es dort ist?“, belle ich in den Hörer. Ich werfe einen Blick auf die Uhr an der Wand und frage mich, wie lange ich wohl brauchen werde, um dorthin zu gelangen, wenn ich ein Privatflugzeug chartere. Die Antarktis ist nicht gerade leicht zu erreichen. „Sie haben es selbst gesehen?“

„Ja, durch die Kamera des Roboters... Aber-“

Das ist alles, was ich wissen muss. „Schicken Sie mir die Koordinaten. Ich bin auf dem Weg.“

In dem Moment, in dem ich den Anruf beende, ertönt ein Klopfen, das meine Aufmerksamkeit auf die Glastüren lenkt. Dorian steht auf der anderen Seite mit seinem dummen, faulen Grinsen im Gesicht. Wut durchströmt mich, als die Wahrheit darüber, was er mit Aria gemacht hat, wieder in meinem Kopf auftaucht.

Er wusste, dass wir diese Grenze bei ihr nicht überschreiten durften. Vor allem, weil er nicht weiß, was sie ist und was ihr wahrer Zweck hier ist. Er *wusste* es, aber er hat sie trotzdem gefickt.

Da das Schloss vom letzten Mal noch nicht repariert ist, stößt er die Türen auf.

„Spar dir die Mühe. Ich werde fahren“, sage ich und schiebe mich an ihm vorbei in die Bibliothek. Er ist die letzte Person, die ich im Moment sehen möchte. Mein Fokus muss auf dem nächsten Relikt bleiben.

„Komm schon. Du bist doch nicht immer noch sauer auf mich, oder?“, fragt Dorian, als er sich umdreht. „Elias habe ich verstanden. Der Hund hat einen Alpha-Komplex, aber du..."

Ich wirble herum. „Du bist derjenige, der die Regeln gebrochen hat."

„Regeln?" Er blinzelt. "Es tut mir leid. Ich muss den Gemeindebrief mit den Regeln, was man mit Aria tun und lassen soll, verpasst haben."

Ich sage nichts. Er versucht, die Situation mit Humor zu entschärfen oder mich anzustacheln, aber im Gegensatz zu Elias kenne ich ihn gut genug, um mich nicht davon mitreißen zu lassen. Außerdem habe ich im Moment keine Zeit, das zu klären. Ich muss ein Flugzeug erwischen und zum Herz gelangen.

Ich drehe mich um und gehe in die Halle.

„Wo gehst du hin?", ruft Dorian mir hinterher.

„Alfonzo hat das Herz gefunden, aber es ist zu gefährlich für seine Crew, es zu bergen. Also werde ich es selbst tun."

Eine Sekunde später ist er an meiner Seite und hält mit mir Schritt. „Shit, wirklich? Das Herz? Wo ist es?"

„Antarktis."

„Scheiße."

Ich werfe ihm einen Blick zu, als wir das Foyer betreten. „Ich sollte in drei Tagen zurück sein. Höchstens."

„Ich werde mit dir gehen", sagt er.

Ich halte kurz inne. „Nein."

„Warte, warum? Du meckerst doch immer, dass du eine Pause von der Monotonie willst. Und ich denke, ich verdiene einen Urlaub..."

„Das ist kein verdammter Scherz, Dorian", schnauze ich, meine Irritation wächst.

Er hält einen langen Moment inne, starrt mich an, bevor er den Kopf schüttelt und es noch einmal in einem anderen Ton versucht. Ernster. „Wir sollten das zusammen machen. Elias kann hier bei Aria bleiben, während wir das Herz zurückholen. Du und ich. Es wird wie in alten Zeiten sein."

Er meint, als wir in der Hölle waren, Krawall gemacht haben und uns nicht um die Probleme kümmern mussten, die wir jetzt haben. Als wir viel jünger und viel naiver waren. Seitdem hat sich so viel verändert.

„Du weißt, dass ich immer an deiner Seite sein werde", fügt er hinzu, und ich weiß, dass er sich damit auf unsere gescheiterten Pläne bezieht, die Hölle zu übernehmen. Wir hatten vereinbart, es gemeinsam mit meinem Vater aufzunehmen, egal wie es ausgeht. Und wenn ich es jemals auf den Thron schaffe, wird er an meiner rechten Seite sein und Elias wird an meiner linken Seite sein und sie werden an meiner Seite regieren. Zusammen. Das war die Abmachung.

„Glaubst du, dass Elias auf sie aufpassen kann?", frage ich ihn.

„Aria? Oh ja." Er winkt mit der Hand ab. „Sie wird mit der Arbeit im Fegefeuer beschäftigt sein. Und selbst wenn sie es schafft, sich zu verdrücken, hat Elias die Nase, sie aufzuspüren. Er wird sie im Handumdrehen wiederfinden."

Er scheint sich keine Sorgen zu machen, und er hat Recht, wenn er sagt, dass Elias nichts entgeht. Ich hoffe nur, dass ich diese Entscheidung am Ende nicht bereue.

„Hast du ein Flugticket?", fragt er, und ich schüttle den Kopf.

„Ich habe gerade erst mit Alfonzo telefoniert."

„Ich buche es auf dem Weg dorthin im Auto." Er schnappt sich seinen schwersten Mantel aus dem Schrank, zieht ihn zuckend an und öffnet die Haustür.

„Sadie! Sag Edwin, er soll den Wagen vorfahren!", ruft er hinter uns. Seine Stimme hallt im ganzen Haus wider, aber sie erfüllt ihren Zweck.

Der junge Diener huscht aus dem Speisesaal. „Sofort, Meister Dorian." Dann verschwindet sie ebenso schnell wieder.

In wahrer Dorian-Manier legt er einen Arm über meine Schulter und führt mich zur Tür hinaus, wobei er wie ein Narr grinst. Die Limousine taucht am Ende der Auffahrt auf, die Reifen knirschen auf dem Kies, als sie dem Kreis folgt und bis zur Treppe vorfährt.

„Cain und Dorian, schon wieder ein Abenteuer!", sagt er, während er um das Auto herum auf die andere Seite geht und die Tür öffnet. „Das wird lustig werden."

Ich schüttle den Kopf, aber ein Lächeln schleicht sich auf meine Lippen.

***

Nach einem langen, ungemütlichen Flug kommen wir so nah wie möglich an Alfonzos Koordinaten an. Wir arrangieren zwei Führer, die uns auf Schneemobilen zum genauen Ort bringen. Es ist eine tückische Reise und unbeschreiblich kalt, trotz all der Schichten von Schutzkleidung, die wir anhaben. Wegen des peitschenden, eisigen Windes, der verwirrenden Weiße des Schnees und des insgesamt vereisten Geländes dauert die Fahrt über drei Stunden, aber als wir den Lagerplatz des Teams und die Bohrgeräte sehen, wissen wir, dass wir angekommen sind.

Alfonzo tritt aus seinem kleinen, leuchtend orangefarbenen Zelt, eingepackt in mehr Schichten als wir beide. Als Wasserelements-Fee sollten Schnee und Eis ihm nicht so sehr zu schaffen machen wie einem Menschen oder einem anderen Übernatürlichen, aber selbst er hat seine Grenzen und es ist grässlich kalt hier. Dorian und ich haben die Hitze der Hölle in unseren Adern, die wie ein natürlicher Isolator wirkt, aber keiner von uns würde länger bleiben wollen als nötig. Frostige Temperaturen und Höllendämonen passen nicht gut zusammen, aus offensichtlichen Gründen.

Als mein Blick über das Lager streift, finde ich die meisten anderen Zelte und Maschinen verlassen vor. Alfonzo scheint der Einzige zu sein, der noch zum Team gehört.

Der Ärger kribbelt mir im Nacken. Wofür bezahlen wir sie alle?

„Wo sind denn alle?", fragt Dorian, bevor ich die Chance dazu habe. Er muss über den unbarmherzigen Wind hinweg schreien.

„Weg. Das Wetter war eine Herausforderung. Unberechenbar. Die meisten mussten per Luftfracht hier rausgeholt werden", antwortet er. Sein Mund und seine Nase sind von einer Thermomaske bedeckt, aber die freigelegte Haut auf seinen Wangen und um seine Augen herum hat einen beunruhigenden violetten Farbton. „Ich habe ihnen versprochen, dass sie gehen können, sobald wir es gefunden haben."

Und das haben sie sofort getan.

„Aber du hast es gefunden", dränge ich, um sicherzugehen, dass wir die Reise nicht umsonst gemacht haben. „Das Herz."

Er nickt in Richtung einer großen Krananlage mit angeschlossenem Bohrer, die über einem massiven Loch im ansonsten glatten Weiß schwebt. „Es liegt meterweit unten, eingefroren im Eis. Ich konnte es gerade noch mit meiner Kamera sehen, aber es zu erreichen, wird zu schwierig sein."

Für einen normalen Mann, vielleicht.

Dorian und ich schauen uns an und denken das Gleiche.

„Sie können gehen, Alfonzo. Ihr Job hier ist erledigt", sage ich.

Er zögert und schaut von Dorian zu mir.

„Ihre Zahlung wird auf Ihr Konto überwiesen, sobald wir das Herz herausbekommen haben", fahre ich fort.

Er nickt wieder. „Soll ich Ihnen zeigen, wie Sie die Geräte bedienen?"

„Das wird nicht nötig sein", sagt Dorian mit einem Lächeln. „Wir brauchen sie nicht."

Ohne weiter zu fragen, geht Alfonzo auf einen der Führer zu und nimmt seinen Platz auf dem Schneemobil ein.

„Viel Glück", ruft er, bevor der Fahrer Gas gibt und in die Richtung zurückfährt, aus der wir gekommen sind.

„Was ist mit dem anderen?", flüstert Dorian mir zu und deutet auf den anderen Führer und das Schneemobil.

Ob er nun ein Mensch oder ein Übernatürlicher ist, mir wäre es lieber, er wüsste nicht, wer oder was wir sind. Wir haben zu viele Feinde in und außerhalb der Hölle, also ist Diskretion immer besser. „Schick ihn auch weg."

Während Dorian zu dem Führer hinübergeht und ihn zwingt, uns trotz der Gefahr zu verlassen, stapfe ich näher an die Grube heran, wo das Herzstück im Eis einge-schlossen liegt. Ich wünschte, es gäbe eine Möglichkeit, seine dunkle Macht zu spüren, wie ich es bei Aria konnte, aber diese Relikte sind still für mich. Oder ich bin taub für sie. Wie auch immer, das macht es nur noch schwieri-ger, sie aufzuspüren. Ich möchte es sehen oder eine

Möglichkeit haben, sicher zu wissen, dass das Herz dort unten ist - irgendeine Gewissheit außer Alfonzos Wort - aber von meinem Standpunkt aus gibt es nur eine undurchdringliche Dunkelheit.

Das Brummen eines Motors durchschneidet die Stille, als der Führer wegfährt, und damit sind wir allein in der antarktischen Tundra.

Dorian kommt zu mir herüber und späht nach unten. Er pfeift, und der Ton hallt durch das Loch. "Das ist ein ganz schön langer Weg nach unten", sagt er. "Irgendeine Idee?"„Ja, eine" Ich beginne, den Reißverschluss meines Mantels zu öffnen und schäle mich schnell aus den oberen Schichten.

Dorians Augen weiten sich und er lacht. „Oh, ja, meine Rede. Jetzt ist es eine Party!“ Er zieht seine schwere Kleidung aus.

Kaum ist das letzte Stück Stoff abgestreift, beißt die bittere Luft in meine nackte Haut, sticht und zwickt erbarmungslos. „Wir müssen das schnell machen.“

Ebenfalls halbnackt im Schnee stehend, fröstelt Dorian. „Sehe ich auch so.“

Ich greife in mich hinein und rufe meine Dunkelheit. Zuerst reagiert sie nur langsam - betäubt von der Temperatur -, aber sobald sie erwacht, überschwemmt sie mich und verzehrt mich vollständig. Anders als im Fegefeuer, wo ich alles getan habe, um meine Kraft zurückzuhalten, gibt es keinen Grund, den Dämon in mir zu halten. Jetzt kann er vollständig freigesetzt werden.

Ich spüre, wie sich meine Flügel entfalten und hinter mir ausbreiten, und ich stöhne vor Erleichterung. Ihre Größe wirft mich in den Schatten. Es ist schon zu lange her, dass ich ich war - mein wahres Ich. Ich habe fast vergessen, wie gut sich das anfühlt. Fast besser als Sex.

Fast.

Um meine Füße herum ist der Schnee geschmolzen und Rauch wirbelt von meiner Haut, die jetzt mit der Hitze des Höllenfeuers verbrennt. Die Dunkelheit färbt meine Adern und durchzieht meine Haut, bringt ihre rohe und unkontrollierbare Kraft mit sich. Ich liebe die Art, wie sie durch meinen Körper summt.

Ein Blick auf Dorian zeigt, dass auch er sich in seine wahre Inkubusform verwandelt hat. Zwei Hörner wölben sich jetzt vom Scheitel seines Kopfes nach hinten, und komplizierte Tätowierungen ziehen sich über seine Schultern und seinen Oberkörper, alles dämonische Runen, die dem Inkubus mehr Macht verleihen. Aus dem silbrig-weißen Haar ragen spitze Ohren hervor und er grinst breit.

„Es ist gut, wieder ich zu sein", sagt er, während er die Schultern rollt und den Nacken zur Seite bewegt, um ein Gefühl für die Veränderungen zu bekommen. „Lass uns das Herz holen."

Ich stoße mich in die Luft ab, spreize meine Flügel weit, um mehr Höhe zu gewinnen, bevor ich sie um mich schließe und kopfüber in die Grube springe, die gerade breit genug ist, dass ich hineinpasse. Aufgeregt schreiend rennt Dorian darauf zu und springt mir hinterher.

Wir steigen gemeinsam in die Dunkelheit hinab, Dorian springt auf dem Weg nach unten über die eisigen Wände, während ich in der Mitte hinunterfalle. Überraschenderweise ist es hier unten nicht so kalt wie an der Oberfläche, aber es gibt auch keinen Wind und Schnee, der auf uns einprasselt. Die Dunkelheit ist dicht und schwer zu durchschauen, selbst mit meiner erhöhten Sehkraft, aber sie ist gleichzeitig vertraut, und ehe wir uns versehen, weicht sie einem pulsierenden roten Leuchten, das im Rhythmus eines lebendigen Herzens zu pochen scheint.

Sofort werfe ich meine Flügel und Arme aus, um mich zu stoppen. Die Krallen an den Enden meiner Zehen und Finger bohren sich in die Eiswand und halten mich an Ort und Stelle. Über mir gleitet Dorian in einen Spalt hinunter und balanciert anmutig, ohne ins Schwitzen zu kommen.

„Siehst du es?", fragt er.

Ich kann das schlagende rötliche Glühen vor mir sehen und etwas, das wie ein vergrößertes menschliches Herz aussieht, das im Eis gefangen ist. Aufregung durchflutet mich. „Ja, es ist hier."

„Schnell, packen wir es an und gehen. Meine Eier werden schon blau."

Ich balle meine Faust, schlage in das Eis und halte meine Hand dort, damit die Hitze meines Körpers die Hülle wegschmelzen kann. Es dauert nicht lange, und in dem Moment, in dem ich kann, greife ich das Relikt und ziehe es heraus. Es ist glitschig und kalt an meiner Handfläche, aber das herzförmige Objekt schlägt weiter, als wäre es lebendig. Ich halte es hoch, damit Dorian es sehen kann.

„Wir haben ein zweites Relikt, verdammt!" Seine Stimme hallt um uns herum in der Höhle wider.

„Gut, und jetzt lass uns von hier verschwinden."

Er beginnt auf demselben Weg nach oben zu springen, auf dem er heruntergekommen ist, und zwar mit mehr Ausgeglichenheit, Balance und Geschicklichkeit als der größte Akrobat oder Turner der Welt.

Während ich darauf warte, dass er herausklettert, betrachte ich das Herz in meiner Hand und danke unserem Glück, dass wir es relativ leicht bekommen haben. Die Kälte ist zwar lästig, aber nicht unerträglich. Jahre, um es aufzuspüren, aber nur Sekunden, um es zu bergen.

Sobald Dorian aus dem Blickfeld verschwindet, starte ich in die Luft, passe meine Flügel an den engen Raum an und fliege zur Oberfläche. Ich erreiche den Gipfel gerade, als Dorian herauskrabbelt, also hake ich meine Arme unter seinen Schultern ein und ziehe ihn mit mir in den Himmel. Als der verschneite Boden immer weiter weg ist, wirft er den Kopf zurück und lacht. Dann schnappt er sich das Herz von mir und wirft es von einer Hand in die andere, während wir in die Wolken fliegen.

„Siehst du? Genau wie in alten Zeiten, mein Freund." Er gluckst.

Lächelnd schlage ich mit meinen Flügeln gegen den Wind und fliege uns schnell zur Landebahn, wo das Flugzeug auf uns wartet, und fühle mich dabei so wohl wie schon lange nicht mehr.

KAPITEL EINUNDZWANZIG
DORIAN

Nach einem wegen dem Wetter holprigen Flug von der Antarktis nach Australien chartern wir einen privaten, luxuriöseren Jet zurück in die Staaten. Weder Cain noch ich wollen im Moment mit Menschen zu tun haben, und eine unbezahlbare Höllenreliquie, die einem echt aussehenden Herzen ähnelt, kann nicht wirklich durch die Gepäckausgabe kommen, also ist es die klügere Wahl.

Um das Herz sicher aufzubewahren, legen wir es in eine spezielle Box mit Samtpolsterung, ähnlich wie die Saite der Harfe, und stellen es auf einen kleinen Tisch zwischen uns. Immer in unserer Sichtlinie.

Während wir über den Pazifischen Ozean fliegen, lehnt sich Cain in seinem Sessel zurück, die Augen geschlossen, aber nicht schlafend. Zurück in seiner lässigen menschlichen Form ist sein Körper zu steif, um sich völlig auszuruhen, während ich vor Aufregung in meinem Sitz hibbele.

Zwei Relikte von sieben. Es klingt erbärmlich, wenn ich das so sage, aber nach Jahren ohne jegliches Glück nehme ich den Sieg gerne mit. Auch wenn es nur ein kleiner ist. Ich dachte schon, wir säßen hier für die Ewigkeit fest, aber es sieht so aus, als hätten wir vielleicht doch eine Chance zurückzukehren. Einen Schritt näher daran, das zu beenden, was wir in der Hölle begonnen haben, ohne Mavericks schwachsinniges Angebot.

Ich werfe einen Blick auf Cain, der so still ist, dass er nicht einmal zu atmen scheint. Zum hundertsten Mal überlege ich, ob ich ihm von Luzifers Deal und seiner Rekrutierung von Maverick erzählen soll, aber ich weiß, dass es reine Zeitverschwendung wäre. Aus irgendeinem Grund weigert er sich zu glauben, dass irgendeiner seiner Geschwister sich gegen ihn stellen würde, aber was erwartet er auch? Bruder oder nicht, ihre Loyalität gilt nicht Cain - wie jeder Dämon werden sie tun, was sie zum Überleben brauchen.

Nun, jeder Dämon außer uns. Elias, Cain und ich sind eine seltene Rasse. Unser Schwur zueinander ist nichts, was wir auf die leichte Schulter nehmen.

Ich beschließe, dass es besser ist, wenn ich Mavericks Vorschlag vorerst für mich behalte. Ich werde seinen Vorschlag nicht annehmen und Elias auch nicht, also ist es vielleicht besser, wenn er nichts davon weiß. Es wird nichts ändern.

„Was ist der Plan, wenn wir zurück sind?", frage ich gegen die dröhnende Stille an.

Cains Blick gleitet zu mir hinüber, bevor er antwortet. „Was meinst du?"

„Der Plan. Jetzt, wo wir zwei Teile der Harfe haben, was sollen wir mit ihnen machen?"

„Ich bin mir nicht ganz sicher", sagt er angespannt. Ich würde denken, dass er nach unserem Abenteuer in der Antarktis lockerer geworden ist, aber er ist genauso steif wie sonst auch. „Ich möchte noch ein paar Nachforschungen anstellen, bevor wir etwas versuchen. Nur für den Fall der Fälle. Vielleicht mal bei den anderen Teams nachfragen, ob sie mit den anderen fehlenden Teilen schon weiter sind.“

„Für welchen Fall?“

Langsam setzt er sich in seinem Stuhl aufrecht und seufzt. „Wir haben keine Ahnung, wozu diese Relikte fähig sind. Die Harfe kann die Tore zur Hölle öffnen, also muss jedes Stück für sich genommen eine immense Macht besitzen. Es könnten Abschreckungsmittel in ihnen eingebettet sein.“

„Abschreckungsmittel? Du meinst, wie dass sie in einem aktiven Vulkan oder eingefroren Eis am Arsch der Welt waren?“

„Naja, genau genommen ist der Arsch der Welt dann in der Antarktis, aber ich denke an was anderes, als nur die Lage, wo sie sich befunden.“

„Was meinst du genau?“, frage ich. „So etwas wie Sprengfallen?“

Seine Schulter hebt sich leicht in einem halben Schulterzucken, die Geste ist ruckartig und unnatürlich. Irgendetwas stimmt nicht mit ihm. Ich kenne ihn schon zu lange und kenne den Unterschied zwischen einem normalen gestressten Cain und mehr.

„Man kann nie wissen. Elias hat gesagt, dass die Saite für Aria Musik gespielt hat. Ich bin mir immer noch nicht sicher, was das bedeutet, aber es ist das Beste, wenn wir auf Nummer sicher gehen.“

Musik zu spielen klingt für mich kaum gefährlich, aber ich frage mich, warum ich selbst nie etwas davon gehört habe. Warum ist die Harfe für uns und alle anderen stumm, aber wirkt ausgerechnet auf Aria?

Sie in meine Gedanken zu bringen, lässt die köstlichen Erinnerungen daran aufleben, wie schnell die Dinge zwischen uns außer Kontrolle geraten sind. Ich dachte, ich könnte mich in ihrer Nähe beherrschen, als ich sie zum See brachte, aber zu wissen, dass sie mich genauso sehr wollte wie ich sie - vor allem ohne meine Macht - machte es mir unmöglich, ihr zu widerstehen. Sie dann endlich ganz zu haben, zu spüren, wie sich ihre enge Muschi um meinen Schwanz presste, als ihr Orgasmus sie erfasste... wie berauschend sie auf meiner Zunge schmeckte... das ist alles, woran ich verdammt noch mal denken kann.

Was mich am meisten überrascht hat, war, wie sie mit mir und meiner rasenden Libido mithalten konnte. Wenn sie an diesem Abend nicht hätte arbeiten müssen, hätte ich sie bis ins Himmelreich gefickt.

Selbst mit dem Risiko, dass Cain und Elias wieder sauer auf mich sind, will ich sie, sobald wir in der Villa sind, wieder sehen und ihre Grenzen testen. Vielleicht nehme ich mir dieses Mal auch ihren süßen kleinen Arsch vor und werde meinen ganzen Dämon an ihr entfesseln.

Mit starren Schultern lehnt sich Cain im Stuhl nach vorne und überrascht mich. Er starrt mich mit einer neuen Wut an, die in seinen Augen lodert, die jetzt einen dunkleren Blauton haben. Fast schwarz.

„Was?", frage ich verwirrt. Hatte ich etwas verpasst?

„Du kapierst es verdammt noch mal nicht, oder?", knurrt er. Seine Fäuste sind auf dem Tisch zwischen uns geballt. „Aria ist tabu, bis wir herausgefunden haben, was sie ist und ob sie uns etwas antun will."

Meine Verwirrung wächst noch mehr, und ich sehe ihn an. Woher kommt das?

„Ihre enge Muschi? Ist das alles, woran du denken kannst? An ihren *süßen kleinen Arsch*?" Er ahmt meine Gedanken Wort für Wort nach, und ich erstarre. Woher weiß er ...? Hatte ich das alles laut gesagt? Scheiße, es wäre nicht das erste Mal, dass ich Scheiße laut gesagt hätte, die ich nicht hätte sagen sollen.

„Äh ..." Wir haben schon mal über mich und Aria geredet. Ich dachte, wir wären durch damit.

Er drängt weiter. „Bist du wirklich so blöd, oder hast du Serena vergessen? Wir können nicht zulassen, dass uns wieder ein Mädchen zum Verhängnis wird."

Ich studiere ihn einen langen Moment lang, während meine eigene Verärgerung kribbelt. Das hat nichts mit Serena zu tun und wir beide wissen das. Das hatte es nie. Er will Aria genauso sehr - verdammt, vielleicht noch mehr. Er ist von ihr besessen, seit sie in unser Haus gebracht wurde. Er will es nur nicht zugeben. Nicht mal sich selbst gegenüber.

Ich begegne seinem Blick. „Du hast keine Angst vor Aria und dem, was sie uns antun könnte. Du hast Angst davor, was sie mit *dir* macht. Dein Hochmut kommt dir in die Quere, wie immer."

Seine Augen weiten sich. Er kann nicht glauben, dass ich den Mut hatte, ihm das zu sagen, und ehrlich gesagt, bin ich selbst genauso überrascht. Aber es ist wahr.

„Ich bin wütend auf mich selbst, weil ich sie dir zuerst überlassen habe", gesteht er, und die Worte fliegen ihm unkontrolliert aus dem Mund. Er ballt seine Fäuste jetzt so fest, dass seine Knöchel weiß werden. „Ich habe ständig Ausreden erfunden. Ich habe sie immer wieder weggestoßen."

Heilige Scheiße. Cain ist eifersüchtig. Ich kann's nicht glauben.

Er presst seine Lippen zu einer harten Linie zusammen und starrt mich weiterhin mit einer Mischung aus Unglauben und Wut an. Er hatte definitiv nicht vor, mir das alles zu sagen, aber jetzt, wo er es getan hat, hält er sich nicht zurück.

„Elias hatte Recht. Du denkst nie nach. Du steckst deinen Schwanz immer wieder dahin, wo er nicht hingehört. Du bist unverantwortlich, unvorsichtig und impulsiv." Er fährt sich frustriert mit einer menschenähnlichen Geste durch die Haare. Es ist so un-Cain-mäßig, dass es mich überrumpelt. Ich habe ihn noch nie so gesehen. Er wird vor meinen Augen aus den Angeln gehoben.

Was zum Teufel ist los mit ihm?

„Du hättest sie nie anfassen dürfen", beharrt er und sein Blick verhärtet sich auf mir.

„Warum, damit du es tun kannst?"

Er hält kurz inne und scheint noch aufgeregter zu sein als zuvor. „Wenn ich der Versuchung nachgegeben hätte, wie ich es wollte, hätte sie schon in der ersten Nacht *meinen* Namen geschrien."

„Na und? Sollen wir einfach abwarten, bis du endlich weißt, was du willst?", sage ich. „Du siehst sie nur als Besitz an. Du kannst nicht mal ein einfaches Abendessen mit ihr haben. Sie findet Trost bei mir. Du machst ihr Angst. Wie in dieser Nacht im Club..."

Sein Kinn hebt sich. „Sie hatte keine Angst."

„Ach ja? Für mich sah es aber ganz so. Aber was weiß ich schon?"

Überraschenderweise blickt Cain weg, und seine Stimme senkt sich, als der Zorn aus seinem Tonfall schwindet. „Du irrst dich."

Irritation macht sich in mir breit. „Natürlich glaubst du mir nicht, verdammt. Wann hast du das jemals getan?

Genau wie bei deinen Geschwistern. Wenn es nach Maverick und Luzifer ginge, hättest du jetzt ein Messer im Rücken."

„Wovon zum Teufel redest du?", fragt er durch zusammengebissene Zähne.

Auch wenn mein Bewusstsein mir zuruft, nichts zu sagen, hat mein Mund andere Pläne. Es ist an der Zeit, dass er es hört. Ich weiß, dass ich hier die Grenze überschreite, aber dieses Gespräch fühlt sich plötzlich längst überfällig an.

„Dein ekliger Schleimer von einem Bruder versucht seit Jahren, mich auf Luzifers Seite zu ziehen. Jetzt will er auch Elias. Dich zu töten, gibt uns ein Ticket zurück in die Hölle."

Wie erwartet, antwortet er schnell. „Maverick? Er würde nie..."

„Ach, und wie er das würde, und er hat es versucht. Und das nicht nur einmal. Er hat mir verschleierte Botschaften geschickt und versucht, mich auf Luzifers Seite zu rekrutieren. Ich habe schon öfter versucht, es dir zu sagen, aber du hörst verdammt noch mal nie auf jemanden außer dir selbst."

Ich warte auf den Ausbruch. Oder den Streit. Aber zu meiner Überraschung kommt nichts davon. Stattdessen bleibt er ruhig.

Dann, nach einem langen Moment, sagt er: „Du hast recht. Das tue ich nicht."

Da falle ich fast aus dem Sitz. Heilige Scheiße. Hat er mir gerade *zugestimmt*?

Ich kann es nicht glauben. Ist die Hölle zugefroren? Das wäre wahrscheinlicher, als dass er mir zustimmt.

„Nach all der Scheiße, die wir durchgemacht haben, vertraust du uns immer noch nicht?", frage ich ihn.

Der Muskel in seinem Kiefer zuckt, als er versucht, seinen Mund geschlossen zu halten, aber es funktioniert nicht lange. „Nein."

Tja, Scheiße.

„Ich vertraue nicht darauf, dass du allein die richtige Entscheidung triffst. Nicht nach dem, was mit Elias und Serena passiert ist", stellt er klar, aber das ist egal. Seine Worte haben bereits ihre Krallen in mir hinterlassen.

„Warum zum Teufel bin ich dann hier? Warum arbeiten wir zusammen? Wir sollten dabei gleichberechtigt sein."

„Ich weiß", sagt er. Er fährt eine Hand über sein Gesicht und seufzt. „Ich... versuche es."

Es ist ein weiteres Geständnis, das ich nicht erwarte. Zum ersten Mal überhaupt sehe ich Verzweiflung und Verwirrung in seinen Augen. Zwei Dinge, von denen ich nie dachte, dass er sie fühlen könnte. Es verblüfft mich und gibt mir noch mehr Grund zu glauben, dass hier etwas nicht stimmt. Das ist nicht Cain.

Er wird wieder still, als er auf die Schachtel mit dem Herz schaut. „Nimmst du ihn an?", fragt er.

Nicht sicher, was er damit meint, frage ich: „Das Herz?"

„Maverick's Deal", antwortet er. „Nimmst du ihn an?"

„Auf gar keinen Fall. Sie hätten sich nicht einmal die Mühe machen sollen, zu fragen. Ich habe es nicht einmal eine Sekunde lang in Betracht gezogen."

„Und Elias?"

„Er weiß es nicht, aber ich kann garantieren, dass er Maverick eher die Eingeweide aus dem Bauchnabel gerissen hätte, als diesen Deal anzunehmen."

„Deshalb ist Maverick zu dir gegangen", antwortet er. „Du willst dir lieber nicht die Hände blutig machen."

„Wir beide wissen, wie schwer es ist, die Flecken herauszubekommen." Es ist ein armseliger Scherz, aber ein Lächeln flackert über seine Lippen.

„Ja." Cain erhebt sich und steht auf. Erschöpfung haftet jetzt an seinem Gesichtsausdruck. „Wenn wir wieder im Haus sind, sollten wir eine Seele fangen. Wir sind überfällig, und unsere Dämonen zu entfesseln, ohne Macht zu haben, hat uns..."

„Fertig gemacht", beende ich den Satz für ihn. Er hat recht. Wir haben seit der Ankunft von Aria nichts mehr gegessen, und das hat uns ein bisschen angespannt. Ob das der Grund ist, dass wir uns für einen Moment verloren haben, kann ich nicht sagen.

Er nickt, aber in seinem Blick bleibt Unsicherheit zurück.

„Ich bin dann hinten." Ohne noch etwas zu sagen, dreht er sich um und geht zum privaten Hinterzimmer des Jets und lässt mich mit dem Herz in der Box allein.

Eine schwere Müdigkeit legt sich über mich, und ich sacke in meinem Sitz zusammen. Dieses Gespräch war viel unerwarteter und kräftezehrender, als es hätte sein sollen, und ich weiß nicht genau, warum. Meine Schläfen pochen, während sich hinter meinen Augen Kopfschmerzen bilden. Aber anstatt mich damit zu beschäftigen, beschließe ich, dass es vielleicht sicherer wäre, einzuschlafen und genau das tue ich auch.

*D*ie unheimliche Spannung verfolgt uns den Rest des Heimweges, und als wir die Villa betreten, bin ich steif vor Unbehagen und Nervosität.

Bibbernd. Es ist, als würde mein Inneres wild hüpfen, aber mein Körper ist in einer Art Leichenstarre.

Cain scheint genauso von der Rolle zu sein, und ich fange an, mich zu fragen, ob er mit dem Herz und den Fallen recht hatte.

Mit der Spezialkiste in der Hand dreht er sich um und macht sich auf den Weg zur Kellertür. „Ich werde das sicher zu der anderen Reliquie packen."

„Gute Idee", sage ich. Ehrlich gesagt, je weiter ich davon wegkomme, desto besser. Ich werde dieses ungute Gefühl nicht los, und es ist mir nicht ganz geheuer.

Er verschwindet im Flur.

Es ist noch früh in der Nacht, und ich debattiere darüber, ins Fegefeuer zu gehen, da ich weiß, dass Aria arbeitet und Elias dort Anstandswauwau ist. Aber mit all den seltsamen Dingen, die in mir vorgehen, ist es vielleicht das Beste, wenn ich zu Hause bleibe. Ich will es nicht riskieren.

Cains donnernde Schritte eilen die Treppe hinauf. Die Tür knallt auf, und eine Millisekunde später erscheint er wieder, blass im Gesicht und nach Atem ringend. Die Schachtel ist immer noch in seinen Händen.

Seine Angst und Panik lässt mich an Ort und Stelle erstarren. Was kann einen Höllenfürsten schon erschüttern? Nicht viel, so viel ist sicher.

„Die Saite der Harfe", würgt er hervor. „Sie ist weg."

Oh, Scheiße.

Eine Kugel aus Blei sitzt in meinem Magen. Nein... Das kann nur eines bedeuten.

„Aria", knurren wir gleichzeitig.

„Fuck", füge ich hinzu.

„Sie hat sie genommen. Sie muss es getan haben." Er

spricht meine Gedanken laut aus, seine Panik verwandelt sich schnell in Wut. „Das ist die einzige Erklärung."

Ich halte meine Hände hoch. „Lass uns hier keine voreiligen Schlüsse ziehen...", fange ich an, aber so sehr ich auch nicht glauben will, dass Aria zu so etwas fähig ist, wer soll es sonst gewesen sein? „Vielleicht Elias-„

„Was? Glaubst du, Elias hat die Saite für einen gemütlichen Spaziergang durch den Wald mitgenommen?", knurrt er.

„Hey, ich weiß es verdammt noch mal auch nicht. Ich sage nur, dass auch etwas anderes passiert sein könnte. Wir wollen nicht davon ausgehen..."

Er presst seinen Kiefer zusammen. „Es war Aria. Sie muss mit Luzifer verbündet sein. Warum sonst sollte sie die Saite wollen?"

„Was sollen wir tun?", frage ich ihn. „Elias im Club anrufen?"

„Nein." Das Wort schnellt wie eine Peitsche aus seinem Mund. „Schick ihm eine SMS, aber wir müssen die Zeit nutzen, um Arias Zimmer zu durchsuchen. Und jeden anderen Ort, an dem sie sich aufgehalten hat. Wenn wir Glück haben, ist sie noch in diesem Haus und wir können sie aufspüren."

Ich gehe auf die Treppe zu.

„Warte."

Ich halte mitten im Schritt inne.

„Such danach, aber mach es nicht offensichtlich, dass du es getan hast. Sie soll nicht wissen, dass wir ihr auf der Spur sind", sagt er.

„Warum?"

Sein Blick verfinstert sich, das Schwarz schleicht sich über seine blauen Iris. „Ich werde sie zwingen, mir zu sagen, wo es ist."

Hatte er vor, es aus ihr herauszuquetschen?

Der Gedanke, dass sie verletzt werden könnte, lässt Sorgen in meiner Brust aufsteigen, aber wenn sie mit Cains Vater zusammenarbeitet und nicht die ist, für die wir sie halten, dann gibt es keine andere Wahl. Sie hat uns alle für dumm verkauft.

„Und was ist mit dem Herzen?", frage ich.

„Ich werde es bei mir im Schlafzimmer aufbewahren. Wenn sie dort danach sucht, werde ich es wissen." Seine Worte sind bedrohlich, die Drohung klar.

Nickend gehe ich weiter die Treppe hinauf, geradewegs auf die Treppe zum dritten Stock und auf Arias Zimmer zu.

KAPITEL ZWEIUNDZWANZIG

ARIA

„Ich kriege einen Blow Job. Oder mach mir direkt zwei", bittet eine Brünette mit dem kürzesten Rock der Welt, und ich kritzle es auf meinen Notizblock.

„Name?" Ich blicke auf, aber sie hat sich bereits von mir abgewandt und lacht mit ihren Freundinnen, einer Schar von Mädchen, die alle im Fegefeuer einen Junggesellinnenabschied feiern, dem Aussehen nach eine rothaarige Frau mit schwarzem Schleier und Diadem.

„Entschuldigen Sie." Ich beuge mich vor und tippe der Brünetten auf die Schulter.

Sie dreht sich wieder zu mir herum, mit einem spöttischen Blick, als wäre ich eine Mücke in ihrem Gesicht. Ich verkrampfe mich, setze aber ein Lächeln auf. Wenn meine Anwesenheit sie stört, dann bleibe ich gerne so lange, wie sie braucht, um zu antworten.

„Was denn?", platzt sie genervt heraus.

„Ihr Name, um die Getränke auf Ihre Rechnung zu setzen, oder Sie können die Blow Jobs vergessen." Ich ziehe eine Augenbraue hoch, als sie ihre Augen auf mich richtet.

„Den habe ich dir schon gesagt. K. Payker", spuckt sie. Aber ich weiß genau, dass sie mir das vorher definitiv noch *nicht* gesagt hat. Sie ist einfach nur eine riesige Schlampe.

Als sie sich umdreht, wirft sie ihren langen Pferdeschwanz über die Schulter und schlägt mir damit ins Gesicht. Der Rücken ihres Kleides ist hässlich, gestreift in weißen, gelben und orangenen Linien, und zieht sich eng über den Rücken, als würde sie ein Kleid tragen, das ihr zwei Nummern zu klein ist.

Innerlich brodelt und brennt es in mir, ich möchte ihr am liebsten meine Faust in den unteren Rücken rammen oder noch besser, ihr mit meinen Absätzen in die Kniekehlen treten.

Es ist fast zu verlockend, aber ich finde die Kraft zu widerstehen. Ich werde nicht meine Privilegien verlieren, indem ich mich von dieser Schlampe provozieren lasse.

Ich drehe mich um und marschiere auf wackeligen Füßen durch den Club. Ich bin mir nicht sicher, ob ich mich jemals daran gewöhnen werde, in Stöckelschuhen zu laufen. Mein Blick wandert zur hinteren Ecke des Clubs, wo ich weiß, dass Sir Surchion sitzt und so tut, als würde er mich nicht beobachten, was ihm nicht besonders gut gelingt. Vor allem, weil er sich keinen Zentimeter bewegt hat und seit Stunden am selben Drink nuckelt.

Ich bin nicht dumm. Ich weiß, dass er auf seinen Moment wartet, mich wieder in die Enge zu treiben, um mich über die Kugel auszufragen. Also stelle ich sicher, dass ich in der Menge bleibe und seinen schattigen Bereich um jeden Preis meide.

Gott sei Dank ist Charlotte da. Sie hatte mein Unbehagen sofort gespürt und angeboten, diese Seite des Clubs für die Nacht zu übernehmen. Ich würde lieber nicht in seiner Nähe sein.

Als ich die Bar erreiche, schiebe ich mich zwischen zwei leere Hocker, lege meinen Notizblock auf den Tresen und starre die Mädchen an. Die Art und Weise, wie sie kichern, während sie einen gutaussehenden Kerl anstarren, der an ihnen vorbeischlendert, macht mich krank.

Erbärmlich. Könnten sie noch verzweifelter sein?

„Willst du, dass ich ihre Drinks so aufpeppe, dass sie eine Woche lang krank sind?", fragt Antonio. Ich drehe mich um und sehe, dass er mir gegenüber an der Theke lehnt, mit einem Blick, der sagt, dass er es sofort tun würde. Sein kurzes schwarzes Haar ist heute zurückgekämmt, seine schwarze Augenklappe verleiht ihm einen verführerischen Blick. Der Kerl ist gutaussehend, mit einem zerlumpten, piratenhaften Style.

„Ich möchte so gerne ja sagen, aber ich will auch nicht, dass du deinen Job verlierst. Außerdem sollte die Braut nicht darunter leiden. Es ist nicht ihre Schuld, dass ihre Freunde Arschlöcher sind."

„Nun, dieser Schwarm von Meerjungfrauen ist unzertrennlich, und wenn eine dich hasst, tun sie es alle", sagt er.

Na, das ist ja beruhigend.

Ich brauche eine Sekunde, aber dann wird es mir klar... „Moment, Meerjungfrauen?" Ich schaue zurück in ihre Richtung. Ich meine, als Kind liebte ich *„Die kleine Meerjungfrau"*. Wer tat das auch nicht? Aber so habe ich mir Ariel nicht vorgestellt. Arrogant. Grausam. Und so unecht, dass sogar Barbie neidisch wäre. Vergessen wir nicht das offensichtlichste fehlende Merkmal – die Flosse.

Antonio schüttelt den Kopf. „Wow, Charlotte meinte es wirklich ernst. Du hast wirklich hinterm Mond gelebt."

„Hey", schnauze ich, „in Pflegefamilien aufzuwachsen und bitterarm zu sein, lässt nicht viele Erfahrungen zu."

Er hält seine Hände in Kapitulation hoch. „Ich will dich nicht verurteilen, aber du solltest wirklich ein Buch in die Hand nehmen oder Storm besuchen. Zum Teufel, google es. Das wäre einfacher." Dann, als ob ihm eine Idee käme, tippt er sich an den Kopf. „Hier, ich mixe dir schnell einen Drink." Antonio dreht sich zur hinteren Wand, bevor ich ihn aufhalten kann, und sammelt eine Handvoll Flaschen ein.

„Würde ich gerne, aber ich bin im Dienst."

„Psssst", flüstert er, seine Augen funkeln verschmitzt. „Ich werde nichts verraten, wenn du es nicht tust."

Ich hüpfe auf einen Hocker und drehe mich um, um den Hauptbereich des Clubs zu beobachten. Charlotte ist hinten und lacht mit einer Gruppe von Männern. Sie hat diese Art, Typen in ihrer Gegenwart zum Schmelzen zu bringen. Ich weiß nicht, wie sie es macht, aber ihr Charme kommt von selbst, während ich immer noch nicht gelernt habe, in Stöckelschuhen zu laufen.

Als ich meinen Blick durch den Raum schweifen lasse, ertappe ich Elias, wie er mich von einem der schwarzen Sofas in der Nähe der Bühne aus beobachtet, wo Tänzerinnen in den knappsten Outfits an Stangen auf und ab gleiten. Seine goldenen Augen sind jedoch auf mich gerichtet; er hat kein Interesse an dem fast nackten Entertainment nur wenige Meter vor ihm entfernt.

Er sitzt mit gespreizten Beinen da, nippt an seinem Glas und zwinkert mir zu. Ein Kribbeln entzündet sich in meinem Unterleib bei dieser kleinen Geste. Egal, wie sehr ich mich anstrenge, ich kann nicht vergessen, wie erregt ich war, als er mich über seinen Schoß beugte und mir den Hintern versohlte.

Ein Teil von mir wünscht sich, dass er es wieder tut.

„Hier, bitte." Antonio stellt ein Glas vor mich hin. Der Cocktail hat eine schöne Sonnenuntergangsfarbe mit Eis und einem einzelnen schwarzen Strohhalm.

„Das kann ich nicht trinken", sage ich und schaue nervös zu Elias. „Elias schaut zu. Was, wenn er-„

„Es wird ihm egal sein, was du trinkst." Antonio lehnt sich vor und stützt seine Ellbogen auf die Bar zwischen uns. „Ich habe einmal gesehen, wie er eine ganze Flasche Whiskey austrank, bevor er eine der hiesigen Hotties in einen der Red Rooms lockte, ohne einmal zu stolpern. Der große Junge kann seinen Alkohol vertragen."

Mein Verstand hält bei den Worten Elias, Hottie und Red Room an. Alles andere, was er sagt, ist verschwommen, und mein Herz schmerzt bei dem Gedanken, dass er die Gesellschaft einer anderen Person genießt. Ich dachte, er sei ein Einzelgänger, der die meiste Zeit in den Wäldern verbringt. Nicht so ein Playboy wie Dorian.

Ich schätze, ich habe mich geirrt.

Das sollte nicht allzu überraschend sein. Alle drei Dämonen sind auf ihre eigene Art umwerfend schön. Sie könnten jede Frau, die sie wollen, im Handumdrehen haben.

Meine eigenen Unsicherheiten steigen aus ihren dunklen Verstecken empor, und ich kann nicht anders, als mich zu fragen, warum irgendjemand von ihnen sich entschieden hatte, Zeit mit mir zu verbringen.

Dann erinnere ich mich, warum - Sayah. Sie wollen von meiner Gabe wissen und sie irgendwie nutzen. Das muss der einzige Grund sein.

Antonio deutet auf das unangetastete Getränk vor mir

und räuspert sich. „Er heißt 'A Short Trip to Hell'. Irgendwie passend, in Anbetracht deiner misslichen Lage, was, Schätzchen? Bist ja schon angekommen, auf dem kurzen Weg zur Hölle, nicht?" Er schnaubt ein Lachen über seinen eigenen Witz.

Ich starre ihn nur an, mein Magen wird sauer. Ich kann nicht aufhören, an ihn mit einem anderen Mädchen zu denken.

„Na, dann lass mich nicht warten", drängt Antonio. „Waldbeerenschnaps, Saft, eine Dose Red Bull und einen Schuss Jägermeister. Genieß es, und ich werde diese Blow Jobs aufpeppen."

Ich schaue zu Elias hinüber, der mich immer noch studiert, greife nach dem Drink und denke 'Scheiß drauf', bevor ich ihn in mehreren Schlucken hinunterkippe.

Sofort rast Feuer durch meine Kehle, und ich schnappe nach Luft. Meine Augen tränen von dem Brennen. "Wasser!" Ich würge und keuche. „Wasser! Fuck!"

Antonio brüllt vor Lachen und reicht mir eine Wasserflasche.

Meine Kehle fühlt sich an, als würde sie sich schälen. Hastig schlucke ich das Wasser hinunter - die Hälfte davon, um genau zu sein. Als die Kühle die Flammen in meinem Mund erstickt, sage ich: „Großer Gott, warum hast du mir nicht gesagt, dass es schmeckt wie heiße Kohle?"

„Ich habe dir nicht ohne Grund einen Strohhalm gegeben."

„Du bist böse!" Das feurige Gefühl klettert wieder meine Kehle hoch, und ich schlucke den Rest des Wassers runter. Oh, Scheiße. Ich glaube, der Drink hat ein Loch in meine Speiseröhre gebrannt.

Er kichert vor sich hin und macht sich wieder an die Zubereitung der Meerjungfrauen-Cocktails.

Als ich wieder zur Tanzbühne hinüberschaue, ist Elias weg. Ich runzle die Stirn. Vielleicht hat er dieses Mal jemand anderen gefunden, den er in die Red Rooms mitnehmen kann.

Leider beäugt mich Sir Surchion immer noch von seinem dunklen Plätzchen aus. Ich erschaudere bei seinem durchdringenden Blick. Ich fühle, wie er über meine Haut gleitet, selbst wenn ich wegschaue. Wenigstens ist seine Krähe nirgendwo in Sicht.

Antonio pfeift zu dem verführerischen Lied, das aus den Lautsprechern des Clubs dröhnt. Er liebt seinen Job wirklich, und erst jetzt, ohne Hut und mit zurückgekämmtem Haar, bemerke ich, dass seine Ohrenspitzen spitz sind. Ist er ein Elf?

Er schwingt seine Hüften zur Melodie, während er seine Hand auf den Shot legt. Einen Sekundenbruchteil später steigt eine kleine Spur von Luftblasen an die Oberfläche. Er wiederholt den Vorgang mit dem anderen Getränk, was mich verblüfft.

Er stellt ein Tablett vor mich hin, stellt die Shots darauf und grinst. „Hier sind die Blow Jobs für die Fisch-Mädchen."

„Was hast du gerade in die Drinks getan?"

Sein Mundwinkel kräuselt sich nach oben. „Bring sie rüber und ich verrate es dir, wenn du zurückkommst."

Er dreht sich um und geht los, um ein paar Gäste zu bedienen, die am Tresen der Bar sitzen. Ich hüpfe vom Hocker und bringe die Shots zu den Nixen, die vor sich hin gackern. Als ich ankomme, würdigt mich niemand eines Blickes, also stelle ich die Gläser auf dem Tisch vor der Brünetten ab.

Ich gehe zurück zur Bar und setze mich wieder auf meinen Hocker, als Antonio herüberkommt und seine Hände an der schwarzen Schürze um seine Taille abwischt.

„Noch einen Drink?", stichelt er.

„Haha, lustig", sage ich. „Und jetzt verrate mir deinen Zaubertrick."

Er nimmt ein Küchenhandtuch und beginnt, die frisch gespülten Biergläser abzutrocknen. "Nichts im Fegefeuer ist so, wie es scheint, Schätzchen. Auch nicht die Cocktails. Sie haben niedliche Namen, aber jeder weiß, dass jeder mit einem bestimmten ..." Er kneift die Lippen zusammen, während sein Blick zur schwarzen Decke wandert. „Wie soll ich es ausdrücken? Sie geben denen, die sie trinken, ... *Vorteile*."

Ich verziehe das Gesicht, weil ich es nicht verstehe.

„Du kannst dir das wie winzige Ausbrüche von Zaubersprüchen vorstellen, die meist harmlos sind und den Leuten einen kleinen Kick geben. Ich kann ein Fünf-Minuten-Liebes-Elixier zaubern, einen Spritzer Erregung hier und da, oder einen eisigen Drink, der deine Sorgen sofort besänftigen kann. Stärkere Mittel können knifflig sein, aber ich bin ein ziemliches Genie darin geworden, einem Katerbier – hier *Hair of the Dog* genannt – Haarausfall hinzuzufügen. Was immer die Leute wollen, ich biete es an. Das Beste daran ist, dass meine Kreationen nie einen Kater mit sich bringen."

Ich bin mir sicher, dass mir der Mund offen steht. Er verändert die Drinks, aber die Gäste wissen es und genießen sie bereitwillig.

„Was ist mit meinem Cocktail?"

„Es ist ein Entspannungsmittel. Wie geht es dir?"

Ich blinzle ihn an, und naja... er hat nicht ganz unrecht, aber das heißt nicht, dass ich es gut finde.

„Die Wirkung ist nie so stark, dass jemand die Kontrolle über seine Hemmungen verliert. Ich bin da vorsichtig."

Als ich durch den Raum schaue, in dem die meisten Leute einen Drink genießen, wird mir klar, dass das Fegefeuer so viel mehr ist als ein Club. Es ist ein Ort, an dem Menschen Wünsche und Fantasien ausleben. Es ist eine Flucht vor der Realität, und die Leute lassen sich darauf ein.

„Was macht der Blow-Job-Cocktail?", frage ich ihn als nächstes.

„Es pumpt einen Schub Selbstvertrauen in den Trinker."

Das Fischmädchen braucht also Hilfe, um sich inmitten ihrer sogenannten Freunde sicher zu fühlen? Nun, das sagt eine Menge über sie aus.

"Ich bin beeindruckt", füge ich hinzu. „Ich habe gehört, dass Feen starke und ungewöhnliche Kräfte haben."

„Oh, ich bin keine Fee", stößt er mit Abscheu hervor, die seinen Tonfall verändert. „Feen sind arrogante, schwarzherzige Arschlöcher, die glauben, sie seien zu schön für diese Welt. Wenn es nach mir ginge, würde ich ihnen Hausverbot erteilen, aber das liegt natürlich an Cain, und leider haben diese blondhaarigen Bastarde zu viel Geld, als dass man sie jemals abweisen könnte."

"Und?" Ich lehne mich nach vorne, die Arme auf der Theke, gebannt, um zu erfahren, was er zu erzählen hat. „Was bist du denn?"

Er sieht mich an. „Ich bin ein Pirat, offensichtlich. Siehst du nicht die Augenklappe?"

Diesmal lache ich. „Okay, das ist mir auch schon mal durch den Kopf gegangen."

Er setzt das Glas ab, das er schon zu lange abtrocknet, und zuckt mit den Schultern. „Ich bin nichts Besonderes. Ein einfacher alter Elf. Geboren in Österreich, wo viele Feen leben und Elfen als ihre Haussklaven nehmen."

Tut mir leid, aber hat er *Sklaven* gesagt? „Du machst immer noch Witze, hoffe ich."

„Nö." Er zeigt auf die Augenklappe. „So hat mich mein Herr bestraft, weil ich mich geweigert habe, auf die Knie zu fallen und ihn zufrieden zu stellen. Er nahm mir das Auge. Und dann habe ich meine Chance genutzt und bin weggelaufen. Habe nie zurückgeblickt. Ich verließ das Land und kam hierher in diese kleine, waldige Stadt mitten im Nirgendwo. Ich dachte, er würde mich nie in Glenside, Vermont, suchen. Der Rest ist Geschichte." Trotz der traurigen Geschichte, die er erzählt, lächelt er strahlend, als sei er stolz auf die Schritte, die er gemacht hat, und das Leben, das er jetzt führt.

Ich werde sauer. „Ich kann nicht glauben, dass eine Fee dir das angetan hat."

„Es ist die Vergangenheit, und das –„ er zeigt wieder auf seine Augenklappe, „ist ein toller Gesprächsanlass. Hat mir sogar ein paar Dates verschafft." Wir sehen beide, wie sich jemand der Bar nähert, und er nickt mir zu, bevor er in ihre Richtung geht. „Zurück an die Arbeit."

Ich bin wieder auf den Beinen und sammle leere Gläser auf Tischen ein. Die nächste Stunde vergeht langsam. Antonio lässt mich ihm helfen, die Spülmaschine auszuräumen und den Müll zu den Tonnen in der Gasse hinter dem Fegefeuer zu bringen.

Draußen in der Dunkelheit schleppe ich den schweren Sack mit dem Müll die schmale Gasse hinunter.

An einer Wand sind Kisten gestapelt, dazu leere Kartons. Ich schaue auf und ab und stelle fest, dass es völlig leer ist. Ich bin die Einzige hier draußen. Alleine.

Mein Magen flippt aus. Kann die Flucht wirklich so einfach sein? Ein kurzer Blick auf die Tür, und Zögern macht sich in mir breit. Ein Gefühl, das ich nicht verstehe, denn warum sollte ich unter der Fuchtel von drei Dämonen bleiben wollen? Also lasse ich die Mülltüte fallen und beschließe, nach links in Richtung Hauptstraße zu gehen.

Dann renne ich los.

Elias

*I*ch beobachte sie zunächst aus den Schatten der Gasse. Mein kleiner Feuerfuchs hat die erste Gelegenheit genutzt, um zu fliehen. Es überrascht mich nicht, obwohl sich eine tief sitzende Enttäuschung über mich legt. Ich bin hierher gekommen, um frische Luft zu schnappen, und zu sehen, wie ihr heißer kleiner Hintern wackelt, während sie an mir vorbeirauscht, löst Erregung aus. Mein Tier erwacht, meine Haut prickelt mit der Dringlichkeit einer Jagd, und ich stürze mich auf sie.

Das Klack-Klack ihrer Absätze auf dem Bürgersteig hallt um mich herum wider. Sie ist nicht in der Lage, in den Dingern zu laufen, geschweige denn zu rennen, also schließe ich den Abstand innerhalb von Sekunden. In diesem Moment wirft sie einen Blick über ihre Schulter und sieht mich. Ihre Augen werden groß vor Schreck, und in diesem Blick freut sich der Jagdhund in mir.

Es gibt nichts Schöneres als die Angst kurz vor einem Fang. Der Anblick. Der Geruch. Der Geschmack. Ich bin noch nicht mal in meiner Tiergestalt und mir läuft schon das Wasser im Mund zusammen beim Gedanken, mich auf sie zu stürzen.

Panisch versucht Aria, ihr Tempo zu beschleunigen, aber sie schätzt ihren nächsten Schritt falsch ein, stolpert und landet mit einem lauten Grunzen unsanft auf dem schwarzen Asphalt. Ein bisschen enttäuschend, wirklich. Ich hatte gehofft, es ein wenig länger hinauszuzögern, aber es ist nicht einmal annähernd ein ausgeglichenes Spiel. Vor allem, wenn man auf wackeligen Beinen läuft.

Ich schleiche mich näher heran, als sie sich aufzusetzen versucht. Der scharfe Geruch von Blut steigt mir in die Nase, und ich schaue nach unten, um zu sehen, dass ihre Knie von dem Sturz aufgeschürft sind. Nicht sehr schlimm, aber gerade so viel, dass ich einen roten Schimmer sehe. Ich bin mir nicht sicher, warum, aber extreme Angst lässt Blut immer süßer schmecken. Die Versuchung, meine Reißzähne in ihr zu versenken, ist da, aber ich kann nicht. Ich werde es nicht tun. Nicht, wenn Cain sie unversehrt haben will... und ich würde meine Urbedürfnisse und meinen Hunger viel lieber auf andere Weise mit ihr stillen.

Ich rage über sie hinweg. Aus irgendeinem Grund kommt sie mir jetzt kleiner vor. Zierlich, harmlos, zart. Ich weiß, meine Größe ist unerwartet, aber neben ihr sehe ich aus wie ein Monster.

Und vielleicht bin ich das.

„Wo rennst du hin?", frage ich sie, als sie mich mit diesen großen, rehbraunen Augen anschaut. „Du weißt, dass du nicht weit kommst."

Ihre Brust hebt sich von ihrem gescheiterten Fluchtversuch, ihre Atemzüge sind kurz, aber ich bin nicht einmal ins Schwitzen gekommen. „Willst du mich umbringen?"

Mein Kopf neigt sich bei ihrer Frage zur Seite. Ich habe nicht erwartet, dass sie diese Frage stellt. „Willst du, dass ich es tue?"

Sie schüttelt den Kopf.

Ich grinse. „Gut, denn das habe ich nicht vor. Zumindest nicht heute."

Sie starrt mich lange an, als wäre sie sich unsicher, ob ich die Wahrheit sage. Dann wirft sie einen Blick auf die verlassene Gasse um uns herum. Sie hatte es nicht einmal bis zum Bürgersteig geschafft. Wir befanden uns immer noch abgeschieden hinter dem Club, neben einem Stapel von Kisten und Versandpaletten. Der Gestank von Müll und abgestandenem Wasser liegt in der Luft.

„Ich werde Cain sagen müssen, dass du heute Abend wieder versucht hast, zu fliehen", sage ich. „Er wird nicht glücklich darüber sein."

„Bitte verrate es ihm nicht", sagt sie eilig, plötzlich nervös. „Ich mag diesen Job wirklich. Er wird mich nie wieder aus dem Haus lassen. Ich kann nicht..."

Ich halte meine Hand hoch, um sie aufzuhalten. „Das werde ich nicht. Du musst dir keine Sorgen machen. Aber das wird das einzige Mal sein, dass ich ein Geheimnis vor ihm bewahre. Und das bedeutet, so sehr ich die Jagd auch genieße, du wirst nicht noch einmal versuchen, wegzulaufen."

Sie antwortet nicht, und in ihrem Schweigen höre ich ihre Zweifel und Ängste. Sie will mir nichts versprechen, schon gar nicht, dass sie sich nicht ihre Freiheit verdienen will. Wenn sich ein weiterer perfekter Moment ergeben würde, würde sie das Risiko eingehen.

Zögernd schiebt Aria ihre Beine unter ihren Hintern,

aber die Bewegung bringt ihr Gesicht nur Zentimeter von meinem Unterleib entfernt. Ich fühle mich immer unwohl in Kleidern - sie sind zu eng für meine Größe, und Hosen sind das Schlimmste. Wenn ich muss, trage ich normalerweise etwas Lockersitzendes. Heute Abend habe ich mich für eine Jogginghose entschieden, trotz des Upper-Class-Dresscodes für den Club, aber das Problem ist, dass sie der Fantasie nur wenig Spielraum lässt.

Und vor lauter Aufregung, weil ich Aria nachgejagt bin, steht mein Schwanz ziemlich deutlich durch den grauen Stoff hervor und definiert sich. Und ihre plötzliche Nähe macht es nur noch schlimmer, denn sie dehnt den Stoff, sodass er voll zur Geltung kommt.

Als Aria merkt, wo sie ist, zuckt sie zurück, ihre Wangen erröten. Aber dann tut sie etwas Seltsames. Sie blickt durch diese langen, dunklen Wimpern zu mir auf und ihre Zunge streicht über ihre Unterlippe.

Die Bilder in meinem Kopf gehen direkt in die Gosse. Ihre Hände, die sich um meinen Schwanz wickeln, während ihre Zunge mich schmeckt. Ich, wie ich die gesamte Länge in ihren glitschigen, heißen Mund führe, bis er hinten in ihrer Kehle ankommt... Ich meine, wie könnte ich nicht daran denken?

Hitze breitet sich auf meiner Haut aus, und die Lust zerrt an meinem Innersten. Was würde ich nicht dafür geben, diese Visionen jetzt wahr werden zu lassen.

Als ich auf sie hinunter starre, schleicht sich etwas in ihren Blick. Es ist etwas, das auch meine Bestie erkennt.

Ungezähmter sexueller Hunger.

„Ich..." Überrumpelt bricht ihre Stimme ab, und sie beginnt aufzustehen. Ich nehme ihren Arm und helfe ihr auf. Sie weicht jedoch nicht von mir zurück, und der Blick in ihren Augen erinnert mich an ihren erschrockenen

Ausdruck nach unserer Prügelei. Als sie so viel mehr wollte, und ich sie hängen ließ. Ja, ich war ein Arschloch - und bin es immer noch -, aber jetzt hat sie mich an den Eiern, weil ich sie ganz und gar haben will. Und sie weiß es.

„Was wolltest du sagen?“, dränge ich sie und grinse.

Ihre Hand liegt plötzlich auf meinem prallen Schwanz, und ich stöhne überrascht auf. Sie hat diese Fähigkeit, mich jedes Mal, wenn wir zusammen sind, fassungslos zu machen.

„Bist du sicher, dass du das tun willst?“, zische ich, während mein Schwanz vor Erregung pulsiert.

Sie nickt. „Hast du Angst?“

Ich werfe meinen Kopf zurück und lache über diese Verführerin, aber sie lässt auch nicht von meiner Erektion ab.

Ich packe sie im Nacken und ziehe sie zu mir. „Sei vorsichtig. Wenn du zu sehr drängst, gibt es kein Zurück mehr.“

„Wenn ich mich richtig erinnere, hast du neulich etwas angefangen, das du nicht beenden konntest.“

Oh, also ist das ihr Racheplan. Ich bin dabei. „Gefällt dir, was du fühlst?“

Ich erwarte, dass sie sich jeden Moment zurückzieht und weggeht, um sich an mir zu rächen, aber sie tut es nicht. Sie bleibt an ihrem Platz, die Hitze ihrer Berührung brennt durch meine Kleidung.

„Und?“, dränge ich.

Ihr Kinn senkt sich zu einem Nicken.

Ich stoße ein Lachen aus. „Da kann Dorians Schwanz nicht mithalten, oder?“

Sie schluckt grob, und ich bin auf die Bewegung ihrer Kehle fixiert. „Nein.“

Das ist verdammt richtig. Nicht mal annähernd.

Ich streiche mit ihrer Hand über die Vorderseite meiner Hose, um zu betonen, was ich darunter trage. Ihre Hand zittert in meiner. Und da ist sie, das schüchterne Mädchen, von dem ich weiß, dass es hinter der Prahlerei steckt.

„Scheiße...", zischt sie atemlos.

Dorian mag ein Sex-Dämon sein, und er mag sie zuerst gefickt haben, aber er kann es nicht mit mir aufnehmen, wenn es um die Größe geht. Ich bin derjenige, der ihre wildesten Fantasien wahr werden lassen kann. Und der Ausdruck auf ihrem süßen Gesicht sagt, dass sie das auch weiß.

Bevor ich einen weiteren Gedanken fassen kann, packt sie den Bund meiner Jogginghose und reißt sie herunter. Mein Schwanz löst sich aus seiner Fesselung und wippt vor ihr.

Eine solche Dreistigkeit hätte ich von ihr nicht erwartet. Sie sieht sonst so unschuldig aus. Unerfahren. Ich habe sie definitiv nicht für ein sexuelles Luder gehalten, also überrascht mich ihr Verhalten.

Aber beschwere ich mich? Nö.

Obwohl Aria mich schon einmal nackt gesehen hat - bei unserer allerersten Begegnung im Wald - und sie mich gerade berührt hat, scheint der Anblick meines Schwanzes sie zu überraschen. Es bläht mein Ego nur noch mehr auf und ich grinse.

„Für mich sieht es so aus, als ob du damit eine Spritztour machen willst."

Sie kauert sich daraufhin vor mir zusammen, und mein Magen krampft sich vor Verlangen zusammen.

Verdammte Scheiße. Die einfachste Geste lässt meinen Puls galoppieren. Ich bin total aufgewühlt.

Ihre Finger wickeln sich um meinen Schaft und halten mich fest. Vorfreude schwirrt durch mich, und wie zuvor laufen meine Gedanken mit all meiner Selbstbeherrschung davon. Ihr Mund senkt sich ab, ihre weichen, vollen Lippen umschließen den Kopf, während ihre Zunge mich zum ersten Mal schmeckt.

Jeder Muskel in meinem Körper verkrampft sich auf einmal. Ein Knurren vibriert in meiner Brust, als sie mehr von mir in sich aufnimmt. Langsam. Behutsam. Als ob sie mich kostet oder ihre Grenzen testet. Ich bin mir nicht sicher, was davon.

„Aria..." Ihr Name kommt in einem tiefen Grollen heraus, als sie meinen Schwanz aus ihrem Mund holt und ihn wieder einnimmt, tiefer geht, saugt, neckt. Es macht mich wahnsinnig, hier zu stehen und nichts zu tun, außer sie erforschen zu lassen. Ihr Mund fühlt sich so verdammt gut an, aber ich bin nicht der Typ, der es sanft und langsam angeht. Das ist nicht mein Stil.

Ich will mehr.

Sie fährt fort, mich mit den subtilsten Bewegungen ihres Kopfes rein- und rauszuziehen, während eine Hand mich an der Basis meines Schafts streichelt. Diesmal geht sie so tief, dass ich die Krümmung ihrer Kehle spüre, und ich bin schockiert, dass sie mich so weit nehmen kann, ohne zu würgen. Das macht mich nur noch mehr an.

„Genau so. Nimm alles in den Mund", sage ich und neige meine Hüften so, dass ich wieder den süßen Punkt hinten in ihrer Kehle treffe. Als ihre Zunge an der Unterseite meines Schwanzes entlangfährt und ihn leckt, schaut sie wieder zu mir auf, um mir zu zeigen, dass sie kein Problem damit hat, zu tun, was ich verlange. „Gut. Hmm ... Fuck ja. Genau so."

Sie nimmt mich ganz bis zum Anschlag in den

Mund, schließt ihre Lippen um mich, und die Wärme und Enge ihres Mundes lässt mich den Verstand verlieren. Ein köstliches Kribbeln breitet sich in mir aus, und ich will nur noch, dass sie mich immer wieder so tief nimmt.

Der aggressive Teil in mir will die Kontrolle übernehmen. Was sie tut, ist absolute Folter, und sie merkt es nicht einmal, aber ich schwebe an meiner Grenze. Natürlich will ich ihr nicht wehtun, aber ich brauche mehr als dieses ganze Langsame hier.

Ich beschließe, dass es an der Zeit ist, ihr freches Mundwerk auf die Probe zu stellen.

„Hast du dich schon mal in den Hals ficken lassen, Aria?", frage ich sie, während ich mit den Fingern durch ihr Haar fahre. Ich nutze meinen Halt an ihr, um sie vorübergehend loszureißen und ihren Kopf nach hinten zu neigen, damit sie stattdessen zu mir aufschaut.

Aufregung leuchtet in ihren Augen. Sie mag es, auf diese Weise behandelt zu werden. Rau.

Ich hätte es von ihrer Reaktion, als ich ihr den Arsch versohlt habe, wissen müssen. Es macht Sinn.

Mit dem gleichen naiven Gesichtsausdruck, den sie mir zuvor zugeworfen hatte, schüttelt sie den Kopf, nein. Aber ich weiß jetzt, dass es nur eine List ist. Ein Schauspiel, das sie spielt. Unter all der falschen Unschuld verbirgt sich eine Sexfanatikerin. Sie muss nur entfesselt werden.

„Würdest du gerne?", frage ich als nächstes.

Sie beugt sich vor und lässt ihre Zunge wieder um die Spitze meines Schwanzes kreisen. Sie neckt mich.

Diesmal verheddere ich meine beiden Hände in ihren Haaren und zwinge sie, mich wieder anzuschauen. „Du musst es sagen, Aria. Ich muss hören, wie du es sagst."

„Ja", haucht sie. Ihr Blick ist neblig vor Lust. „Ich will, dass du meine Kehle fickst, Elias."

Mist. Sie hat gerade die magischen Worte gesagt.

Ich nutze meinen Griff an ihrem Hinterkopf und beuge mich herunter, um sie zu küssen. Hart. Und sie öffnet ihre Lippen ohne zu zögern. Unsere Zungen ringen miteinander, das Verlangen zwischen uns wächst auf ein gefährliches Niveau. Gerade als sie fast die Fassung verliert, breche ich den Kuss ab, halte sie aber fest, um sie zu fixieren.

Ihre Hände umklammern meine Oberschenkel, während ich meinen Schwanz wieder in ihren heißen Mund führe. Ein weiteres Knurren der Lust vibriert in meiner Brust. Ich bewege mich zunächst langsam, um zu testen, ob sie sich mit meiner Größe wohlfühlt, aber es dauert nicht lange, bis sich ihre Nägel in mein Fleisch graben und mich dazu drängen, schneller zu werden.

Ich folge ihren stummen Hinweisen und pumpe meine Hüften, liebe das Gefühl ihrer Lippen, die an mir saugen, ihres feuchten Mundes, der mich umschließt, und ihrer Zunge, die mich massiert, alles zur gleichen Zeit. Sie stöhnt und gurgelt, die Geräusche ihrer eigenen Lust schießen durch mich hindurch. Ich beschleunige.

„Scheiße, ja. Das fühlt sich gut an. Shit." Jeder Fluch, den ich mir vorstellen kann, entweicht meinen Lippen. Bei jedem Stoß spüre ich ihre Kehle von hinten. Ihre eine Hand findet meine Eier und quetscht sie, und ich gehe in die Knie, um richtig loszulegen.

Ich stoße in sie hinein und sie nimmt mich komplett auf. Es ist so verdammt heiß, sie auf ihren Knien zu sehen, wie sie jeden gottverdammten Zentimeter von mir nimmt, ich kann es einfach nicht ertragen. Es ist verblüffend.

Wenn es um Sex geht, war ich schon immer ein Marathontyp. Kein Sprinter, wenn du weißt, was ich meine. Ich kann eine lange Zeit durchhalten, aber irgendetwas an dieser Sache und dem Gefühl von Arias Mund auf mir lässt meinen Höhepunkt viel früher als erwartet aufkommen. Als ihre schönen dunklen Augen aufrollen, um meine zu treffen, und ich dort wieder diesen animalischen Hunger entdecke, verliere ich mich. Ich stoße ein letztes Mal in ihren Hals, stoße mich wieder bis zum Anschlag vor und halte mich dort fest. Mein ganzer Körper zittert, als mein Orgasmus mich überkommt. Ich pulsiere in ihr und ihr Hals arbeitet, um alles hinunter zu schlucken.

Als ich mich zurückziehe, ziehe ich ihren Kopf noch einmal zurück und beuge mich herunter, um sie mit genauso viel Inbrunst zu küssen wie zuvor. Diesmal schmeckt sie salzig und süß, und ich kann nicht glauben, dass sie nicht nur den Deep-Throat wie ein Champion hingenommen hat, sondern meine Wixe auch noch ganz heruntergeschluckt hat.

Zum ungefähr tausendsten Mal, seit dieses Mädchen in unser Leben getreten ist, frage ich mich, wer zum Teufel sie wirklich ist. Sie ist ein Wunderwerk.

Nach Atem ringend trennen wir uns, und ich nehme den köstlichen Duft ihrer Erregung in mich auf. Zu wissen, dass sie das genauso genossen hat wie ich, lässt meinen Schwanz zucken, der sich nach einer weiteren Runde sehnt. Aber stattdessen ziehe ich meinen Pullover hoch und wische mit meinem Daumen sanft die Spucke von ihren Mundwinkeln.

„Du bist unglaublich", sage ich.

„Vergiss es bloß nicht", stichelt sie, während sie errötet und ihr großäugiges, fast jungfräuliches Benehmen wieder an seinen üblichen Platz zurückkehrt. Aber ich bin kein Narr.

Nachdem ich ihr beim Aufstehen geholfen und die kleinen Schrammen an ihren Knien begutachtet habe - es sind nur kleine Kratzer - lehnt sie sich an meine Seite und lächelt. Ehe ich mich versehe, lege ich ihr einen Arm um die Schultern und führe sie zurück in den Club, damit sie sich verarzten und ihre Schicht beenden kann.

Und hoffentlich kann ich einen Weg finden, das verdammte Bild von ihr, wie sie mir einen bläst, aus meinem Kopf zu bekommen.

KAPITEL DREIUNDZWANZIG

CAIN

Mein Blut kocht.

Dorian hatte kein Glück dabei, das fehlende Relikt in Arias Zimmer zu finden, also muss sie es irgendwo anders versteckt haben. Ich bin die ganze Nacht auf und ab gegangen, habe die ganze verdammte Villa mit Dorian durchsucht, aber wie jedes Mal zuvor, ist das Relikt stumm für mich. Die einzige Dunkelheit, die ich spüre, ist das süße Summen von Arias verborgener Macht, die mich einlullt, um der Versuchung nachzugeben.

Elias war keine große Hilfe. In dem Moment, als er mit Aria zurückkam, ging er in den Wald. Er sagte irgendwas davon, dass er frische Luft bräuchte, oder irgendeinen anderen Schwachsinn, während Aria direkt in ihr Schlafzimmer rannte.

Dorian und ich durchsuchten beide mehrmals ihr Zimmer und fanden nichts. Ich hätte sie zur Rede stellen sollen, als sie das Haus betrat, aber ich hatte gehofft, es inzwischen gefunden zu haben. Der einzige andere Ort,

wo sie es versteckt haben könnte, war das Fegefeuer. Es sei
denn, sie hat es schon an Maverick oder Luzifer weiter-
gegeben...

In meinem Kopf pochen alle möglichen Szenarien,
eines schlimmer als das andere. Der Verrat meines
Bruders, und jetzt der von Aria, sticht mir ins Auge. Ich
will es nicht glauben, aber welche andere Möglichkeit
gibt es schon?

Ich laufe vor dem Kamin des Salons hin und her und
warte darauf, dass sie aufwacht. Der Gedanke, in ihr
Zimmer zu stürmen, kommt mir in den Sinn, wie schon
ein Dutzend Mal zuvor, aber wenn es eine Sache gibt, die
ich über Aria gelernt habe, dann, dass sie unter
Drohungen nicht einknickt. Deshalb muss ich eine
andere Herangehensweise wählen. Und das bedeutet,
dass ich mich beruhigen musste.

Die Hände zur Faust geballt, atme ich laut aus und
marschiere zum Esszimmer hinüber. Mein Blick fällt auf
die mit Rotwein gefüllte Glaskaraffe. Ich lecke mir über
die Lippen, meine Kehle fühlt sich plötzlich so trocken an
wie die Wüste.

Seit den Flügen zurück aus der Antarktis fühle ich
mich seltsam. Als ich mit Dorian sprach, konnte ich nicht
verhindern, dass meine wahren Gedanken heraussprudel-
ten, und die Dinge, die ich sagte... Nun, ich habe sogar
mich selbst überrascht. Und Dorian schien auch anders
als sonst zu sein.

Ich fange an zu glauben, dass es etwas mit dem
Herzen der Harfe und der Magie, die sie besitzt, zu
tun hat.

Ich muss mehr recherchieren. Mal sehen, ob ich etwas
darüber herausfinden kann, dass Gabriel möglicherweise

magische Schutzvorrichtungen an den Relikten anbringt, um zu verhindern, dass sie gefunden werden. Aber zuerst muss ich das fehlende Relikt finden. Die Saite. Oder, wie es in der Geschichte heißt, eine Locke von Evas Haar, der allerersten menschlichen Frau, die je erschaffen wurde.

Eine weitere Welle der Wut überrollt mich. Ich beiße die Zähne zusammen und brenne. Vielleicht hat Elias ja einen guten Weg zum Runterkommen gefunden, wenn er durch den Wald rennt, um seine wilde Seite herauszulassen. Unsere Zeit in der Antarktis hat mir gezeigt, dass es zu lange her ist, dass ich einfach losgelassen habe.

Scheiße. Ich gieße Wein in ein Glas und trinke es in drei Schlucken hinunter, bevor ich es noch einmal auffülle. Ein fruchtiger Geschmack bleibt auf meiner Zunge zurück, und ich frage mich, ob Aria auch so schmeckt. Dann denke ich an Dorian, der sie gevögelt hat, und dass es mich nicht so sehr stören sollte, wie es das tut. Aber ich kann nicht verhindern, dass meine Hände zittern, wenn Bilder von ihnen zusammen auf mich einprasseln. Es ist quälend.

Ich habe in meinem ganzen Leben noch nie jemanden so sehr gehasst und begehrt.

„Hallo?" Arias leise, schwache Stimme ertönt hinter mir.

Ich versteife mich zuerst, dann drehe ich mich um, als sie zu mir hereinschlendert. Ein kleines Lächeln umspielt ihre Lippen, als sie an der gegenüberliegenden Seite des Tisches entlanggeht. Trotz ihres unschuldigen Blicks drängt mich mein Instinkt dazu, mich auf sie zu stürzen und zu verlangen, dass sie mir das Relikt gibt, aber ich halte mich zurück. Ich bin hibbelig vor Vorfreude und meine Gedanken sind ein einziges Durcheinander. In mir tobt ein Krieg, und ich bin mir nicht sicher, auf welcher Seite ich stehen soll. Beide fühlen sich an, als würden sie zu meinem Verderben führen.

Ich nehme einen tiefen Atemzug, richte meine Schultern auf und lasse einen Anschein von Gelassenheit über mich ergehen.

„Wein?", biete ich ihr an und deute auf die Karaffe, die von meinem Schlucken schon halb leer ist.

Sie schüttelt den Kopf, ihr wunderschönes dunkles Haar fällt perfekt um ihr Gesicht. Sie ist schön und gefährlich. Das sehe ich jetzt.

„Ich versuche, mich nicht vor acht Uhr morgens zu betrinken", sagt sie, während sie mich studiert. Ihr Sarkasmus ist niedlich, und ich ertappe mich dabei, wie ich ein Lachen ausstoße, bevor ich merke, was passiert, und meinen Mund zuhalte. Ich habe noch nie in meinem Leben gedacht, dass irgendetwas *süß* ist. Das Wort ist ekelhaft.

Irgendetwas stimmt ganz und gar nicht mit mir.

Sie wandert hinüber zu ihrem Stuhl am Ende des Tisches, trägt Röhrenjeans, ein T-Shirt und einen übergroßen Strickpullover und sieht in den bequemen Klamotten irgendwie genauso hinreißend aus wie in dem hochgeschlitzten roten Kleid.

„Ist ... alles in Ordnung?", fragt sie mit einem Hauch von Sorge. Aber nicht um sich selbst. Sorge um mich.

„Ja", sage ich zu schnell, korrigiere mich dann aber. „Nun, nein, eigentlich. Es ist nicht alles okay." Ich stelle mein Glas Wein auf den Tisch und lecke mir einen Tropfen von den Lippen.

„Was meinst du?"

„Setz dich. Wir müssen etwas besprechen."

Sie zieht eine Augenbraue auf meine Bitte hin hoch, tut aber, was von ihr verlangt wird. Ich setze mich zu ihr, zögere aber. Zu viel Nähe kann zu Problemen führen - zu mehr, als ich ohnehin schon habe -, also bleibe ich stehen und stütze meine Hände auf der Lehne ab.

Sie schaut zu mir auf, die Hände im Schoß.

Ich sollte von ihr verlangen, dass sie mir sagt, wo das Relikt ist, sie zwingen, mir zu sagen, warum sie es genommen hat, aber die Worte bleiben in meiner Brust eingeschlossen und weigern sich, herauszukommen. Alles, was ich tun kann, ist, sie anzustarren - die zarten Kurven ihrer rosa Lippen, die Art, wie sie sie nervös aneinander reibt, während sie mich mit der gleichen Intensität beobachtet. Es ist hypnotisierend.

Ich beiße mir auf die Zunge, Hitze verschlingt mich plötzlich, und dasselbe seltsame Gefühl aus dem Flugzeug kriecht wieder über mich.

„Geht es dir gut?", fragt sie, die Stirn vor Sorge in Falten gelegt. „Du scheinst... heute anders zu sein."

„Mir geht es gut." Auch wenn mein Herz schneller pocht und mein Adrenalinspiegel in die Höhe schießt. Ich reibe mir die Seite des Gesichts und richte mich auf, unfähig, mich in meiner eigenen Haut wohlzufühlen. *Reiß dich verdammt noch mal zusammen.*

„Wohin sind Dorian und du denn in den letzten Tagen verschwunden?", fragt sie in einem Versuch, die aufkommende Spannung zu brechen.

Mein Griff um den Stuhl wird fester, als ich mich zum Sprechen zwinge. „Wir hatten außerhalb der Stadt etwas zu erledigen."

„Oh."

Das Relikt. Frag sie nach dem Relikt.

„Hat dich gestern Abend im Fegefeuer noch jemand belästigt?"

Scheiße. Ich verliere wieder die Kontrolle über mich.

Sie fummelt am Saum ihrer Strickjacke herum, dann sieht sie zu mir auf. „Es ist nichts, womit ich nicht umgehen könnte."

Diese Antwort gefällt mir nicht, weil sie impliziert, dass etwas passiert ist, aber bevor ich fragen kann, fügt sie hinzu: „Es gefällt mir aber. Es hält mich bei Laune."

„Sehr gut."

„Ist es wirklich das, worüber du mit mir sprechen wolltest?", fragt sie.

Ich zögere. „Nicht ganz."

Ihr Blick ist prüfend. Als ob sie versucht, mich zu durchschauen. „Bist du sicher, dass es dir gut geht?"

„Ich habe ein paar Dinge im Kopf."

„Was denn?", fragt sie sofort, ihre Antwort ist blitzschnell.

Ich beiße die Zähne zusammen und versuche, die Worte aus meiner Kehle zu zwingen. Sie kommen nur schwer heraus. „Ähm... sagst du mir... wo das Relikt aus dem Keller ist?"

Sie wird starr, ihre Augen huschen zur Tür und dann zurück zu mir. Denkt sie vielleicht darüber nach, wegzulaufen?

Aber einen Moment später lässt sie sich auf dem Stuhl nieder. „Das Schnur-Ding in der Kiste? Im Keller? Woher soll ich das wissen?"

Ihre Lüge ist so glatt wie Butter, aber ich kann sie trotzdem durchschauen.

„Das ist kein Scherz, Aria", sage ich. „Du hast keine Ahnung, was du dir da eingebrockt hast."

„Ich weiß nicht, wovon du redest. Ich habe deinen *Schatz* nicht genommen.“

Oh, sie ist gut. Sie schaut hinter sich zur Küchentür, ihr Gesicht eine Maske der Gleichgültigkeit. Ich erkenne, dass sie es gewohnt ist, zu lügen und ihre Spuren zu verwischen.

„Du warst die letzte Person, die damit gesehen wurde. Wie genau hast du es überhaupt gefunden?“, platzt es aus mir heraus.

Ihr Blick verengt sich auf mich. „Ich habe sie nicht genommen. Was soll ich mit einer Schnur?“

„Aria“, knurre ich. Sie weicht meinen Fragen immer wieder aus, und mein Ärger wächst.

„Vielleicht musst du noch mal im Keller danach suchen.“

„Sag mir, wo das Relikt ist“, verlange ich und verliere die Kontrolle. „Ich mag es nicht, wenn man mich anlügt. Ich will alles wissen. Alles. Zum Beispiel, warum du dachtest, es sei okay, Dorian zu ficken.“

Ich erstarre. Das ist definitiv nicht das, was ich sagen wollte. Aber allein die Erwähnung der beiden zusammen lässt meine Brust wie im Flugzeug aufflammen.

Ihre Augen weiten sich vor Schreck. Das hatte sie von mir auch nicht erwartet. "Ist es das, worum es bei der ganzen Sache geht? Du bist eifersüchtig?"

Ich ziehe mich zurück. „Du verwechselst mich mit jemandem, dem du etwas bedeutest.“

Sie lacht über mich. *Lacht.* Verdammt, ich habe Dämonen für weniger erschlagen.

„Warum sonst solltest du mir diese Frage stellen?“, fragt sie. „Ich habe deinen Stolz verletzt.“

Meine Nackenhaare sträuben sich, und das Blut rast durch meine Adern. Sie treibt mich in den Wahnsinn mit ihren herausfordernden Worten, drängt und provoziert mich ständig. Dorian hatte im Flugzeug etwas Ähnliches gesagt, dass mein Stolz im Weg steht, und verdammt - es sieht eher so aus, als hätten sie beide recht.

Hitze kriecht meinen Nacken hoch. Ich kann nicht mehr klar denken. Der frühere Drang, ihr zu widerstehen, hat sich in etwas anderes verwandelt. Stattdessen will ich beiden beweisen, dass sie sich irren. Ich will mich völlig hingeben. Sie dominieren.

Ich trete näher und greife ihr in den Nacken, müde vom ständigen Kampf gegen mein Verlangen. „Wenn es mich interessieren würde, hätte ich dich schon längst geküsst."

Ihr Kinn hebt sich und ihre Atemzüge werden kurz und schnell.

Wir bewegen uns gleichzeitig, unsere Münder treffen aufeinander und wir küssen uns, als ob wir etwas zu beweisen hätten. Ich lasse meine Zunge in ihren Mund gleiten, erforsche sie, schmecke die süße Verlockung, nach der ich mich so sehne. Jedes Lecken und Streicheln ihrer Lippen erweckt jeden Nerv in meinem Körper.

Sie stöhnt gegen meinen Mund, ihre Hände greifen nach meiner Brust, ihre Finger wandern unter mein Hemd, gleiten über meine geformten Muskeln. Ihre Berührung steckt mich in Flammen, während sich mein Schwanz bis zum Schmerz verhärtet.

„Du bist unausstehlich", flüstere ich gegen ihre Lippen. Sie antwortet, indem sie mich mit noch mehr Inbrunst küsst als zuvor, und ich stöhne.

Sich zurückhalten wird nicht funktionieren. Das habe ich lange genug ausprobiert. Alles, woran ich jetzt denken kann, ist, sie komplett zu nehmen, Geist, Körper und Seele. Nichts anderes ist wichtig.

Ich packe ihre Arme und drücke sie zwischen meinen Körper und den Tisch, unser Kuss reißt nicht ab. Meine Erektion drückt sich gegen ihren Bauch, und sie reibt sich an mir, gibt köstliche Geräusche von sich, die mich in ihrem Bann ertrinken lassen. Ich lasse mich so schnell einwickeln, dass ich mich selbst vergesse. Plötzlich kann ich verstehen, warum Dorian sich so leicht an sie verloren hat. Sie ist berauschend.

Aber selbst das ist nicht genug. Ich brauche mehr. Meine Hände streichen über ihre Hüften, dann über ihren Hintern. Sie verschiebt sich so, dass ich mich zwischen ihre Beine schmiege, und etwas Ursprüngliches entzündet sich in mir bei dem Gedanken, sie genau hier zu ficken. Genau jetzt.

Ich unterbreche unseren Kuss, unsere Gesichter sind nur Zentimeter voneinander entfernt, wir atmen beide schwer.

„Rauf auf den Tisch", befehle ich.

Der Blick, den sie mir zuwirft, ist dreckig und so verdammt sexy, ich werde jede Sekunde genießen, sie zu ficken und sie gefügig zu machen.

Sie hebt sich auf den Tisch, die Beine weit gespreizt, und ich nehme meinen Platz wieder zwischen ihnen ein. In dem Moment, in dem ich nach dem Knopf ihrer Jeans greife, kommt eine donnernde Explosion aus dem Haupt-foyer des Hauses. Staub regnet auf uns herab.

Ich drehe mich und schiebe mich vor Aria, um mich dem Eingang zuzuwenden. Sie zuckt gegen meinen Rücken, als ein weiteres krachendes Geräusch ertönt, und wir beide starren auf die Eingangstür des Hauses. Donnernde Schritte eilen ins Haus, aber ich rieche die Eindringlinge, bevor ich sie sehen kann. Nasse Hundehaare. Die Luft riecht danach. Dann schallt ein durchdringendes Heulen durchs Haus.

Werwölfe!

Ich schwinge mich zu Aria, ziehe sie vom Tisch und stoße sie in Richtung Küchentür. „Schnell. Geh in dein Schlafzimmer. Benutze den Aufzug in der Küche. Schließ die Tür ab und renn nicht weg, egal, was du hörst."

Sie blinzelt zu mir hoch, ihre Wangen werden blass und ihre Augen weit.

Sie verängstigt zu sehen, lässt mich verkrampfen, und mein Herz hämmert. Und in diesem Moment fällt es mir schwer zu glauben, dass dieses Mädchen für meinen Vater arbeitet. Die Angst ist echt - ich erkenne ihren Blick - und die, die unter Luzifers Kommando stehen, fürchten nichts.

„Ich werde nicht zulassen, dass dir jemand wehtut, aber du musst dich verstecken." Ich drehe sie an den Schultern um und schiebe sie vorwärts.

Sie lässt sich das nicht zweimal sagen und stürmt durch den Raum, um dann hinter der Küchentür zu verschwinden. Zu wissen, dass sie weg ist, tröstet mich nur bedingt, aber ich drehe mich auf den Fersen und stürme aus dem Esszimmer.

Im Eingangsbereich stehen mindestens zehn Köter, noch in menschlicher Gestalt. Ich sehe auf jedem von ihnen das Mond-Emblem der Werwolf-Biker-Gang. Wut blutet durch meine Adern. Wie können sie es wagen, in mein Haus zu kommen und die Tür aufzubrechen.

Besser noch, wie zum Teufel haben sie herausgefunden, wo wir wohnen?

War der Mann, den ich im Fegefeuer getötet hatte, so wichtig gewesen, dass sein Tod es rechtfertigte, hier hereinzuplatzen und Rache zu verlangen?

Aber als vier weitere Wölfe ins Haus platzen, bleibt ein kleiner Zweifel in meinem Hinterkopf. Hier geht es nicht darum, mich zu bestrafen, weil ich einen ihrer Rudelkameraden getötet habe. Das soll ein Gemetzel werden.

Ein Werwolf mit zotteligem schwarzem Haar bewegt sich nach vorne, die Brust herausgestreckt, nach Atem ringend. Der Alpha vielleicht? Die Macht wechselt in Rudeln so oft den Besitzer, da die Wölfe sich ständig gegenseitig herausfordern, dass es schwer ist, den Überblick zu behalten.

„Ihr seid in meinem Haus", knurre ich gerade, als Dorian vom oberen Ende der Treppe hinunterspringt und mit einem dumpfen Aufprall auf halber Höhe der Stufen landet.

„Ich dachte schon, ich rieche Hunde", knurrt er, sein Körper hat sich bereits in eine teuflische Form verwandelt. Hörner, sein Oberkörper ist mit komplizierten Tattoos bedeckt, und sein Haar ist silbern.

„Du hast unseren Alpha abgeschlachtet", murmelt der Wolfsmann und entlockt dem Rest des Rudels ein Knurren, woraufhin sie alle unisono nach vorne treten. Es sah also so aus, als wäre der Bastard mit den klebrigen Fingern im Club tatsächlich ihr Alpha gewesen. Das ist tragisch. Dann muss das der zweite Anführer des Rudels sein. „Auge um Auge! Gebt uns das Mädchen und wir sind weg!"

Dass sie *mein* Mädchen, Aria, erwähnen, macht mich wütend. Jeder Muskel in meinem Körper spannt sich an, meine Flügel jucken danach, herauszukommen. Die Hitze der Hölle schlängelt sich über meine Haut und durchflutet mich mit Macht. Ich werde ihm die Zunge rausreißen, weil er das überhaupt in Erwägung gezogen hat.

Dorian bellt ein Lachen, dann neigt er den Kopf zurück und ahmt das Heulen eines Wolfes nach. Scheiße, ich liebe es, mit ihm an meiner Seite zu kämpfen. Er macht es noch aufregender.

„Niemand rührt unser Eigentum an", sage ich und meine Stimme vertieft sich. „Dreht euch mit eingezogenem Schwanz um und verschwindet aus meinem Haus, oder ihr sterbt wie euer erbärmlicher Alpha."

„Fick dich!" Der Leitwolf hält meinem Blick stand, weicht nicht zurück, während mehrere seiner Männer besorgte Blicke austauschen. Dieser Bastard wird der Untergang seines Rudels sein.

„Falsche Antwort." Augenblicklich füllt Dunkelheit meine Adern und überzieht meine Haut. Mein Dämon bricht aus mir heraus, gerade als ich mich auf sie stürze. Mein Hemd reißt, als sich meine Flügel zu ihrer vollen Länge ausbreiten.

Dorian stößt einen Kriegsschrei aus und katapultiert sich neben mir in den Kampf.

Das ist es, was ich an unseren Tagen in der Hölle vermisse. Die ständigen Kämpfe, die unsere Tage verzehrten, die blutgetränkten Straßen, der Geruch des Todes in der Luft. Der Rausch ist süchtig machend.

Die Wölfe kommen auf uns zu, und wir prallen spektakulär zusammen, gerade als Elias in seiner massiven Tiergestalt hinter ihnen auftaucht, mit schwarzem Fell, scharfen gelben Zähnen und glühenden Augen. Er ist natürlich größer als jeder Werwolf, den ich je gesehen habe, und als er knurrt, erzwingen die meisten der Mooners ihre eigene Umwandlung. Elias stürmt durch sie hindurch, schwingt seinen Kopf und lässt Männer und Wölfe fliegen.

Perfekt. Das ist die Art von Kampf, die ich genieße

kann. Wir drei, die wir uns durch das Gemetzel kämpfen. Wie in alten Zeiten.

Um mich herum explodiert das Chaos. Ich stürze mich auf das Arschloch, das Aria gefordert hat, unbändige Wut schwirrt in meinen Adern. Diese Wölfe haben keine Ahnung, gegen wen sie heute angetreten sind. Aber es wird eine Entscheidung sein, die sie nie wieder treffen werden.

Ich knalle in ihn hinein, und wir schlagen beide hart auf dem Boden auf, meine Fäuste schlagen in sein Gesicht, noch bevor sein Kopf auf den Marmorboden knallt. Jemand anderes kracht in meine Seite. Meine Flügel entfalten sich, und die scharfen Krallen an den Enden bohren sich in die Brust des Wolfes. Er schreit auf.

Ich stoße ihn nach hinten, während ich einem anderen Bastard einen Ellbogenstoß gegen den Kopf gebe. Der zweite ist in der nächsten Sekunde auf den Beinen und kommt wieder auf mich zu. Diese Bastarde sind unverwüstlich mit ihrer Fähigkeit, sich schnell zu heilen. Aber dadurch macht es es nur umso mehr Spaß.

Ich hole aus, als etwas Scharfes direkt in meine Wade beißt, die Zähne bohren sich in Fleisch und Knochen. Schmerz durchzuckt mich, und ich knicke ein. Als ich mich drehe, sehe ich einen massiven braunen Wolf, der an meinem Bein hängt. Ein blutiger Schnitt zieht sich zickzackförmig über seine Schnauze.

Der Stellvertreter hält seine Hand hoch, der Fell und Krallen gewachsen sind, und mit einem schnellen Hieb schneiden seine Nägel in meine Brust. Ich brülle, der Schmerz schürt meine Wut. Mein Flügel schneidet durch die Luft, trifft ihn, bevor er wieder zuschlagen kann, und schleudert ihn quer durch das Foyer.

Ich schlage dem braunen Wolf eine Faust in den Kopf,

um ihn von mir wegzubekommen, aber er ist fest verankert Gleichzeitig stürzen zwei andere Männer auf mich. Ich werde auf den Rücken gedrückt, die Luft wird mir aus den Lungen gepresst.

Es gibt keinen Platz für Angst in meinem Herzen, nicht wenn alles in mir vor Wut brennt.

Schläge und Zähne reißen an mir, aber ich habe verdammt noch mal genug vom Spielen. Ich habe den Spaß genossen, aber jetzt nicht mehr. Ein Feuer springt an meinen Armen hinunter, mein Höllenfeuer entzündet sich, und ich stoße meine Faust noch einmal in den Kopf des Wolfes, sein Fell entflammt, brennt in Sekunden.

Vor Schmerz heulend lässt er mein Bein los und beginnt, sich in seine menschliche Form zurückzuwandeln. Es dauert nur Sekunden, bis ich mich aufrichte und dem einen Mann eine Faust in die Brust schlage, die ihm die Knochen bricht. Er keucht und fällt nach hinten, während der dritte Mann vor meiner Annäherung zurückweicht.

Ich springe auf die Füße und packe ihn an der Kehle, dann schleudere ich ihn quer durch den Raum, wo er gegen die Wand knallt, bevor er zu einem Haufen auf dem Boden zusammenbricht.

Dorian ist mit Blut überströmt. Es läuft über sein Gesicht, aber er lächelt hindurch, als mehrere Wölfe aus der Villa stürmen.

„Wölfe? Eher Miezekatzen!", ruft er ihnen zu, als sie fliehen.

Mit Augen wie die Flammen der Unterwelt rast Elias ihnen hinterher. Der Hund in ihm kann der Jagd und der Verfolgung nicht widerstehen.

Ich stürme zurück in den Kampf, über die Toten hinweg, die bereits auf dem Boden liegen. Keiner von ihnen wird hier lebend rauskommen. Dafür werde ich sorgen.

Es soll bekannt sein, dass jeder Narr, der sich uns in unserem Haus entgegenstellen will, das gleiche brutale Ende finden wird.

Niemand legt sich mit dem an, was uns gehört.

KAPITEL VIERUNDZWANZIG
ARIA

*B*oom.

Ich zucke zusammen beim ohrenbetäubenden Lärm, der von unten kommt. Es hört sich an, als würde das Haus um uns herum einstürzen, und ich weiß nicht einmal, was zur Hölle hier los ist. Dem Geheul und den Schreien nach zu urteilen, vermute ich, dass die Dämonen in einen Hinterhalt geraten sind. Ich kann mir nicht helfen, aber ich denke, es könnte mit dem Vorfall im Fegefeuer zusammenhängen. Cain hat einen Werwolf getötet, ist das also die Rache?

Beim Durchqueren meines Schlafzimmers überprüfe ich dreimal den Stuhl, den ich unter der Türklinke hochgeschoben habe. Dadurch fühle ich mich sicher, doch gleichzeitig fühle ich mich in die Enge getrieben. Was, wenn die Dämonen verlieren? Werde ich dann zum Wolfsfutter? Aber niemand kann einen Dämon besiegen, oder?

Ich schreite zum Fenster und starre hinaus in das

morgendliche Sonnenlicht. Ich hasse es, dass ich nicht mal aus dem Fenster springen kann, ohne mir das Genick zu brechen, wenn es darauf ankommt. Es ist eine verdammte Feuerfalle. Hätte Cain doch nur nicht mein Seil nach meinem missglückten Fluchtversuch weggenommen.

Der Gedanke an Cain bringt seine Worte über das Schnurrelikt zurück. Er weiß, dass ich es war. Er *weiß* es. Ich bin mir nicht sicher, was ich tun soll. Oder warum er mich noch nicht getötet hat. Stattdessen hat er mich geküsst.

Ich umarme mich und gehe weiter auf und ab. Ich kann nicht einfach zugeben, dass ich es genommen habe. Es ist nicht so, dass ich sagen kann: "Hey, ich wollte es zurücklegen, aber upps, es hat sich versehentlich mit einem anderen Relikt vermischt, das ich gestohlen habe."

Scheiße! Ich stecke in Schwierigkeiten.

Ich gehe zum Kleiderschrank und greife in den hinteren Teil, wo ich meine Tasche mit den Relikten hinter einem Regal voller Kleidung und zwischen Lagen von dicken Decken verstaut habe, sodass sie nicht entdeckt werden kann. Wenn jemand hier drin gesucht hat, hat er den Rucksack eindeutig übersehen.

Fäden der Musik flüstern in meinen Ohren, leise und melancholisch, und es entspannt mich.

Mit der Tasche in der Hand lasse ich mich auf mein Bett fallen und schlage die Beine übereinander, dann greife ich hinein und ziehe die Relikte heraus. Eine einzige Berührung und die Kugel vibriert leicht in meiner Hand, die Musik nimmt an Tempo zu. Aber etwas hat sich verändert. Das Quecksilber, das einst im Inneren der Kugel floss, hat seine Farbe zu einem blassen, silbrigen

Türkis verändert, was wunderschön ist. Aber was hat das zu bedeuten?

Ich wickle einen Finger um die goldene Schnur, die an der Kugel befestigt ist. Sie ist festgeschmolzen. Die einzige Möglichkeit, sie auseinander zu ziehen, ist, sie abzureißen, aber wenn man bedenkt, dass sie mit Magie verbunden sind, will ich das Schicksal nicht noch mehr herausfordern, als ich es ohnehin schon getan habe.

Aber wenn Cain die Saite besitzt, muss er wissen, was es ist. Vielleicht muss ich reinen Tisch machen. Sie kennen vielleicht den besten Weg, sie zu trennen, ohne Schaden anzurichten. Dann können sie ihre zurückbekommen und ich behalte meine.

Sicher, sie werden sauer sein, aber welche andere Wahl habe ich? Es ist nur eine Frage der Zeit, bis sie sie finden oder ich unter dem Druck nachgebe. Sie könnten sogar anfangen, mich zu foltern. Ich erschaudere bei dem Gedanken.

Es ist vielleicht einfacher, wenn ich es jetzt offenbare, bevor es völlig eskaliert. Vielleicht mildert das die Strafe. Ich meine, es war ja schließlich ein Unfall.

Mein Schatten drückt gegen meine Brust, und ich zögere nicht, ihn herauszulassen.

Finde heraus, ob es da draußen sicher ist, flüstere ich in Gedanken.

In dem Moment, in dem Sayah aus mir herausrutscht, wird das Lied in meinem Kopf lauter, die Kugel vibriert schneller.

Sayah scheint sich nicht darum zu kümmern und rutscht über den Boden und unter der Tür hindurch. Ich wende meinen Blick zu den Relikten und wünschte, ich würde sie besser verstehen.

„Was bist du?", frage ich, während ich mit einem

Finger über seine kalte, glatte Oberfläche fahre.

Augenblicke später kommt Sayah zurück und reicht mir Bilder eines leeren, mit Blutspritzern übersäten Foyers. Sie schleicht sich an der Wand hoch und wartet darauf, dass ich eine Entscheidung treffe, was als Nächstes geschehen soll.

„Auch keine Dämonen?" Sie schüttelt ihren dunklen Kopf.

Mann, ich hoffe, es geht ihnen gut.

Ich warte weitere zehn Minuten auf dem Bett. Trotzdem bleibt es unten totenstill. Je mehr ich über die Relikte nachdenke, desto mehr wird mir klar, dass es vielleicht die bessere Lösung ist, Cain gegenüber ehrlich zu sein. Sie werden mich immer weiter beobachten, nicht wahr? Vielleicht bringt es sie dazu, mir zu vertrauen.

Und dann werde ich mich auf den Weg machen, um von hier zu verschwinden.

Der Gedanke zu gehen, drückt meine Brust zusammen, aber diese verdrehte Beziehung, in der ich mich mit den Dämonen befinde, kann nur auf eine Weise enden, nicht wahr? Mit mir in der Hölle.

Ich stehe auf, wickle meine übergroße Strickjacke fester um mich und stopfe die Relikte in eine der großen Taschen. Zusammen sind sie nur so groß wie eine Faust und passen problemlos in meine Tasche. Ich werfe einen Blick in den Spiegel und kann die Ausbeulung in meiner Tasche kaum erkennen. Also gehe ich mit einem kurzen Nicken, dass Sayah mir folgen soll, und schiebe den Stuhl von der Tür weg.

Ich stecke meinen Kopf nach draußen in den Korridor und finde keine Wachen. Hatten sie sich Cain im Kampf angeschlossen?

Immer noch keine Geräusche.

Also schlüpfe ich aus meinem Zimmer und eile mit leisen Schritten schnell zum Treppenhaus. Sayah ahmt meine Bewegungen nach, wie es ein echter Schatten tun sollte, nur für den Fall.

Ein schwaches Trommelgeräusch knistert in meinem Kopf.

Es kommt so abrupt, dass ich den Halt verliere und über meine Füße stolpere. Ich krache gegen die Wand und erstarre auf der Stelle. Angst klammert sich an mich, als ich zurück in den Flur schaue, um sicherzugehen, dass ich alleine bin.

Mein Herz klopft heftig in meiner Brust - ich bin nicht sicher, was ich gerade gehört habe. Ich weiß, dass es nicht die Kugel war.

Ich richte mich auf. Die Relikte summen in meiner Tasche weiter eine Melodie. Wärme strahlt von ihnen aus und wärmt mein Bein. Ein Kribbeln rast meinen Oberschenkel hinunter und zuckt bis zu meinem Zeh.

Oh, Mist. Es gibt noch ein Relikt, nicht wahr?

Ich brauche es nicht. Es besteht schon genug Gefahr.

Ich atme laut aus. Ich muss den Ruf einfach ignorieren. Warum in aller Welt sammeln diese Dämonen überhaupt dunkle Relikte?

Sayah gleitet über den Teppich, geht geradeaus und an der Treppe vorbei, als wüsste sie, woher ich gerufen werde. Der seichte Trommelschlag hallt an meinem Trommelfell wider und vermischt sich mit dem Gesang des Relikts. Als wären sie schon immer dazu bestimmt gewesen, zusammen zu sein. Und das jagt mir Schauer über den Rücken.

Sayah verschwindet in den zweiten Stock, unser Band dehnt sich aus, während die Entfernung wächst. Ich rufe in meinem Geist nach ihr, aber es kommt keine Antwort.

„Scheiße!", murmle ich leise vor mich hin. Ich kann das *auf keinen Fall* vor Cain verbergen.

Schnell renne ich ihr hinterher, eile die Stufen hinunter und folge den scharfen Kurven in andere Korridore. Wenn ich mich richtig erinnere, war Dorians Zimmer auf dieser Etage, aber sie bringt mich auf die andere Seite des Hauses, in einen Teil, den ich noch nie gesehen habe. Kälte liegt hier in der Luft. Jedes Fenster ist mit schweren Vorhängen verhängt, die das Sonnenlicht aussperren, und Kratzer zieren die Wände, als hätte jemand versucht, einen Löwen zu zähmen.

Mein Puls rast vor Angst, aber ich verfolge Sayah bis zu einem der Zimmer. Unsere dunkle Schnur tanzt unter dem Türpfosten, während sie sich im Inneren bewegt. So sehr sich mein Magen vor Sorge aufbäumt, drücke ich ein Ohr an die Tür.

Noch mehr erstickende Stille.

Die Kugel und das Kabel beginnen lauter in meiner Tasche zu summen. Als ob sie darauf reagieren, schlagen die Trommeln schneller. Ich spüre ihr Dröhnen in meiner Brust.

Mit zittriger Hand drücke ich die bronzene Klinke herunter und die Tür schwingt auf. Ich erstarre in der Tür und erwarte halb, dass mich jemand begrüßt. Aber es ist niemand da.

Der ganze Raum ist von Bücherregalen umschlossen, ein einziges schmales Fenster durchflutet den Raum mit Licht. In der Mitte steht ein königliches Himmelbett, drapiert in Karminrot und Gold, das mich an einen klassischen Liebesroman erinnert. Überall liegen Bücher, und obwohl sie mein Interesse wecken, bin ich viel neugieriger darauf, was Sayah entdeckt hat.

Wessen Zimmer ist das? Ein weiteres Gästezimmer

oder eines der Dämonen?

Sayah schwebt in der Nähe einer schwarzen, runden Schachtel, die allein auf einem Regal steht, und ich kann nicht anders, als mich daran zu erinnern, wie ich die Schnur im Keller gefunden habe. Ich greife hinüber und öffne sie.

Der Anblick eines rosafarbenen Organs lässt mich zunächst zurückweichen und eine Grimasse ziehen. Dann beuge ich mich vor, um es mir genauer anzusehen. Es hat die Form eines Herzens, und damit meine ich nicht diesen ganzen Valentinstags-Mist, sondern ein echtes menschliches Herz. Igitt. Warum würde jemand ein Relikt so aussehen lassen? Es glitzert im Sonnenlicht, als ob es aus Glas wäre.

Zögernd greife ich hinüber und berühre den Gegenstand. Er ist nicht größer als die Kugel, die Oberfläche dampfend heiß. Und mit ihr kommt ein seltsames Gefühl, das meinen Arm hinauf und über meinen Körper rast. Mein Magen kribbelt und meine Gedanken schweifen zu den drei Dämonen, dazu, wie sehr sie mich beeinflusst haben, wie ich nicht nein zu ihnen sagen kann. Ich sehe jedes ihrer Gesichter in meinem Kopf, alle wunderschön und tödlich und auf ihre eigene Art unwiderstehlich. Aber ich weiß, es ist mehr als das... Ich fühle mich auch auf andere Weise zu ihnen hingezogen.

Ich sage mir, dass es falsch ist, aber ich kann anscheinend nicht anders. Der Drang, sie zu sehen und ihnen die Wahrheit zu sagen, brennt durch mich hindurch.

Ich ziehe meine Hand weg, und für den Bruchteil einer Sekunde durchbricht Klarheit den Nebel in meinem Kopf. Die Emotionen, die meine Gedanken verstopfen, verblassen, wie als Reaktion darauf, dass ich das Relikt nicht mehr berühre.

Ich blinzle es an. „Was bist du?" Seine Wirkung ist schnell und stark. Wenn das zu Cain gehört, könnte es sein seltsames Verhalten heute Morgen erklären. Seine Emotionen überschlugen sich förmlich. Obwohl er es nicht in der Hand hatte... Was bedeutet es, dass es auf mich anders wirkt als auf die Dämonen?

Draußen ertönt ein Knall, als würde jemand eine Tür schließen. Ich springe vom Regal weg, aber als ein Scharren ertönt, fahre ich zurück und sehe, wie die Schachtel mit dem Herz vom Rand rutscht.

Instinktiv strecke ich meine Hände aus, schnappe mir das Relikt, das aus der Kiste fällt, und stürze auf den Boden.

Ich taumele, um das Gleichgewicht zu halten, und drücke es an meine Brust, um es sicher zu halten, während mein eigenes Herz gegen meinen Brustkorb schlägt. Das war zu knapp. Wenn das Ding zerbrochen wäre, würden mir die Dämonen nie verzeihen.

Meine Gedanken schweben wieder zu den Dämonen, zum Bild all ihrer Hände auf mir, die mich gleichzeitig berühren, erforschen, streicheln, und Hitze sammelt sich in meinem Inneren. Das Verlangen durchströmt mich augenblicklich.

Nein!

Das Herz nimmt wieder Einfluss auf mich. Ich versuche, dagegen anzukämpfen, schiebe diese sexy Gedanken beiseite und konzentriere mich darauf, das Objekt in meinen Händen zu untersuchen. Zu meinem Entsetzen stelle ich fest, dass sich die goldene Schnur aus meiner Tasche irgendwie herausgeschlängelt hat und mit diesem Relikt verschmolzen ist.

„Verdammt noch mal. Ernsthaft?"

So sehr ich auch versucht bin, diese Schnur aus dem

Herzen zu reißen, ich habe hier nur eine Option, nicht wahr? Ich muss mit Cain ins Reine kommen, weil ich seine Relikte nicht zerstören will, während ich versuche, meins zurückzubekommen.

Das ist ja großartig gelaufen!

Ich rufe Sayah zu mir zurück, und sie tut es schnell, fast so, als ob sie den tiefen Schlamassel spürt, in den wir uns hineinbegeben haben. Ich verschwende keine Zeit und stopfe das dritte Relikt mit den anderen beiden in meine Pullovertasche. Ich eile aus dem Zimmer und rase zur Treppe, in der Hoffnung, Cain zu finden und mit ihm zu sprechen.

Oben bleibe ich abrupt stehen, mein Magen verdreht sich vor Entsetzen. Unten liegt ein halbes Dutzend Leichen in Blutlachen. Alle tot. Die Wände und die Decke sind rot, und es stinkt nach nassem Hund und Verwesung.

Gemetzel. Ein totales Gemetzel.

Mir läuft die Galle im Hals zusammen, und ich halte mir den Mund zu, um einen Schrei zu unterdrücken, der mir entweicht.

Ein stöhnendes Geräusch kommt aus der Stube zu meiner Rechten, und mit den Gedanken bei Cain, der blutüberströmt nach seinem letzten Atemzug ringt, rase ich die Treppe hinunter. Vorsichtig gehe ich um die Toten herum, betrete den Raum und bleibe bei dem Anblick, der sich mir bietet, wieder stehen.

Ich kann mich nicht bewegen, kann nicht atmen, kann nicht einmal einen Sinn darin erkennen, was ich anschaue. Cain packt einen Mann an der Kehle, ihre Gesichter sind nur Zentimeter voneinander entfernt. Der Mund des Opfers ist aufgerissen, und er gibt verzweifelt wimmernde Laute von sich.

Eine gräuliche Energie hebt sich aus seinem Mund,

und Cain atmet sie ein. Er schaut nicht in meine Richtung, aber das schlürfende Geräusch, das er macht, lässt alle Haare auf meinem Körper aufstellen. Wie im Fegefeuer ist seine Haut von schwarzen Adern durchzogen, aber diesmal hat er riesige, verdammte, lederne Flügel, die aus seinem Rücken herausragen.

Ich weiß nicht, wo ich hinschauen soll... auf ihn, wie er die Seele dieses armen Trottels aussaugt, oder auf die Art und Weise, wie sich seine Flügel ausbreiten und fast die ganze Breite des Raumes überspannen.

Die Welt scheint sich einmal komplett gedreht zu haben. Das ist zu viel, um es zu verarbeiten. Der Schrecken gleitet durch mich hindurch und zwängt mich in eine unsichtbare Zwangsjacke. Ein Keuchen entweicht meinen Lippen.

Cains Kopf zuckt in meine Richtung, die Augen sind völlig schwarz. Er hört auf, die Seele aufzusaugen, und sein Mund verzieht sich zu einer Grimasse, während sich seine Flügel fest an seinen Rücken ziehen. Ich habe diesen Mann - nein, diesen Dämon - gerade geküsst, aber jetzt sehe ich, was er ist. Ein Höllenmonster, das den Menschen das Leben aussaugt.

Genau in diesem Moment weiß ich, dass ich einen sehr, sehr großen Fehler gemacht habe, als ich ihn aufsuchte.

Ich renne, bevor ich klar denken kann, direkt zur Haustür hinaus. Ich kann mir vorstellen, wie Cain mich festhält und meine Seele auf die gleiche Weise aussaugt.

Der bösartige Wind prallt auf mich ein. Aber ich kann nicht aufhören, nicht wenn ... Ich keuche erschrocken über das, was ich gerade erlebt habe.

„Gefahr", singen die vereinten Relikte in meinem Kopf in ihrem schön traurigen Lied.

Ich drehe mich gerade um, als ein Kreischen auf mich zukommt. Eine riesige Krähe fegt durch die Luft und kommt direkt auf mich zu. Ich schreie und schwinge zurück, dann knalle ich so hart gegen jemanden, dass ich rückwärts auf meinen Hintern geschleudert werde.

Jemand, groß und fest wie ein Fels, steht vor mir. Jemand, den ich nicht erkenne.

Er greift nach mir, aber ich stoße gegen ihn. „Geh weg von mir!"

Nur ist das Arschloch zu schnell, schnappt sich meinen Arm und zerrt mich auf die Beine. „Tut mir leid, aber du kommst mit mir."

„Lauf. Lauf. Lauf", singen die Objekte weiter, als ob ich es nicht versuchen würde.

Ich schiebe eine Hand gegen seine Brust. „Was ist hier los?"

„Es ist Zeit, zu bezahlen."

Mein Verstand rast zu schnell, um zu verstehen, wovon er redet. Ich blicke zurück zur Villa, um um Hilfe zu rufen, aber er zerrt mich so heftig weg, dass ich stolpere und auf die Knie falle. Einige Meter entfernt hält ein schwarzer Van direkt vor uns auf dem Weg.

Seine fleischige Hand ergreift meinen Arm und reißt mich nach vorne.

Ich schreie und schlage eine Faust gegen seinen Arm, um mich zu befreien, und wehre mich gegen seinen Griff.

Als die Hintertür des Transporters sich zur Seite aufschiebt, schreie ich. Aber ich werde in das leere Abteil geschoben. Ich rolle im Inneren über den Metallboden und drehe mich um, um zu entkommen, als ich einen Blick auf einen massiven schwarzen Wolf erhasche, der die Auffahrt von der Villa hinuntersprintet und mit seiner unnatürlichen Geschwindigkeit Kies aufwirbelt.

Hoffnung flattert in meiner Brust auf. Es ist Elias! Er kommt zu mir!

Der Blick des Mannes huscht über seine Schulter, und als er den Höllenhund auf uns zustürmen sieht, springt er mit mir hinein und reißt die Tür zu. Er klopft auf den Fahrersitz und schreit verzweifelt: "Los, los, los! Holt uns hier raus, verdammt!"

Das Schlittern der Reifen bricht aus und wir brausen los, ich werde auf die andere Seite geschleudert, mein Gesicht schlägt auf dem Boden auf. Ich schreie und versuche, mich abzustützen, als wir hin und her schwanken. Ich warte auf irgendwelche Anzeichen, dass Elias auf den Van steigt, um mich zu retten, aber es gibt keine. Unter dem Aufheulen des Fahrzeugmotors kann ich nicht einmal mehr seine donnernden Schritte hören.

Mein Magen dreht sich vor Angst um. Ich bin wirklich auf mich allein gestellt.

Tränen trüben meine Sicht, ich wische sie weg und starre auf die Front des Vans, vorbei an der Metallbarriere, die mich von der Front trennt.

Jemand blickt mich vom Beifahrersitz aus an, und im ersten Moment sehe ich nur strahlend weiße Zähne, das helle Licht von draußen zeichnet seine Gesichtszüge nach.

„Lehne dich zurück und genieße die Fahrt. Es wird eine Weile dauern."

Erst als ich die Stimme höre und die Augen zusammenkneife, um den Mann zu sehen, wird mir klar, wer mich gerade entführt hat. Die Erkenntnis jagt mir einen Schauer über den Rücken.

Sir Surchion. Das verdammte Arschloch, von dem ich die Kugel gestohlen habe.

KAPITEL FÜNFUNDZWANZIG

ELIAS

S cheiße!

Ich renne hinter dem nicht gekennzeich-
neten Van her, während er unsere Auffahrt hinunter rast,
als sich die klaffende Wunde in meinem Oberschenkel
von dem Werwolfangriff schnell bemerkbar macht und
mich verlangsamt. Der Abstand zwischen Aria und mir
wird größer und größer. Mein Herz hämmert in meiner
Brust und die Leere verschlingt mich. Ich konnte nicht
mehr rechtzeitig zu ihr gelangen.

Was zum Teufel ist gerade passiert?

Ein krampfartiger Schmerz durchzuckt meine
Muskeln, und ich stöhne. Der Werwolf muss mich
heftiger gebissen haben, als mir zunächst klar war.

Der Van mit Aria wird zu einem schwarzen Fleck in
den Schatten. Als er auf die Straße abbiegt, die zur Hauptstraße zurück in die Zivilisation führt, weiß ich, dass er
weg ist, und mein Magen dreht sich um.

Ich drehe mich um und stoße ein Heulen voller
Bedrohung und Kummer aus. Ein Windzug streicht
vorbei, weg von mir, und kämmt durch mein Fell. Natür-

lich weht der Wind nicht zu meinen Gunsten, so dass ich eine Fährte aufnehmen könnte. Es kann nie einfach sein.

Ich eile zurück ins Haus und knurre.

Mein Herz schlägt wie wild, und ich stürme in die Villa, vorbei an der zerbrochenen Tür, wo ich Cain finde, der seine Dämonenform abschüttelt. Die Flügel verkrümmen sich in seinen Rücken, die Haut nimmt einen menschenähnlichen Schimmer an, die Augen blinzeln wieder blau und lassen ihn normal aussehen. Doch die Blutspritzer auf seinen Armen und seiner Kleidung erzählen eine ganz andere Geschichte.

„Aria! Wo zum Teufel ist sie? Sie hat mich in meiner echten Gestalt gesehen und ist abgehauen", knurrt er, seine Stimme tief und gefräßig.

„Das hat Spaß gemacht!" Dorian kommt in diesem Moment aus einem Nebenraum, oben ohne und wischt sich mit einem Handtuch das Blut vom Oberkörper. Als er Cains panischen Blick bemerkt, gerät seine fröhliche Miene ins Wanken. „Was habe ich verpasst?"

„Aria", sagt Cain. „Sie ist weggelaufen."

„Scheiße, wirklich?"

Schnell sauge ich einen Atemzug ein, und damit rufe ich meinen Höllenhund zurück. Er zieht durch mich hindurch wie Stacheldraht, er hasst es, weggesperrt zu werden. Knochen dehnen sich, mein Körper verzieht sich, Fell verschwindet in meiner Haut; die Verwandlung dauert nur wenige Augenblicke, bevor ich aufrecht als Mann dastehe.

„Sie haben sie mitgenommen", sage ich, ein Knurren hängt an meinem letzten Wort.

„Sie? Wer?" Dorian dreht sich zu mir um, scannt meine nackte Gestalt und runzelt die Stirn. „Ziemlich sicher, dass wir alle tollwütigen Köter erwischt haben."

Cain stürmt an mir vorbei und flitzt nach draußen in die Mitte der Kreiseinfahrt. Seine Bewegungen sind hektisch und schnell. Er überrascht mich. Als ich Dorian ansehe, schaut auch er erst einmal fassungslos.

„Ich habe nicht gesehen, wer sie entführt hat", sage ich zu Dorian, dann schwinge ich mich um und folge Cain nach draußen in den Vorgarten, Dorian auf meinen Fersen. „Ein schwarzer Lieferwagen fuhr aus dem Nichts auf. Sie schnappten sich Aria und warfen sie hinein. Ich war nicht schnell genug. Ich habe es versucht, aber ich konnte sie nicht erreichen."

Ich drücke eine Hand auf den tiefen Biss in meinem Oberschenkel und verfluche dieses Reich dafür, dass es unsere Fähigkeit zu heilen verlangsamt. Wenn wir in der Hölle wären, wäre das schon längst verheilt. Meine Wut kocht hoch, aber hier zu sitzen und zu wüten, wird das Problem nicht lösen. Wir sind zu weit weg für so eine Scheißshow.

„Das soll wohl ein Witz sein." Dorians Kinnlade klappt herunter, und er fährt sich mit der Hand durch die Haare, immer wieder. „Gerade eben, sie haben sie gerade eben mitgenommen?"

„Ja!"

„Wer zum Teufel waren die?" Cain wirbelt herum. „Hast du das Nummernschild gesehen? Was hast du in der Luft gerochen? Irgendwas, Elias, wir brauchen etwas, um sie zu finden." Sein verzweifeltes Auftreten ist ansteckend. Sogar Dorian beginnt auf und ab zu laufen.

„Es ging so schnell. Ich kam um die Ecke, als sie sie in den Transporter warfen. Ich war im Windschatten, sodass ich ihre Gerüche nicht wahrgenommen habe." Ich denke zurück, überprüfe jede Sekunde, die verging. „Kein Nummernschild, die Scheiben waren zu dunkel getönt, um den Fahrer zu erkennen. Der Mann, der sie entführt hat, stand mit dem Rücken zu mir, aber er hatte eine Glatze. Ich konnte kaum einen Blick auf ihn werfen, weil ich nicht aufhören konnte, Aria anzustarren."

„Wurde sie verletzt?", fragt Cain. „Sah es so aus, als hätten sie ihr etwas angetan?"

„Nicht, dass ich das in diesen wenigen Sekunden sehen konnte."

„Das müssen diese verdammten Werwölfe gewesen sein", knurrt Dorian, seine Schultern heben sich, die Muskeln in seinem Nacken zucken. „Sie wollten Aria von Anfang an. Das müssen sie gewesen sein."

„Ein Vogel", platzt es aus mir heraus, die Erinnerung an das schwarze, gefiederte Ding schießt mir durch den Kopf. „Da war eine Krähe, die direkt hinter ihr herflog, als ob sie sie erwischen wollte."

Cain erstarrt, seine Augen weiten sich in der Erkenntnis.

Dorian hüpft die Stufen hinunter. „Was? Weißt du, was das bedeutet? Eine Krähe?"

„Scheiße." Seine Augen blitzen wieder von Blau zu Schwarz, als seine dämonische Seite die Oberhand gewinnt. Er sieht zwischen uns beiden hin und her, und seine Stimme wird zu einem tiefen Grollen. „Ich habe eine Idee, wo sie ist."

ARIA

Als der Wagen anhält und die Tür aufgleitet, erkenne ich sofort, wo ich bin. Die Rückseite von Sir Surchions Antiquitätenladen. Das Lagerhaus. Natürlich bringt er mich zurück an den Tatort.

Sayah kracht gegen meinen Brustkorb, ängstlich vor dem, was kommen wird, während die verbundenen Relikte in meiner Tasche vibrieren. In meinem Kopf klingt ihr schönes, trauriges Lied jetzt mehr wie ein Klagelied als je zuvor. Eine unheilvolle Warnung, die in meinem Magen ein saures Aufstoßen verursacht.

Ich werde hinaus in das morgendliche Tageslicht gezerrt. Der glatzköpfige Mann, der mich in den Van geworfen hat, hält mich am Arm fest, während der Fahrer - ein weiterer hünenhafter Kerl mit Tätowierungen im Nacken und auf den Armen - herausspringt. Sie starren mich beide an.

„Die Jungs haben mir nicht gesagt, dass du so ein Lamm bist", sagt der Fahrer. In dem Moment sehe ich den bekannten Mondaufnäher auf seiner Jeansjacke. Der Glatzkopf hat auch einen davon auf seiner Weste. Sie sind von den Full Mooners. Ich erinnere mich an keinen von ihnen aus jener Nacht im Fegefeuer, aber das bedeutet nicht viel. Diese Nacht war verschwommen in meiner Erinnerung. „Ich hatte mehr Wiederstand von ihr erwartet."

„Sie ist eine ziemliche Puppe, nicht wahr?", sinniert Glatzkopf. „Aber wir werden nicht dafür bezahlt, Fragen zu stellen, also lasst uns einfach den Job zu Ende bringen und unsere Bezahlung abholen."

Also, Sir Surchion hat diese Werwölfe angeheuert, um mich zu entführen? War der Angriff der Bande auf das Haus auch Teil seines Plans?

„Alles zu seiner Zeit", beharrt Sir Surchion, während er die Front des Fahrzeugs umrundet. „Aria und ich haben zuerst ein paar Dinge zu besprechen."

Meinen Namen auf seiner Zunge zu hören, lässt mir

einen Schauer über den Rücken laufen. Ich kann mich nicht erinnern, ihn ihm jemals verraten zu haben.

Als er meine großen Augen sieht, lächelt er. „Ich weiß eine ganze Menge über Sie, Miss Aria Cross. Und wir haben viel zu besprechen."

Mein Körper friert ein. Er kennt nicht nur meinen vollen Namen, er weiß auch *über* mich Bescheid. Heißt das, er weiß über meine Kräfte und Sayah Bescheid? Oder über meine Eltern und was ich bin? So oder so, das kann nicht gut sein.

Aber trotzdem... ich kann nicht anders, als mir eine Million Fragen darüber zu stellen, wer zum Teufel ich bin.

Sir Surchion winkt uns zur Hintertür des Lagerhauses, und der Griff des glatzköpfigen Werwolfs wird fester um mich. Ich wehre mich gegen ihn, aber er zieht mich weiter, als würde ich nichts wiegen. „Lass mich los, Kahlkopf. Das werdet ihr alle noch bereuen."

Er knurrt mich an und fletscht die Zähne.

Sein Freund lacht.

Sir Surchion hält die Tür auf, und ich werfe einen Blick über die Schulter, um zu sehen, ob Elias' leuchtend gelbe Augen oder sein schwarzes Fell in den Schatten zu sehen sind. Als ich nichts sehe, bleibt mein Herz stehen. Vielleicht sind die Dämonen doch nicht hinter mir her.

Die Wachen schieben mich hinein, und ich stolpere in das feuchte und muffige Lagerhaus. Sir Surchion schlendert vor uns den Gang entlang. Als wir an den vollgepackten Regalen und unbezahlbaren Antiquitäten vorbeikommen, ertönt über uns ein Kreischen. Ich schaue hoch und sehe Mordecai am offenen Dachfenster, seine schwarzen Augen auf mich gerichtet.

Er stürzt herab und gleitet Zentimeter von meinem

Kopf entfernt, zwingt mich, mich zu ducken, bevor er schließlich auf Sir Surchions Schulter landet.

Verdammte Ratte mit Federn.

Sayah drängt weiter in mir, verlangt nach draußen zu dürfen, aber ein Schatten kann hier wahrscheinlich gerade wenig anrichten. Es ist offensichtlich, dass ich nicht in der Lage sein werde, mir den Weg hier raus zu erkämpfen. Ich werde auf den richtigen Moment warten müssen, um zu fliehen. Vielleicht benutze ich sie als Ablenkung, wenn es sein muss. Das wäre meine einzige Chance.

An der Vorderseite des großen Gebäudes, neben der Tür des Ladens, werden seine beiden Monsterhunde hellhörig. Ihre Nasenlöcher blähen sich auf, als sie meinen Geruch wahrnehmen. Oder vielleicht sind es die Werwölfe, die sie riechen, denn als sie ihre Reißzähne in unsere Richtung fletschen, knurren die Mooners zurück. Sie kämpfen um die Vorherrschaft oder was auch immer es ist, was Hunde tun.

Solange sie nicht anfangen, sich gegenseitig anzupinkeln.

„Brutus, Joel, das sind unsere Gäste", sagt Sir Surchion zu ihnen. Seine Stimme hallt in dem weiten Raum wider. „Kein Grund, sich aufzuregen."

Die Hunde lehnen sich gehorsam zurück, aber ihre Augen folgen jeder unserer Bewegungen, die Körper sind starr.

„Hier. Stell dich hierhin", fordert Sir Surchion und zeigt auf eine Stelle auf dem Boden.

Der tätowierte Werwolf schließt sich seinem Kumpel an, indem er meinen anderen Arm ergreift, und gemeinsam zwingen sie mich vor dem alten Mann auf die

Knie. Dann treten sie zurück und bilden eine einschüchternde Wand hinter mir.

„Fühlst du dich nicht mehr so mutig, jetzt wo du nicht mehr verkleidet bist und ein Dämon deine Hand hält, hm?", fragt Sir Surchion, während er mich durch seine runde lila Brillengläser anschaut. Mordecai gackert, als würde er mich auslachen.

„Warte nur ab. Sie kommen mich holen." Ich lüge, aber ich wünschte, es wäre wahr. Aber dann kommt mir ein neuer Gedanke. Wenn es keine Möglichkeit gibt zu fliehen, wenn diese beiden Schwachkopf-Wölfe mich aufspüren, könnte ich sie stattdessen auf Sir Surchion hetzen. Ich muss das clever anstellen.

„Dein kleiner Plan mit deinen Mooners hat nicht funktioniert", sage ich.

Ich höre die Wölfe hinter mir schwer atmen.

Ich rede weiter. „Die Dämonen haben sie alle getötet. Und sind dabei nicht mal ins Schwitzen gekommen."

Sir Surchion runzelt die Stirn, enttäuscht. „Die Werwölfe wussten, worauf sie sich einlassen. Sie wollten eine Chance auf Rache an dem, der ihren Alpha ermordet hatte, und ich wusste, wo sich die Dämonen versteckten. Nun, Mordecai wusste es." Er streichelt dem Vogel über den Kopf, und der sträubt anerkennend seine Federn. "Wir haben uns gegenseitig geholfen, wie du siehst."

Sie haben einen Deal gemacht, meint er. Aber wozu? Um mich hierher zu bringen? Nur wegen der Kugel, die ich gestohlen habe? Es muss eine Million anderer Dinge in diesem Drecksladen geben, die mehr Geld wert sind als ein musikalisches, kleines Objekt.

Sowohl die Dämonen als auch Sir Surchion waren besessen von diesen Relikten, aber ich konnte nicht verstehen, warum sie so besonders waren.

Als ob sie spüren, dass ich an sie denke, wird der Gesang der Relikte in meinen Ohren lauter. Ich spüre ihr Gewicht in meiner Tasche.

„Sie werden mich holen", wiederhole ich und versuche mir einzureden, dass all die Zeit, die wir zusammen verbracht haben, ihnen etwas bedeutet hat. An diesem Punkt ist es mir sogar egal, ob es ist, weil sie mich besitzen. Wenn es bedeutet, dass sie durch diese Tür stürmen und mich retten, nehme ich den Schlag gegen mein Ego in Kauf.

Sir Surchion lehnt sich nahe an mein Gesicht, und seine Lippen verziehen sich zu einem kränklich-süßen Lächeln. „Oh, davon bin ich überzeugt."

Er schnippt mit den Fingern, und die beiden Wachhunde springen auf ihre Füße. Mit einer schnellen Handbewegung sind sie weg und rennen zur Tür, durch die wir gekommen sind.

Ein Schnauben vor Lachen. „Es braucht schon mehr als zwei Köter, um drei Höllendämonen aufzuhalten." Elias allein würde sie vom Frühstück auffressen.

„*Falle*", singen die Relikte wie aufs Stichwort. Mein Blick fällt auf meine Tasche, aber als auch Sir Surchions Blick darauf fällt, richte ich meine Aufmerksamkeit schnell wieder auf, in der Hoffnung, dass er es nicht bemerkt hat.

Er richtet sich langsam wieder auf. „Du hast recht", fährt er fort, „aber falls du es nicht wusstest, die Vollmondsüchtigen haben ein ziemlich großes Rudel. Und ich bezweifle, dass sie sie *alle* getötet haben."

Oh Mist...

Die Relikte hatten recht. Dies sollte ein Hinterhalt werden.

Plötzlich schlägt eine Hand so hart gegen meine

Gesicht, dass ich umkippe. Ich falle auf meinen Hintern. Meine Augen tränen vom Stich/Schmerz, und ich schmecke Blut auf meiner Zunge. Die Innenseite meines Mundes hat eine neue klaffende Wunde, und ich presse meine Handfläche gegen meine Wange. Wut durchflutet meine Adern. Der Bastard hat mich geschlagen!

Sir Surchion steht über mir, die Hand erhoben, als wolle er mich erneut schlagen. „Das ist dafür, dass du eingebrochen bist und mich bestohlen hast", bellt er. Mordecai stürzt sich von seiner Schulter auf mich, und ich falle zurück. Im letzten Moment werfe ich die Hände hoch, um mein Gesicht zu schützen, aber die scharfen Krallen des Vogels harken über meine Unterarme und schneiden in mich ein, bevor er zu den Dachsparren fliegt. „Und das nur, weil du ein Katzenmensch bist."

Blut rinnt mir die Arme hinunter, und ich umklammere sie, während der Schmerz mich überrollt. Es ist so überwältigend, dass ich meine Stimme verliere und nach Luft schnappe.

Sir Surchion geht einen Schritt von mir weg, nur um sich wieder umzudrehen und zurückzuschreiten. Wut verzerrt sein Gesicht. „Du dummes Mädchen." Er spuckt die Worte aus und streckt seine Finger nach mir aus. „Gib mir die Kugel des Chaos. Sag mir einfach, wo sie ist."

„Ich habe sie nicht", antworte ich. „Du hast die falsche Person."

Eine Ader tritt auf seiner Stirn hervor, während er sich bemüht, ruhig zu bleiben, aber er sieht aus, als würde er jeden Moment wie ein Vulkan ausbrechen. Sogar sein Gesicht ist kirschrot. Sein Kopf schnappt nach oben zu den Werwölfen und er sagt drei Worte, die Angst in mir auslösen. „Zieht sie aus."

„Was? Nein!", schreie ich.

Schwielige Hände packen mich wieder und reißen mich zurück auf die Füße. Ich kämpfe wild, bocke, trete und setze meine ganze Kraft ein, um die Wölfe zum Loslassen zu bewegen.

„Sucht jeden Zentimeter von ihr ab. Wenn sie es nicht bei sich trägt, dann bekommen wir wenigstens ein bisschen Nervenkitzel", sagt Sir Surchion.

Nein. Nein. Nein. Nein!

In Panik schlage ich weiter zu, gebe alles, was ich habe, um ihre Griffe von mir zu lösen. Gegen meine Hüfte steigert sich das Summen der Relikte um das Zehnfache. Ihr Lied wird immer lauter, drängender und kraftvoller, sodass mein Herz im Takt der donnernden Bässe und des Vibratos zittert. Der tätowierte Mann packt meinen Pullover und zerrt daran, aber ich drehe mich um und ziele mit meinem Knie auf seine Leistengegend.

„Verpiss dich", schnauze ich, aber er dreht sich im letzten Moment und ich verfehle seine Eier.

Seine Faust fliegt auf mein Gesicht und erwischt mich direkt unter dem Auge. Ein unerträglicher Schmerz durchzuckt mein Gesicht, es fühlt sich an, als würde es gleich aufplatzen. Ich stolpere rückwärts gegen die Brust des glatzköpfigen Werwolfs und umklammere mein Gesicht.

Oh mein Gott, es tut so weh. Wie zum Teufel halten Kerle es aus, so geschlagen zu werden und kämpfen dann weiter?

Einer von ihnen umklammert meine Jeans und verrenkt sich. Der Knopf und der Reißverschluss gehen kaputt, als der Stoff an meinen Hüften heruntergezerrt wird. Der Raum kippt um mich herum, weil er sich so verdammt schnell bewegt.

Sir Surchion lacht wahnsinnig, und ich möchte ihm

die Augen ausreißen, weil er sich an meinem Schmerz erfreut.

Während der Kerl mit den Tattoos mich weiter befummelt, zieht er an meinem Pullover, tastet mich ab und berührt meine Brüste wie ein Widerling. Ich greife nach seiner Weste und stoße mein Knie direkt in seine Eier, hart, diesmal treffe ich mein Ziel.

Er stöhnt, umklammert sich selbst und fällt auf die Seite wie eine dieser ohnmächtigen Ziegen. Zur Sicherheit trete ich ihm in die Eingeweide und lächle, als er hustet.

Plötzlich legt sich ein dicker Arm um meinen Hals und drückt mich gegen seinen Körper, während er meine Kehle zusammendrückt.

Ich ringe nach Luft und grabe meine Nägel in den Arm der Bestie. Ein bedrohliches Knurren dröhnt in meinem Ohr, und Angst läuft mir über den Rücken. Das ist nicht die Art, wie ich sterben möchte. Die ganze Zeit über studiert Sir Surchion mich mit einem amüsierten Blick, er liebt das.

„Wenn du dich nicht benimmst, hat das Konsequenzen", sagt er.

Ich strenge mich an, um zu widersprechen. „Fick dich, du sadistischer Arsch..."

Er gibt dem Mann hinter mir ein kurzes Nicken, und meine Worte werden von einem unerträglichen Schmerz in meiner Schulter abgeschnitten. Ich schreie auf. Der Schmerz ist stechend und brennt wie die Hölle, als hätte mir jemand gerade eine Handvoll glühender Schürhaken in den Leib gerammt.

Mit tränenverschleierten Augen erkenne ich, dass der Glatzkopf mich gebissen hat, sein Maul ist jetzt zu einer Wolfsschnauze vergrößert. Seine rasiermesserscharfen

Reißzähne sind tief in Fleisch und Muskeln eingegraben und schaben an den Knochen.

Ich stoße gegen ihn, der Schmerz ist unerträglich, und meine Knie knicken ein. Genauso schnell reißt er sich los und hinterlässt ein zerfetztes Durcheinander aus Blut und Fleisch. Mein Kopf dreht sich, und für einen Moment verliere ich den Sinn für alles um mich herum.

Als er mich loslässt, falle ich auf die Knie, unfähig, mich noch einen Moment länger aufrecht zu halten. Tränen brennen auf meinen geschwollenen, zerschnittenen Wangen, aber ich kann nicht aufhören zu weinen. Ich habe noch nie etwas so Schreckliches gefühlt. Jede Bewegung, und sei sie noch so klein, tut weh.

„Jetzt verrate es mir. Wo ist die Kugel?", drängt Sir Surchion.

Ich kann nicht einmal Worte formen; der Schmerz hat mir die Stimme gestohlen.

„Ich warte!", brüllt er.

Nur ein Wimmern entweicht meinen Lippen.

Ein wildes Bellen ertönt hinter uns, und mein Herz setzt aus. Es folgt ein noch lauteres Knurren, wie das Brüllen eines Löwen, gefolgt von den quiekenden Kampfschreien der Hunde.

Mein Puls galoppiert. Bitte lass es Elias sein!

Und Cain, Dorian - bitte lass sie draußen sein!

Ein Chor von Wolfsgeheul hallt durch das Lagerhaus, und der Schrecken verdrängt jeden Rest von Hoffnung, den ich noch hatte. Sekunden später brechen die grausamen Geräusche eines Kampfes aus. Reißen, Schreien, Schlagen, Knurren. Meine Brust zieht sich beim Gedanken, dass einer meiner Dämonen verletzt wurde, zusammen.

Ein Kreischen lässt mich aufblicken. Mordecai sitzt

wieder am offenen Fenster und späht hinaus. Er schreit wieder seinen Herrn an, der blass wird.

„Schnell!", befiehlt Sir Surchion jemandem über meine Schulter, der panisch klingt, aber ich wage nicht, mich umzudrehen. Sieht so aus, als würde der Kampf draußen nicht so verlaufen, wie er gehofft hatte.

„Finde die Kugel!", bellt er immer wieder.

Ich spüre, wie die Kälte der Luft meine zerrissene und blutige Schulter trifft. Die Relikte zittern jetzt so heftig in meiner Tasche, ich weiß nicht, wie sie sie noch nicht gefunden haben.

Ich brauche eine Sekunde, aber dann bemerke ich, dass Sir Surchions Blick nicht mehr auf mir ruht. Stattdessen schaut er auf den Boden... auf einen wachsenden schwarzen Schatten, der sich von meinen Füßen über den Boden zu ihm hin ausdehnt, ganz von allein.

Aber nicht nur irgendein Schatten. *Mein* Schatten.

Sayah! Nein!

Ich versuche, sie zurückzurufen, aber sie streckt sich weiter vor mir aus, ihre Gestalt verdunkelt sich und wird dichter vor meinen Augen. Ein Druck liegt auf meiner Lunge. Aus irgendeinem Grund fällt mir das Atmen immer schwerer, und mein Kopf brummt vom Sauerstoffmangel.

Sogar die Werwölfe erstarren an Ort und Stelle und starren nun darauf, dass mein Geheimnis ohne mein Zutun aufgedeckt wird.

Komm zurück! rufe ich ihr durch meine nebligen Gedanken zu. *Was machst du denn da?*

Irgendwie schafft sie es, mich weiter zu ignorieren und sich vom Boden zu erheben, was mich an eine Art böses Geisterwesen erinnert. Wie geschaffen für Horrorfilme. Obwohl wir immer noch durch eine dunkle Schnur verbunden sind, sieht sie nicht aus wie der Schatten, den ich die meiste Zeit meines Lebens gekannt habe. Nein, sie ist etwas ganz anderes.

Ihr Kopf dreht sich in meine Richtung, und sie blinzelt, wobei sie zwei leuchtend rote Augen offenbart.

Heilige Scheiße.

„Noch ein Dämon!", schreit Sir Surchion, aber die Angst lässt seine Stimme zittern. „Sie ist eine von ihnen!"

Ihr undurchsichtiger Arm holt aus und kollidiert mit Sir Surchions Brust. Er wird von den Füßen gehoben und quer durch den Raum geschleudert, wobei er mit solcher Wucht gegen ein Regal knallt, dass es hin und her schwankt. Ich springe zurück, als die Sammlerstücke auf den Boden fallen. Dann fällt das massive Gebilde nach vorne, direkt auf ihn drauf. Der dröhnende Knall hallt durch das Lagerhaus.

Rötlich-orangefarbene Energieströme winden sich um meinen Körper und durch das Band, das Sayah an mich bindet. Ich kann nicht einmal verarbeiten, was passiert, weil sich mein Magen vor Übelkeit umdreht und ich nach Luft schnappe, die ich scheinbar nicht einatmen kann. Ich mag die Kontrolle über sie verloren haben, aber ihre Handlungen scheinen mich zu beeinflussen. Und nicht auf eine gute Art. Je stärker Sayah wird, desto schwächer fühle ich mich. Mein ganzer Körper zittert, und mir ist eiskalt.

Sie saugt mich aus.

Sayah macht einen bedrohlichen Schritt auf das umgestürzte Regal zu, aber vor meinen Augen tanzen farbige Flecken, und die Welt schwankt um mich herum.

In diesem Moment platzt die Tür der Lagerhalle auf, Sonnenlicht strömt hinein, aber ich kann nicht erkennen, wer den Kampf draußen gewonnen hat, die Dämonen oder die Werwölfe. Trotz meines Widerstands übernimmt die Dunkelheit, die in meine Vision kriecht, die Oberhand. Und das Letzte, woran ich mich erinnere, ist das süße Lied der Relikte, das wie ein Schlaflied in meinen Ohren summt, während ich mich in die Bewusstlosigkeit verliere.

KAPITEL SECHSUNDZWANZIG
CAIN

Als sich ein anderer Wolf auf mich stürzt, packe ich ihn am Ober- und Unterkiefer und reiße ihm mit aller Kraft die Schnauze in zwei Hälften und dann das Gesicht auf. Warmes Blut spritzt über meinen Hals und meine Stirn, und ich werfe den Körper mit einem dumpfen Schlag auf den Boden. Das mag am Anfang Spaß gemacht haben, als die Wölfe das Herrenhaus angegriffen haben, aber jetzt ist es einfach nur noch nervig. Aria ist in diesem Lagerhaus.

Nachdem wir uns wieder in unsere Dämonengestalten verwandelt hatten, eilten wir zum Herzen von Glenside, wo Sir Surchions Antiquitätenladen liegt. In diesem Moment hatte Elias Arias Geruch in der Luft aufgeschnappt, und wir folgten ihm zum hinteren Teil des Lagerhauses. Der Hinterhalt kam nur Sekunden später - weitere zwei Dutzend Full-Mooners-Werwölfe sprangen von den Dächern und krochen aus ihren Verstecken in den Schatten. Verdammte Arschlöcher.

Ähnlich wie unser Zusammenstoß mit ihnen im Haus, war auch dieser Kampf nicht ausgeglichen, aber mit jeder

Sekunde, die verging, mit jedem Wolf, den wir töteten, wurden wir von Aria ferngehalten. Eine Werwolf-Biker-Gang und der Sammler? Jetzt hatte ich keinen Zweifel mehr, dass sie dabei zusammenarbeiteten, und so wie es aussah, benutzte Sir Surchion die Wölfe, um Zeit zu gewinnen.

Arias Schrei hallt aus dem Inneren des Metallgebäudes wider, und mein Körper spannt sich mit einer tödlichen Kombination aus Wut und Angst an. Wir müssen da rein.

Als ich nach links blicke, sehe ich Dorian in der Hocke, die Hand mitten im Schlag vor dem blutigen, eingeschlagenen Gesicht eines Mannes eingefroren. Arias Schrei zu hören, hat auch ihn gelähmt. Er schaut mich an und wir tauschen wissende Blicke aus, dann sucht er in dem Gemetzel nach Elias. In seiner massiven Bestiengestalt reißt er einem Mann den Kiefer auf und schüttelt bösartig den Kopf, wobei er noch mehr Blut auf den Asphalt spritzen lässt. Ein silberner Wolf schleicht sich hinter ihn und krallt sich an seinem bereits verwundeten Hinterbein fest, und Elias knurrt, entblößt seine gelben Reißzähne und holt aus. Der Wolf wird abgeschüttelt und knallt mit einem lauten Knall in einen Haufen Mülltonnen.

Der Boden ist übersät mit den nackten Körpern der gefallenen Mooners. Dorian macht seinen Gegner fertig und steht auf. Nur ein paar Werwölfe bleiben am Leben, aber als sie ihre gefallenen Rudelmitglieder sehen, ergreifen sie die Flucht und rennen die Gasse hinunter, um sich zurückzuziehen. Das wurde aber auch Zeit.

Sobald wir allein sind, lasse ich meine Flügel in den Rücken klappen und schüttle den Rest meines Dämons ab, bis ich wieder in meiner menschlichen Haut stecke.

Als Dorian an meine Seite schlendert, bilden sich seine Hörner zurück, das Platin verlässt sein Haar, und die Tattoos verblassen. Elias' Verwandlung sieht mit seinem verletzten Bein schmerzhafter aus, aber er übersteht sie und steht Sekunden später splitterfasernackt da, mit einer riesigen offenen Wunde am Oberschenkel.

„Haben wir einen Plan?" Dorians Frage ist an uns beide gerichtet.

„Aria rausholen. Jeden töten, der sich uns in den Weg stellt", knurrt Elias, immer noch aufgewühlt von dem Kampf. Seine Augen leuchten unheilvoll.

Dorian blickt mich an, um ein letztes Wort zu sagen, aber ich nicke nur. Ich denke genau das Gleiche.

„Klingt gut", sagt er achselzuckend. „Worauf warten wir noch?"

Bumm! Ein lautes Krachen ertönt aus dem Inneren der Lagerhalle. Der Boden bebt unter unseren Füßen.

Wir tauschen ängstliche Blicke aus.

Ohne eine weitere Sekunde zu verschwenden, renne ich zur schweren Metalltür des Gebäudes und trete sie mit aller Kraft auf. Sie schwingt heftig auf und kracht gegen die Wand, und wir drei bahnen uns einen Weg ins Innere des dunklen Gebäudes.

Das erste, was wir sehen, ist Aria, die am Ende des Ganges auf den Knien liegt, ihre Kleidung ist zerrissen und hängt von ihrem Körper herunter, Blut klebt in ihrem Haar und bedeckt ihren Hals und Arm. Vor ihr ist der schwarze Umriss eines Schattens zu sehen. Nein, ein Monster, aufrecht stehend wie ein eigenes Wesen. Rubinrote Augen leuchten, als es uns anschaut.

Was zum Teufel ist das?

Es ist überhaupt nicht mit dem Schatten, den ich

glaubte, in Arias Zimmer herumwandern zu sehen, als wir uns das erste Mal trafen, zu vergleichen. Das ist neu.

Aria bricht auf der Stelle zusammen, und meine Brust krampft sich vor Entsetzen zusammen. Gleichzeitig schrumpft die dunkle Kreatur und gleitet über den Boden, um in Arias unbeweglichen Körper zu schlüpfen.

Zwei Männer stürmen auf uns zu, beide tragen das Emblem der Werwolfbande. Elias stürzt sich sofort auf sie, ein weiteres Knurren entrinnt seiner Kehle.

„Cain, die Relikte!", sagt Dorian und deutet auf die Vorderseite des Lagerhauses. Und da sind sie - das goldene Band, das Herz und...

Ein drittes Stück liegt neben Aria. Eine Glaskugel, gefüllt mit einer silbrig-blauen Flüssigkeit. Ich erstarre, mein Herz klopft wie wild. Ist das... das Auge?

Aria hatte nicht nur unsere Relikte gestohlen, sondern auch noch das Auge der Harfe gefunden?

Während Elias mit den beiden Werwölfen kämpft, stürzt sich Dorian auf Aria, und ich stürme ihm hinterher. Er fällt neben ihr auf die Knie und hebt ihren schlaffen, bewusstlosen Körper behutsam in seinen Schoß, wobei er tief die Stirn runzelt.

„Sie ist blutüberströmt, aber sie lebt noch", flüstert er und begutachtet ihre Wunden. Sie ist totenblass und ihr Gesicht ist stark geschwollen und geprellt. Sie hat einen bösen Schnitt unter dem Auge und Kratzspuren an den Armen, aber nichts ist so schlimm wie das fehlende Stück Fleisch an ihrer Schulter. „Diese Bastarde haben sie gebissen."

Ich weiß nicht, was ich in diesem Moment fühlen soll. Mein Herz schmerzt, während ich sie so sehe, aber gleichzeitig ist da der Schmerz des Verrats, da ich jetzt sicher weiß, dass sie die Relikte gestohlen hat. Ich sollte wütend auf sie sein. Ich sollte sie auf der Stelle töten. Aber ich fühle nur Verwirrung und einen tiefen Schmerz in meiner Brust, wenn ich sie in Dorians Armen sehe, und ich bin mir nicht sicher, warum.

Hinter uns ertönt der Aufprall von zwei weiteren Körpern auf dem Boden, und einen Moment später erscheint Elias zu meiner Rechten und wischt sich mit dem Handrücken das Blut vom Mund. Ich brauche mich nicht umzudrehen, um zu wissen, dass er sie erledigt hat.

„Scheiße", ist alles, was er sagt, und ich bin mir nicht sicher, ob er es wegen des Anblicks von Arias verstümmeltem Körper sagt oder wegen all der Relikte in der Nähe. Es gibt Regale voll von ihnen. Dann sucht Elias den Raum um uns herum ab. "Wo ist der alte Mann?"

„Das feige Wiesel ist wahrscheinlich abgehauen", antwortet Dorian.

„Bringen wir Aria hier raus." Das ist das Wichtigste. „Du nimmst sie. Ich werde die Relikte mitnehmen."

Als Dorian aufsteht, wiegt er sie an seine Brust. Ich hocke mich hin und sammle das Auge, die Schnur und das Herz ein. Ich kann immer noch nicht glauben, dass sie nicht nur in der Lage war, alle drei zu finden, sondern sie auch dazu gebracht hat, zu verschmelzen, genau wie es vorgesehen war.

Ein plötzlicher Luftzug schlägt mir entgegen, zusammen mit einem dunklen, gefiederten Flügel. Nadelartige Krallen stechen in meine Arme, und ich fluche und springe zurück. Da sehe ich die verdammte Krähe eilig vor mir herabsteigen.

Ich versuche, das Ding zu packen, aber der kleine Scheißer ist glitschig und schafft es, wieder nach oben zu schwingen, gerade außerhalb meiner Reichweite.

Das Licht fängt etwas auf, das er im Schnabel trägt

und glitzert. Ich werfe einen Blick auf den Boden und stelle fest, dass die Reliquien verschwunden sind.

„Scheißvieh!" Ich stürze mich auf ihn, während er im Zickzackkurs höher zu einem offenen Fenster in der Decke fliegt. Dort hockt er und späht hinunter, als würde er mich verhöhnen.

Auf keinen Fall wird dieses Ding meine Schlüssel für den Eingang in die Hölle stehlen.

Ich beschwöre wieder meine dämonische Kraft und entfalte meine Flügel. "Wir müssen den verdammten Vogel kriegen!"

Sanft legt Dorian Aria zurück auf den Boden, und sowohl er als auch Elias drehen sich, um den einfachsten Weg nach oben zu finden. Doch bevor sie sich bewegen können, ertönt hinter mir ein donnerndes Brüllen, das die ganze verdammte Lagerhalle erschüttert.

Gänsehaut breitet sich auf meiner Haut aus und ich drehe mich um. „Was jetzt?"

Eine riesige dunkle Gestalt erhebt sich aus einem umgestürzten Regal und hebt es an, als ob es nichts wiegen würde. Feurige orangefarbene Augen, die wie ein Inferno brennen, finden mich. Als die monströse Kreatur einen Schritt nach vorne macht, wird mir klar, womit ich es zu tun habe. Es ist ein verdammter Drache.

Das Tier vor mir hat die Farbe der Nacht, die Schuppen schimmern silbrig grau. Fledermausartige, lederne Flügel spannen sich nach außen und werfen uns in den Schatten, und Dampf steigt aus seinen flackernden Nasenlöchern auf.

Wir alle drei stehen zunächst wie erstarrt da und starren auf das Monster, das so groß ist, dass es fast die hohe Lagerhausdecke erreicht.

In diesem Moment stürzt die Krähe aus dem Fenster und landet auf der Schulter des Drachens.

„Ich glaube, wir haben den alten Mann gefunden", sagt Elias und schnuppert an der Luft, die nach Feuer zu stinken beginnt.

„Scheiße, ich hatte keine Ahnung, dass er ein Drache ist", murmelt Dorian.

Auf zwei Füßen stehend, entfesselt Sir Surchion ein weiteres erderschütterndes Brüllen, sein Atem schießt gegen uns. Er riecht faulig und ist brennend heiß. All diese Relikte, die er sammelt, all seine Schätze, machen jetzt so viel Sinn. Drachen lieben ihre glänzenden Objekte.

„Hol Aria, sofort", zische ich Dorian zu.

Er eilt wieder an ihre Seite, aber bevor er sie hochheben kann, verengen sich Sir Surchions glühende hypnotische Augen auf uns. Er schwingt seinen Kopf gegen ein anderes Regal in der Nähe und wirft es um. Wir eilen aus dem Weg, als alles um uns herum zusammenbricht.

Dann tritt er vor, einer seiner massiven Klauenfüße bildet nun eine Mauer zwischen uns und Aria. Er saugt einen gewaltigen Atemzug ein, seine Brust dehnt sich, und ich weiß, was jetzt kommt.

„Shit!"

Feuer schießt aus seinem klaffenden Mund, sein Körper lehnt sich in den Angriff.

Keine Zeit zum Nachdenken, wir rennen in alle Richtungen, um dem Inferno zu entkommen. Sicher, wir mögen Hitze genauso wie jeder andere Dämon, aber unsere Kräfte sind auf dieser Ebene schwächer. Unsere Heilungsfähigkeit ist verlangsamt, und der Tod ist eine reale Möglichkeit. Aber wenn wir sterben, sind unsere Seelen verloren. Wir hören auf zu existieren.

Ich werfe mich hinter ein weiteres Regal, in das die Feuerexplosion einschlägt. Die Flammen streifen mich, knistern und spucken. Die Hitze ist unerträglich, und das will schon etwas heißen. Ich bewege mich nicht, sonst werde ich zu Asche.

Wut durchzuckt mich, dass das Arschloch uns aufgelauert hat. Wie zum Teufel konnten wir seine wahre Gestalt nicht erkennen? Die Hinweise waren da - immer am Sammeln von Kram, gierig wie die Hölle, und war sein Akzent rumänisch? Aber das hilft uns jetzt nicht weiter.

Jetzt gerade muss ich einfach nur Aria und die Relikte in die Finger kriegen. Ich kümmere mich später um ihn.

Als das Feuer erloschen ist, dröhnt ein wildes Knurren durch die Lagerhalle.

Ich werfe mich aus meinem Versteck, gerade als Dorian und Elias aus ihrem hervorbrechen. Wir tauschen schnelle, intensive Blicke aus, die beweisen, dass wir alle das Gleiche denken. Das ist nicht gut.

Wir stürzen uns auf den Drachen, aber als sich eine Dunkelheit über uns erhebt, zusammen mit einem intensiven Windstoß, sind wir gezwungen, kurz anzuhalten. Die Flügel des Drachens breiten sich erneut aus, als er sich vom Boden erhebt. Die Decke der Lagerhalle ächzt, als sich ihre Paneele wie eine Kiste öffnen und uns mit Sonnenlicht durchfluten.

In den Klauen des Drachens ist Aria gefangen. Sie ist zusammengesackt, bewusstlos, und der Bastard trägt sie von uns weg. Die Krähe schlägt mit den Flügeln und flieht ebenfalls, immer noch mit unseren Relikten in den Krallen.

Mein Herz krampft sich vor Schreck zusammen.

Dorian stürzt sich auf sie und erklimmt die Regale, während Elias den Gang hinunterrennt und an gestapelten Kisten hochspringt. Da ich weiß, dass ich mit meinen eigenen Flügeln schneller bin, drücke ich mich gegen den Boden und starte in die Luft, aber in dem Moment, in dem der Drache den Himmel erreicht, senkt sich das Dach wieder und sperrt uns ein.

„Nein!", brülle ich ihnen hinterher, während ich ihre schattenhaften Gestalten in den Wolken verschwinden sehe. Ein scharfer Schmerz setzt sich in meiner Brust fest, direkt über meinem Herzen, weil ich weiß, dass ich mein Versprechen ihr gegenüber nicht halten konnte. Ich habe ihr gesagt, dass ich nie zulassen würde, dass ihr jemand wehtut, und jetzt ist sie nicht nur bewusstlos und blutet, sondern sie wurde uns auch noch von Sir Surchion entführt.

Er hat Aria *und* unsere Relikte.

Aber nicht für lange. Es brodelt in mir.

Ich brülle, der Klang ist rau und ursprünglich in meiner Kehle, mein ganzer Körper erbebt. So wird es nicht enden.

„Dorian, Elias", rufe ich, als ich wieder auf festem Boden lande. Sie springen mir entgegen und kommen an meine Seite. „Sieht aus, als würden wir auf Drachenjagd gehen."

DANKE, DASS SIE DIE BESESSENHEIT DER DÄMONEN LESEN

Bewertungen sind super wichtig für Autoren und helfen anderen Lesern besser zu entscheiden, welche Bücher Sie lesen werden.

Entdecken Sie mehr Bücher von Mila Young und Harper A. Brooks.

Fangen Sie an zu lesen.

www.milayoungbooks.com/german

https://harperabrooks.com

Sieh nichts Böses. Höre nichts Böses. Sprich nichts Böses. Mit nichts Bösem schlafen... Wenn es nur so einfach wäre.

Zwischen der Entführung durch einen psychopathischen Drachenwandler, der Beeinflussung durch uralte Relikte und dem Kampf um meine Freiheit, würde ich sagen, ich habe alle Hände voll zu tun. Aber in Wirklichkeit haben meine Probleme gerade erst begonnen.

Cain, Dorian und Elias sind verrucht gefährlich, glühend heiß und nur allzu verlockend. Sie sind die verkleideten Teufel. Im wahrsten Sinne des Wortes.

Ich weiß nicht, warum sie diese Relikte sammeln, aber es sieht so aus, als ob ich nicht der Einzige mit Geheimnissen bin. Trotz aller Risiken, könnte ich mich in die drei verlieben. Aber es besteht eine gute Chance, dass diese höllische Beziehung am Ende mein Tod ist.

Zu allem Überfluss steckt vielleicht mehr in meinem Schatten, als ich ursprünglich dachte. Etwas Böses, das mich komplett übernehmen will, wenn ich es zulasse. Mit jedem Tag, der verstreicht, falle ich tiefer in seine Dunkelheit und gerate immer mehr unter den tödlichen Charme der Dämonen.

Es führt kein Weg daran vorbei... Die Dinge gehen schnell zur Hölle in einem Handkorb.

ÜBER MILA YOUNG

Mila Young geht alles mit dem Eifer und der Tapferkeit ihrer Märchenhelden an, deren Geschichten sie beim Heranwachsen begleiten haben. Sie erlegt Monster, real und imaginär, als gäbe es kein Morgen. Tagsüber herrscht sie über eine Tastatur als Marketing Koryphäe. Nachts kämpft sie mit ihrem mächtigen Stift-Schwert, erschafft Märchen Neuerzählungen und sexy Geschichten mit einem Happy End. In ihrer Freizeit liebt sie es, eine mächtige Kriegerin vorzugeben, spaziert mit ihren Hunden am Strand, kuschelt mit ihren Katzen und verschlingt jedes Fantasymärchen, das sie in die Finger bekommen kann.

Für weitere Informationen...
mila@milayoungbooks.com

ÜBER HARPER A. BROOKS

Harper A. Brooks lebt in einer kleinen Stadt an der Küste von New Jersey. Obwohl klassische Autoren schon immer ihre Bücherregale füllten, fühlt sie sich zu den dunklen, magischen und romantischen Geschichten hingezogen. Wenn sie nicht gerade ganze Welten mit sexy Shiftern oder legendären Liebesgeschichten erschafft, findet man sie entweder mit einer guten Tasse Kaffee in der Hand oder zu Hause beim Kuscheln mit ihrem pelzigen, vierbeinigen Sohn Sammy.

Sie schreibt Urban Fantasy und paranormale Liebesromane.

RONE-PREISTRÄGERIN
USA TODAY-BESTSELLERAUTORIN

Möchtest Du mehr von Harper A. Brooks lesen?
http://BookHip.com/MCBDCN

Tritt der Harper-Lesergruppe bei und erhalte exklusive Inhalte, Sneak-Peeks, Werbegeschenke und mehr! www.facebook.com/groups/harpershalflings

www.ingramcontent.com/pod-product-compliance
Lightning Source LLC
Chambersburg PA
CBHW060734190726
48285CB00001B/199